SV

José Manuel Prieto
Liwadija

Roman

Aus dem Spanischen
von Susanne Lange

Suhrkamp

Die Originalausgabe erschien 1999 unter dem Titel *Livadia*
bei Mondadori, Barcelona

Die Übersetzung aus dem Spanischen wurde mit Mitteln des
Auswärtigen Amtes unterstützt durch die Gesellschaft zur Förderung
der Literatur aus Afrika, Asien und Lateinamerika e.V.

Satz: TypoForum GmbH, Seelbach
Druck: GGP Media GmbH, Pößneck
Printed in Germany
Erste Auflage 2004
ISBN 3-518-41617-0

1 2 3 4 5 6 – 09 08 07 06 05 04

Liwadija

Für Alicia und Elena

… bist du aber los vom Weibe, so suche
kein Weib.

Paulus, 1. Kor. 7, 27

Überhaupt darf ich nicht mir gehören,
sondern meinem Schöpfer
und dessen Stellvertreter;
muß mich bewegen und leiten lassen,
wie ein Wachsklümpchen sich kneten läßt:
sowohl für das Schreiben
wie das Empfangen von Briefen …

Ignacio de Loyola, Brief CXX

ERSTER BRIEF

I

Liwadija

Sieben Bogen Reispapier, vom Abendlicht beschienen. Die blauen Zeilen ihrer gedrängten Kalligraphie bedeckten das ganze Blatt, und auf Armlänge erinnerten sie an das Blau, das in der Heraldik den Himmel symbolisiert. Der Tintenfluß war unregelmäßig, verdickte die Kommas, ergoß sich in Punkte, die dem Text ein Versmaß zu geben schienen, durch das ich mich rasch vom Briefkopf bis zur Unterschrift hangeln konnte.

Sie hatte die Bogen zweimal gefaltet und einen weißen Umschlag ohne Luftpoststreifen genommen, den ich ungeschickt an einer Ecke aufriß. Erfreut stellte ich fest, daß sie nicht einen dieser abscheulichen Briefblöcke benutzt hatte, wie es sie im Kramladen gibt, mit Veilchen- oder Fliedersträußen verziert. Es war feines Reispapier, angenehm anzufassen, mit weißlicher Faserung und Einschlüssen, die kunstgewerbliche Herstellung verrieten. Ihr Brief versetzte mich in Hochstimmung, das feine Reispapier, ihre runde, weibliche Handschrift. Ich würde mich weniger verlassen fühlen mit diesem Brief, sagte ich mir.

Auf dem Weg zur Pension griff ich mir wiederholt an die Brusttasche, um mich zu vergewissern, daß der Umschlag noch da war, daß W. mir diesen Brief geschickt und gerade dieses Papier dafür gewählt, daß sie bestimmt einen Entwurf voll Verbesserungen ins reine geschrieben hatte, um mir ihren Brief zu senden … Parfümiert? Abrupt hielt ich inne. Hatte ich vielleicht wegen des starken Windes vom Strand her das Parfüm nicht bemerkt? Ich senkte den Kopf und konnte nichts riechen. Gut, einen Liebesbrief hatte sie mir nicht geschrieben, dennoch sehnte ich mich in dem Augenblick nach Parfüm und nach mehr noch: sie zu sehen, zu sprechen. Beim Verschicken dieses Briefes hatte sie großen Stil bewiesen. Nie hatte ich einen derartigen Brief erhalten.

Sie hatte nicht, wie es mir oft ging, das Datum am Anfang vergessen. Der weiße Raum vor dem Briefkopf schuf ein vollkommenes optisches Gleichgewicht und zeugte von einem geschulten Geschmack. Mein Name erschien in Kalligraphie mit einem zugleich verschnörkelten und geschlossenen Anfangsbuchstaben, verziert mit feinen Spiralen, die eine lange kalligraphische Praxis verrieten, die ich bei ihr nicht vermutet hatte. Meine seltenen Briefe versah ich für gewöhnlich mit Seitenzahlen in der rechten oberen Ecke, die ich umkringelte. Sie hatte die Ziffern zwischen lange Zierstriche ans Ende von jedem Blatt gesetzt, in die Mitte. Ihre gedrängte Schrift machte den Brief doppelt so lang, als die sieben Bogen erwarten ließen, aber ich las ihn in einem Zug durch, während der Wind daran zerrte, ohne tiefer in den Sinn einiger Sätze zu tauchen, und ganze Passagen behielt ich mir für eine zweite Lektüre vor. Meine Brust voll von einem Gas, das leichter war als die Luft, so schwebte ich an den violetten Leitplanken entlang dem Ende zu, verweilte einen Augenblick bei ihrer Unterschrift, um mich einmal mehr des Absenders zu vergewissern, ja, sie war es!, wer konnte daran zweifeln?, ich flog nach Hause.

Sie hatte sich alle Abschiedsworte gespart, die niemals eingehaltenen Versprechen, »ich schreibe dir« oder »warte auf einen Brief von mir«. Statt dessen hatte sie mir diesen Brief geschrieben, der keinerlei Erklärung über ihre Flucht enthielt. Sein Eintreffen hatte mich überrascht wie das plötzliche Erscheinen von jemandem, den wir nicht geglaubt hatten, je wiederzusehen, den wir bereits Hunderte von Kilometern entfernt wähnen und der auf einmal wieder da ist und uns sagt, man habe seinen Flug verschoben, starker Schneefall über Straßburg, der Flughafen sei gesperrt.

Sollte ich ihr schreiben, daß ich sie von der Balustrade des Passagierhafens in Odessa hatte fliehen sehen? »Damals war mir nicht klar«, könnte ich ihr schreiben, »daß Du das Mädchen warst, das da so eilig zur Straßenbahn ging.«

Es wurde zusehends dunkler. Mit einem Satz nahm ich die Stufen zur Pension, öffnete mit einem Fußtritt meine Zimmertür und machte den Tisch frei: das Buch fegte ich auf den Boden, zwei Hemden ebenso. »Auf der Stelle«, sagte ich mir, »will ich ihr antworten.« Und ich fühlte mich zutiefst inspiriert, als könnte ich bis zum Morgengrauen einen Bogen nach dem andern füllen.

Von der Balustrade des Passagierhafens in Odessa aus schienen zwei Schiffe auf der Linie des Horizonts zusammenzustoßen, langsam rückten sie aufeinander zu wie auf einem Meer aus Öl, grau, *Schwarz*. Als sie schließlich miteinander verschwammen, trat jemand auf die Balustrade hinaus. Ich drehte mich nicht um, überzeugt, daß es W. sei, aber die Gestalt ging zum anderen Ende. Es war nicht W.

Unten bei den Lorbeerbäumen der Hafenpromenade fiel mir eine Frau auf. Ich versuchte mich zu erinnern, wen ich an dem Tag schon in solch einem Kleid gesehen hatte. Vor meinen Augen erschien W., wie sie von Bord des Schiffes ging, mit dem wir aus Istanbul geflohen waren, wie sie die Planken der Gangway mit den Spitzen ihrer zu hohen Schuhe abtastete, während ihr weißes Oberteil die frühe Sonne reflektierte, die auch jetzt noch, um fünf Uhr nachmittags, kräftig strahlte. Wieder richtete ich meine Augen auf die Unbekannte, die durch die Schatten der Lorbeerbäume ging, auf dem von ihren Schatten gestreiften Weg. Ich sah, wie sie eine kurze Strecke lief, um die Straßenbahn zu erreichen, wie sie mit einem Satz auf die Plattform sprang. Die Straßenbahn setzte sich auf der Esplanade in Bewegung und wirbelte eine Staubwolke auf, schwenkte in Richtung Balustrade und entfernte sich mit zitternden Drähten.

Mein Geist, so frei von dunklen Gedanken wie ein Himmel im Süden, wähnte W. auf der Damentoilette, wo sie sich das Gesicht wusch, mit nassen Händen das Haar glattstrich, die Lippen vor dem Spiegel nachzog, vielleicht in Gedanken daran, sich einen neuen Badeanzug zu kaufen.

Ich schaute auf, um den Himmel zu prüfen. Ich stellte fest, daß es noch immer ein herrlicher Tag war und wir in den nächsten Tagen hervorragendes Wetter haben würden. (Ich war im Irrtum, es sollte drei Tage hintereinander regnen.) Unser Plan bestand darin, auf dem Seeweg nach Jalta zu fahren und von dort mit dem Wagen nach Liwadija. Wie hätte ich mir vorstellen können, daß W. in diesem Augenblick die Rubel für ein Flugticket zu ihrem Städtchen von zehntausend Einwohnern abzählte? Wieder im Wartesaal, noch ohne etwas von ihrer Flucht zu ahnen, beschloß ich, mir die Auslagen eines Buchhändlers anzuschauen, der die legere Kleidung der Rentner trug: kurzärmeliges Hemd und Strohhut. Ich tat es aus Langeweile, da mir das Warten lang wurde. Hätte ich in dem Moment, als ich eines der Bücher aus dem Regal zog, gewußt, daß mich W. verlassen hatte, ich hätte es ohne Zögern von mir geworfen, hätte es gewaltsam zurück in die tiefsten Tiefen meiner Vergangenheit eines manischen Lesers geschleudert, der wieder und wieder die Hinweise bei Notausgängen, die Bildlegenden in U-Bahn-Wagen, die Etiketten auf Marmeladengläsern lesen muß.

Ich hatte inzwischen gelernt, die Menschen mit Befremden zu betrachten, die beispielsweise auf der Fahrt von Sankt Petersburg nach Helsinki – während ich nur die blauen Uniformen der Zollbeamten im Kopf hatte und mein Blick an den Birken vor dem Fenster, an den Seen, den vielen Seen abglitt: Finnland, Seenland (war es eine gute Idee gewesen, das Moschussäckchen in der Zuckerdose auf dem Tisch im Abteil zu verstecken?) – in der Lage waren, sich in ein Buch zu vertiefen. Ich sah zu, wie die Dame auf dem Sitz mir gegenüber ein so langweiliges Buch (es gelang mir, den Titel zu entziffern) wie den Briefwechsel zwischen Sibelius und Aalto aufschlug. Die Frau unterbrach ihre Lektüre nicht, bis vom Wagenende her auf russisch die Worte *pasportny kontrol* gerufen wurden und sie das Buch zuklappte, während ich rasch meine Nervenenden abschaltete, mich wie eine Molluske tief in meine Muschel kauerte, geschützt vor den Fangfragen der Zollbeamten und vor den Eisenhaken ihrer Fangblicke.

Ein Buch aus dem Regal zu nehmen, den Titel zu lesen, es mit erwachtem Interesse aufzuschlagen kam einer beträchtlichen Bresche in diesem Schutzwall gleich, der allerdings schon aufgeweicht worden war durch die Tage in Istanbul.

Ich ging die Treppe des Hafengebäudes hinunter, setzte mich auf die unterste Stufe und warf einen gierigen Blick in *Ohne Absender*, einen Roman von J. H. Chase. Immer noch fiel die späte Sonne durch die Lorbeerbäume, warmer Wind. Beeindruckt von einer schaurigen Szene des Verrats in Malibu, hob ich den Blick in die Helle der Tageszeit und hörte auf zu lesen, weil mir der von Chase erdachte Verrat vor Augen geführt hatte, daß auch ich verraten worden, daß eine lange Stunde verstrichen war, seit W. sich zur Toilette aufgemacht hatte. Stelle ich es mir jetzt bildlich (aus der Luftperspektive) vor, bin ich der weiße Punkt – Hemd und Hose aus gekämmtem Leinen, bequeme Ledersandalen –, der die Stufen des Hafengebäudes von Odessa hinaufgeht, gleich zwei Stufen auf einmal nimmt und in den Wartesaal rennt, die Türflügel hinter sich schwingen läßt. Für einen Augenblick malte ich mir aus, daß W. auf der Bank schlief, auf der wir gesessen hatten, und mich mit dem Kopf auf den Armen erwartete. Sollte ich ihr schreiben, daß ich mir automatisch an die Brust faßte, als ich die Bank leer vorfand, um mich zu vergewissern, daß ich meine Brieftasche noch bei mir hatte, die stattliche Dollarsumme?

Denn durch die Episode bei Chase wußte ich, daß derartige Fluchten stets Hand in Hand mit Diebstahl gehen, und ich fürchtete, daß ihre spitzen Fingernägel sanft am Band der Brieftasche gezupft hatten, als ich über sie gebeugt (wie ein Schwachkopf) versucht hatte, sie zu küssen, W. zu küssen, die steif blieb, ohne den Rücken von der Bank zu lösen, während mein Mund eine gewundene Spur durch die Luft zog, auf der Jagd nach dem ihren. Hatte sie den Augenblick, meine weichen Knie genutzt, um mir meine in der

Steppe verbrachten Nächte zu rauben, die Schmetterlinge, die einfältig in das leuchtende Laken flogen? An ihrem blinden Flug hatte ich mir vorhin ein Beispiel genommen, schwirrte auf das Blaßrosa ihres Munds zu, auf ihre Lippen, zusammengepreßt, damit ihnen ja nicht die Wärme eines Lächelns, eines zärtlichen Worts entschlüpfte, etwas, das bedeutet hätte, nach Hause zu kommen, sich müde in seinen Lieblingssessel zu werfen, die Füße zur Heizung zu strecken, den Schnee vor dem Fenster fallen zu sehen. Nein. Die Dollar waren noch da, und somit fügten sich all meine Pläne, die ich eine Sekunde lang am Boden gesehen hatte, rasch wieder zusammen und schlüpften in ihre jeweiligen Kästchen: Reise nach Liwadija, Jagd nach dem *Jasius*… Nur eine Zelle blieb leer, die von W., und zwei Lichter blitzten auf. Zwischen den beiden Blitzen konnte ich mich selbst sehen, zuerst, wie ich mich über sie beugte und sie endlos küßte, während ich spürte, wie die Kälte wich, mit der sie ihre Arme hatte steif machen wollen (welche sich nun mit inniger Kraft um meinen Nacken schlangen und mich drückten), und merkte, wie ihre Servomotoren pumpten, sich stürmisch in Gang setzten und stufenweise die Stellung ihres Halses korrigierten, ihrem Mund Saft einspritzten und ihren Körper aufblühen ließen (indem sie die Sauerstoffverbrennung beschleunigten); und als zweites sah ich mich gesenkten Hauptes einen Pfad am Meer entlanggehen, während unten die Wellen gegen das Kap schlugen und in der Höhe eine Möwe ihr Gekrächze ausstieß und meine weiße Gestalt den Horizont absuchte (wie Ovidius Naso in Tomis).

Die Druckwelle meiner Entdeckung schleuderte mich weit fort von meinem Zentrum (zusammengeklappt, Füße und Hände vereint), und während der gesamten Überfahrt nach Jalta führte ich unaufhörlich Selbstgespräche, erstickte laute Satzbrocken, worauf die Passagiere sich nach mir umdrehten, eine Vakuumpumpe saugte an meinem Magenmund, und ohne zu blinzeln starrte ich auf die Küstenlinie, kurz davor, in Tränen auszubrechen.

Als das Schiff mit dem Ablegemanöver begann, dachte ich, es sei noch Zeit, wieder an Land zu gehen, zum Hafengebäude von Odessa zurückzulaufen und sie auf der Treppe sitzen zu sehen, weil wir einander gekreuzt hatten, als ich in meinem Entsetzen über den Verrat, den Chase beschrieben hatte, in zweistufigen Sätzen die Treppe hinaufgestürzt war. (Drei ganze Tage wartete ich am Kai in Jalta, in der Hoffnung, sie von der Fähre kommen zu sehen.) Über die Reling gelehnt, las ich in der Kielspur des Schiffes, wie ich mich hinters Licht hatte führen lassen von einer... Ich wollte es schon sagen, fürchtete jedoch, wenn ich das Wort auf spanisch aussprach, würde es unweigerlich einen Schatten auf die Tage in Istanbul werfen, auf die gemeinsam erlebte Gefahr, und automatisch wechselte ich ins Russische. Wie ein Schiffskoch, der seine Abfälle ins Kielwasser wirft, schleuderte ich ohne Gewissensbisse eine Salve von Flüchen hinab, den ganzen Schwall Galle, der meinen Magen vergiftete. Ich genoß es, hitzig auszuspeien, kräftig auf russisch zu fluchen, wie ich es vor Jahren in den Gefrierfleischfabriken von Sankt Petersburg gelernt hatte, als ich mit tüchtigen Flüchen schlüpfrige Schweineviertel packte.

Ich war flaumweich zu W. gewesen, dachte ich, dabei hätten zwei *suka* (Nutte) genügt, hervorgepreßt oder fröhlich hingeworfen, wie unabsichtlich, um sie an den Handgelenken packen, ihre Geschichte entlarven, ihr vor Augen führen zu können, daß es sich um einen simplen Wechsel des Eigentümers handelte. Dann hätte sie mich niemals in Odessa sitzengelassen, wie sie es getan hatte: geschickt wie eine Professionelle, die ihren Kunden im Hotelzimmer ausraubt (im *Diwan*, in Istanbul). In diesem Stadium meiner Wehklage sah ich deutlich wie in einem Scheinwerferkegel vor mir, wie ich mich zum Narren machte, als ich ihr nach unserem Spaziergang durch den Großen Basar half, aus der Straßenbahn zu steigen; den dankbaren Blick, den sie mir zuwarf (Nacht für Nacht eingeübt für den Dollar, den ihr die Kunden ins Strumpfband schoben, verzückt vom Zwinkern ihres Bauchnabels), den kameradschaftlichen Handschlag, mit dem ich mich von ihr verabschiedete. Und mit vor Scham glühendem Gesicht gab ich dem Strom von *suka*, den ich ins Meer schleuderte, eine neue Richtung und ließ ihn wie ein Aschenregen auf meinen Kopf niederprasseln.

2

Liwadija

Im Traum reiste ich weiter, durchpflügte das Meer, legte Tausende von Kilometern in Zügen zurück, so lang, daß ich in den Kurven am Bogenende unsere Lokomotive sehen konnte, die den endlosen Schwanz von Wagen hinter sich herzog. Ich reiste in Waggon Nummer neun und trank Tee. Während der knapp zehn Sekunden, die der Zug die Kurve nahm, neigte ich den Kopf zur Seite, drückte die Wange an die Scheibe und sah zu, wie die Lokomotive mühsam stampfte. Danach hatte ich das Gefühl, daß mein Waggon die Reise allein fortsetzte, in einem einzigen Block die Schreie auf dem Bahnsteig, die Luft der Stadt transportierte, von der ich aufgebrochen war. Ich bestieg ihn wie der Zeitreisende, der in eine Kapsel steigt und den Blätterteig vieler Epochen durchquert. Die Stunden im Abteil, die über Unterhaltungen mit meinen Mitreisenden vergangen waren, schrumpften auf Null zusammen, sobald ich den Bahnsteig meines Bestimmungsortes betrat, lösten sich in nichts auf. Eine Reise vom Schwarzen Meer an die Ostsee, drei ganze Tage kalter Mahlzeiten verschwanden wie von Zauberhand beim Anblick der ersten goldenen Kuppeln von Sankt Petersburg. Meine Qual war stärker, größer die Beklemmung, die mir drückend auf der Brust lag, wenn ich nach einer Reise im Traum voll von schönen Unbekannten und Gaunern, die mir das Gepäck stehlen wollten, aufwachte, erschöpft davon, mit allen auf einmal zu ringen. Wenn ich dann die Augen aufschlug, wußte ich nicht, wo ich mich befand, und starrte eine Weile auf die Zimmerwand ohne Schmuck oder Bild. Dann entdeckte ich in der Ecke die Kupferrohre der Zentralheizung. Zwei fingerdicke Rohre, die den Heizkörper meines Zimmers speisten. War das Bild der parallelen Linien der Ursprung des langgezogenen Gleitens über die Gleise im Traum gewesen? Das Fensterchen, das ich beim Zubettgehen offengelassen hatte, klapperte, eine Rotbuche warf ihren Schatten auf die Scheibe, eine Frau rief im Garten etwas auf tatarisch. Ich hatte das Ziel meiner Reise erreicht: ich war in Liwadija.

Ohne Antrieb, aufzustehen, betrachtete ich durchs Fenster eingehend den Strand, getüpfelt mit morgendlichen Badegästen, viele mit Hund. Ich hatte keine Zeit gehabt, meine Fahrt bis nach Liwadija, bis zu meinem Pensionszimmer nachzuvollziehen, sagte ich mir, inzwischen gänzlich erwacht. Es machte mir angst, muß ich zugeben, jene Badegäste mit ihren Hunden zu sehen. Ich hatte kein Zuhause, hatte alle meine Bücher verkauft, besaß nicht einmal einen Hund. Und all die Unbekannten, die ich aus dem Wald kommen und mit ihren Hunden zum Strand hinuntergehen sah, mißfielen mir. Von den Pensionsgästen schien keiner einen zu besitzen. Sie waren ebenfalls Durchreisende, hundelos.

Bevor ich zu der Pension gelangt war, hatte ich mein Glück im *Oreanda* versucht, einem Hotel in Jalta. Entrüstet war ich wieder gegangen: in einem so teuren Hotel würde ich nicht absteigen, einem Hotel für Ausländer (aus dem Jahr 1905, Jugendstil, mit Zimmern für über hundert Dollar die Nacht). Ich war kein Ausländer im eigentlichen Sinn. Zu viele Jahre hatte ich in Rußland gelebt, als daß man mich als solchen hätte betrachten können. Ich wußte zum Beispiel, daß ich Anzeigen für Fremdenzimmer an den Laternenpfählen suchen, aufmerksam die konzentrischen Schichten der an die Pfosten geklebten Anzeigen studieren mußte. Ich benötigte eine Pension, die Zimmer an alleinstehende Männer vermietete (von russischer Nationalität, führten viele an, aber das war eine Kleinigkeit, leicht aus der Welt zu schaffen). Schicht für Schicht löste ich sie so vorsichtig ab, als wären es die Rollen vom Toten Meer. Der Regen hatte sie aufgeweicht, und sie ließen sich mühelos abreißen. Ich fand die Anzeige von einer Pension in Liwadija – genau das, was ich brauchte –, Text und Telefonnummer standen auf Wimpern am unteren Rand, die sich leicht abzupfen ließen. Es hing nur noch eine daran, was mir ein ungutes Gefühl gab: womöglich hatten sie kein Zimmer mehr frei.

Ich ging zurück in die Empfangshalle des *Oreanda*. Durch die Scheibe der Telefonzelle konnte ich feststellen, daß der Tag wieder schön wurde: dicke Bündel von Lichtstrahlen fächerten sich durch graue Wolken und ähnliche Effekte in dem Stil. Hatte ich vor einer Stunde noch durch dasselbe Fenster geblickt und einen starken Regenschauer auf die Pflastersteine prasseln und sie gründlich waschen sehen, so trat, als ich die Nummer wählte und jemand beim zweiten Klingeln abnahm, die Sonne hinter einer Wolke hervor, und ich mußte blinzeln, weil ihre Strahlen mich blendeten. In der Kabine sah ich – in Maschinenschrift und mit Korrekturen von Hand – eine Liste von Vorwahlen der wichtigsten Städte Rußlands. Ich konnte behaupten, fiel mir plötzlich ein, aus Simferopol anzurufen, so würde ich die Spannung ein wenig lockern, müßte mich nicht vom Regen gedrängt fühlen, bekäme einen größeren Verhandlungsspielraum.

»Ich rufe wegen der Anzeige an.« (Weshalb sonst sollte ich anrufen? Ich hätte mich zuerst vorstellen sollen, obwohl ich dann meinen Namen hätte nennen müssen. Ich hätte mir auch einen erfinden können: Andrej Gawrilow zum Beispiel. Oder ich hätte mit einem Gruß beginnen sollen: »Guten Tag oder besser guten Abend …« Nein, der direkte Weg war gut, ohne Umschweife auf den Punkt kommen.)

»Ja«, antwortete sie trocken. (Fünfzig oder fünfundfünfzig Jahre alt, füllig, üppige Brüste, dunkles Kleid, augenblicklich in Hauspantoffeln. Blaue, harte Augen, all das malte ich mir aus.)

»Könnten Sie mir weitere Auskünfte geben?«

»Ich gebe keine Auskünfte per Telefon.« (Siebzig Jahre, nein, über siebzig, alte Sowjetmacht.)

»Aber Sie haben Zimmer frei?« (Viele Jahre in Rußland, wohlgemerkt. Ich konnte mir ohne weiteres mit Ellenbogenstößen einen Weg durch ein U-Bahn-Abteil bahnen und, wenn nötig, um den Preis eines Kilos Feigen auf dem Basar feilschen, ohne ins Schleudern zu kommen.) »Ich habe ein Empfehlungsschreiben«, fügte ich hinzu. Das stimmte nicht, es war mir eingefallen, als mein Blick auf einen bunten Fesselballon fiel, der sich am anderen Ende der Bucht in die Lüfte erhob.

»Ach, fein!« Was soviel bedeutete wie »das ist etwas anderes« und auch, daß sie wußte, es war falsch, mit Sicherheit falsch, aber es zeugte von Erfindungsgabe und sprach somit für mich. Außerdem waren Empfehlungsschreiben in Rußland nicht üblich. Seit 1917 oder auch zwei Jahre später. Es stand nur dem Staat zu, dich zu empfehlen oder nicht, dich auf einen Ministerstuhl zu heben oder ins letzte Dorf zu verbannen, einen Ruf und eine Laufbahn zu zerstören. Sie konnte es mit einem Ausländer zu tun haben, was ihr Vertrauen einflößen mußte; doch um sich ein Türchen offenzuhalten, einen Spalt, durch den sie mich kurzerhand in den Garten zurückstoßen konnte, fügte sie hinzu: »Ich glaube, es wird nicht möglich sein. Wir haben keinen Platz, aber Sie können trotzdem einmal vorbeischauen.«

Bevor ich die Kabine verließ, suchte ich mit dem Zeigefinger die Vorwahl von Astrachan. Ein zweiter Ballon stieg jetzt in die Höhe, mit der Langsamkeit einer fallenden Münze, die zum Grund eines Glases hinabtrudelt (nicht mit der Schnelligkeit einer Blase, die vom Grund des Glases aufsteigt, wie seltsam!). Die Drehtür des *Oreanda* beförderte mich mit vorgetäuschter Liebenswürdigkeit auf die Straße, aber anstatt meinen Schritt zu beschleunigen, um zu verhindern, daß ihr Flügel mich in den Rücken traf, setzte ich die Rotation fort und kehrte in die Empfangshalle zurück. Ich beschloß, an Ort und Stelle ein Empfehlungsschreiben auf einem der Marmortischchen in der Halle zu verfassen.

Ich verfaßte es in meiner besten russischen Kalligraphie und imitierte dabei die zittrige Handschrift eines Mannes von fünfundsiebzig Jahren, die von Wladimir Wladimirowitsch, einem Freund aus Petersburg. Ich ließ es bei einem Absatz bewenden, entworfen im wichtigtuerischen, platten Stil der offiziellen Schreiben: Bewerbungen (und Entlassungen). Ich adressierte ihn an den Namen, der auf der abgerissenen Wimper stand: Maria Kusmonowna (ohne Nachnamen, nur Maria, Tochter von Kusma).

Ich nahm die Küstenstraße, die zwischen blauen Bergen mit Kiefern entlangführte, die sich bis in höchste Höhen hinaufzogen (und unten das Meer). Manchmal trat ich auf eine Lichtung hinaus, von wo aus deutlich die Touristenjachten auszumachen waren, auch das eine oder andere Schiff von größerer Tonnage, das in den Hafen einfuhr. Der inzwischen wieder warme Wind, der die Ballons am anderen Ende der Bucht in die Höhe steigen ließ, wehte mir ins Gesicht, vermischt mit ein paar Tropfen Regen. Das Asphaltband der Straße fiel ohne Begrenzung in den Straßengraben, wie ausgefranst und belagert vom Kiefernnadelteppich. Eine gute Landstraße. Mir gefiel, daß sie aus Asphalt und nicht aus Beton war, es ging sich angenehmer, weicher, auch wenn es im Grunde keine Rolle spielte. Die Frau an der Rezeption des *Oreanda* hatte von einem Obus gesprochen, der nach Liwadija fuhr und noch weiter, bis Alupka, und die kleinen Dörfer und Seebäder der Küste bediente. Eine seltsame Strecke für einen Obus. Ich ließ mir von ihr erklären, wo er losfuhr: fünf Straßen weiter vor dem Kino, und ich beschloß, zu Fuß zur Pension zu gehen.

Ich würde, wie ich schätzte, eine halbe Stunde für den Weg auf der Landstraße brauchen, an den Kiefern entlang. Ich lief auf der Gegenfahrbahn. So konnte ich die Autos sehen, die mir entgegenkamen (eine Vorsichtsmaßnahme), und in einer Kurve sah ich, noch bevor er selbst in Erscheinung trat, die Leitungen schwanken und gleich darauf den Obus auftauchen, ein altes Modell, dessen Fahrdrähte von Seilen gehalten wurden.

Ich folgte einfach den Leitungen, konnte den Weg also nicht verfehlen. Ich kam an anderen Pensionen vorbei, nah an der Landstraße, ein paar Schritte von ihr entfernt. Der

Obus würde dort halten, allerdings nur wenn der Fahrer eine Gruppe von Leuten sah, die nach Jalta wollte oder in der Gegenrichtung zu den Schwefelbädern von Alupka. Ich war früher schon in Jalta gewesen, auch wenn das nichts zur Sache tut. Ich hatte die ganze Halbinsel bereist, im Eiltempo, mit dem Wagen, einem Kabriolett aus der Vorkriegszeit, praktisch ohne anzuhalten: eine sich endlos hinziehende Küste. So hatte ich zum Beispiel niemals in Liwadija angehalten. In Liwadija gab es einen großen Palast, 1911 erbaut. Von einem englischen Park umgeben, den die Landstraße durchschnitt. Ich ließ die Landstraße hinter mir und rannte mit nach vorn gebeugtem Oberkörper los, sehr schnell, um nicht zu fallen. Ich verlangsamte meinen Schritt auf den Kieswegen. *Ganz in der Nähe des Palastes, das heißt, achthundert Meter vom linken Palastflügel entfernt.* Ein guter Ort zum Leben, nur ein paar Meter vom Palast entfernt. Ich ging noch weiter hinab, Richtung Meer, und entdeckte das zweistöckige Haus, das ich gesucht hatte: »Liwadija« (auch die Pension).

Die Krise hatte das Schwarze Meer zu einem hervorragenden Ort zum Wohnen gemacht, voll Familienpensionen mit niedrigen Preisen. Das einzige Problem bestand darin, daß die Pensionen, diese soliden Häuser mit ihren Steinfundamenten, zehn oder fünfzehn Zimmern und Speisesaal, in Wirklichkeit keine Familienpensionen waren. Nicht mehr. Zu Beginn des Jahrhunderts waren sie es gewesen. Heute wurden sie vom Staat verwaltet, und die Zimmer fungierten in den Plänen fernster Gewerkschaften. Sie mußten umsonst, oder so gut wie, an Schullehrerinnen und Rentner vermieten, die ihre Mahlzeiten mit Kupons bezahlten, alles eingeschlossen, vom Wäschewaschen bis zum Mitternachtsimbiß: einem Glas kalter Milch mit Keksen.

Wladimir Wladimirowitsch, erklärte ich Maria Kusmowna, hatte einen Monat in der Pension gewohnt. Die Frau erinnerte sich logischerweise nicht an ihn, aber die Dollar, mit der ich sie bezahlen und die sie in die neue

Lokalwährung umtauschen würde, weiteten die Bresche, die der gefälschte Brief geschlagen hatte. Ich ließ keinen Zweifel daran, daß ich das alte Zahlungssystem per Kupon mißbilligte. Ich würde pünktlich den vollen Preis für Mahlzeiten und Bettwäsche entrichten.

Kusmowna las den Brief nicht noch einmal durch, wie ich feststellte, eine gerissene Frau. Sie hatte ihre Scheu abgelegt, wenn auch noch nicht ganz. Vielleicht wollte sie sich einen kleinen Vorbehalt bewahren, nicht dem trügerischen Vertrauen nachgeben, das die Öffnung der Märkte bei vielen fälschlicherweise hervorgerufen hatte. Die Plage der alten Wirtschaftspolizei war nun der von Betriebsprüfern gewichen, und bestimmt hatte sie mit angesehen, wie manch einer in vermeintlich soliden Geschäften den Boden unter den Füßen verlor. Sie schaute mir prüfend in die Augen. Sie war um die fünfzig, mit üppiger Brust, wie eine Landebahn für Flugzeuge mit weichen, schlaffen Rädern.

»Michail Petrowitsch«, forderte sie einen Mann auf, einen Rentner, ebenfalls in bequemem Hemd und Sandalen, »kommen Sie bitte.«

Sie wollte einen Zeugen für unsere Übereinkunft haben. Das bedeutete zumindest, daß sie nicht mehr von mir verlangen würde als von den anderen. Sie wollte den Grund für meinen Aufenthalt wissen. Ich verriet ihn ihr nicht. Sie hatte nur wissen wollen, stellte sie klar, warum ich mich für so lange Zeit einmietete.

»Ich brauche ein Zimmer mit Blick aufs Meer«, gab ich zurück.

Daraus ließ sich sowohl auf ein Interesse an Lyrik oder astronomischen Studien als auch auf ein Atemleiden schließen. »Ich habe ein Zimmer mit Blick aufs Meer«, entschied sie endlich. Sie faltete den Brief und steckte ihn in ihre Kleidtasche. Michail Petrowitsch, der Rentner mit den runden Brillengläsern, war nicht ihr Liebhaber; er war zu gebrechlich, um Maria Kusmownas breite Hüften zu manövrieren. Sie hatte mich aufgenommen. Ein Pärchen argloser Sommerfrischler, das ins Zimmer schaute, die Taschen prall von Kuponheften, wurde kurzerhand weitergeschickt zu den großen Sanatorien, zum Palast selbst, denn in Moskau oder wo auch immer richtete man stets Unheil an und teilte zwei Personen ein und dasselbe Zimmer zu. (Lüge!)

Noch vor Ablauf der zweiten Woche entdeckte ich, daß die Gäste Nachrichten austauschten, die sie auf Notizzetteln mit selbstklebenden Streifen an ihre Türen hefteten. Leise glitt ich von Tür zu Tür, las die Nachrichten und machte mir so ein Bild von den Gästen. Kusmownas Notizen hatten stets einen dringlichen Ton: »Michail Petrowitsch, lassen Sie nicht noch einmal den Ofen an!« Kusmowna, die im Grunde intelligent war, brachte es partout nicht fertig, sich meinen Namen zu merken. Ich schlug ihr Joschka vor, einfach für die Anrede auf ihren Notizen, was von da an, nun ohne die Unsicherheit, die ein ausländischer Name mit sich brachte, mit drei Zeichen des Ausrufs, der Dringlichkeit, der höchsten Wichtigkeit verziert wurde: »Vergessen Sie nicht, den Papierkorb zu leeren!« oder: »Wie oft soll ich Ihnen noch sagen, daß Ihr Frühstück um halb acht Uhr morgens kalt wird?«

3

Liwadija

Der Wald zog sich bis zum Strand hinab. Als ich ihn durchquerte und den Kiefern auswich, war mir kalt. Auf dem Strand überraschte mich die Hitze, schwer vorstellbar unter den Bäumen. Genau die Art von Kontrast, die einem hilft, sich an einen Ort zu erinnern, auch wenn Jahre vergangen sind, notierte ich mir (im Geist) und außerdem: »Viel besser als die öden, dürren Strände der Tropen.« Zumindest jetzt zog ich die angenehme Verbindung von heißem Strand und Wald vor, die Möglichkeit, sich beizeiten auf den Nadelteppich und die Lichtungen zurückzuziehen, um ein Feuerchen zu machen. Allein die Erwähnung (im Geist) der Augustsonne verursachte mir Übelkeit. Im September oder sogar noch früher würde es Obst auf den Märkten geben. Das kam dazu.

Ich war in den letzten beiden Jahren zu viel gereist, dachte ich, als ich wieder unter die Bäume trat. Ich hatte bedeutende Metropolen mit ihren Pinakotheken und Museen schon wieder nach drei Tagen verlassen, ohne auch nur eine Sekunde Zeit gehabt zu haben, sie zu besichtigen. Immer gab es da eine Fähre um 18.37 Uhr, einen Zug um 13.45 Uhr, ein Flugzeug, das gleich starten würde. Ich nahm ein Taxi, verteilte all meine Gepäckstücke auf dem Rücksitz und *sauste* dann zum Kai, zum Bahnhof, zum Flugplatz. Ich war, besser gesagt, über diese Städte hinweggeschwebt: Helsinki, Prag, Wien, Stockholm, Berlin, kaufend und verkaufend, ganz im Bann der Schleuderpreise im Berlin nach dem Mauerfall, brauste nach Krakau mit seinen Antiquitäten zum Schnäppchenpreis, ohne daß meine Füße je Halt auf seinem Kopfsteinpflaster gefunden hätten, flog weiter nach Wien, getragen von den geflügelten Sandalen eines Fünfhundertprozentgewinns. Ich hatte mich damit beschäftigt, diese Staatsmembranen (die Grenzen) zu überqueren, um das Preisgefälle zwischen dem einen Zellverband (oder Staat) und dem anderen zu meinen Gunsten arbeiten zu lassen. Und vollgepumpt mit Sauerstoff zurückzukommen, vor mir ganze Tage des Nichtstuns, der Muße, denn die Gewinne waren am Anfang märchenhaft gewesen und die Nervenbelastung minimal. So lehnte ich zum Beispiel das in Tabletten gepreßte Opium ab, das mir ein Usbeke in Samarkand in die Hand drückte. Ich hatte gelesen, wie endlos sich die Stunden im Gefängnis dehnen und übrigens auch daß sich Häftlinge, ohne jegliche Beschäftigung und mit dem ganzen Leben vor sich, dem Briefschreiben widmen.

Das Problem der Grenzen interessierte mich sehr, sein praktischer Gesichtspunkt, versteht sich. In einer Nacht hatten Hunderte von Menschen, Hunderte von Schmugglern die Grenze nach Estland überquert. Ein Traum. Die Zeitungen brachten nichts über den Vorfall, über seine politische Bedeutung. Rußland hatte seinen Kolonien die Freiheit gegeben, und durch den Schrumpfprozeß waren die Zollstationen, Stacheldrähte und Hunde in weite Ferne gerückt. Betrat man Estland oder eine andere der baltischen Republiken, war man auf einmal im Ausland, ungehindert. Hinter dieser Grenze hatte sich eine dunkle Wolke von Schmugglern mit Koffern voll illegaler Waren, von Lastwagen mit heruntergelassenen Planen angesammelt. Wie ein Heer, das seine Vorbereitungen am Abend vor der Offensive verstärkt, jedoch alle möglichen Vorsichtsmaßnahmen trifft. Somit war es auch am hellichten Tag auf der Hauptstraße von Iwangorod, der ehemaligen Festung, die nun erneut das Ende russischen Territoriums markierte sowie den Beginn des Hansebundes, unmöglich, die Vorbereitungen zu entdecken, die an der Demarkationslinie kampierenden Streitkräfte, die Jeeps mit Vierradantrieb und ausgeschalteten Scheinwerfern, die offenen Landkartenmappen mit dem Zeigefinger, der dem gewundenen Pfad folgte, auf dem Soldaten drei Helikopter mit eingeklapptem Propeller hervorholten. Seit langem schon schleusten sie sich über diese »durchlässige Grenze« (das war der Ausdruck, den die Zeitung *Iswestija* benutzte) und »ließen Mutter Rußland bluten« *(sic!)*, aber Monate später traf man in Warschau oder Berlin manch einen, der von ebendieser mondlosen Nacht erzählte, in der aus den Tiefen Rußlands wie ein Heer von Lemuren die ersten Divisionen von Schmugglern losgezogen waren und man einfach alles hatte hinüberschaffen können. In einer Nacht. Manche machten mehr als eine Reise. Manche wurden in dieser einzigen Nacht mit einer Ladung Osmiumoxid reich, einem Platinmetall zu siebzigtausend Dollar das Kilo. Ich war nach Iwangorod gereist, als die Erinnerung an jene Nacht noch immer Stoff für stundenlange Erzählungen im Bahnhofsrestaurant lieferte. Der Moment war vorüber, manche hatten ihn zu nutzen gewußt, hatten ein Vermögen gemacht. An dem Abend, an dem ich in der Stadt eintraf, mehrere Monate nach dem Vorfall, erzählte mir ein Saufbruder, der ein paar kalte Klopse in sich hineinstopfte und bei jedem Bissen die Zinken der Aluminiumgabel verbog, er habe die Grenze zu Fuß überquert, in aller Seelenruhe. »Ein Spaziergang!« (er zwinkerte mir zu), allerdings bloß mit zwei Flaschen Wodka in eben jenem karierten Sakko, das er trug. Heute, wie er mir sagte, könnte er Millionär in Tallinn sein... »Kolja! Mein Freund Kolja... Wie oft haben wir hier gemeinsam einen gehoben... *Zubrowka*... Ich habe ihn vor drei Tagen in seinem Büro in Narwa besucht, fünf Minuten von hier: zwei Sekretärinnen, *nogi, wo!* (mit so langen Beinen) und Handy. *Die durchlässige Grenze!*« stieß er empört hervor.

In den letzten Monaten war sie nicht weniger durchlässig gewesen, um sie aber heute zu überqueren, mußte man geistesgegenwärtig sein, in Kauf nehmen, die Ware wegzuwerfen und loszurennen. Rußland hatte ungeübte Soldaten von weit entfernten Garnisonen hergeschafft, vom Ural oder aus Baschkirien, phantasielos in Sachen Zoll, die bereitwillig eine Armbanduhr konfiszierten, um die Plünderung des Landes zu verhindern.

Eine merkwürdige Geschichte, die mir auf einer meiner Reisen widerfahren war, aber vielleicht lohnte es nicht, ihr davon zu schreiben. Einmal wollte mir eine Kundin in Brüssel schlecht gewordene Kaviardosen zurückgeben, die ich ihr angeblich in Lüttich verkauft hatte. Ich war noch nie in Lüttich gewesen und dachte auch nicht daran, bis dorthin zu reisen. Ebensowenig hatte ich Kaviar verkauft. Das heißt, nur einmal hatte mir jemand ein paar Dosen exzellenten Kaviars spottbillig abgegeben, Beluga, jeder Kaviaresser wird wissen, wovon ich spreche. Und jene Dame zu Besuch in Brüssel sah mir, gleich als sie auf den Platz trat, dies überhebliche Selbstvertrauen an, mit dem ich die Vorteile meiner Ware anpries. (Es ist mir ein wenig peinlich, aber es gab eine Zeit, ganz zu Anfang, als ich mich noch auf Plätze stellte, um zu handeln; später arbeitete ich dann auf Nachfrage und mit Kunden, die mir mit einem Mal eine ganze Ladung von Hasselblad-Objektiven, zweihundert Dollar das Stück, abkauften. Ich interessierte mich für die Optik, vielleicht sollte ich ihr das schreiben, ich war nach Rußland gekommen, um Optik zu studieren, ohne jedoch die *Laufbahn* weiterzuverfolgen.) Jene Dame sah womöglich doppelt, litt unter einer optischen Aberration, hervorgerufen von einer zeitlichen Phasenverschiebung. Die gleiche Erklärung wie für das Déjà-vu-Erlebnis, das gleiche wissenschaftliche Prinzip. Es heißt, ein Auge (nehmen wir an, das rechte, oder auch das linke) sieht zuerst ein bestimmtes Bild, einen jungen Mann mit einer khakifarbenen Jacke, schwarzer Mütze hoch über den Ohren und einem glänzenden Gebiß, das blinkt, wenn er herablassend lächelt, wohl wissend, daß nicht viel Geld dabei herauskommen wird, sich auf einem Platz die Beine in den Bauch zu stehen, und bereits im Gedanken daran, in den Schmuggel im großen Stil einzusteigen; und dieses vom rechten Auge mit einem Minimalvorsprung von Sekundenbruchteilen eingefangene Bild gelangt zum Gehirn, reist durch den Sehnerv, wird empfangen, verarbeitet und gespeichert, und wenn dann das zweite Bild des jungen Mannes, der bereits daran denkt, daß er sich besseren Geschäften widmen, bessere Waren finden sollte, Jahreseinkünfte von Tausenden und Abertausenden von Dollar, wenn eben dieses Bild (allerdings innerlich verwandelt, insgeheim ein anderes) ins Gehirn gelangt, nachdem es über den linken Sehnerv gereist ist, dann stellt es fest, daß es bereits dort ist, bereits gesichtet wurde, und diese Person, die Fünfzigjährige, die wütend auf mich zuschoß, hatte nicht nur die Gewißheit, mich schon einmal gesehen zu haben, sondern daß ich genau derjenige war, der ihr in Lüttich ein paar Dosen Kaviar verkauft hatte, so klumpig und fade wie Asphalt.

Ich war überrumpelt, wie uns auch ein Déjà-vu-Erlebnis überrumpelt und einen leichten oder starken, schwermütigen oder euphorischen Nachgeschmack hinterläßt. Die Frau wagte es nicht, mir die Kaviardosen an den Kopf zu werfen, die sie in ihrer Tasche hatte, vielleicht in der Absicht, sie der Abgeordnetenkammer des belgischen Parlaments zu präsentieren, um mit diesen Beweisstücken eine Anzeige gegen die Flut von verdorbenem Schmuggelgut aus dem Osten, aus Rußland zu untermauern. Als sie mich dort sah, eben die Person, die sie rätselhafterweise für den nahm, der ihr besagten Kaviar in Lüttich verkauft hatte, sprach sie mit zwei jungen Männern, erklärte ihnen, während sie mit empörtem Finger auf mich zeigte, mein hinterhältiges Vorgehen, kam zu mir (der ich gerade, bereits mürrisch, den Deckel der Thermosflasche mit Hilfe der Fingerkuppen abschraubte, die aus meinen Handschuhen mit den gekappten Fingerspitzen hervorschauten) und warf mir eine lange Rede auf wallonisch an den Kopf, wobei sie jene Dosen schwang, die ich mein Lebtag noch nicht gesehen hatte (geschweige denn verkauft). Dann wechselte sie in ein schneidendes Englisch: wenn ich ihr nicht ihr Geld zurückgäbe, würde sie die Polizei rufen. Ich versicherte ihr, daß ich niemals Kaviar verkaufte, das sei nicht meine Sparte. Ich reichte jedem ihrer jugendlichen Begleiter – die sich nach ihrer unfreiwilligen Premiere als Leibwächter vielleicht für Überwachungsausrüstung interessierten – Infrarotteleskopsucher, um ihnen zu zeigen, mit welcher Art von Ware ich handelte. Die Frau hatte beschlossen, sich erst mit mir auseinanderzusetzen, mit dem angeblichen Betrüger, denn es ging um eine Ware, die keinen Zoll bezahlt hatte. Wollen wir mal sehen, dachte ich, ob sie danach noch die Polizei ruft. Ich antwortete ihr ebenso schneidend auf englisch (hier kann ich anmerken, daß mir am Englischen besonders das Schneidende gefällt, zumindest wie ich es in unzähligen Romanen gelesen habe, gesprochen vom schneidenden, lapidaren Mickey Spillane): *What's the problem? The money? Do you want your money back? O.k. Give me those damned cans and get your money back.* Ich würde die Dosen bestimmt an irgendeinen Sonntagsspaziergänger loswerden, der zu wenig Francs verdiente, um sich Kaviar aus belgischen Feinkostläden zu leisten. Ich hatte ihr die Dosen nicht verkauft, war nie im Leben in Lüttich gewesen, aber der gekrümmte Zeigefinger der Hexe trommelte auf die Dosen und deutete dann auf meine Brust und stellte so eine mysteriöse Verbindung zwischen Brust, Dosen und jener unbekannten Stadt (Lüttich) her.

Ich dachte, sie habe mich verwechselt. Einen Monat später kam in Stockholm ein Mann freundschaftlich auf mich zu und sprach mich an, wir hätten uns auf einer Fähre kennengelernt, wo ich ihm Aufnahmen von instrumentaler Volksmusik aus dem Süden Rußlands versprochen hätte. Ich vermutete, er war einer ähnlichen Täuschung erlegen wie die Chinesen, die nicht zwischen westlichen Gesichtern unterscheiden, oder einer ähnlichen Blindheit wie die im Westen, die nicht zwischen chinesischen Gesichtern unterscheiden können, obwohl ich nichts von einem Chinesen an mir habe, es ist nur ein Beispiel.

Später hatte ich selbst in einem griechischen Aussichtsrestaurant hier in Liwadija das Gefühl, mich in Echtzeit mit einer fernen Einheit verbunden zu haben, mit einem Doppelgänger. Als säße man im weichen Sessel seines Hauses und hätte das völlig reale Gefühl, sich auf einer Weide tief in der Mongolei zu befinden, der Wind, der das hohe Gras niederdrückt, die kurzbeinigen Pferdchen. Ich mußte eine zufriedenstellende Erklärung für dieses Phänomen suchen.

4

Liwadija

Was ich nicht zu begreifen vermochte, waren die Leerräume, die erstaunliche Anzahl von Zeiteinheiten zwischen dem Punkt auf der Skala, an dem ich W. zurückgelassen hatte, oder besser gesagt, zwischen dem Moment, an dem sie mich in Odessas Passagierhafen verlassen hatte, und dem Punkt, an dem sie am gestrigen Nachmittag wieder aufgetaucht war, der Schalter, der sich geöffnet und durch den sich der schlanke Arm des Mädchens von der Post gestreckt hatte, der ihren Brief hielt.

Ich war in die Post gegangen, um ein Ferngespräch zu führen, denn Post und Telekommunikation teilen sich in Rußland, in Moskau, dasselbe Ministerium, dasselbe graue Gebäude. Während eine Frau meine Verbindung herstellte, studierte ich die Musterbeispiele für Telegramme – von Glückwünschen zu Ankunfts- und Abfahrtszeiten von Zügen –, die unter einer Glasscheibe auf einem Pult ausgelegt waren, und mir kam der Gedanke, daß ein Brief mit meinem Namen beim Schalter für *poste restante* liegen könnte. Ich schaute von dem Muster für eine Postanweisung von fünfhundert Rubel auf, ortete den Schalter für *poste restante*, und im selben Augenblick glaubte ich, eine Stimme zu hören, die sagte: »Mein Herr, ich glaube, hier ist ein Brief für Sie.« Ich dachte, ein anderer, nicht ich sei mit *gospodin* gemeint, eine ungewöhnliche Anrede in Rußland. Bestimmt befand sich dort drinnen jemand, ein Einheimischer, der die Post durch die Hintertür betrat, um seine Briefe abzuholen. Und ihm gegenüber benutzten sie diese alte Anrede, die in Rußland allmählich wieder verbreiteter wurde: »Mein Herr«. (Ich war nichts weiter als ein »Mann«, als den mich die Straßenbahnschaffner oder Pförtner in Petersburg ansprachen.) Außerdem machte es mich stutzig, daß von einem Brief die Rede war. Wer hätte mir schreiben sollen? Ich erwartete keine Briefe, es war unmöglich, einen hierhergeschickt zu bekommen, denn niemand wußte von meinem Plan, mich in dem Dorf niederzulassen (mit Ausnahme von Stockis, der mir aus konspirativen Gründen niemals nach Rußland schrieb; wir verkehrten nur telefonisch, damit sich die Worte – worauf er fest vertraute – in Luft auflösten). Es war ein absurder Gedanke gewesen, an den Schalter für *poste restante* zu treten. Außerdem konnte jeden Augenblick mein Anruf hereinkommen. Ich kehrte zu meinem Platz neben dem Pult zurück, hörte jedoch, wie hinter mir jemand mit einem metallischen Gegenstand (mit dem Griff eines Poststempels, wie ich später feststellte) ans Schalterfenster klopfte, und dieselbe Stimme wiederholte diesmal lauter:

»*Mushtschina* (Mann), ich glaube, wir haben einen Brief für Sie. Ist Ihr Name nicht J.? Hier, sehen Sie. Sind Sie nicht J. P.?« Und sie schob einen blaßgelben Umschlag durch die Glasöffnung und hielt ihn mir hin.

Ich kam langsam näher, von einem Schreck gepackt, den mir eine leise Gewißheit eingab … Himmel! Das konnte nicht sein!

»Ja, ich glaube, er ist für mich. Sie haben recht, er ist für mich.«

Ich war dem Mädchen am Vortag aufgefallen, sie hatte mich gesehen, als ich einen Anruf nach Stockholm anmeldete, der schließlich nicht durchkam. Und als ein Brief für jemanden mit ausländischem Namen eintraf, folgerte sie, daß nur ich das sein konnte.

Ich war sprachlos, als wäre ein Erzengel zu mir herabgestiegen (mit seinen weißen, raschelnden Flügeln, den Schwung- und Schwanzfedern, deutlich erkennbar in dem spärlich beleuchteten Postamt) und hätte mir jenen Umschlag überreicht mit den Namen des Absenders in der rechten unteren Ecke, wie es in Rußland üblich ist, aber ohne ihre Adresse zu vermerken (das fiel mir sofort auf). Ich hatte keinen Brief von ihr erwartet. Sie war in Odessa spurlos verschwunden, und bei ihrem Verschwinden hatte ich eine Beklemmung gespürt, ähnlich der, wenn wir einen

Brief mit einer für uns wertvollen Nachricht in den gleichgültigen Schlund des Briefkastens werfen und ihn für verloren geben. Aber nein, er erreicht seinen Empfänger, und Wochen später erhalten wir wie aus heiterem Himmel die Antwort. (Die Antwort auf ihr Verschwinden, und vor allen Dingen, die wirkliche, wahrhaftige Antwort auf sie selbst.)

Nie hatte ich Briefen bisher besondere Aufmerksamkeit geschenkt. Nie hatten mich Briefe anderer interessiert, geschweige denn ganze Briefwechsel. Nichts wußte ich über Briefe. Ich hatte Romane gelesen, Erzählungen, aber niemals Briefe (auch keine Theaterstücke, nie gehe ich ins Theater). Wenn ich mit einer stattlichen Geldsumme unter dem Hemd von meinen Reisen zurückkehrte, überflog ich eine Handvoll Briefe, die mich als Einschreiben von so unterschiedlichen Punkten des Erdballs aus erreicht hatten wie etwa Japan oder Neuseeland (oder sogar Kuba!), und wenn nötig, las ich sie noch einmal, um das eine oder andere unleserliche Wort zu entziffern, den Sinn eines Satzes zu entschlüsseln. Noch nie hatte ein Brief so eine Wirkung auf mich gehabt wie der von W. Wie ein blindspielender Schachmeister die beendete Runde von zwanzig Simultanpartien unaufhörlich ein ums andere Mal im Geist wiederholt, am Rande des Wahnsinns, las ich ihn immer wieder, sprang von der Nachschrift zur Anschrift, in einer Endlosschleife. In einem Moment geistiger Klarheit hob ich das zarte Reispapier gegen das Licht, wie um zwischen seinen Schichten einem Kniff auf die Schliche zu kommen, einem Hypnosetrick. Ich stufte ihn (fälschlicherweise) als Liebesbrief ein, obwohl das Schicksal es mir nicht vergönnt hatte, Liebesbriefe zu erhalten. Ich hatte in die Augen innig geliebter Frauen geblickt, hatte stundenlang auf einem Balkon gesessen und geredet, bis in die frühen Morgenstunden, war schweigend im kalten Herbstregen spazierengegangen, war an einem Nachmittag am Meer mit einer Freundin eingeschlafen und um neun Uhr nachts auf dem leeren Strand wieder aufgewacht, während die inzwischen hohen Wellen schon an den Kiefern leckten und an einem Schiff in der Ferne, am Horizont, aber niemals hatte ich einen Liebesbrief erhalten. Der ihre besaß außerdem eine feine musikalische Note, die Offenheit und Kraft eines Liedes, bei dem wir uns für einige Minuten, für eine unweigerlich kurze Spanne erhaben fühlen, das jedoch Wahrheiten enthält, die unsere Seele ahnt und doch nicht ausdrücken kann. Er erklang mit einer wunderschönen Melodie, entfaltete sich in ruhigem Tempo, natürlich mit Umschwüngen, Einzelheiten, die übergangen werden konnten, so wie etwa ein norwegisches Lied, eine Sprache, die ich nicht verstehe und nie verstehen werde, mich tief in der Seele berühren kann. Ihr Brief verlieh diesen Morgenstunden und all den Tagen der folgenden Woche einen hellen, leuchtenden Ton, der mich ohne augenscheinlichen Grund zum Lächeln brachte, und ebenso wie man an einem Tag immer wieder auf dasselbe Motiv des Mißfallens stößt, konnte meine Freude, untersuchte man ihren Ursprung (der strahlende Tagesbeginn – nein, das ist es nicht; der hervorragende Film, den ich gestern abend gesehen hatte – nein, auch nicht), als Frucht dieses Lichtes identifiziert werden, das nun ganz klar aus den Sätzen ihres Briefes strahlte.

In den breiten Trägern, der Einfachheit des Schnitts, unterstrichen von den drei großen weißen Knöpfen ihres Baumwollkleids, das sie sich gekauft hatte, kaum waren wir in Odessa eingetroffen, hätte ich, wie ich nun erkenne, viele dieser Sätze und Wendungen erahnen können, die meinen Atem stocken ließen, die Weise, wie sie ohne Schwanken Satzglied an Satzglied knüpfte, wie sie eine Periode entwickelte, alle Möglichkeiten einer Idee auslotete und sie mit einer anderen verflocht, ohne zu straucheln, wie jemand, der Stiche vollführt, der ein Loch im Strumpf stopft und ihn dann mit den Fingern glattstreicht, auf Armlänge hält, zufrieden seufzt und den nächsten Strumpf nimmt oder einen Wollpullover mit einem Loch am Ellbogen, den Faden mit den Zähnen abbeißt, das Ende befeuchtet und die Idee an dem Punkt wieder aufnimmt, an dem er sie einen Stich zuvor verlassen hat. Es bestand ein grenzenloser Unterschied zwischen der Frau, die sich in einem Morgenrock, der sich auf Höhe der Schenkel leicht öffnete, hingesetzt hatte, um diesen Brief in aller Ruhe bei sich zu Hause zu schreiben, in ihrem kleinen Dorf (fast ein Weiler), und der wilden, berechnenden, harten Frau, die ich in Istanbul kennengelernt hatte.

Ich begriff, daß sie nicht mit mir nach Liwadija gekommen wäre. Ich las ihren Brief mit der Überraschung dessen, der eine Frucht anschneidet und auf das reife Fruchtfleisch stößt. Ich hatte sie nicht reifen sehen, dachte ich mir, sie war an jenem Nachmittag verschwunden, kurz bevor ich mich (wie ein Schwachkopf) hingesetzt hatte, um Chase zu lesen, und nachdem ich entzückt die natürliche Intelligenz ihrer Arme bewundert hatte, den goldenen Flaum, den W. durchaus nicht abrasieren wollte. Sie schien ein Muster an Intelligenz (seit dem Morgen, an dem ich sie zum ersten Mal in Istanbul gesehen hatte, als sie mit ihren weißen Backenzähnen die Salatblätter ihres Frühstücks zermahlte, stand ihre Intelligenz für mich außer Frage), aber einer natürlichen Intelligenz, die Intelligenz ihrer runden Knöchel, ihrer tiefblauen Augen, ihres hellblonden Haars, das ihr auf die Schultern fiel. Sie besaß Wölbungen, aber es waren angenehme Wölbungen, wie die ihrer nackten, sehr vollen Arme, die aus den Blusenärmeln schauten und die ich gedrückt hatte wie jemand, der die Füllung eines Kissens prüft, um den Kopf darauf zu betten und vom Strand und dem Bad im Meer zu träumen, an dem wir uns in Liwadija erfreuen würden.

Vor ihrem ersten Brief, als ich drei Tage hintereinander zum Kai von Jalta gegangen war, in dem strömenden Regen, der ausgerechnet in den drei Tagen fiel, hatte ich fälschlicherweise gedacht, ich hätte sie hart anpacken müssen, so wie ich sie mit Leilah, dem anderen Mädchen aus dem *Saray*, hatte umspringen sehen (als würde man einen Pfirsich oder eine Mango walken, um sie weich zu machen). Aber W. war von alleine reif geworden, im Stroh auf dem

Heuboden eines Schuppens, als sie durch die blaue Öffnung des Fensters beobachtete, wie die Blätter an den Bäumen sich verfärbten und Schwärme von Wildenten in makelloser Formation über den Himmel zogen. Bestimmt wachte sie dort benommen auf, zähen Speichel im Mund, hörte überdeutlich das Piepen der frisch geschlüpften Küken, das Schlagen des Eimers gegen den Brunnenrand. Sicher erriet sie die Tageszeit am ungewissen Licht, das die Apfelbäume im Garten umhüllte, würde hinuntersteigen, die Hände geschickt an den Holmen hinabgleitend, oder würde hinunterspringen, sich mit einer Handbewegung das einfache Perkalkleid (oder den Kittel) glattstreichen, in die Küche treten und sich zwischen Marmeladentöpfe setzen, um mir ihren Brief zu schreiben. Das gleiche sanfte Licht jener Stunde, das gleiche Schweigen, genau das gleiche Gefühl des Friedens, verstärkt von dem Schlagen des Eimers gegen den Brunnenrand und dem Knarren der Kette am Flaschenzug. Sie war weit vor mir wieder aufgetaucht mit ihrer erstaunlichen Kalligraphie und diesem Brief voller Wahrheiten, den ich nicht von ihr erwartet hatte. Sie erzählte mir auf sieben Seiten, bedeckt mit einer kleinen, aber hervorragend geschulten Handschrift, Dinge, von denen ich immer geglaubt hatte, daß sie in Briefen erzählt werden konnten, die ich jedoch noch nie mit solcher Genauigkeit niedergeschrieben gesehen hatte, ohne auch nur einmal den festen Boden unter den Füßen zu verlieren. Er war in einem Zug verfaßt worden, daran bestand kein Zweifel; aber hatte ihn, wie ich mich beim Lesen mehr als einmal fragte, dieselbe W. geschrieben, das Mädchen, das ich in Istanbul befreit hatte, das mir hatte weismachen wollen, sie verdiene ihren Lebensunterhalt als Eiskunstläuferin, die unermüdlich Kreise auf das Eis zeichnet? Denn ich hatte gesehen, wie sie Leilah, ihre Freundin, grob angeschrien, an ihr eine tatsächliche Gewalt entfaltet hatte; andererseits hatte sie mir auch erzählt, sie habe Zeichnen oder Malerei studiert, ich erinnere mich nicht mehr genau. Was mir noch gut in Erinnerung ist: An einem Mittag, als wir in einem chinesischen Restaurant in Istanbul auf unser Essen warteten, hatte ich eine – natürlich völlig unangebrachte – Bemerkung über die Vertikalperspektive auf einem Bild gemacht, das an der Wand vor uns hing. Sofort wurde mir das Widersinnige meiner Bemerkung bewußt, und ich versuchte, sie schnell mit einem Lob auf die Lackente, die man uns gerade gebracht hatte, wegzuwischen. Aber sie unterbrach mich, als ich auf halbem Weg zu meiner Schüssel war. Ich hörte sie sagen, sie habe Malerei studiert, worauf sie etwas über die Vertikalperspektive hinzufügte, und zwar, der Begriff sei ihr noch nie untergekommen. Ich folgerte daraus, daß sie log, daß sie niemals Zeichnen (oder Malerei) studiert hatte, und wollte einen Scherz machen: das habe sie wohl gerade erfunden. Aber sie hatte sich wieder über ihre Schüssel gebeugt und umkrampfte mit der linken Hand ein Stück Brot, das sie sich zum Mund führte und davon abbiß, ohne aufzuschauen. Schnell ließ ich von der Vertikalperspektive ab, und wir beendeten die Mahlzeit in Schweigen. W. hatte fast zwei Monate gewartet, um es zu brechen, ohne Anzeichen von Ungeduld zu zeigen, wie die, welche sich nie an einem Gespräch über komplexe Themen beteiligen, weil sie es vorziehen, nicht laut über derlei Dinge zu reden. Statt dessen schreiben sie lieber Abhandlungen, Bücher, die fast nie, in den wenigsten Fällen komplex sind, sondern ganz im Gegenteil, von extremer Einfachheit. Auch ihr Brief war an sich nicht komplex, er wurde es, erlangte in mir einen unerträglichen Grad von Komplexität, in dem Maß, in dem sie auf dem feinen Faden ihrer Kalligraphie die Tage in Istanbul, die Zwischenfälle auf unserer Flucht aus Istanbul, die auf dem russischen Handelsschiff überstandene Gefahr und zuletzt ihr Verschwinden in Odessa auffädelte. Das Thema ihres Briefes – ich mußte ihn mehrmals lesen, um mir dessen bewußt zu werden – war die Freundschaft, die Liebe, wenn man so will, aber eine Liebe, bei der die Tage hatten verstreichen müssen, der Wasserstand der großen Flüsse Rußlands steigen, das Laub der Bäume sich verfärben, die Abende in

Liwadija länger werden, damit sie mit ihrer Spitze die Schale der Tage, hart von Gefahren, Mißtrauen, Schreien, gebrüllten Befehlen und Furcht, durchbrach.

Vielleicht hilft eine kurze Beschreibung von W., um meinen Zustand zu erklären, meine Verwirrung, die Verstörung, die ich empfand. Ich wußte nicht, was ich nach meinem Eintreffen beim Café Istanbul tun sollte, zu dem Stockis mich bestellt hatte und in dem, wie ich später erfuhr, die Frauen aus dem *Saray*, dem Nachtclub gegenüber, (Leilah, zum Beispiel, und auch W.) ihr Frühstück einnahmen – zur Mittagszeit. Dort sah ich sie (wie in Pose) an dem Morgen, und ihre Gestalt am Nachbartisch zog mit Macht meine Blicke an. Sie strahlte in der Sonne! Das sind genau die treffenden Worte, um zu beschreiben, welchen Eindruck sie auf mich machte. Sie saß nicht direkt im Sonnenlicht, das vom Schirm über dem Tisch gedämpft wurde, sanft herabfiel und sie mit einer Art Aureole umgab, gleichmäßig, ohne Kontraste, wie bei einem Fototermin, bei dem von Schirmen gedämpfte Scheinwerfer hinter ihrem Rükken die lebensgroße Kulisse einer Straße von Istanbul (zum Beispiel) beleuchten. W.'s Hintergrund war real und somit veränderlich. Der Metzger mit der Lederschürze, den ich in dem Moment nicht aus dem Strom heraussiebte, der mir jedoch einige Minuten später ins Auge fiel; die türkischen Frauen, viele mit Kopftüchern; ihre Männer mit ihren Sakkos (oder Windjacken), die straff über dem Bauch spannten, und ihren zwei Westen, eine über der anderen; die Menschenmenge, fast europäisch in ihrem flüchtigen Vorbeiziehen, jedoch als Standfoto genau betrachtet eindeutig türkisch. Und vor diesem Hintergrund hob sich der Glanz der Frau ab, in die ich sofort den Blick bohrte. Ihre Beine konnte ich nicht sehen, für mich stets der erste Anhaltspunkt bei der Begutachtung der Frauen, die mir im Menschenfluß einer großen Allee entgegenkommen. Ihr Gesicht, die vollen Brauen, ihre Wangenknochen nehme ich gewöhnlich mit einem siebten Sinn wahr, dem für die Gesamterscheinung (*Gestalt* nennt man das, nicht wahr?)

einer schönen Frau, und unverzüglich, ohne eine Bestätigung dieses ersten starken, bereits so gut wie sicheren, ja in Wirklichkeit schon völlig gewissen Eindrucks abzuwarten (niemals oder fast nie täusche ich mich), gleite ich schnell zu ihren Beinen hinab, die in manchen Ländern, in bestimmten urbanen Menschenmengen von höchster Qualität sind. Von diesen Beinen getragen, auf diesen Beinen schwebend, sehe ich sie sicher voranschreiten, ohne zu schwanken, und dann studiere ich ihre Gesichter wie ein Teil, aus dem sich das Ganze erschaffen läßt. Ich unterzog die junge Frau, die am Nachbartisch saß (oder posierte), einer ähnlichen Operation. Und da ich von meiner Warte aus ihre Beine nicht sehen konnte, hielt ich mich an ihre vollen, frischen Arme, die Freimütigkeit ausströmten. Sie weiteten sich leicht vom Ellbogen aufwärts zur Schulter (sie trug eine ärmellose Bluse) und folgten haargenau, ohne auch nur eine Bogensekunde davon abzuweichen, dem Modellbogen von Armen, die man in einem Anfall von Zärtlichkeit mit Küssen bedeckt. Die Schultern, ihre tiefen Halsmulden schauten unter den breiten Trägern der beigefarbenen, fast weißen Bluse hervor. Sie sah nicht zu mir, hatte den Blick starr auf den Teller gerichtet und verschlang heißhungrig ihr Frühstück. Die Haut am Hals reagierte prompt auf die dringlichen Bewegungen ihrer Kiefer, die auf Hochtouren arbeiteten. Ein Ohrring hing an ihrem Ohrläppchen, und ich flüsterte, den Blick auf die zarte Ohrmuschel gerichtet: »Dreh dich um und schau zu mir«, und sie drehte sich um und schaute zu mir, aber ohne auf mich zu achten, denn sie suchte den Kellner, der gerade an einem Tisch hinter mir bediente. Als ich sie so frontal sah, war es unmöglich, an etwas auch nur annähernd Unangenehmes zu denken. Sie hielt den Rücken gerade, das stimmt, wie die Wasserträgerin auf einem Stich, die sich vom Brunnen entfernt, ohne einen Tropfen zu verschütten. Der freundliche Blick ihrer Augen wurde zugleich von einem bleibenden Lächeln der Verachtung Lügen gestraft oder nuanciert, bei dem sie die Lippen zusammenpreßte.

Während der Woche, die wir in Istanbul verbrachten, blitzte zwischen uns (in dem Raum zwischen unseren physischen Körpern) in manchen Augenblicken ein wahres Gefühl auf, eine wahre Wärme, ein wahres Augenspiel, aber sie verheimlichte es lieber, aus Angst, in der Falle sitzenzubleiben, ihre Chance zu verlieren, dem *Saray* (so hieß der Nachtclub mit Tanz und Striptease, in Wirklichkeit ein Bordell, vor dem ich sie kennengelernt hatte) zu entkommen. Der Brief hatte sich seinen Weg zu mir gebahnt wie der Bohnenschößling, der bis zu den Wolken emporwächst, und hatte mich – von einem Sack in den andern geschüttet, in den Postwaggons hin und her geworfen –, schließlich in Liwadija erreicht. Es war kein Engel gewesen, wie ich mir auf dem Postamt ausgemalt hatte, sondern genau das, eine Pflanze, ein Bohnenschößling, der lange gewartet hatte, um zu keimen und mich zu erreichen.

Es wurde zusehends heller. Ohne eine Zeile geschrieben zu haben, legte ich den Kopf auf den Tisch und döste in dieser Stellung unbequem vor mich hin. Ich erwachte beklommen, schaute aus dem Fenster, ins Türkis der ersten Morgenstunde, nahm die Bogen ihres Briefes, hielt sie an die Fensterscheibe und sah zu, wie sie sich gemeinsam mit der Scheibe rot färbten. Ich hatte den Tisch ans Fenster geschoben, um mehr Licht für die Schmetterlinge zu haben, für die Gläser mit den Schmetterlingen und für Stuarts illustriertes Handbuch. Nun wollte ich im Gegenlicht zwischen den Schichten des Blattes eine Spur Strontium entdecken, das chemische Element, das solche Kraft ausstrahlte, wie der Experte, der ein Röntgenbild untersucht und aus seinen Schatten das einwandfreie Funktionieren unserer Nieren, das geölte Räderwerk unseres inneren Gerüstes abliest, und (den Fokus erneut ändernd) meine verängstigten Augen in der Scheibe.

Ich ging hinaus.

Ich sprang nicht auf den Kies, wie ich es in wacheren Stunden zu tun pflegte, um elf Uhr morgens (weniger ängstlich), sondern ich tat etwas, was ich mir vom ersten Tag an vorgenommen hatte: Ich wandte mich nach rechts, zur Rückseite des Hauses, die aufs Meer schaute. Der Garten vor der Pension erstreckte sich über zehn oder fünfzehn Meter bis zu einer doppelten Reihe von Buchen, hinter der sich die Landstraße nach Jalta anschloß. Am Ende der Baumreihe begann – nicht quer durch den Garten, sondern an seinem linken Rand – der Pfad, der bis zur Veranda führte. Ich nahm immer den Weg durch den Garten, wenn ich ins Dorf ging, und Spuren im feuchten Gras zeigten, daß ich nicht der einzige war. Nur die ältesten Mieter, wie ich festgestellt hatte, nahmen den Pfad, der einen zu weiten Bogen zum Dorf machte. Wollte man allerdings zum Strand, konnte man ihn gut benutzen, auf die Landstraße treten und weiter hinuntergehen bis zum Wald, ein paar Meter vor dem Strand.

Ich zählte sechs Fenster im ersten Stock und sechs im zweiten, und die Abflußrohre, in Blaßgrün gestrichen, sagen wir im Jahr 1935. Mein Zimmerfenster war das erste an der Ecke, und es gab ein weiteres (zwei Fenster, viel Licht) auf der anderen Seite. Das Gebäude ruhte auf einem festen Steinfundament mit geweißten Fugen, die zwischen den Akazien schimmerten. Im Gras stieß ich auf verrostete Konservendosen, Zigarettenstummel und alte Zeitungen. Ein herrlicher Ort für ein Sonnenbad, ich konnte einen Stuhl durch das Fenster heben oder eine Decke auf das Gras legen. Die Frauen, die ein Zimmer im Haus gemietet hatten, fast alle blond, sonnten sich auf diesem Grasstreifen. Ich durchquerte den Schatten auf der anderen Hausseite und trat auf den Pfad, folgte ihm jedoch nicht, sondern ging quer durch den Garten in Richtung Dorf.

Ich gab ein Telegramm nach Sankt Petersburg auf, an Wladimir Wladimirowitsch. Ich schrieb es in einem Zug, ohne daß mir die Hand zitterte, kopierte Wort für Wort die Muster in Druckschrift unter der Pultscheibe. Ich verschmolz Neujahrswünsche mit einem Text, der ankündigte: »Tanja und die Mädchen. Wagen fünf. 7. Juli. 17 Uhr aus Moskau. Küsse«. Flink sprang ich von einem zum anderen Telegramm, fand die genauen Worte, die korrekten Wendungen. Ich hatte erst daran gedacht, ihm eine Liste mit den Briefwechseln zu schicken, die ich für meine Antwort an W. zu Rate ziehen wollte, aber dann bat ich ihn bloß, mir alle zu suchen, die er auftreiben konnte, und sie mir *poste restante* nach Liwadija zu schicken. Binnen einer Woche trafen die ersten Bücher ein, in Packpapier gewikkelt, mit einem Strick umschnürt und mit Siegellack verschlossen: hauptsächlich Briefwechsel auf russisch, englisch, französisch und in meiner Muttersprache.

Unter den ersten, die ich von Wladimir Wladimirowitsch bekam, befand sich einer, der mir nicht viel weiterhalf, den ich hier jedoch als Beispiel anführe. Sein Titel: *Auswahl der bedeutendsten Briefe von der Antike bis zur heutigen Zeit mit den Bekundungen, gewichtigen Aussagen, dem innigen Austausch und den Schriftwechseln von herausragenden Persönlichkeiten der Weltgeschichte sowie von angesehenen Zeitgenossen. Ausgewählt, herausgegeben und vorgestellt in ihrem biographischen und historischen Umfeld und ihrer Wirkungsgeschichte.*

ZWEITER BRIEF

I

Liwadija

Die junge Frau vom Postamt überreichte mir den zweiten Brief von W. Sie lächelte, als sie sah, wie ich ihn hin und her wendete, ungläubig. Als ich auf die Straße hinaustrat, umringte mich sogleich ein Schwarm von Kindern mit biblischen Locken: griechische, armenische, tatarische Kinder. Ich riß den Brief auf, ohne auf ihre Schreie zu achten, und es war, als wäre ich kurz aufgestanden, um eine Tür zu schließen, durch die zu laute Musik dringt, das Geschrei der Kinder, die mich nach der Uhrzeit fragten. W.'s Gruß am Briefende hallte klar in meinen Ohren wider wie die Stimme aus dem Off, die sich in vielen Filmen beunruhigend nah über die Figur ergießt. Oder wie der Engel auf dem alten Gobelin (im Nordflügel der Eremitage?), der ein Pergament entrollt, die Lippen dem Ohr eines Jünglings mit safrangelber Toga und Sandalen entgegengeschürzt, der ihm entrückt zuhört. Als meine Augen über ihren Namen auf dem letzten Blatt geglitten waren, benommen von dem, was ich gelesen hatte, und weil der Brief vielleicht noch schöner als der erste war, wußte ich einen Augenblick lang nicht mehr, wo ich mich befand, im vollkommensten Schweigen versunken, während ihr Abschiedssatz durch meinen Kopf rollte wie eine Glasmurmel, die gegen die Wände eines Schneckenhauses stößt und rasch durch die Spiralgänge gleitet. Ich schaute vom Blatt auf und vor mich hin, aber meine Augen erkannten nicht den Ort, an den mich mein Spaziergang geführt hatte, falls man das einen Spaziergang nennen kann, Mauern und Stufen auszuweichen, an einer Kreuzung anzuhalten und zwei Autos vorbeifahren zu lassen, gefolgt von einem Karren, der langsam von einem Percheron gezogen wird (seine Flanken und Beine mit langem Fell bedeckt), denn ich hatte meine Augen automatisch operieren lassen, nur um vorwärtszukommen, ohne zu stolpern, und die Hindernisse auf dem

Weg zu umgehen, wie bei der Selbststeuerung auf hoher See. Ich blinzelte, richtete meine Augen auf eine Senkrechte, die von Sekunde zu Sekunde wuchs; dann empfing ich eine Lawine von Bildern, die in schwindelerregendem Tempo wechselten und die Einordnung erschwerten. Es waren deutliche Zeichen von dem Ort, an den ich gelangt war, aber da die Bilder tonlos waren, glitten sie in Höchstgeschwindigkeit über meine Netzhaut, während ich den Kopf drehte und den Blick über den Ort schweifen ließ, ohne daß auch nur das geringste Detail ein Erinnerungssegment hätte aktivieren können. Ich begriff, daß ich einen Befehl an meine Ohren senden mußte, um sie wieder mit der Außenwelt zu verbinden, denn nur so würde ich rasch feststellen können, was es war, das da auf mich zukam. Da öffnete ich die Tür wieder und wurde kräftig von den Böen mehrerer Sätze geschüttelt, von der Musik (einem griechischen Singsang) an dem Ort, und ich vernahm deutlich: »Zwei Tintenfische in eigener Tinte für Tisch fünf«, und schon stand vor mir der Mensch, der das über die Schulter gerufen hatte (eine Sekunde vorher hatte ich ihm dabei zugesehen: wie er den Mund auf Schulterlinie brachte und ihn zu einem Schrei öffnete – die angeschwollene Halsader –, den meine Ohren mit etwas Verspätung aufschnappten und den meine Spracherkennungszentren als den Befehl entschlüsselten, den dieser Mensch, der Kellner, in die Küche gebrüllt hatte).

Die Glasmurmel schlug ein letztes Mal gegen das Perlmutt. Als erwachte ich aus dem Schlaf, schaute ich ins spöttische Gesicht von Diodoro (Diodo), dem Griechen, wußte, daß ich im Aussichtsrestaurant war, und bestellte: »Ein Bier. Dunkel. Vom Faß.«

Ich war schon mehrmals in dem kleinen Restaurant gewesen. Ich saß dort ab und zu und las Briefwechsel, kopierte Sätze, ganze Abschnitte, in der stillen Hoffnung, daß beim Schreiben der Worte, hundert, zweihundert (oder sogar noch mehr) Jahre alt, meine Hand die gleiche Geschicklichkeit erlangen würde wie die der alten Meister.

Angesichts des Gefühls der Freiheit dort oben, in dem kleinen Aussichtsrestaurant, schrieb ich zum Beispiel in meinen Antwortentwurf ein Fragment aus Petrarcas Brief vom 26. April 1336 ab, anläßlich seines Aufstiegs zum Mont Ventoux: *Den höchsten Berg dieser Gegend, den man nicht unverdientermaßen Ventosus, den Windigen nennt, habe ich am heutigen Tage bestiegen ... Zuerst stand ich, durch einen ungewohnten Hauch der Luft und durch einen ganz freien Rundblick bewegt, einem Betäubten gleich ...*

Im griechischen Restaurant, ebenfalls *durch einen freien Rundblick bewegt, einem Betäubten gleich*, lag mir ganz Liwadija zu Füßen, der Punkt des Erdballs, an dem ich beschlossen hatte, Rast zu machen. W.'s Briefe hatten es geschafft, das Bühnenbild von Grund auf zu verändern. Anstatt eines simplen Jagdreviers (für einen Schmetterling, den *Jasius*) sah ich nun Buchen, Eichen und Zypressen vor mir, die Reihe hoher Zypressen, in die der sanfte Abhang zu meiner Linken mündete, und den Hafen von Jalta, die dort ankernden Schiffe, die Boulevards, die bis zum Meer hinabführten. Ich steckte mir ein Stück Tintenfisch in den Mund, der im selben Meer gefischt worden und nun auf eine Gabel mit breiter Schaufel und langen Zinken gespießt war. Ich kaute ihn langsam und sein sämiger Saft umhüllte meine Geschmacksbecher mit einer öligen Schicht ...

Von meinem Platz an der Balustrade, in meinem Rücken die anderen Tische, die einer nach dem anderen von Diodo bedient wurden, studierte ich die Luft des frühen Abends, in der fast unmerklich die Schatten der Tageszeit schwebten: die Sonnenstrahlen, die durch die Wolken brachen, waren dichter, die Auflösung der pyramidenförmigen Ulmen schwächer, als sie sich langsam in ein tieferes Dunkel zurückzogen, in dem keine Äste mehr zu unterscheiden waren und ihre Blätter in der grünblauen Masse verschwammen. Es war nicht etwa völlig finster geworden (es war noch lange hin bis zur völligen Finsternis), aber der erste Übergang trat hier mit der Plötzlichkeit eines südlicheren Abends ein, um dann in eine zu helle Dämmerung überzugehen, während der die Sonne fünf Stunden lang wenige Meter über dem Meer hing.

Ich ruhte ein paar Stunden in meinem Zimmer aus. Ich wollte warten, bis es Mitternacht war und durch die Vorhänge keine Helligkeit mehr drang, um in eine gute, nun völlig finstere Nacht einzusteigen. Gegen die Bretterwand der Veranda gelehnt, die Pupillen geweitet, eingestellt auf eine niedrigere, infrarote Frequenz, wollte ich den Garten vor der Pension, die Buchen im Hintergrund studieren. Im unbarmherzigen Licht des Tages, das mir in den Augen schmerzte, mußten mir unweigerlich die Unterschiede zwischen der Krim und der Umgebung von Stockholm deutlich werden, um nur ein Beispiel anzuführen. Tagsüber registrierte ich jede Einzelheit mit zusammengekniffenen Augen, verborgen wie hinter dem doppelten Lid mancher Vögel (oder der Blende eines Fotoapparats), die Sonnenscheibe inmitten eines tiefblauen Himmels schwebend, am Strand die bunten Bikinis. Viele Jahre lang hatte ich weiter oben im Norden gelebt, die meiste Zeit im Jahr mit weit weniger Licht, hatte mich stets in Regionen oder geographischen Zonen mit reichlich Schnee und Regen bewegt, Städte bereist, in denen es bis in den Mai hinein noch schneien konnte; das heißt, wenn ich im Mai eine Reise nach Stockholm plante, mußte ich unbedingt meinen besten Mantel anziehen, Sankt Petersburg darin verlassen, am finnischen Bahnhof in den Zug steigen, ihn ins Gepäcknetz legen, ihn wieder anziehen, wenn ich in Helsinki ausstieg, um an Bord der Fähre nach Stockholm zu gehen. Drinnen, im verglasten Teil der Fähre, zog ich den Reißverschluß auf und öffnete ihn, ohne den Blick von den schwarzen Küstenfelsen zu wenden, vom dunklen, kalten Wasser, dem blauen Himmel, Kennzeichen, die den Ort zufriedenstellend als nördliches Land auswiesen, ohne Palmen, ohne diesen gelben Ball, der Tausende von Watt durch die Palmen schleudert. Schließlich der Schwall kalter Luft. Ja, ich mußte den Mantelkragen hochschlagen.

Eine Reise sollte in der Seele des Reisenden vorgebildet sein wie in einem winzigen Polygon, wie in einer Wilsonschen Nebelkammer, in der die Bahnen atomarer Teilchen sichtbar werden und sich der Zustand der Befriedigung berechnen läßt, der uns am anderen Ufer erwartet, das im Topf kochende Wasser, die Sonne, die hinter den Bäumen versinkt, die Baschkiren-Führer, die sich in ihren provisorischen Zelten ein paar Schritte entfernt von dir gedämpft unterhalten. Soviel zur *physischen* Bedeutung der dem Wind ausgesetzten Haut und der Sonne hinter den Lidern. Aber ebenso notwendig ist ein geistiger, metaphysischer Rahmen, die überpersönliche Erfahrung, die es uns erlaubt, hingerissen die Spur der Blasen in der flüssigen Masse zu bewundern, innerhalb ihrer zarten Wände ganze Universen zu entdecken. Eine Idee, nicht einzufangen und zerbrechlich, die Flügel eines Schmetterlings, ein Traum. Zwei Träume hatten meine Füße beflügelt, mein Abheben vom Bahnsteig beschleunigt. Der erste, eine chinesische Parabel, die ich hier nicht anführe, da es ein Gemeinplatz ist, was man vom zweiten vielleicht weniger behaupten kann. (Ich spürte, daß ich lebte, wenn ich meine Rucksäcke ins Gepäcknetz der Waggons warf, selbstgebrannten Schnaps mit meinen zufälligen Reisegefährten trank, ein paar Kosaken aus Saporoschje, mit rosafarbenen Schärpen gegürtet, reine Maskerade, versteht sich, zum Wochenende, aber was soll's.)

Ein Mann reist auf einem Lichtstrahl quer durch die Zeit in die Vergangenheit, so leicht wie eine heiße Messerklinge durch die Butter schneidet oder ein Nachtsichtgerät die Dunkelheit durchdringt, mühelos. Der Strahl erleuchtet das Stück Jurawald (aus dem echten Jura, keine Jura-Kulisse), das der Reisende passiert. Eine Vorschrift verbietet es, den Pfad zu verlassen und ins Geflatter der Vögel und Schmetterlinge zu beiden Seiten des Weges vorzudringen. Einmal stolpert der Reisende, tritt ungewollt auf einen echten Schmetterling. Nichts weiter. Zurück in der Gegenwart entdeckt er, daß sein kurzer Eingriff nicht nur unheilvolle Folgen für den zertretenen Schmetterling – seinen Tod – mit sich gebracht hat, sondern daß er in eine andere Welt zurückgekehrt ist, die weit entfernt von ihrer früheren Bahn kreist. Wir können nicht gleichzeitig Ort und Spin eines Teilchens (auch wenn es sich um einen Schmetterling handelt) bestimmen, soviel wußte ich, als ich beschloß, nach Astrachan zu reisen.

Immer häufiger warf ich mein Leben aus der Bahn, indem ich vom Pfad abwich: die kaspische Senke befand sich zum Beispiel fast an den Antipoden meines Geburtsortes. Und wenn auch nichts darauf hinwies, daß ich eines Tages aufwachen und mich für einen Schmetterling halten würde, der träumt, er sei ein Mensch, mußte ich mich doch hüten, gegen irgendein Gesetz zu verstoßen, auf einer vom Hochwasser überschwemmten Insel im Wolgadelta abgeschnitten zu werden, dahinzugleiten, bis ich in den Weltraum hinabfiel, in die Nacht vordrang wie eine Weltraumsonde, die ausgesandt worden war, um die Venus zu fotografieren, nur wenige hundert Kilometer von ihrer Oberfläche entfernt, und die unvergleichlich schöne Bilder von den Venusmeeren macht, ihren Kurs jedoch fortsetzt, am Saturn vorbeifliegt und, nun schon ohne Zuversicht, weitere Staubwolken entdeckt, neue Ringe, Funde auf Funde anhäuft, die zu nichts nutze sind, dazu verurteilt, der Erde und den Menschen verlorenzugehen, endlos die galaktische Nacht zu durchpflügen. Bei meinem Aufenthalt in Istanbul hatte W. meine Einsamkeit entdeckt, ich war der Gerettete, im Bann der dichten Materie einer Frau, die die gesamte Schwerkraft des Bauchtanzes, ihre Nabelweisheit auf mich hatte wirken lassen. Die Briefe mit den vielen Seiten, die sie mir schickte, waren wie die neuen Befehlsbündel, auf die ich so gewartet hatte, um meinen Kurs zu berichtigen.

Mit welcher Absicht war ich nach Stockholm gereist (und später nach Istanbul)? Mit der festen Absicht, mich zu bereichern. Das sollte ich W. schreiben. Womit gemeint war, daß ich ebenfalls von niederen Instinkten geleitet worden war; ihr erklären – und auch mir selbst –, wie ich bis zu jenem Cafétisch in Istanbul gekommen war. Der Bericht, den ich ihr während der Tage dort von meinen Reisen gegeben hatte, war kurz gewesen und zum größten Teil falsch. Jetzt konnte ich ihr alles ausführlich erzählen, bis ins kleinste Detail, so wie ich hier in Liwadija mit den Augen der verschlungenen kufischen Kalligraphie an den Türen einiger Tatarenhäuser (von den Tataren des Krim-Khanats) folgte. In ihrem zweiten Brief erzählte sie mir von ihrer Rückreise: wie sie einen großen Teil Rußlands durchquert hatte und nach Hause gekommen war, wie ihre Mutter beide Hände an die Wangen gelegt hatte, stumm vor Erstaunen. Ich mußte mit meiner Reise nach Istanbul beginnen, der Kette von Käufen (und Verkäufen); die Geschäfte aufzählen, die mich schließlich zu jenem Café vor dem *Saray* geführt hatten, dem Nachtclub mit Tanz und Striptease.

Denn vor den Schmetterlingen hatte ich Nachtsichtgeräte verkauft. Und früher noch, ein Beweis für das aufgewühlte Ambiente im Rußland jener Jahre, hatte man mir, das können Sie mir glauben (ich konnte sie befühlen), Felle von sibirischen Tigern angeboten, die wie im Zeitraffer ausstarben, Eck- und Backenzähne von Mammuts, konserviert im ewigen Eis am Ufer der Lena in Jakutien, Geweihe junger Rentiere (monatelang bewahrte ich in meinem Kühlschrank ein Glas mit dem Blut auf, das beim Absägen aus ihren Hörnern läuft und das Heilkräfte besitzt, wie wissenschaftlich bewiesen), ebenso Schlangengift (aus der Wüste Karakum, in Zentralasien) und rotes Quecksilber, ein Element, das ich niemals zu Gesicht bekam und das hundertfach sein Gewicht in Gold aufwiegt. Einmal hatte ich es in Tallinn mit einem fuchsroten (und fuchsteufelswilden) Schotten zu tun, einem möglichen Käufer, der in seiner Kilttasche einen Dolch versteckt hatte – kein Messer, sondern einen Dolch –, den er mir zeigte, um mich einzuschüchtern: er würde sich nicht übertölpeln lassen hier im Russischen, so weit weg von Schottland. Es ging nicht darum, keinen Schwarzhandel zu treiben (das Gesetz zu achten), sondern womit man Handel trieb (maximaler Gewinn bei minimalem Risiko).

Obige Liste war eine entschieden kürzere als die von Amerigo Vespucci. Ob W. wohl wußte (nein, bestimmt nicht, ich selbst wäre nicht darauf gekommen, bevor ich ihn gelesen hatte), daß Amerika, der Kontinent meiner Geburt, seinen Namen einem Brief verdankte, den Amerigo Vespucci im Jahr 1501 an Lorenzo di Pierfrancesco di Medici geschickt hatte? Ich füge die Aufzählung von Amerigos Waren an, damit man sie mit meinen vergleichen kann. Das ist die Liste, die der Italiener schrieb, während ihm das Wasser im Mund zusammenlief: *Was besagte Schiffe mit sich führen, ist folgendes. Sie sind beladen mit einer schier endlosen Fülle von Zimt, frischem und getrocknetem Ingwer, mit viel Pfeffer und Gewürznelken, Muskatnuß, Mazis, Moschus, Ambramalve, Styrax, Benzoe, Porzellan, Kassie, Mastix, Weihrauch, Myrrhe, rotes und weißes Sandelholz, Adlerholz, Kampfer, Ambra, Zuckerrohr, viel Gummilack, Mumienharz, Indigo und Zinkweiß, Opium, Aloe, Leberaloe, Zimtstangen und vielen anderen Rauschmitteln, die aufzuzählen lange dauern würde... Hier unterbreche ich, denn das Schiff hindert mich am Schreiben.* Ebenso wie sich hinter den Entdeckungsreisen so niedere Interessen versteckten (genau das, *versteckten*) wie der Pfeffer oder die »schier endlose Fülle von Zimt«!, hatte auch ich Geld machen, mich bereichern, die erforderliche Summe anhäufen wollen, um mir einen kleinen Palast zu bauen, mit Balkonen und luftigen Sälen, wo ich behaglich leben konnte. Nachts würde ich in den Billardsalon gehen, lässig mit dem Queue ein paar Kugeln stoßen oder auf den Balkon treten und den Horizont begutachten, die Dunkelheit durchdringen, sie mühelos durchschneiden wie ein heißes Messer die Butter oder *night vision goggles* die Nacht – tausend Meter Reichweite, ebenfalls nützlich, um den nächtlichen Flug von Schmetterlingen zu beobachten, ihre schillernden Flügel.

»In völliger Finsternis, *Herrar*, fängt die Linse dieser *goggles* niedrigste Photonenflüsse auf, nicht wahrnehmbar für das menschliche Auge, im infraroten Bereich des Spektrums. Hinter der Linse werden die fliegenden Photonen in Elektronen umgewandelt, die gebündelt und durch Hochspannung beschleunigt werden. Hören Sie das leise Surren? Das gleiche Prinzip wie bei den Elektronenstrahlröhren im Fernseher. Durch den Impuls prallen die Elektronen auf die phosphoreszierende Mattscheibe, regen sie an und lassen das Bild auf ihr entstehen. So. Hier müssen Sie reinschauen, durch diese Öffnung. Nein, Sie sehen nichts, weil es noch nicht dunkel ist. Es ist nicht eingeschaltet. Nein. Unmöglich. Das würde Sie versengen. Zu der Tageszeit und bei der Helligkeit ist der Photonenfluß sehr stark. Es würde Ihnen unweigerlich die Augen versengen, wie bei einem Mann, der zu viele Jahre im Gefängnis verbracht hat. Viele sind blind geworden, ihre Netzhaut wurde auf immer geschädigt, als man sie freiließ. Was ich Ihnen im Grunde gerade erklärt habe... So ein Schnäppchen und Sie geben sich keinen Ruck!«

»Mit diesen *goggles* ist es möglich, in tiefster Dunkelheit zu sehen, die Küstenwache im Auge zu behalten, aufs Meer hinauszufahren, zum vereinbarten Treffpunkt in der Ostsee, wo die Bojen mit einer Farbe markiert sind, die nur für *goggles* sichtbar ist, meine Ladung, die unter Wasser in einem dichten Behälter schwimmt...«, malte sich laut der Schmuggler aus, der mir das erste Exemplar abkaufte, ein Pole, und er schob sich die blonde Strähne mit einer Geste aus der Stirn, die es mir erlauben würde, ihn im Notfall zu identifizieren, falls mich die Zollpolizei verhören sollte. »Oder du kannst stundenlang am Safe drehen, in tiefster Dunkelheit, nur auf das Klicken der richtigen Kombination lauschen, oder einfach regungslos deine Beute beobachten, Mensch oder Tier, durch so einen Sucher für Präzisionsgewehre, und die Szene mit dieser geheimen Laterne beleuchten, aus Infrarotstrahlen, unsichtbar für das Auge...«

Ich pries die Serie von Sichtgeräten an, die eigentlich die Ausrüstung für die Sturmtruppen der Roten Armee gewesen waren. Aber die Rote Armee war zur Zeit restlos bankrott, Infanterie, motorisierte Verbände und Luftlandeeinheiten waren in Liquidation, ihre *pribory notschnowo widenija* (Geräte zum Sehen bei Nacht) standen zum Verkauf, beste Qualität, aber zehnmal billiger als die westlichen, ein Preisgefälle, in dem ich es mir mit einer breiten Gewinnspanne bequem machte.

Ich konnte schon gar nicht mehr zählen, wie oft ich mit meiner militärischen Schmuggelware nach Hamburg, Wien, Amsterdam, Stockholm und in andere nordeuropäische Städte gereist war, zu schlafen vortäuschte, wenn um drei Uhr morgens die Zollkontrolle kam, Dutzende von Malen gefilzt wurde, ohne daß man je bis auf den Grund meines tiefen Gepäcks drang. Ich hatte mich durch die rauchenden Trümmer des gesamten östlichen Imperiums bewegt, durch Warschau und Krakau, durch Buda und Pest. Und ich lernte, in der langsamen Prozession von Passanten, die ohne große Überzeugung meine Waren auf den wichtigsten Plätzen jener Großstädte begutachteten, meine Käufer schon von weitem zu erkennen. Der Schwede, den ich eines Tages an der Ecke auftauchen sah und der sich schlängelnd durch das Meer von Köpfen einen Weg zu mir bahnte, verriet sich durch seine Haltung und seinen Gang. Ich verschwendete keine Zeit mehr mit all den Neugierigen ohne Geld, unterbrach brüsk mein Rezitativ, drängte sie fast grob weg, um das Terrain freizumachen für den Mann mit den vielen Kronen auf der Bank, Besitzer einer Jacht, obschon mit trügerischer Einfachheit gekleidet: abgetragener Mantel und alte Schirmmütze. Er stellte kaum mehr als ein, zwei Fragen, hob die *goggles* hoch, warf einen Blick hindurch (ohne etwas erkennen zu können), und der Ring, der merkwürdigerweise um seinen Ringfinger tanzte (dick wie ein Wiener Würstchen), verriet mir sofort das Scheckheft, das er in der Brusttasche trug, und daß er kaufen würde.

Er nahm den Sucher von den Augen und zog die Brauen

hoch, überzeugt, eine Antwort zu erhalten, die mit der Summe übereinstimmte, die er insgeheim zu zahlen bereit war. Er fürchtete keinen Betrug: die Summe, die ich für die *goggles* verlangte, schloß diese Möglichkeit von vornherein aus. Ohne etwas zu überstürzen wie die Verkäufer, die voll Unsicherheit ständig lügen müssen, erklärte ich ihm in allen Einzelheiten das Sichtgerät (manchmal zeichnete ich auch Skizzen, wenn ich in dem Käufer einen Menschen erriet, dessen Geist die Schule der zweiten industriellen Revolution durchlaufen hatte). Ich sprach ihm von ihrer militärischen Herkunft und ging dann auf das Problem der Dunkelheit ein, zu dessen Lösung die *goggles* gerade bestimmt waren. Der Mann mit der Mütze, groß und feist (wie ein Wikinger), unterbrach mich: »Würden Sie auch einen Scheck nehmen?«, und bevor ich noch hätte bejahen können, ohne im geringsten daran zu zweifeln, daß er gedeckt war, hob er seine Rechte und versuchte, die Mantelbrusttasche zu erreichen, aber plötzlich wurde seine Hand von der Leine zurückgerissen, an der zwei Bulldoggen zerrten. Da das Geschäft schon so weit gediehen war, beunruhigte mich das nicht. Ich fühlte mich fast als Freund dieses Mannes, war völlig entspannt, denn er hatte mir sein Vertrauen bewiesen und ich ihm. Nichts ist herzerfrischender, als ein Geschäft abzuschließen, zu sehen, wie aus dem Füllfederhalter weich die fragliche Ziffer fließt (die bei weitem nicht niedrig war, ich will sie hier nicht erwähnen, aber sie war gewiß nicht zu verachten), zu berechnen, wie viele Male sie die Summe übertraf, die ich vor ein paar Wochen dafür bezahlt hatte, einen Katzensprung von der Garnison entfernt, im Dunkeln, zur genau bestimmten Stunde, um das einwandfreie Funktionieren der *goggles* auszuprobieren, sie eilig auf das Wäldchen jenseits der Landstraße auszurichten, in der Angst, vom Leutnant Winogradow einen Schlag in den Nacken zu erhalten, ein Offizier, der sich illegal bereicherte, indem er Ausrüstung der Roten Armee verscherbelte, und meines Geldes beraubt zu werden. Ein Mann ging dort unter den Bäumen, einen Rucksack auf dem Rücken. Ich sah, wie er plötzlich innehielt, aufblickte und zu mir, neben der Garnisonsmauer, schaute. Ich senkte die Gläser und sah nichts, die Dunkelheit war vollkommen, der Mann hatte auch mich nicht sehen können.

Der Schwede, Stockis war sein Name, schrieb seine Telefonnummer auf die Rückseite des Schecks, damit ich ihn anrufen konnte, falls es Probleme auf der Bank gab, falls die Frau an der Kasse heimlich den Alarmknopf drückte, wenn sie eine Diskrepanz zwischen der darauf abgebildeten (hell leuchtenden) Summe und meinen nicht nordischen (dunklen) Augen entdeckte. Womöglich beging ich einen Irrtum, aber ich hatte Vertrauen zu dem Mann, der sich mit meinem Nachtsichtglas unter dem Arm entfernte, fortgezogen von den Hunden. Dann haute ich einem Neugierigen auf die Finger, einem dieser Passanten, der nur Fragen stellte: »Nicht anfassen, seien Sie so nett!« schrie ich ihn an. Tyrannisch wie eine Moskowiterin in ihrem Laden, packte ich die Waren zusammen, denn an dem Tag würde es keine weiteren Käufer geben. Auch das hatte ich gelernt: nach einem guten Geschäft aufzuhören, denn an einem Tag kann es nur einen guten Abschluß geben.

Zwei Tage später hatte ich den Scheck noch immer nicht eingelöst. Das Papier verlieh dem Handel etwas Immaterielles, den Hauch von intellektueller Kraft, der verschwinden würde, wenn ich ihn gegen Bares eingetauscht hätte, verwandelt in das konkret Dingliche ein paar weniger Banknoten vom höchsten Nennwert, der in Schweden im Umlauf war, die gleichen Noten übrigens, wie ich mir dachte, in denen König Gustav sein Gehalt bekommen mußte, falls ein König … Aber hatten wir nicht mit Erstaunen erfahren, daß Olof Palme wie jeder Durchschnittsbürger auch ins Kino ging? Gustav hätte ohne weiteres jene Banknoten mit dem Abbild von Selma Lagerlöf in der Hand gehabt haben können.

Ich zeigte ihm den Scheck, als er zurückkam, fünf Tage später, auf demselben Platz.

Das gefiel ihm.

Im Nu hatte ich beschlossen, mein Leben zu ändern, mich ins Meer zu werfen. Ich hatte unter den Dächern von Eisenbahnstationen übernachtet, Tausende von Kilometern im Zug zurückgelegt, in einer Woche fünf Flugzeuge bestiegen. Ich nahm die Einladung des großen, feisten Mannes an, ein Wikinger, mit seinem Goldring am Ohrläppchen, und so steuerte ich nun eine Jacht durch das Insellabyrinth, das Stockholm umgab. Wir fuhren zu seinem Haus, um über eine Angelegenheit zu sprechen, die einen Ort mit Kiefern erforderte, gänzlich von Wasser umgeben: eine Insel.

Wir machten an einem schmalen Strand fest: die Stille des Wassers, das die Steine beleckte, der Wind in den Kiefern. Ich sprang auf den Kies am Strand. »Ich möchte dir einen Vorschlag machen«, hatte er gesagt. Und während wir eine Holztreppe hinaufstiegen, die zu einer offenen Terrasse über dem Strand führte:

»Sind die Nächte finster, gehe ich auf die Terrasse hinaus und überwache meine Jacht mit dem Sichtgerät, das du mir verkauft hast ...«

»Waren das Ihre Hunde?« fragte ich ihn geradeheraus, denn mein Englisch gestattet mir nicht die Pirouetten einer normalen Unterhaltung, so daß ich brüsk wie ein Stummer mit dem Finger auf die Themen zeige. An dem Tag, an dem er auf dem Platz auf mich zugekommen war, hatte er zwei Bulldoggen spazierengeführt. Meine kurze Frage sollte für folgende lange Rede stehen: »Sie haben doch zwei Bulldoggen, ich habe sie neulich gesehen, mit geflecktem Fell, was brauchen Sie da ein Nachtsichtgerät, um Ihren Besitz zu bewachen? Selbst wenn Sie so unermeßlich reich sind, wie Sie mich haben glauben lassen, rentiert sich so eine Ausgabe?«

Stockis hatte China bereist (und in China auch gleich die Mandschurei); er hatte viel von der Welt gesehen, meine ich, und konnte problemlos auf jedwedem Niveau ein englisches Gespräch führen. Er erklärte mir erneut:

»Hier in Schweden gibt es Nächte, da sieht man nicht

einmal die Hand vor Augen. Im Winter wird es um drei Uhr nachmittags dunkel. Ich glaube, du hättest keinen besseren Ort wählen können, um deine Sichtgeräte zu verkaufen. Ich habe eine Jacht und einen leichten Schlaf. Manchmal stehe ich in der Morgendämmerung auf und schaue sie mir von der Terrasse aus an. Aber weiter, wir sind nicht hier, um darüber zu sprechen …«

Wir traten ins Haus. Durch einen Hintereingang. Auf dem Küchentisch sah ich Teller mit Essensresten, eine angebrochene Pralinenschachtel und eingewickelte Pralinen über den ganzen Tisch verstreut, wie von der Gewalt einer Explosion. Wir gingen weiter zu seinem Arbeitszimmer, durch einen Korridor, stiegen über Bierdosen, schwedische Pizza-Service-Werbung hinweg, während die Bulldoggen (die sehr wohl Stockis gehörten) nach meinen Hacken schnappten. Diese entschiedene Unordnung gefiel mir, denn wenn ich allein zu Hause war, erlitt auch ich schließlich Schiffbruch zwischen Zeitschriften, Hosen, frischen Hemden über Stuhllehnen, die ich am nächsten Tag tragen konnte, Gläsern mit Teesatz, und doch hatte ich eine genaue Vorstellung davon, wo alles zu finden war. Ich wußte, was es bedeutete, ohne Halt die schiefe Ebene der Trägheit hinabzugleiten. Zwischen den Reisen bis vier Uhr morgens fernzusehen, so sehr ich das verabscheue, ein aufgeschlagenes Buch im Schoß, abscheulich das Programm, bei dem ich schon ganze Filmrollen im voraus weiß, daß der feige Detektiv den guten verraten wird. Und nie gab es etwas über den Schmuggel, so gut wie nie kam ein Film, der vom Schmuggel handelte und schon gar nicht vom Schmuggel mit Insekten oder Schmetterlingen.

»In Rußland fliegen noch seltene Schmetterlinge, die im Westen bereits ausgestorben sind …«, begann er. »Es gibt dort ein ganz bestimmtes Exemplar, den *Jasius*, der von Ende Mai bis Mitte September fliegt. Ich gäbe alles darum, ihn zu besitzen.«

»Alles heißt soviel wie nichts«, gab ich zurück und setzte in Richtung seiner breiten Brust gleich nach: »Wieviel?«

(Denn ich glaube nicht an die unendlichen Zahlen, ich halte ihre Wirklichkeit für rein mental.)

»Stockis ist auch ein Firmenname«, sagte er unvermittelt, jedoch sicher, daß dies seinem Vorschlag mehr Gewicht verleihen würde. Ich war ins Arbeitszimmer getreten, gleich hinter den Karos des Holzfällerhemdes, das sich über seinem breiten Rücken spannte. Während er sich umdrehte, um die Wirkung seiner Eröffnung zu prüfen, schaute ich über seine Schulter, indem ich mich auf die Zehenspitzen stellte und so mein Gesichtsfeld erweiterte. Mein Blick glitt über die Scheiben vieler Schaukästen, die an den Wänden hingen. Es gab nur ein Fenster mit Sicht auf den Nordflügel des Hauses, und darauf zu liefen an beiden Zimmerwänden Unmengen von Schmetterlingskästen, der gedämpfte Glanz ihrer Scheiben.

»Ich weiß«, gab ich zurück, »Sie haben eine Firma, sie widmet sich … Sie verkaufen …«, fügte ich hinzu, denn obwohl wir hier waren, um die Schmetterlinge anzuschauen, und ich wußte, daß er mir ein Geschäft mit Schmetterlingen vorschlagen würde, kam mir der Gedanke, vielleicht auf ein anderes Gebiet vorzustoßen.

Er hielt vor einem Kasten und preßte wortlos den Zeigefinger gegen das Glas, als wollte er mir zu verstehen geben: »Schmetterlinge«.

»Ende Mai fahre ich mit der *Wasa*, meiner Jacht, nach Istanbul. Ich habe Kunden im Nahen Osten. Ich will mit ihnen auf Kreta zusammentreffen, aber vorher könnten wir uns in Istanbul sehen, du und ich. Warst du schon in Istanbul?«

Ich war noch nie in Istanbul gewesen.

Von den Dachbalken bis zu den Dielen bedeckten die Wände des Arbeitszimmers Kästen voller Schmetterlinge, gespießt auf Stecknadeln mit rundem Kopf, leicht zu greifen, wie mir auffiel. Damals, an jenem Spätwintertag, wußte ich noch nichts über Schmetterlinge.

»Frag nie wieviel, bevor man dir nicht ein erstes Angebot gemacht hat«, belehrte er mich. »So erfährst du die Größenordnung der Zahl: ob Hunderter, Tausender, Zehntausender. Ordnungen gibt es unendlich viele. Eine Schmetterlingssammlung taugt nichts, wenn sie sich nur auf eine einzige Ordnung beschränkt. Sie ist wertvoll, wenn sie Exemplare bestimmter Ordnungen in aufsteigender Folge vereint… Es gibt übrigens in Finnland, in der Nähe von Karelien, einen Wald für Mastbäume, den die russische Flotte gepflanzt hat. Ein Freund von mir hat dort einen Mast für seine Jacht gefunden, eine Segeljacht… Ich kenne Rußland nicht. Mir ist nur bekannt, daß dort der *Jasius* überlebt hat, ein Schmetterling, der viel Geld wert ist.« (Oder sprach er von einem Vermögen? Ich erinnere mich nicht.) »Es heißt, Zar Nikolaus II. habe ihn als letzter gefangen. Er war auch der letzte Zar, nicht wahr?«

(Da hätte ich am liebsten gefragt: »Wer sagt das, Stockis? Von wem hast du das?«)

Er geriet ins Grübeln, wollte noch etwas hinzufügen, vielleicht über die Büros der Gebrüder Nobel in Baku und Sankt Petersburg, aber ein Ruck durchfuhr ihn:

»Warte«, und er schlug mit dem Handteller auf die Sessellehne. »Wie willst du ihn erkennen?« fragte er mich besorgt, und da ich einen ähnlichen Satz in einem Spionageroman gelesen hatte, malte ich mir aus, wie ich in einem Café oder einem Nachtclub in Istanbul auf den *Jasius* wartete, mit einem Exemplar der *Botanic World Illustrated* gut sichtbar auf dem Tisch. Ich meinerseits hätte keinerlei Schwierigkeiten, das Insekt zu identifizieren: es würde mit einem grünen Regenschirm am ersten rechten Vorderbein zum Rendezvous erscheinen und Galoschen tragen, die um seine Hinterbeine schlackerten. Seine Flügel hätte es außerdem auf eine Weise gefaltet, daß es, wäre da nicht die extrem schmächtige Brust, gut und gern ein extravaganter Edelmann in schillerndem Umhang hätte sein können.

2

Helsinki

Für einen Conrad-Leser konnte der Finnische Meerbusen, die ganze Ostsee, so voller Geheimnis sein wie die Südsee. Ich durchpflügte sie an Bord einer hübschen Fähre mit zwölf Decks und an die hundert Metern Kiellänge. Oben auf dem Peildeck, dem *Captain's Deck*, bildete ich mir ein, bei Sturm dem Kapitän wertvolle Hilfe leisten, ihn von der drohenden Gefahr eines Eisbergs unterrichten zu können. Als die Nacht anbrach, sah ich andere Fähren vorbeifahren, wie für den Karneval erleuchtet, und immer hatte ich den Eindruck, sie beförderten mehr Licht und größeren Luxus für ihre Passagiere als den, der mich umgab. Wenn das andere Schiff im Nebel verschwand, kehrte ich dem Fenster den Rücken und wieder zu den Dimensionen meines Körpers und dem nicht minder realen Abenteuer meiner Reise zurück. Ich hatte ein normales Leben aufgegeben, das eines Schriftstellerlehrlings, der am Wochenende ab und zu Fleisch in einem Kühlhaus von Sankt Petersburg ablud. Ein deutlicher Hinweis, jeder kann darin unmittelbar den Grund erkennen, aus dem ich mich ins kalte Wasser der Geschäfte stürzte (wollen wir es so ausdrücken, um nicht »Schmuggel« zu sagen), im vollen Bewußtsein, was dieser Schritt für mich bedeutete. Wie der Kapitän bei Conrad, der in vollem Besitz seiner Seemannskünste, hinter sich eine erfolgreiche Laufbahn in der englischen Handelsmarine, die verstörende Geschichte von Lord Jim hört – die Schande, der Ehrverlust –, danach den vorgeschriebenen Eintrag ins Logbuch macht, seine Uhr aufzieht und sich in die Fluten stürzt. Ich wollte es zu etwas mehr als einem Romancier bringen, zu mehr als einem Verfasser von Geschichten, und so stürzte ich mich ins kalte Wasser des Schmuggels, lernte in über sieben Sprachen Ost- und Nordeuropas die Zahlen und »wieviel kostet es?« und »ich lasse es dir zum halben Preis, aus Freundschaft«.

Im Traum erlebte ich meine Reisen erneut, als würde sich nachts mein Bett in Bewegung setzen, ganz so wie es sich, mag sein, auch in einem Schlafwagen oder einer Schiffskajüte unter der Wasserlinie in Bewegung setzt. Gestern hatte ich geglaubt, im Schlaf zu hören, wie die Rotorblätter eines Hubschraubers asthmatisch über meinem Kopf ächzten, langsam pfeifend in Synkopen übergingen wie kurz vor einem Absturz, und am nächsten Morgen starrte ich am Zeitungskiosk wie hypnotisiert auf das Bild einer zur Seite geneigten, halb untergegangenen Fähre. Ich folgerte daraus, daß der Rotorlärm im Begriff gewesen war, sich als Traum von einem Schiffbruch zu entpuppen, obwohl es sich am Ende wie ein energisches Klopfen angehört hatte, wie Schläge mit der flachen Hand gegen eine Tür. Sie hatten zum Rettungshubschrauber werden wollen, zur Strickleiter, die sich ins Leere entrollt, zu unserem wellengeschüttelten Schlauchboot, zum Wind, der Kälte, die in die Knochen kroch, zu den Schreien der Frauen, und tatsächlich hörte ich Schreie, hörte schließlich die Schreie, die Kusmowna an Petrowitsch richtete, und die rasenden Schläge, die mit der Schnelligkeit von Rotorblättern stets zum selben Punkt zurückkehrten. Ich sprang aus dem Bett und auf den Gang, wie hinauskatapultiert von dem Druck dieser Schläge, der sich durch die Luft meinem Körper mitteilte. Einen Fuß vorgeschoben, eine Hand in der Hüfte, die andere immer wieder unterwegs zur Tür, holte sie bis weit hinter ihren Kopf aus, warf sie schwungvoll gegen die Tür, die weiche Masse des nackten Arms langsam in Richtung des Schlags wabernd.

»Petrowitsch!« schrie Kusmowna, bevor der Handteller erneut in die Türfüllung tauchte. »Petrowitsch!« schrie sie wieder und führte die Hand nach hinten, positionierte sie auf der Abschußbasis und tankte Kraftstoff für eine neue Salve.

»Maria Kusmowna!« rief nun ich. Und ich rief es noch einmal gedämpft: »Maria Kusmowna!«

Und ich wollte ihr etwas sagen, von ganz vorne anfangen, etwa mit der Uhrzeit, sechs Uhr, nur ein kleines Beispiel, mit den Schlägen, dem Brief, der Antwort an W., an der ich gerade schrieb, an der ich bis tief in die Nacht zu schreiben versuchte, ohne zu schlafen. Und auch mit der Suppe, die sie uns gestern vorgesetzt hatte, so durch und durch fade, dem Schlottern ihrer feisten Arme und ähnlichen Argumenten. Petrowitsch öffnete seine Tür schließlich einen Spalt, und ich hörte sie heftig über eine Angelegenheit von äußerster Dringlichkeit zischeln, was immer es auch sein mochte, ohne jede Rechtfertigung.

Ich war unzählige Male mit dem gestern auf halbem Weg zwischen Helsinki und Stockholm gesunkenen Schiff gereist. Als das hatten sich die Rotorblätter und die Schläge entpuppen wollen und die Tür, die ich, bevor ich mich wieder schlafen legte, am Ende des Gangs zur Helle des Meeres aufgehen sah. Kusmowna unterhielt sich mit Petrowitsch vor seinem Zimmer. Mich machte dieses ungewohnt helle Wasser und die kalte Luft, die durch jene Tür hereinkam, neugierig. Ich ging auf sie zu, an Kusmowna vorbei, die mitten in einer Replik erstarrt war wie eine Wachsfigur. Ich mußte noch ein langes Stück Gang zurücklegen, vorbei an den Türen zahlloser Zimmer, die mir vorher nicht aufgefallen waren und die sicher Unbekannte beherbergten, neue Mieter, die Kusmowna kürzlich aufgenommen hatte, aber wann? Die gesamte Wand am Ende des Gangs war verschwunden, er ging unmittelbar aufs Wasser hinaus, wie bei einem Pfahlhaus: ich befand mich wieder im Traum.

Später als sonst verließ ich die Pension. Mir war, als hätte ich kein Auge zugetan, doch als ich aufwachte, sah ich an der Fülle von Licht, daß es spät geworden war.

»Schiffsuntergang« las ich auf der Titelseite einer Zeitung, die auf dem Ladentisch des Kiosks neben dem Postamt auslag, und der Schwung meiner Eile trieb mich erst noch ein paar Schritte weiter. Es war kein Traum gewesen, sagte ich mir schließlich, sondern eine Bildübertragung in Echtzeit: der spürbar schwere Hubschrauber, der sich kurz vor dem Absturz zu befinden schien, mit den rasend wirbelnden Rotorblättern. Ich schlug die Zeitung nervös auf. Himmel! Für Hunderte von Menschen waren die Kajüten der *Estonia* zur Falle geworden. (Der lange Gang, die Tür, der eisige Wind in meinem Traum.) Ich schwitzte gewaltig, im Spannungssystem meiner Sehnen kam es zu einem allgemeinen Ausfall, als würde ein Alarmsignal ertönen, das Stroboskoplicht zu rotieren beginnen und die Besatzung zum Maschinenraum, der leckgeschlagen ist, rennen und für einen Augenblick unwichtigere Systeme vernachlässigen.

Mit einem letzten Rest an Kraft in den Fingern konnte ich gerade noch zitternd die Zeitungsseite umblättern, um beim Wetterbericht für den Süden Rußlands und die Krim auszuruhen. Das ganze Wochenende über würde das Wetter schön bleiben: davon hatte ich mich überzeugen wollen ... Viele Passagiere waren in ihren Kajüten vom kalten Wasser geweckt worden. Sie hatten schreckliche Schreie von sich gegeben, während sie im Dunkeln durch den überschwemmten Gang liefen und versuchten, die Treppen zu erreichen, bis die Sirenen zu heulen aufhörten und die Fähre jäh zur Seite kippte. Das hatte ich mir Dutzende von Malen vorgestellt, wenn ich mich in meiner Kajüte schlafen legte, allerdings im Vertrauen darauf, daß es niemals mit mir an Bord geschehen würde. Ich legte die Zeitung zurück, ohne die Einzelheiten lesen zu wollen. Unter großer Anstrengung arbeitete ich an der korrekten Haltung meines Rückens, doch es gelang mir nicht, und ich schleppte mich völlig erschöpft bis zu einer Bank neben dem Eingang des Postamts. Doch ich wäre mit dem Leben davongekommen, dachte ich und kniff die Augen vor der gleißenden Helligkeit zusammen. Während meiner Reisen war ich niemals früh zu Bett gegangen, was mich davor bewahrt hätte, in der Falle meiner Koje zu sterben. Ich hätte Zeit gehabt, durch den dunklen Saal der Diskothek zu laufen, die Glastür zu öffnen, aufs Deck zu gehen, in eins der Rettungsboote zu steigen. Schon ruhiger, gelang es mir, die

Füße unter die Bank zu schieben, den Kopf zu heben. Ich schaute aufs Meer, den Horizont über den Wipfeln der Fichten. Dasselbe Meer, keine Frage, nur mit wärmerem Wasser.

Man kann Seelenzustände und Gefühle ausgehend von Erfahrungen auf einer unendlich kleineren Skala nachempfinden. Als ich ohne jede Kraft auf jener Bank ausruhte, wußte ich genau, wie es war, zu der schwankenden Maschine in der Luft hochgezogen zu werden, mit dem ohrenbetäubenden Lärm an Bord des Hubschraubers, dem blinden Vertrauen, das wir trotz allem in die mechanischen Transportmittel haben, die die Meere durchfahren und durch die Lüfte fliegen. Ich konnte die Freude nachempfinden, mich in Sicherheit zu wähnen, indem ich von unbedeutenden Daten ausging, von irrelevanten Erlebnissen, Wundern in letzter Minute, vergleichbaren Ängsten, wenn auch in weit kleinerem Maßstab. Wie etwa keine Bleibe für die Nacht in einer kalten Stadt weit im Norden zu haben, in diesem Fall Helsinki. Ich wußte mehr über diesen Schiffbruch, mein Entsetzen war größer als das von jemandem, der die Nachricht beim Frühstück liest, größer mein Schreck: gewissermaßen war ich *dabeigewesen*. Mein Gefühl der Verlassenheit rührte von meiner letzten Reise her. Bei meiner Rückfahrt von Helsinki hatte ich nachts den Zug verpaßt. Zu spät zum Bahnhof zu kommen und zu sehen, wie er sich vom Bahnsteig entfernte, bedeutete für mich soviel, wie mitten im Ozean unterzugehen. Das Meer war hier eine unwirtliche Stadt wie Helsinki; der Mast mein Rucksack; die quälende Sonne der Schnee, der mir in den Mantelkragen fiel; ich, der entkräftete Schiffbrüchige mit den durchnäßten Schuhen und den klammen Füßen; die Küste, die Küstenlinie waren die zungenredenden Geistlichen.

Ich hatte einige Telefonnummern von Bekannten in Helsinki, die sich als Stimmen auf Anrufbeantwortern erwiesen oder als aufgenommene Melodien, die dir zu verstehen geben sollten, daß die gesuchte Person, die zu Hause zu sein und dir Unterkunft zu gewähren hatte, nicht da war, sondern in Oslo oder Kopenhagen oder weiß Gott wo. Es war neun Uhr abends und hatte ununterbrochen geschneit, seit ich von der Fähre an Land gegangen war. Ich hörte mir diese trostlosen Botschaften eine nach der anderen an. Von der Telefonzelle aus sah ich die Finnen vorbeispazieren, alle mit einem Zuhause und Sofas zum Hinlegen, sie schritten mit der Unbekümmertheit dessen aus, der einen Schlüsselbund in der Tasche trägt. Das war mir logischerweise nicht zum erstenmal passiert: ich hatte – vor der Kälte in eine Telefonzelle geflohen oder in irgendeine saubere, gut beleuchtete amerikanische Fastfood-Kette – zuversichtliche Wiener vorübergehen sehen, glückliche Krakauer, Bewohner des kalten Stockholms, die sicher waren, daß sie in den Küchen ihrer Häuser heißer Tee erwartete, während ich allen Unwettern ausgesetzt umherirrte und einen Platz suchte, wo ich meinen Rucksack fallen lassen und mich hinlegen konnte, glücklich, wenn ich ein paar Pappkartons fand (in Prag), um meinen Rücken vor der Kälte abzuschirmen.

Jemand hatte mir von Geistlichen erzählt, die Reisende beherbergten. Hatte ich noch die Telefonnummer? Ja, zum Glück. Einer von ihnen, den ich zuerst auf finnisch grüßte und ihm dann meine Situation erklärte (*the situation is*… verheerend, um ganz offen zu sein), war so liebenswürdig, daß er sich anbot, mich vom Bahnhof abzuholen. Ein hervorragender Beginn: morgen um diese Zeit würde ich zu Hause sein, in Petersburg. »Ich heiße Pekkas«, ließ er mich wissen. Pekkas? Vortrefflich (*great, terrific*, wie auch immer).

Er sah aus wie ein Geistlicher auf einem Freibeuterschiff. Ein junger Bulle mit hochgekrempelten Hemdsärmeln, aus denen kräftige Unterarme wuchsen, reichlich tätowiert mit Ankern und finnischen Sprüchen. Ich vermutete eine Vergangenheit bei der Marine, der harte Kaplan, der den widerspenstigen Schiffsjungen auf die Knie zwingt, die Hand in seinen Nacken drückt und ihn nach unten stößt, auf die gescheuerten Planken, in Jakarta oder einem anderen Südseehafen. Ich kam mir genau wie ein Schiffbrüchiger vor, als ich ihn mit dem Wiegeschritt seiner muskulösen Beine auf mich zukommen sah, den Zeigefinger (wie ein Wiener Würstchen) zwischen den Seiten des Evangeliums.

Da die Zungenredner vielen reisenden Seelen in ihrer Kirche Obdach gewährten, erinnerten sie sich nicht daran, welche Gäste sie bereits getauft hatten (sie tauften einen jeden, das war der Preis, den man für die Unterkunft bezahlen mußte: sich taufen zu lassen). Pekkas legte seinen Unterarm auf meine Schultern und erkundigte sich aufgeräumt, ob ich die Taufe von seiner Hand empfangen hatte. Zwei Nigerianer und ein Kurde, die ebenfalls die Nacht in der Kirche verbringen würden, bestritten, mich vorher gesehen zu haben. Ich erklärte ihnen, daß es zu einem anderen Zeitpunkt geschehen war, während ihrer Abwesenheit. Pekkas, der Zungenredner, ließ mich lügen, ließ mich mein Lügenreservoir für diesen Tag ausschöpfen. Der Kurde rief mich beiseite und bat mich, einzuwilligen. Bei Taufen waren die Geistlichen guter Dinge, sie würden Salami fürs Abendessen aufschneiden. Schmeckten mir etwa die faden Würste von Helsinki? Und Schlagsahne? Sie würden uns schon nicht verhungern lassen. Es waren barmherzige Christen, aber es würde keine Mortadella, keinen Nußkuchen geben. Ich hatte schon auf dem Schiff geduscht, erklärte ich ihnen. Aber was spielte ein weiteres Bad schon für eine Rolle? Ins *Nord-Nautic* gehen? Nun ja, es gab gute Zimmer im *Nord-Nautic*, zu hundertachtzig Dollar die Nacht… Er hatte sich mehrmals taufen lassen… Ich willigte ein, was hätte ich sonst tun können? Pekkas rief seinen Gefährten mit einem langen finnischen Schrei – der über zehnmal den Kasus wechselte –, und es erschien der zweite zungenredende Geistliche, ebenfalls lächelnd und rosig wie ein Baby.

Um mit Gott zu reden, erklärten sie mir, müsse man keine bestimmte Sprache beherrschen; an Ihn kannst du dich in jeder Sprache wenden, denn hast du die größte Harmonie mit Ihm erreicht, bist du von der »Gabe der prophetischen Rede« besessen, vom Zungenreden. Was für die Ohren der anderen bloß unverständliche Laute zu sein scheinen, sind für Gott Worte, die aus der tiefsten Tiefe deiner Seele kommen und Ihm deine Liebe zu Ihm übermitteln. Ich starrte unentwegt auf Pekkas Unterarme, auf das Spiel des tätowierten Ankers und der Sirene, wie gebannt: als hätte er mir schon das Hemd aufgerissen und die Dollar herausgezogen, die ich an meiner Brust versteckte – waren die mir etwa teurer als mein Gefühl für Gott? Ich hatte keine Zeit, weiterzudenken, zu zweifeln. Sie lasen einige Passagen aus dem Paulusbrief an die Römer, legten ihre Hände auf meinen Kopf, und von der Flanke her empfing ich einen gebieterischen Befehl, im Duo geschrien: »Sprich!« Ich öffnete den Mund, und heraus schoß eine Schar unartikulierter Laute, die in der Luft mit den wirren Phonemen der Zungenredner verschmolzen, und ich sprach zu Gott, ich weiß nicht wie lange, in Worten aus meinem Herzen, denn auch in mich war die Gabe der Sprachen gefahren.

Tief in meiner Seele erschüttert, ganz benommen, so sehr hatten die beiden mir in die Ohren geschrien, glaubte ich, aus einem Traum zu erwachen, als plötzlich Schweigen eintrat und Pekkas mich etwas fragte, was mich vermuten ließ, daß mein Dekodierungsprogramm für die menschliche Sprache in Mitleidenschaft gezogen worden war. Denn ebenfalls zu einem Zungenredner geworden, verwirrt von den vielen Sprachen, die ich von nun an würde verstehen können, hatte ich vielleicht die Fähigkeit verloren, meine eigene zu beherrschen. Pekkas fragte mich:

»Hast du eine saubere Unterhose?« Auf spanisch. Und da ich ihn nur anstarrte (ohne meinen Ohren zu trauen), verstand er, wie absurd seine Frage klingen mußte, und er erklärte mir: »Um dir eine Badehose für die Taufe zu geben. Du wirst naß werden.«

Ich habe noch immer das Foto: ich tauche auf aus einer Erickson-Badewanne voll Leitungswasser, direkt von den

Seen und Gletschern Lapplands. Ich zittere vor Kälte, über der Vielzweckbadehose (ich hatte keine saubere Unterhose dabei) eine weiße Chlamys, die die Reinheit des Neugetauften symbolisieren soll, während meine Sünden freiweg durch den Abfluß in den finnischen Meerbusen fließen, von meiner Brust gewaschen das Stigma der Dollar, die mir vom Hals gebaumelt waren und sich zwischen Lapplands Gletscher und das reine Meerwasser geschoben hatten.

Nun mußte der Moment nur noch für die Ewigkeit gebannt werden. Pekkas lächelt sanft neben mir auf dem Foto. Das zarte Filigranmuster auf seinen fromm über den Bauch gekreuzten Unterarmen ist kaum zu erkennen. In dieser frömmlerischen Haltung habe ich immer – nachdem ich das Foto unzählige Male studiert hatte – all die unschuldigen Kehlen zu entdecken geglaubt, die seine behaarten Hände in seiner düsteren Vergangenheit zum Schweigen gebracht hatten, lange bevor er, vielleicht um seine Schuld zu büßen, so viele andere unmäßig und unsinnig hatte zum Sprechen bringen wollen. Das Foto konnte ich W. nicht schicken. Im Grunde sah ich darauf wie ein hungriger Mensch aus, der nur ans Abendessen denkt. Das Ende des Rituals bestand darin, meinen Namen aufzuschreiben, der im Jahresbericht erscheinen würde, ein Sendschreiben, das womöglich zu Seiner Heiligkeit nach Rom geschickt wurde, um zu bezeugen, wie gut dieses Gotteshaus in einer so abgelegenen Provinz der Christenheit funktionierte. Bevor ich am nächsten Morgen ging, erhielt ich eine Kassette mit Predigten, in Spanisch, Englisch und allen skandinavischen Sprachen (Frucht des Zungenredens), allesamt vorgetragen mit der Stentorstimme von Pekkas, dem Zungenredner.

3

Sankt Petersburg

Es regnete in Sankt Petersburg. Die Stadt hing an dunklen Silberfäden vom Himmel, die sich mit dem Pflaster und dem Zinkblech der Dächer verknüpften. Ich stieg beim U-Bahn-Ausgang in ein Taxi, und wir fuhren den Newski-Prospekt entlang, während die Tropfen auf den Asphalt niederbrutzelten. Ich forderte den Fahrer auf, in der Liteinaja, der Straße der Buchhändler, anzuhalten. Ich wollte Wladimir Wladimirowitsch besuchen und dann ins Zoologische Museum fahren.

Vor einem Jahr war er mir aufgefallen, Wladimir Wladimirowitsch, ein betagter Herr, stets über ein Buch gebeugt, mit dem Rücken zum Laden. Besagte Buchhandlung befand sich fernab vom Rattern der Straßenbahnen in einem kleinen Souterrain, in das man durch einen Torbogen und einen Hof gelangte, dessen Fenster im ersten Stock ungeschickt vergittert worden waren und dessen Abflußrohre in Eisschläuche ausliefen, die sie mit dem Boden verschmolzen. Im zweiten Hof – es gab noch einen dritten, durch den man auf die rückwärtige Straße kam, im Notfall also fliehen konnte – gewährte eine mit Schildern verkleisterte Tür den Zugang zum Souterrain. Die Anschläge waren das Werk der jungen Kassiererin, die ich einmal dabei beobachtet hatte, wie sie einen Tintenstift durch ein in eine Plastikscheibe gestanztes Alphabet führte. Die Anschläge verblichen schnell, denn die hohe Luftfeuchtigkeit von Petersburg zerfrißt alles und verklebt die Seiten von Büchern, die lange Zeit in unbeheizten Kellern liegen. Wie das Exemplar von *Die Tag- und Nachtfalter des Russischen Reiches*, auf das ich in einem Regal neben der Tür stieß. In dem Ladenraum hatte ich eines Nachmittags auch ein Buch gekauft, das ich, als ich es in der Hand hielt und darin blätterte, einfach nicht mehr ins Regal zurückstellen konnte, sondern die ganze Zeit über freudig an meine Brust gedrückt halten mußte. Ich werde nicht sagen, welches Buch es war, auch wenn ich mich haargenau daran erinnere. Es war die beste Buchhandlung von ganz Petersburg, das damals noch Leningrad hieß, dieser häßliche Name. Da mich meine neuen Geschäftsbeziehungen dazu veranlaßten, Vorstudien zu betreiben, Spuren des *Jasius* in der öffentlichen Bibliothek und bei den *bukinisty* zu suchen, war mir dieser Herr eingefallen, der ganze Stunden – die ich damit verbrachte, zwischen den Regalen herumzuschnüffeln – über sein Buch gekrümmt saß, als wäre er ein Kunde mehr, obwohl er in Wirklichkeit der Eigentümer des Buchladens war, der Hauptinvestor sozusagen, und mir war Liena eingefallen, das Mädchen an der Kasse, das alle zwei Monate einen neuen Anschlag für die Tür malte, mit stets geänderten Öffnungszeiten. Später erfuhr ich, daß die Änderungen damit zu tun hatten, wann sie schließen mußte, um zu den Rendezvous mit ihren Liebhabern zu gehen, die verschiedene Berufe hatten. Mich nahm sie zum Beispiel von 13.30 Uhr bis 14.25 Uhr mit zu sich nach Hause, ganz in der Nähe, in der Fontanka, und am Abend schloß sie um 18.00 Uhr, obwohl es Frühling war, die Tage länger wurden und noch bis sieben Uhr abends Kunden kamen. Der alte Mann, das fiel mir ein, als ich die Tür mit einem Stoß aufriß und mir die Heizungsluft des Kellers ins Gesicht schlug, hieß Wladimir Wladimirowitsch. Ich hatte nur selten mit ihm gesprochen, aber Liena beklagte sich oft, wenn sie sich nach der kurzen Mittagspause in aller Hast ankleidete, die Strumpfhosen anzog, sich vor dem Spiegel im Zimmer schminkte, halb angezogen, die Träger ihres Büstenhalters tief in ihren Rücken versenkt:

»Wladimir Wladimirowitsch bringt mich noch um. Ich kann so nicht weitermachen, ewig zu spät kommen, ständig die Öffnungszeiten ändern. Obwohl«, und sie suchte meine Augen im Spiegel, »er merkt es nicht mal, weißt du. Da er Tee und Gebäck in seinem Büro einnimmt, kommt er nie vor Ladenschluß heraus. Meine Güte, wo er doch schon an die achtzig sein muß.«

Ich traf ihn in seinem Büro an, als er gerade Tee aus einer Tasse schlürfte, die vielleicht zu einem nun ausgeblichenen Zarenservice gehört hatte.

»Wladimir Wladimirowitsch! Ich weiß nicht, ob Sie … Wissen Sie, ich habe einen Auftrag. Ein Schwede, ein vermögender Mann, hat mich beauftragt, einen Schmetterling zu fangen, ein seltenes Exemplar. Ich würde Ihnen die ganze Geschichte erzählen, wenn ich Zeit hätte … Wußten Sie, daß es in Finnland noch immer einen Kiefernwald für Schiffsmasten gibt, mit langen, geraden Stämmen? Natürlich wissen Sie das; auch ich habe davon gelesen, warten Sie, sogar … Ja, in einem Buch, das ich hier vor ein paar Monaten gekauft habe. Peter der Große hat sie pflanzen lassen, und als die Bäume dann soweit waren, fünfzig Jahre später, brauchte man sie nicht mehr. Obwohl, das stimmt nicht. Es wurden weiterhin Schiffe mit Masten gebaut. Heute gibt es noch einige Schulschiffe … Nein, zu Hause hatte ich schon einen … Gut, eine Tasse … Ich habe mir gerade ein Schmetterlingsverzeichnis herausgesucht, das Sie hier haben. Aber vielleicht kennen Sie ein besseres. Natürlich, Sie haben recht, es handelt sich ja um einen scheinbar ausgestorbenen Schmetterling, in welchem Buch wird er schon zu finden sein? Danke, Wladimir Wladimirowitsch. Ich reise vermutlich in die kaspische Senke und von dort nach Istanbul. Ich habe ein paar Bücher, die ich in Kommission geben möchte, vielleicht gibt es einen interessierten Kunden. Ich komme vorbei, bevor ich fahre.«

Mit Wladimir Wladimirowitsch zu sprechen, zu seinen langen Ohren eines Achtzigjährigen, machte mich nervös. Wir unterhielten uns nie wirklich. Einmal hatte er mir erzählt, er wolle ein Buch über den Newski-Prospekt schreiben, über ein Haus dort, Nummer fünfundfünfzig. »Das mit den tanzenden Greifvögeln? Ein skythisches Motiv, wissen Sie?« »Genau das«, stellte er nur fest. Nie hielt er sich mit meinen plastischen Antworten auf, mit dem Greifvogel, den Tiermotiven Skythiens. Ich hatte ihm nicht erzählt, womit ich mich beschäftigte (eine Zeitlang hatte ich mich damit beschäftigt, Fleischviertel in einem Kühlhaus in der Umgebung zu schultern, schrecklich, für sehr wenig Geld). Nie hatte ich ihn außerhalb dieses Raums hinter den Regalen gesehen. An einem Abend war mir allerdings ein sehr alter Mann in einem mottenzerfressenen Überzieher aufgefallen, der die Liteinaja überquerte und beinahe von zwei einander entgegenkommenden Straßenbahnen zwischen den Gleisen eingeklemmt worden wäre. Er gelangte gerade noch rechtzeitig auf die andere Seite. Wladimir Wladimirowitsch fragte mich niemals wie zum Beispiel die Polizisten: »Und Sie, junger Mann, aus welchem Land stammen Sie?« Die Angelegenheit war für ihn vollkommen durchsichtig und bedeutungslos.

Auf dem gleichen steifen, transparenten, dünnen Papier, auf dem er seine Schmetterlinge mit Tusche etikettierte, hatte Stockis auf englisch und in der Handschrift eines öffentlichen Schreibers die Merkmale des *Jasius* notiert. Spannweite: dreißig bis vierzig Millimeter. Flügelmuster: Oberseite, zornige Gesichter auf blaßgelbem Grund, zur Verteidigung gegen ihre Räuber, um ihnen den *Begriff* von Gefahr zu vermitteln (diese unnötige Erklärung und der gewagte Ausdruck »Begriff« verblüfften mich). Die Beschreibung, die ich in *Die Tag- und Nachtfalter des Russischen Reiches* von W. W. Sirin fand, war weniger »psychologisch«, mehr dem letzten Jahrhundert verpflichtet (Sankt Petersburg, 1895). Im wesentlichen stimmten sie überein, und die Federzeichnung von Rodionow, S. W., dem Illustrator, war ohne jeden Zweifel besser als die Aufnahmen aus den modernen Katalogen wie dem von Stuart.

Auf dem gleichen Papier notierte er mir, wie ich das Exemplar im Fall eines Fanges zu konservieren hatte. Ich sollte es zuerst in Äther legen, in ein Gefäß mit breiter Öffnung, es jedoch keinesfalls bei den Flügeln greifen und so die feine Schicht schillernden Staubs zerstören. War es tot, sollte ich es bei der Brust nehmen, am oberen Ende, und es horizontal feststecken, jedoch locker genug, um es auch noch als Teil der Sammlung bewegen zu können... Auf einmal brach er seine Erklärungen ab. Er strich sie mit einem dicken Kreuz durch und kehrte zur sichereren Variante zurück, der des Gefäßes. Ich sollte die gefangenen Exemplare (nun im Plural) stabilisieren, damit sie sich nicht bewegten und beim Transport Schaden erlitten. Von wo nach wo? fragte ich mich. Es war nur von einem Ort die Rede gewesen: Istanbul. Er zog es vor, daß die Übergabe dort stattfand, nicht auf einem so gefährlichen Gebiet wie Rußland, nach dem gewaltsamen Aufblühen der Mafia, oder an einem allzu sicheren Ort, wo sich die Polizei unmöglich bestechen ließ, wie in Schweden, in jeder beliebigen schwedischen Stadt.

Ich kaufte mir auch ein *Handbuch für den jungen Entomologen* zu einem Dreißigstel des Preises von *Tag- und Nachtfalter.* Ich blätterte noch vor Ort in der Buchhandlung darin. Wie bereitet man ein Spannbrett vor? Die erforderlichen Geräte. Das Schmetterlingsnetz oder der Kescher... Am besten bastelte man sich sein eigenes Schmetterlingsnetz... Für so etwas hatte ich keine Zeit. Ich würde mir eines mit verstellbarem Stiel kaufen, das in der Ladenkette *Juny naturalist* (Der junge Naturforscher) verkauft wurde. So einer wie ich, zum Beispiel.

Schließlich besaß ich eine erschöpfende Beschreibung: heimisch in offenem, sonnigem und unruhigem (?) Gelände, Submarginallinien, zwei Reihen Augenflecken von intensivem Gelb am unteren Rand. Ein Porträt in Worten, das die Fotos, die mir Stockis zur Verfügung gestellt hatte, und die herrlichen Illustrationen von *Tag- und Nachtfalter* vervollständigte, bei denen jedes einzelne Blatt mit Velinpapier bedeckt war, hinter dem die gezeichneten Schmetterlinge in einem Morgennebel zu flattern schienen oder so, wie ich sie jetzt in Liwadija, rücklings auf der Wiese liegend, die Augen halb geschlossen, über mir fliegen sah, schon fast gleichgültig, überzeugt, daß der *Jasius* für immer ausgestorben war: womöglich durch die Schuld des DDT, der intensiven Landwirtschaft, der siebzig Jahre Sowjetmacht.

Das Zoologische Museum besaß vielleicht ein Exemplar, hatte es ausgestellt. Ich studierte eingehend die Abbildung des *Jasius*, prägte sie mir während der Fahrt im Taxi genau ein, die feinen Beine, die der Zeichner mit einem dünnen Pinsel aus Zobelhaaren gemalt haben mußte, die Fühler...

Bevor ich ausstieg, warf ich einen Blick auf die Uferstraße vor der Eremitage, die Frauen mit Regenmänteln und Schirmen, die zu den Obussen liefen. Ich machte mich an den Aufstieg: meine schwarzen Schuhe, von Regen glänzend, auf den grauen horizontalen Linien der Freitreppe des Zoologischen Museums.

Ich ließ die angefaulten Skelette der plump auf ihren entfleischten Pfoten hockenden, fluguntauglichen Mammuts hinter mir und stieg in schwindelerregendem Tempo zur geflügelten Einfachheit der Lepidopterae hinab. Kaum war ich in den Saal getreten, nahm ein außerordentliches Exemplar des *Dilipa fenestra* meine Aufmerksamkeit in Anspruch. Ich trat näher, um ihn mir anzuschauen, faßte ihn inmitten des bunten Geflatters, des schweigenden Flatterns der *vanessae* in anderen Vitrinen ins Auge.

Es war kein *Jasius* ausgestellt. Ich ging aufmerksam die Schilder durch, mühsam gekrümmt. Für einen Augenblick glaubte ich, mich selbst zu sehen, mein Spiegelbild in tiefem Kniefall, das ich eine Sekunde später als ein lebendes Exemplar aus der Fauna alter Museumswächterinnen identifizierte, das langsam zu seinem Stuhl in der Ecke schlurfte, die schlaffen Backen aufgeblasen von einer Bonbonkugel, die es gelassen lutschte. Ich machte einen Schritt, um die Frau von vorn zu betrachten. Sie hatte die Augen geschlossen und schien zu schlafen, während ihre Kiefer autonom weiterarbeiteten. Sie schlug die Lider nicht auf, als sie mich kommen hörte. Sie hielt im Lutschen inne, denn das innere Dröhnen dieses Vorgangs isolierte sie klanglich vom Saal.

»*Ja sluschaju Was* (Ich höre Ihnen zu).«

Ich fragte sie nach dem *Jasius*; sie nahm sich so lange Zeit, wie ein Team von Hilfskräften braucht, um die Futterale abzustreifen und die Instrumente herzurichten, die ein Orchester bei einem Sommerfestival auf der Freilichtbühne abgestellt hat. Sie zwinkerte, öffnete für eine Sekunde ein Auge:

»Stimmt nicht. Nie habe ich von so einem Schmetterling gehört. Wer hat Ihnen gesagt, daß wir ihn ausgestellt haben? Konstantin Pawlowitsch ... Ja, er ist heute nicht da ... Unser *nautschny* (wissenschaftlicher) *konsultant* könnte es Ihnen genauer erklären, aber am Samstag hat er frei. Er hat mir Anweisung gegeben ... Das heißt, es gibt keinen solchen ... Denn gäbe es einen, wie sollten wir ihn nicht im wichtigsten entomologischen Museum Rußlands haben?«

Dabei hatte sie sich unaufhörlich auf dem Stuhl hin und her geworfen, an mir vorbeigeschaut, um den Saal zu überwachen, auf den ich ihr den Blick verstellte, denn womöglich war ich das Mitglied einer Bande, das die Aufseherin mit einem freundlichen Gespräch ablenkt, während seine Komplizen die Vitrinen plündern. Wo doch die Zahl der Diebstähle in den russischen Museen so drastisch gestiegen war. Und doch war es mir nicht in den Sinn gekommen, daß es weniger mühsam wäre, eine weniger lange Reise bedeutete, einen *Jasius* im Zoologischen Museum zu stehlen, nur ein paar Obushaltestellen von meiner Wohnung entfernt, ohne sich in eine Exkursion ins Wolgadelta stürzen zu müssen.

Diese Reise besaß für mich einen zusätzlichen Reiz: mit meinen geteerten Stiefeln auf Gras zu treten, unter Bäumen zu wandern. Denn wenn der russische Staat in Gestalt eines anonymen Jägers mir zuvorgekommen und ein Exemplar oder mehrere Exemplare des *Jasius* für seine Sammlung gefangen hatte, sah ich nicht ein, warum ich es ihm mit Gewalt entreißen, es stehlen sollte anstatt in einen ehrlichen Wettstreit zu treten und die Regeln zu beachten. Es war nicht Teil meiner Pläne, ein Taschentuch mit Äther gegen das Gesicht der Alten zu drücken, die so lange gebraucht hatte, ihre seltsam blauen und durchscheinenden Augen zu öffnen, die sie offensichtlich in so makellosem

Zustand bewahrte, da sie sich bemühte, sie möglichst selten zu benutzen. Während dessen, was sie für ein Verhör durch einen ausländischen Besatzer hielt, den sie um jeden Preis und unter Einsatz ihres Lebens belügen mußte, wie sie es in so vielen Filmen über *partisany* gesehen hatte, redete sie unentwegt auf mich ein, *sagoworit menja*, das heißt, um mich ganz dumm davon zu machen, ins Blaue hinein zu plappern, zu leugnen, daß sie vom Versteck der Waffen wußte, von der Existenz des *Jasius*, wie sie Konstantin Pawlowitsch, der *konsultant* angewiesen hatte: »Nadjeschda Iwanowna, Sie wissen ja, was für schwere Zeiten unser Land durchmacht. Wir sehen uns einer Lawine von jungen Dieben gegenüber, von Leuten, die vom Gold geblendet sind, von der Sucht nach Reichtum. Sie wissen ja. Die neue Welle, die aus dem Westen kommt. Man wird Sie nach bestimmten Exemplaren unserer Sammlung fragen. Ich will Ihnen keine Namen nennen, Sie würden sie ohnehin nicht behalten. Nur eins müssen Sie tun: leugnen, irgend etwas zu wissen. Sie wissen nichts. Nie hat es das Exemplar gegeben, nach dem man Sie fragt; nie haben Sie davon gehört. Vor allem von einem ... Aber nein. Sie müssen nur sagen (sich dumm stellen, Sie wissen schon): ›Nein, ich weiß nicht, wovon Sie sprechen. *Jasi*? *Us*? Nein, niemals ...‹«

Es lag auf der Hand, daß sie log. Ihre Erregung verriet, daß sie nicht daran gewohnt war. Unablässig rutschte sie auf ihrem Stuhl hin und her, für den Fall, daß hinter mir ein Komplize mit seinen Taschen zu Werke ging. Vor kurzem hatten Diebe, aufmerksame junge Männer, wißbegierig wie all die anderen Generationen von Pionieren, die bisher das Museum in großen Gruppen besucht hatten, dem Anschein nach völlig harmlos, in einem der Säle ein paar Mammutzähne geklaut. Ich hatte es in der Zeitung gelesen, bevor ich nach Helsinki gereist war. Doch zog ich keinerlei praktischen Schluß aus der Notiz in der *Sankt-Peterburgskie Wedomosti*. Als ich im Wartesaal des Bahnhofs davon las, bevor ich in den Zug nach Helsinki stieg, gab es keinerlei Grund, irgendeinen Schluß daraus zu ziehen, gewiß, aber als mir Stockis die Beschreibung des Schmetterlings gab, den ich für ihn fangen sollte, und ich mir später, wieder in Petersburg, vornahm, das Zoologische Museum zu besuchen, zog ich keine Rückschlüsse und begriff nicht das Unnötige meiner Wolgaexpedition, denn das Exemplar, nach dem ich für Stockis jagen sollte, befand sich bestimmt im Zoologischen Museum, gefangen vom langen Arm des Staats, eigens von den entferntesten Winkeln in die alte Hauptstadt des Zarenreichs gebracht und der schwachen Obhut einer gebrechlichen Alten anvertraut, die leicht mit einem äthergetränkten Taschentuch zu betäuben war. Das heißt, anstatt Dutzende von Schmetterlingen zu betäuben, sich mühsam einen Weg durch die holprige Landkarte zu bahnen, in der Sonne zu braten, mit den Stiefelspitzen Erdschollen zu zertreten, hätte ich die Ausgaben für den Äther auf die paar Tropfen reduzieren können, mit denen sich die greise Wächterin betäuben ließ, dann in den Obus vor dem Museum steigen, zwischen den Regenmänteln untertauchen und die Stadt durchqueren können. Eine sehr viel kürzere Reise, weniger gewagt als eine Expedition in die kaspische Senke.

4

Kaspische Senke

Ich würde irgendwo zwischen der Wolgamündung und Astrachan an Land gehen. Vom kleinen Küstendampfer aus, inmitten des Kanalgewirrs im Delta war das kaspische Meer, wie ich mir vorstellte, ein leerer Weinschlauch, in den der Küstendampfer von der Schlauchmündung aus hineinrutschte. Ich würde zwischen Binsen an Land springen, an einem auf der Karte nicht eingezeichneten Punkt, und in Richtung Strand marschieren, wo mich derselbe Küstendampfer eine Woche später als märchenhaft reichen Mann wieder aufgabeln würde, die Rucksäcke voll seltener Exemplare.

Aber vorher mußte ich ihn noch in Astrachan besteigen, an einem Kai voller Barkassen, über die man, schien es – wenn man oben von der Stadt aus die Landschaft überblickte –, ans andere Wolgaufer gelangen konnte, ohne sich auch nur einmal nasse Füße zu holen. Ich machte mich auf einer schlecht asphaltierten Straße an den Abstieg zum Kai, in der ruhigen Gewißheit, die richtige Richtung eingeschlagen zu haben, denn mit mir die Straße hinab glitt eine dünne Wasserdecke, die sich am Bordstein kräuselte. Das Wasser konnte seinen Weg zur Wolga nicht verfehlen, von wo es unlängst zum Himmel aufgestiegen war, nur um wieder niederzugehen und sich in einem Staubecken zu fangen. In den Tiefen irgendeiner Kühlkammer war ein Hahn nicht geschlossen worden, dachte ich, als würde man einen Vogel in die Freiheit entlassen, damit er in den Wald zurückfliegt, zur Wolga; und nun wies mir das Wasser den Weg: es galt hinabzugleiten, sich der Schwerkraft anzuvertrauen. Mitten im Strom hielt ich inne. Ich spürte, wie das Wasser Wirbel um meine Absätze bildete, und die Kälte der Wolgatiefen drang durch mein Stiefelleder. In einem Schuppen am Ufer stapelten Arbeiter Fässer mit Fisch in Salzlake. Von meinem Standpunkt aus, circa zwanzig Meter vom Schuppen entfernt, wollte ich sie nach Kai Nummer fünf fragen, wo der Küstendampfer ablegte. Ich pumpte Luft in meine Lungen, wählte mir im Geist den Arbeiter aus, der im Schuppentor mit hohlen Händen seine Streichholzflamme vor dem Wind schützte und der, von meiner Frage ereilt, den Arm heben würde, um nach rechts zu deuten, am Schuppen vorbei, fünfzig Meter weiter, oder nach links, an dem Gebäude mit den Gitterfenstern vorbei, als meine Augen von ganz allein ein kleines Schild entdeckten, das an einen Pfahl genagelt war, nur ein paar Grad vom Kopf des unrasierten Arbeiters entfernt: »Flußkai Nr. 5«, mit Rostschutzfarbe gepinselt. Dem Mann gelang es schließlich, seine Filterzigarette anzuzünden, und er trat in den Schuppen zurück.

Das spärliche Licht zu dieser Tageszeit unterstrich meine Ähnlichkeit mit einem wildernden Störfischer, einem Mitglied der großen Banden, die mit kaspischem Kaviar Schmuggel treiben. Der Kapitän des Küstendampfers hatte Dutzende von schweigenden Männern von Bord gehen lassen, die ihren Rucksack ans Ufer warfen, hinterhersprangen und mit großer Sicherheit unten aufkamen, ohne sich zum Abschied umzudrehen, den Blick bereits fest auf die Banknoten geheftet, die sich vor ihren Augen schon zwischen den Binsen wanden. Auch ich drehte mich nicht um. Ich ging aufs Ufer zu, im Nacken den Blick des Kapitäns. Meine Ausrüstung unterschied sich wesentlich von der eines Störfischers, aber ich beschloß, ihm nicht die Illusion zu nehmen. Er hätte mir nicht geglaubt, auch wenn ich den Inhalt meines Rucksacks auf den Deckplanken ausgebreitet hätte: keine Knüppel, um die armen Fische (die Störe) zu betäuben, keine Krummesser, um ihnen den Bauch aufzuschlitzen: nur Gefäße mit Äther, zwei Schmetterlingsnetze mit verstellbarem Stiel, die Karbidlampe für nächtliche Jagden und ein Schlauchboot, in dem ich die zahlreichen Wasserarme des Deltas entlangfahren wollte. Ein Hinweis von W. W. Sirin in *Tag- und Nachtfalter des*

Russischen Reiches gab 1893 als das Jahr an, in dem zwei *Jasius* auf einer der Deltawiesen in der kaspischen Senke gefangen worden waren.

In den Binsen stehend, sah ich, wie sich der Küstendampfer entfernte. Ich schaute zu, wie er zurücksetzte, mit seinen Schiffsschrauben die Tiefe des kaspischen Meeres erkundete, seinen Kurs berichtigte und die Reise fortsetzte.

Um elf Uhr morgens machte ich am Rand einer tiefgrünen Wiese halt, über der Hunderte von Schmetterlingen flatterten, die schon auf den ersten Blick nicht als *Jasius* in Frage kamen. Die Hitze wurde zusehends stärker, langsam anwachsend wie die Klänge, die in der Oper aus dem Orchestergraben steigen. Ohne es zu wagen, den Schutz der Bäume zu verlassen, schlug ich *Tag- und Nachtfalter* auf und blätterte darin wie der Dirigent, der zum letzten Mal die Partitur durchsieht, bevor er mit dem Taktstock aufs Pult schlägt. Kein Schmetterling achtete auf den Stock meines Netzes, das ich langsam hervorzog, nachdem ich fünf Minuten lang vor dem offenen Buch gesessen und versucht hatte, einen Schmetterling, der sich zwei Handbreit von meinen Augen entfernt auf einem Ast niedergelassen hatte, in dem Verzeichnis wiederzufinden. Als ich ihn schließlich entdeckte, ein *colias*, ein gemeiner Heufalter, wedelte ich verzweifelt mit dem Netz, in der vergeblichen Hoffnung, daß die Schmetterlinge sich im Flug über der Wiese formierten, ein dichtes Band bildeten, nach zweieinhalb Zirkeln einen Meter über dem Boden aufstiegen, einen vollendeten Looping oder eine Schleife flogen und im Gleitflug einer nach dem anderen in elegantem Walzertakt in meine Äthergefäße schlüpften, die in einer Reihe aufgestellt waren, ein Paar pro Gefäß, während ich ausgelassen wie ein Faun umherhüpfte, meine Hirtenflöte blies, die Gefäße verschloß, jedes Exemplar im Gegenlicht bewunderte, bevor ich es in den Tiefen meines Rucksacks verwahrte.

Die Musik und Disney, all das erlosch in der Sekunde, als ich mit dem Schmetterlingsnetz ausholte, danebentraf und mit langen Sätzen über die Wiese trabte (Chaplin), die *colias* verscheuchte, Bäche schwitzte, von einer Wolke von Mücken gestochen wurde, die während des Schmetterlingswalzers unsichtbar gewesen waren, doch als ich den dünnen Film durchbrach, der mich von meiner Vision der Wiese trennte, und das Gras aufrührte, aufflogen und sich auf mich stürzten wie eine Schar häßlicher, untalentierter junger Mädchen, die bei einem *casting* den Produzenten umringen, begierig, die Dornröschenrolle zu ergattern, bereit, sich in den ewigen Schlaf auf dem Grund der Äthergefäße zu schicken. In meinem Lauf gebremst, begann ich nun mühelos klatschend Mücken zu jagen. Sie würden sterben, ohne mein Blut zu saugen, leer, ohne ihre Bedeutung zu erfüllen. Die *colias* ließen sich, nun ruhiger, wieder ganz in der Nähe auf den Blumen nieder, um mich zu necken.

Die Wolga glitzerte durch die Bäume: ich konnte jederzeit dieser Insel entfliehen, mein Schlauchboot ins Wasser werfen und mich vom Strom treiben lassen. Ich dachte an Stockis. Ich verfluchte ihn nicht, ich dachte einfach nur an ihn als den einzigen, der den Mückenstichen und dem Schweiß, der in Bächen meinen Rücken hinunterlief, einen Sinn geben konnte. Für mich waren es bloß Schmetterlinge: ich hatte keinen Begriff davon, wie man sie gegen Ferien in Nizza eintauschte, gegen Bücher oder Ölgemälde. Es interessierte mich nicht, ihre Flügelmuster zu bewundern, ich wollte nur Geld herausschlagen. Ich hätte einen Ortskundigen, einen erprobten Jäger mitnehmen müssen, aber das hätte bedeutet, den Gewinn zu teilen.

Ich sah, wie in unmittelbarer Nähe einer von ihnen mit seinen feinen Beinchen eine Blume abtastete. Es war nicht der *Jasius*, doch ich begriff, daß ich meine Aufmerksamkeit auf ein einziges Exemplar richten mußte, daß mich nur das vor der Verzweiflung retten würde. Ich verfolgte ihn über die ganze Wiese, an anderen Schmetterlingen vorbei, die in Reichweite saßen und die ich links liegenließ, denn ihn aus den Augen zu verlieren, mich eine Sekunde ablenken zu lassen wäre eine Rückkehr zum Chaos gewesen, zu den Dutzenden von *colias*, die über dem Gras flatterten und

Blütennektar saugten. Ich ging ihm ohne Hast nach wie ein Jäger, der Schritt für Schritt dem Zickzacklauf des Hasen folgt, bis seine Beute erschöpft ist. Ich konzentrierte mich auf einen kleinen Bildausschnitt mit Himmel, Gras und Baumstämmen, dessen wechselnder Hintergrund das hektische Schlagen seiner Flügel einrahmte. Der Schweiß tropfte mir von den Wimpern, ohne daß ich ihn weggewischt hätte, wie ein Besessener schwang ich das Schmetterlingsnetz, bahnte mir meinen Weg. Für einen Augenblick nahm ich wieder das stählerne Band des Flusses wahr. Ich wanderte unter den Bäumen, vom Wind erfrischt, und der blinkende Punkt seines Fluges wies mir den Weg.

Ich bin zu oft im Kino gewesen, um mich nicht selbst vor mir zu sehen, wie ich erschöpft vorwärtshaste, einen Colt mit kurzem Lauf in der Faust, die kleinen Fische links liegenlasse, mich immer weiter vom Tatort entferne, bereits umstellt von heulenden Polizeiautos, dem Hauptmörder auf der Spur, mit dem ich vor der Verfolgung einen haßerfüllten Blick ausgetauscht habe. Der Sand behinderte meinen Lauf, der Wind bremste seinen Flug: eine Windböe zwang ihn, an einem Baumstamm die Flügel zu falten. Ich warf das Schmetterlingsnetz aus, zog eine Pinzette aus der Hosentasche und griff ihn mir: das Funkeln des Stahls, die Riesenhand, sein letzter Blick voll Schrecken, bevor er den Kopf in den Flügeln vergräbt, die Furcht, die sich in den tausend Oktaedern seiner Augen widerspiegelt. Gebrochen.

Ich hob das Gefäß hoch und hielt es gegen das Licht. Der Wind, der vom Fluß herüberwehte, trocknete meinen Schweiß, und friedlich schaute ich auf die Umrisse einer anderen Insel voller Kiefern, die im Strom zu treiben schien.

Durch mein Marinefernglas wurde die Insel aus größerer Nähe betrachtet nicht greifbarer. Ein paar Flecken Strand, Wald, umgestürzte Bäume, vom Fluß untergraben, ihre Wurzeln in der Luft, all das sprang allzu schweigend in mein Okular, stumm waren die Vögel auf den Ästen. Ich würde eine Stunde kräftig rudern müssen, um sie zu erreichen (durch die Bäume sah man den Fluß nicht, nur den Himmel und die Kiefern, die kerzengerade wuchsen, stocksteif wie Nadeln aus einem Nadelkissen).

›Ich habe mich gar nicht dabei gesehen, wie ich dorthin gelangt bin‹, dachte ich damals, mit Blick auf jene Insel. Ich stand am Ufer, der Wind trocknete meinen Rücken, und ich kam mir vor wie ein Schlafwandler, der am Rand eines Dachs aufwacht und vom neunten Stock aus entsetzt den winzigen Bürgersteig unter sich entdeckt. Der Vogel, den ich durch das Fernglas sah und der ohne einen Piep auf dem Ast saß – in einem Baum auf jener Insel –, hatte mich verwirrt. Ich studierte eingehend seinen tiefroten Kropf, eine ganze Weile lang; ich sah ihn Luft holen, eine Pause machen und Triller von sich geben. Ich senkte das Fernglas. Ich wußte, welchen Baum und welchen Ast ich mir angeschaut hatte, doch den Vogel konnte ich nicht ausmachen. Da stellte ich mich breitbeinig hin, stemmte kräftig die Fersen in den Sand, beugte die Knie und ließ mich nach hinten fallen. Ich war auf jenem Ufer gelandet; den Vogel zu entdekken war mir wichtiger gewesen als der Schmetterling im Glas. Aber man hatte keinen Vogel bei mir bestellt. Außerdem jagte ich nicht gerne Schmetterlinge. Weshalb hatte ich mich dazu bereit erklärt? Ich steckte das Fernglas ins Etui zurück und dachte an die Zeiten, als ich an einem einzigen Tag zehn Ferngläser wie dieses verkauft hatte, Marineausrüstung, 20 x 60, mit einem Nettogewinn von fünfhundert Prozent. Das ist die reine Wahrheit, ich führe Sie nicht hinters Licht, oder wie Amerigo Vespucci sagte: *Glaube mir, Lorenzo, was ich Dir bis jetzt geschrieben, ist die Wahrheit*, aus eben jenem Brief.

Die zwei Wochen in Sankt Petersburg, die Zugfahrt bis Astrachan, die Überfahrt im Küstendampfer schienen sich in Luft aufgelöst zu haben, als wäre ich plötzlich, ohne Übergang im Wolgadelta mit seinem singenden Vogel auf dem Baum jener Insel aufgetaucht, als wäre keinerlei Zeit zwischen der vorhergehenden Reise nach Schweden mit den Nachtsichtgeräten und diesem Morgen verstrichen. Der Aufenthalt in Stockholm, der Schiffbruch und die Taufe in Helsinki, alles war verschwunden. Ich stand erst ganz am Anfang und hatte mich doch schon selbst gesehen, von der anderen Insel aus, wie ich am Ufer stand und die Landschaft erforschte, und dieses Bild hatte mich überrascht und erschreckt. Ein Schmetterling fliegt nur knapp über dem Boden, hatte ich mir gesagt, er läßt sich auf den Blumen nieder, um Nektar zu saugen, sogar mit einem Hut könnte man so etwas mit Leichtigkeit fangen, und erst recht mit einem Schmetterlingsnetz mit verstellbarem Stiel. Es würde unzählige davon in der kaspischen Senke geben, unzählige würden über den Wiesen der kaspischen Senke flattern. Man muß so gut wie nichts investieren, um einen Schmetterling zu fangen und dann am Ende eines glücklichen Tages auf der Liste die glücklich erbeuteten Exemplare abzuhaken. Man muß nicht Tausende von Dollar investieren, um einen Schmetterling zu fangen, muß sich vor der Rückreise nicht die Hindernisse ausmalen, die zu überwinden sind. Immer war da eine Geldmenge, die zehnmal die Summe zu Beginn des Unternehmens überstieg, bevor ich in den Tunnel tauchte, aber ich mußte mich durch ihn hindurchkämpfen, im Dunkeln die Wände abtasten, an denen das Wasser herunterlief, zitternd vor Angst und Kälte. Einen Bogen beschreiben, der meistens zu groß war, um den Ort zu erahnen, an dem ich wieder landen würde, mit dem Schatz und seiner siebenfarbigen Aureole. Zwischen dem Schatz und mir befanden sich Zollhäuschen, Zollinspektionen, falsche Verkäufer, falsche Käufer, Betrüger von jeder Sorte, jedem Kaliber, gewissenlose Fabrikanten, die das Heer mit fehlerhaftem Material belieferten (man male sich das Los des Soldaten aus, der bei einer nächtlichen Schlacht im Dunkeln sitzt, weil mitten im Kampf das Nachtsichtgerät den Geist aufgibt), falsche Schecks, falsche Dollar, der zwei- oder dreifache Belagerungsring, den ich auf dem Rückweg durchbrechen mußte, die motorisierten Gangs an den Zufahrtsstraßen von Petersburg, der dunkle Eingang meines Hauses, der in einem oberen Stockwerk befindliche Fahrstuhl, der rote Knopf, der im Dunkeln leuchtete wie die Flamme einer Altarkerze, die hinter mir ins Schloß fallende Tür, der hinabfahrende Fahrstuhl mit seinem ohrenbetäubenden Quietschen, das mich nicht die näherkommenden Schritte hören ließ. Weshalb sich umdrehen und hinschauen? Ich drehe mich um und schaue hin. Die Alte aus dem zweiten Stock. Nein, ein Unbekannter im Regenmantel. Ein anderer, der aus dem Lift tritt und seltsam lächelt. Ich, wie ich hineintrete, einen Dolch in der Hand (keine Lüge, ich besaß ein finnisches Messer, mit Riemen an meinem Unterarm befestigt und unter dem Jackenärmel versteckt, durch den ich meine Rechte schob, den Griff in frommer Haltung umklammert, jedoch bereit, es blitzschnell hervorzuziehen, zu schneiden und zu stechen). Die Schlüssel. Die Tür öffnen, ohne eine Sekunde zu verlieren, ohne das Bargeld zu verraten, das um meinen Hals baumelt, ausreichend für den Kauf von … nun gut, heutzutage ist alles teurer geworden. Endlich die Tür öffnen, endlich die Tür schließen. Schnell das Licht einschalten, die Kette vorlegen, den Rucksack loslassen, mich auf das Sofa werfen. Denken: ›Hervorragend, diese gepanzerten Stahltüren.‹ Den Blick starr aufs Fenster richten, den Schnee fallen sehen.

Ein Schmetterling, Schmetterlinge zu fangen würde einfacher sein, hatte ich mir gesagt, und ich setzte mich in die Küche, um Stockis' Liste zu studieren, und plante meinen ergebnislosen Besuch im Zoologischen Museum.

Ich hielt in meinen Gedanken inne und horchte auf. Ich hatte das Bild des Vogels hinter mir gelassen, zog flußaufwärts. So etwas wie ein Motorsurren drang aus der Ferne zu mir, ganz leise, aber es schwankte, verlor an Kraft, versank im Dunst der anderen Geräusche. Eine Minute später tauchte es wieder als dünnes Band auf, nun allerdings sehr deutlich, zuerst als Dröhnen eines Elektromähers (von ein paar Bauern, die nicht weit entfernt auf einer Wiese mähten), kam dann jedoch beständig näher, gewann an Stärke, verdrängte Luftmassen: die Blätter einer Schiffsschraube, die das Wasser aufschäumten. Ein Bauernpärchen in einem Boot, ein Mann mit weißem Rumpf und dunklen Armen und Hals, und seine Frau, die Sonnenblumenkerne knabberte und die Schalen ausspuckte. Ich beobachtete sie durch das Fernglas, bis sie außer Sicht waren. Sie wirkten harmlos, wie sie ihr Heu transportierten, die Frau im Bug, um das Gewicht der Mahd auszugleichen. Die Lautstärke des Motors, die Gewißheit, lange bevor ich sie flußaufwärts kommen sah, daß es sich um ein Motorboot handelte, hatten mich veranlaßt, Zuflucht hinter einem gefallenen Baumstamm zu suchen, ein Stück weit oberhalb des Ufers, auf dem Kiefernnadelteppich. ›Hüte dich vor wildernden Störfischern‹, mußte ich mir selbst erklären, nachdem ich hastig das Ufer hinaufgeklettert war und mich hinter den Baumstamm geworfen hatte, wobei mir das Herz bis in den Hals hinauf schlug. Sie wollten keine Fremden am Flußufer, niemanden, der vor der Flußpolizei aussagen konnte: »Ja, es waren vier Männer in dem Boot, zwei in schwarzem Ölzeug, alle mit geteerten Lederstiefeln.« »Solche wie Sie anhaben?« Ich würde zu Boden schauen, meine Stiefel kurz mustern: »Ja, genau solche... Was meinen Sie damit?« »Nichts. Niemand meint hier etwas.« Die Art von Fragen. Vermutlich steckte die Polizei mit den Wilderern unter einer Decke. Es konnte gar nicht anders sein, hier, in den Dörfern der Gegend. Ich würde sie bitten, mich bei ihnen auf der Wache übernachten zu lassen, in der *Isba*, die als Polizeistation diente. »Sind wir ein Hotel? Los, raus hier, schlafen Sie draußen... Ich an deiner Stelle würde schnell meine Angelegenheiten erledigen... und verschwinden.« Die zuschlagende Tür. Elf Uhr nachts. Das Verhör war zu Ende. Einer der Lederjacken würde mich abpassen, bei einem Unterstand mit Klafterholz, dessen frische Schnittflächen weißlich im Dunkeln schimmerten; er würde mich um Feuer bitten... Die Art von Erfahrungen, diese Prügel.

In meinem Versteck oben am Ufer sah ich das Dörflerpärchen vorbeiziehen und beruhigte mich; die Kielspur des Bootes wiegte die Stämme am Ufer. Es gab Dörfler in der Gegend. Es war kein Gebiet, das nur wildernde Fischer, Jäger und Schmuggler durchpflügten, der Abschaum der Gesellschaft.

»So ist es. Sie haben recht. Aber wie kann man das wissen? Wissen Sie, wieviel Störfischer hier täglich vorbeikommen? Dutzende. Sie müssen entschuldigen, daß wir Ihnen nicht sofort aufgemacht haben.«

Als ich bei der Blockhütte eintraf, wurde es bereits dunkel. Sie stand ein paar Meter vom Ufer entfernt auf einer offenen Wiese an einer Flußbiegung, als wäre sie extra dort hingestellt worden, um die Durchfahrt von Booten und Kähnen auf dem Fluß zu überwachen. Ich erkannte das Motorboot des Pärchens auf dem Sand, noch mit der Mahd beladen. Ich klopfte, rief auf Zehenspitzen über das Türgitter hinweg, aber niemand kam, um mir aufzumachen. Ich ging um das Haus herum: der Schuppen mit dem Holzvorrat für den Winter, der Stall für die Tiere, weiter hinten die Jauchegrube, der großzügige Garten mit Sonnenblumen, das Gurkenbeet. Der Mann, der Bauer, hatte am Fluß eine Pumpe aufgestellt, um seine Gurken und Melonen zu bewässern. Deutliche Indizien für Friedfertigkeit, für ein russisches Dorf, auch wenn es sich in der kaspischen Senke befand. Als ich wieder zur Gittertür kam, entdeckte ich im Hof einen Autotransporter aus Plastik, in Rot und Blau, der im Morast neben dem Brunnen auf der Seite lag. Ich fuhr mit der Hand durch eine Lücke im Tor und hob den Eisenriegel des Schlosses. Sie waren zu Hause, das war mir inzwischen klar, wollten jedoch nicht öffnen. Hinter mir, am anderen Ufer, bildeten die Kiefern einen um ein paar Stufen höheren Horizont als den natürlichen, hinter dem sich die Sonne gerade zu verstecken begann. Sie gab nicht genug Licht, als daß sie das Gesicht des Besuchers hätten sehen können. Ich beugte mich zur Fensterscheibe und schirmte meine Augen mit den Händen ab. Da waren sie. Sie hatten die Fensterläden nicht geschlossen, und wer läßt eine *Isba* schon allein zurück, ohne die Läden zu schließen? Der Mann zielte wortlos auf mich, hinter der Scheibe. Mein Körper verhinderte, daß das letzte Sonnenlicht voll auf den brünierten Stahl des Laufs, der zwei Läufe seiner Flinte fiel, aber ich konnte deutlich ihren gedämpften Glanz ausmachen. Ich rührte mich nicht, die Hände an der Scheibe. Ich schaute ihm in die Augen und ging rückwärts, wobei ich ihm die ganze Zeit über die Stirn zuwandte, entfernte mich langsam vom Fensterrahmen, von den Läden, der Holzwand, dem Rauch, der aus dem Schornstein stieg. Vorher war mir der Rauch nicht aufgefallen. Wie hätte ich sonst auf das Haus in der kaspischen Senke zugehen können, ohne die geringsten Vorsichtsmaßnahmen zu ergreifen? Es lag auf der Hand, daß sie da waren und sich ein Bad einließen, nach einem ermüdenden Tag des Mähens. Ich drehte mich um und öffnete das Tor, als mich das Kind zupfte. Es zog mich so weit unten am Hosenbein, daß ich für einen Moment glaubte, sie hätten einen Hund losgelassen.

»Schmetterlinge?« stieß mit erstauntem Murmeln der Mann hervor, ohne von der Suppe aufzublicken; nur der blonde Kopf des Jungen musterte mich freimütiger vom anderen Tischende; er hob den Löffel senkrecht in die Höhe, als wollte er ums Wort bitten: alle sind wegen des Kaviars hier, wollte er sagen, weshalb kommen Sie nun, um Schmetterlinge zu fangen? Was für Schmetterlinge? Er hatte bereits den Verdacht, daß sich die Welt noch um ein anderes Zentrum organisieren mußte, ein Leben, das sich um andere Dinge als den Kaviar und den Fluß drehte. Unschlüssig hielt er inne vor seiner rot glänzenden Entdeckung.

»Nicht jeden beliebigen Schmetterling. Ich habe einen bestimmten Auftrag. Manche können viel Geld wert sein…«

Ich hatte ihnen Milch und ein Kilo Brot abkaufen und

nach anderen Schmetterlingsfängern fragen wollen, nach dem Jagdglück anderer Schmetterlingsfänger, wenn sie denn welche kennengelernt hatten. Sie ließen mich eintreten, als mich der Junge so weit unten am Hosenbein zog, daß ich dachte, ein Hund würde mich beißen. Der Mann bot mir an, ein Bad zu nehmen, ich könne mich mit meinem Schlafsack aufs Heu legen, im Schuppen. Ich zog es vor, im Freien zu schlafen. Am nächsten Tag, bevor das Kind aufstand (die Erwachsenen waren mir um zwei Stunden zuvorgekommen, hatten bereits das Heu abgeladen), frühstückte ich mit ihnen Milch (ich hatte ihnen einen Liter abgekauft) und Brot (ich hatten ihnen zwei Kilo Roggenbrot abgekauft). Ich setzte meinen Weg flußabwärts fort, in Richtung des Strands, wo mich der Küstendampfer aufgabeln würde. Ich verbrachte noch zwei Nächte im Freien, ohne jeden Nutzen (und Sinn). In der dritten Nacht, nach der der Küstendampfer kommen sollte, machte ich am Strand ein Feuer im Sand und fühlte mich, das ist die reine Wahrheit, zutiefst allein und unglücklich.

In jenen Holzscheiten lebten immer noch Kräfte, die sich weigerten, zu verbrennen, die in knisterndem, schnellem *staccato* protestierten, wobei sie kurz das Tempo verringerten, um gleich darauf rasende Hilferufe auszustoßen. Es waren die Klagen der Seelen, die in diesen Bäumen gefangen waren, Waldgottheiten, vom Feuer gemartert, oder vielleicht waren es, dachte ich sogleich, Freudenrufe, die sie ausstießen, als sie zum Himmel emporstiegen, endlich frei. Bevor sie sich der Schar der übrigen Seelen anschlossen, hatten sie wohl meiner anderen umherirrenden Hälfte eine Information zukommen lassen, sie für eine Sekunde in einer Bar in Linz, in Österreich belästigt: »Eben haben wir J. neben einem Lagerfeuer gesehen, am Wolgaufer. Er schien traurig zu sein. Denkst du nie an ihn?« Mein Doppelgänger hatte bestimmt mürrisch etwas gemurmelt und sich wieder seinem Bierkrug zugewandt, muß jedoch für eine Sekunde einen Gedanken für mich übrig gehabt haben, und in diesem Augenblick wurde ich wieder vollständig, existierte für den Bruchteil einer Sekunde in meinem früheren Zustand, wie das flüchtige Leben dieser Atome, die in Laboratorien künstlich erzeugt werden, um sich gleich darauf, Nanosekunden später, in ihre Bestandteile aufzulösen. In dieser kurzen Zeitspanne entdeckte ich eine Zeitungsseite mit einem großen Ölfleck in der Mitte, in der man sicher fettige Lebensmittel eingewickelt hatte, vielleicht einen Hering. Ich streckte den Arm aus, nahm das Papier und begann zu lesen. Nur so vermag ich mir meinen Rückfall zu erklären, jene Reflexbewegung, der Griff nach dem Fetzen Papier. Ich schreibe ihn einer kurzen Verbindung mit meinem Doppelgänger zu: »... Vortrefflich!« soll Nikolaus II. ausgerufen haben, an jenem Morgen im Jahr 1912, als er durch den englischen Garten des Liwadija-Palastes spazierte... Ich führte das Papier näher an die Augen, der Glanz des Feuers färbte den Ölfleck gelb. Zwei Spalten einer Reportage über den Bolschoi Liwadski Dworez, den großen Palast von Liwadija, den die russische Zarenfamilie sich in den Subtropen hatte errichten lassen, auf der Krim, fünf Kilometer von Jalta entfernt. Obwohl ich nach Lektüre des Artikels mit dem Papier in der Hand sitzenblieb, begann ich rasch mit den Vorbereitungen für meinen Aufbruch; ich rührte mich nicht, starrte wie hypnotisiert ins Feuer, sah mich jedoch meinen Schlafsack zusammenrollen, zum Bahnhof fahren, den Zug nach Odessa oder Cherson nehmen, von dort direkt nach Istanbul fliegen. Weshalb war mir das nicht früher eingefallen? Weshalb hatte ich ans kaspische Meer gedacht (die Information von Sirin in *Tag- und Nachtfalter des Russischen Reiches*) und nicht an Liwadija, an den großen Palast von Liwadija, an seine Gärten am Meer, an die sanften Winde der Krim, an Nikolaus' hohe, glänzende Schaftstiefel, die weich auf den Kies traten, während seine Augen eines Hobbyentomologen (als der er in *Kapitski Rabotschi* bezeichnet wurde) glänzten? Ich knüllte das Papier zu einer Kugel und warf es ins Feuer. Es brannte schnell, ohne ein Klagen. Ich rollte mich in meine Decke ein, denn zu dieser Nachtzeit konnte ich nichts ausrichten, konnte nur Kraft für den Sprung sammeln, bedachtsam meinen Schlafsack aufschütteln. Ich schloß vergnügt die Augen. Fünftausend Dollar? Fünfzigtausend Dollar? Hunderttausend Dollar? Ich fiel in festen Schlaf.

DRITTER BRIEF

I

Istanbul

Ein Lichtbündel warf meinen Schatten auf das Pflaster, und der kurze Pfiff eines Busses jagte mich mit einem Satz auf den Gehsteig. Er fuhr vorüber wie ein Blitz, still. Die Gefahr gab mir ein deutliches Bewußtsein für den Ort, an dem ich mich befand: die enge Straße oder Gasse, in die ich gelangt war. Ich schwankte mit ausgebreiteten Armen, meine Sandalen um den harten Bordstein gebogen. Als ich das Gleichgewicht wiederfand, machte ich einen Schritt nach vorne, und hätte mich jemand von der anderen Straßenseite aus beobachtet, vom Tischchen eines zur Zeit leeren Cafés, er hätte meine klar umrissene Gestalt vor dem beleuchteten Türrahmen stehen und sich dann instinktiv entfernen sehen, hinein ins Dunkel des Gehsteigs.

Ich hielt vor einem schwach beleuchteten Schaukasten voller Fotos, mit Reißzwecken befestigt. Ich folgerte, daß es sich um die Frauen handelte, die das Etablissement anbot, doch bei näherem Hinsehen erwiesen sie sich als Großaufnahmen von verschiedenen Körperteilen ein und derselben Frau, vertikal angeordnet, so daß sie einen ganzen Körper bildeten. Wie hypnotisiert musterte ich die Collage von unten bis oben, verweilte bei den Beinen, beim Rumpf, bei der Brust. Der Kopf fehlte, wie bei einer marmornen Venus, überflüssig.

Meine Prüfung dauerte so lange, wie der Diskjockey der Bar brauchte, um einen Knopf auf seiner Konsole zu drükken und ein neues Lied zu wählen. Denn beim Einbiegen in die Gasse hatte ich die Musik gehört, die letzten Takte meines Lieblingssongs der Saison. Ich erkannte auch das Stück, das nun anfing, und überrascht musterte ich den roten Kasack des Türstehers, der mir seinen Fes entgegenneigte, ebenfalls rot, und mich mit einer Verbeugung zum Eintreten einlud. Es war noch früh: ich konnte irgendein Passant sein, der sich im Labyrinth der Altstadt verirrt hatte. Der

Türsteher hatte ungerührt den Zwischenfall mit dem Bus mit angesehen, ebenso mein Erstaunen angesichts der zerlegten Frau, und erst als ich mich ihm zuwandte, von dem Lied neugierig gemacht, hielt er es für angebracht, in Aktion zu treten. Er täuschte sich, wenn er mich für einen verirrten Passanten hielt: ich hatte eine Verabredung in der Bar. Ich trat einen Schritt zurück, warf einen raschen Blick auf die Reliefbuchstaben über der Tür, auf ihren goldenen Glanz: *Saray.* Stockis hatte mich in diesen Nachtclub bestellt, ich wäre also ohnehin hineingegangen. Das Lied, das mir aus der Tür entgegensprudelte und in meiner Brust vibrierte, half mir allerdings, den Schattenschleier wegzufegen, der Istanbul zudeckte, die unbekannte asiatische Hauptstadt, und sie wieder in Europa anzusiedeln, denn ich hatte dasselbe Lied in Helsinki gehört, hatte erst vor wenigen Tagen, auf der Ostsee unterwegs, dazu getanzt. Ich hätte es ebenso in jeder anderen Stadt hören können, dachte ich, als ich die Schwelle bereits überschritt, durch das Zupfen der Baßsaiten trat wie durch einen Vorhang, das gleiche Gefühl des stofflich Greifbaren.

Es war ein von Türken geleitetes Etablissement für Türken. Das Licht, ein paar gelbe Garben, die aus bleistiftdünnen Scheinwerfern kamen, versickerte in den Teppichen, die an den Wänden hingen. Ich sah Stockis, dessen breite Schultern ein mächtiges Stück Wand samt Teppich verdeckten. Er stellte einen beträchtlichen Bruch inmitten der Kelims und Kupferteller an der Nachtclubwand dar. Nie hatte ich ihn in Gedanken als dicken Mann gesehen, »der Dicke, der Schwede«. Und doch war er es, stellte ich fest, zwar nicht dick im eigentlichen Sinne, aber massig. Sein Gestell würde mühelos weitere fünfzig Kilo Fleisch tragen, ohne daß seine Beweglichkeit darunter gelitten hätte.

Er grüßte mich, indem er matt seinen Bierkrug hob, aber nicht etwa, weil er um neun Uhr abends, nach einem endlosen Tag müde gewesen wäre: seine Selbstsicherheit, seine Gewichtigkeit (und die seiner Geste) waren genau das, was ihn in den Besitz jener Insel bei Stockholm und seines ganzes Geldes gebracht hatte. Und während ich auf seinen Tisch zusteuerte und dabei die anderen, noch unbesetzten umrundete, erhöhte ich mehrmals die Summe, die ich von ihm verlangen wollte, wobei das Kügelchen munter hüpfte, von seiner Jacht zur Insel, zum BMW in Luxusausstattung, mit dem er mich beim Hafen in Stockholm abgesetzt hatte. Später erfuhr ich, daß er ein Haus an der Costa del Sol besaß, eine Sammlung von Hispano-Suizas aus der Vorkriegszeit, immer kam etwas anderes dazu, ein weiterer Besitz, und ich tobte angesichts der unbedeutenden Summe, die wir vereinbart hatten. Bei der letzten, höchsten Ziffernkombination hielt ich inne. *All that she wants is another baby* ging zu Ende. Stockis nahm den Krug von seinen Lippen: »Noch einen für meinen Freund«, orderte er bei einem Mann, dem Geschäftsführer, der zu uns getreten war, ohne daß ich es bemerkt hatte.

Von meinem Sitzplatz aus, ebenfalls gegen den Kelim gelehnt, sah ich aus dem Schatten beim Podium ein paar Beine wachsen, einen endlos langen Augenblick, ein paar Arme, einen Oberkörper, einen Frauenkopf, die ins Licht der dünnen roten Scheinwerfer gelangten und auf der von meinem Platz entferntesten Bahn fortschritten. Und wie die Zugvögel, die, wie man vermutet, eine Art Magnet im Gehirn haben, um sich an den Kraftlinien des Erdmagnetfelds zu orientieren, folgten meine Augen der Frau, ohne sich von ihrem halbnackten Oberkörper lösen zu können, wobei mein Kopf sich auf Grund des spitzen Winkels langsamer drehte, ohne daß mir eine Kniebeugung, eine Falte ihrer Haremshosen entging, an meinen Stuhl genagelt von einem Gefühl des absolut Irrealen. Denn ich sah, wie sie dem Mann an der Tür eine Frage stellte, einen Moment ihren Blick in seine Augen bohrte, dann den Generator umpolte, der sie sanft wie auf Gleisen bis dorthin befördert hatte, und auf dem gleichen Kreisbogen wieder in der Dunkelheit verschwand, aus der sie gekommen war.

Genau so etwas konnte mich dazu bringen, den Hals bis zur Schmerzgrenze zu recken, durch die Vorhänge zu spähen, voll Erregung die Unbekannte zu beobachten, die sich in der Nachbarwohnung entkleidet, das Mädchen mit dem blonden, glatten Haar, dem ich schon mehrmals von meinem Zimmer aus zugesehen hatte: wie sie gleichgültig mit einem älteren Herrn tanzte, sich an einem Morgen zu der Musik aus ihren Kopfhörern wiegte, fünf Abende lang angekleidet, und dann endlich die Nacht, in der sie müde nach Hause kommt, ihre Stiefel von sich schleudert und sich Stück für Stück ihrer Kleidung entledigt, bis auf den rosafarbenen Slip. All das, wofür es die Mühe lohnte, den Hals bis zur Schmerzgrenze zu recken, den Körper hinter den Vorhängen zu verbergen, den Atem anzuhalten, das verräterische Licht zu löschen usw. usf., all das war gerade nur wenige Meter entfernt an mir vorbeigegangen, und ein unerfindlicher geistiger Schutzmechanismus brachte mich dazu, sie von mir abzurücken, zu einem belebten Bild zu machen, denn ihre nackten Brüste und ihr straffer Nabel hatten sie paradoxerweise an Gewicht, an Substanz verlieren lassen, ich weiß nicht. Kurz darauf kam die Frau auf Anweisung des Geschäftsführers, eines kleinen Mannes, der schimmerte, als wäre er in einer billigen Halbedelsteinlegierung abgegossen worden, auf unseren Tisch zu, und ich konnte ihr Parfüm riechen und das Feinkorn ihres Bauchs ausmachen. Noch bestürzter schlug ich die Augen nieder, aber der Magnet oder was auch immer sich in meinem Kleinhirn versteckte, wurde mächtig angezogen durch das Metall ihrer Augen, und langsam hob ich den Blick, ließ ihn zuerst auf ihrem Nabel ruhen, auf den Brüsten, die nackt unter einer steifen, mit falschen Steinen besetzten Jacke hervorschauten, und schon sicherer schwang ich mich direkt zu ihren Augen auf, blau und durchsichtig wie das Marmarameer. Ich wollte kräftig wie ein Taucher paddeln, um von ihr fortzukommen, aber ihr Blick bohrte sich in mich, geweitet von Erstaunen, »die tellergroß aufgerissenen Augen« – wie verstreute Teller rund um ein gesunkenes Schiff –, und ich starrte sie weiterhin an, jedoch ohne sie wiederzuerkennen, denn nur die Augen – mit der rot leuchtenden Aureole ihres Haares, in dem eine Lichterschar spielte – wirkten seltsam vertraut. Das Mädchen faßte sich sofort, taxierte Stockis als dicken und gewichtigen Mann, sagte etwas auf türkisch zu ihm und ging zu einem anderen Tisch. Ich vermied es, sie anzusehen. Stockis sagte zu mir:

»Kennt dich die Frau etwa?«

»Nein, woher sollte sie?«

»He!« rief Stockis sie zurück und zog mit dem Fuß einen freien Stuhl heran. »Setz dich. Schau sie dir gut an, kennt ihr euch?«

Das Mädchen kam zu uns und warf Stockis einen harten Blick zu, den sie bestimmt schon oft mit Kunden von ähnlichem Format wie der Schwede erprobt hatte. Er deutete auf mich, als hätte noch jemand anderer am Tisch gemeint sein können. Da sie nun von Stockis so gewaltsam vorgestellt wurde, musterte ich sie ganz offen und eingehend, wie sie hinter dem Vorhang hervorkam: die Haremshose an ihren üppigen Hüften hielt ein ziselierter Silbergürtel, ihre nackten Brüste schauten unter einer steifen Jacke aus Flittersteinen hervor … Oder um eine genauere Vorstellung von dem Eindruck zu vermitteln, den ihre Kleidung auf mich machte, füge ich hier ein Fragment der *Briefe aus dem Orient* von Lady Mary Wortley Montagu ein, der Gattin des englischen Botschafters am Hofe von Ahmed III. (1716), die Beschreibung des erstaunlich reichen Kleides von Fatima, der Lieblingsfrau des Sultans: *Sie trug eine Art Kaftan aus Purpurstoff, der ihr eng am Leibe lag und auf beiden Seiten bis zu den Füßen und auch um die Ärmel mit Perlen so groß wie Knöpfe besetzt war. Um den Hals trug sie drei Ketten, die bis auf die Knie reichten, eine aus großen Perlen, an deren Ende ein schön gefärbter Smaragd hing, so groß wie das Ei einer Truthenne; die andere bestand aus zweihundert dicht aneinandergefügten Smaragden von dem feurigsten Grün, jeder so groß wie ein Halbkronenstück und so dick wie drei; die dritte war aus kleinen, vollkommen runden Smaragden. Doch verdunkelte ihr Ohrge-*

hänge alles übrige: zwei Diamanten, genau wie Birnen gestaltet und von der Größe einer großen Haselnuß. Außerdem war ihr Kopfputz mit Nadeln aus Smaragden und Diamanten bedeckt. Sie trug große Diamantarmbänder und hatte fünf Ringe mit Solitären an den Fingern, die die größten sind, die ich je in meinem Leben gesehen habe.

Stockis forderte sie auf, sich zu setzen, und da sie sich sträubte, griff er nach ihr, um sie am Arm zu ziehen. Das Mädchen wich einen Schritt zurück, zog ihre Arme mit einem Ruck weg, riß sie hoch, sehr hoch, in einem Bogen, ließ ihre fliehenden Handteller aufeinander zufliegen: ihre Rechte schwang dicht an meinen Augen vorbei, ein goldener Ring an jedem Finger, durch feine Kettchen mit einem Armband verbunden. Sie setzte sich tief verärgert neben mich und schaute verächtlich zu Stockis. Dann drehte sie sich theatralisch zu mir, mit dem ganzen Oberkörper, und bohrte ihre Augen in meine. Ich kannte sie nicht, mich beunruhigte die Szene keinesfalls. Stockis war groß und dick, aber nicht gefährlich. Ich wußte das. Sie nicht, und ihr Hals, ihr Kinn zitterte leicht. Sie sagte:

»Wir haben uns heute morgen gesehen.« In perfektem Englisch. Das stimmte nicht. Es sollte soviel heißen wie: »Wir kennen uns von klein auf, wir sind zusammen aufgewachsen.« Amüsant, da absurd. Stockis lachte beruhigt. Er öffnete die Faust, ließ sie gehen.

»Ich bin zum ersten Mal in Istanbul, Stockis. Woher sollte ich das Mädchen kennen?«

»Liwadija?« fragte Stockis verwundert.

»Es wird eine Expedition nach Liwadija nötig sein«, erklärte ich ihm, als handelte es sich um ein untergegangenes Dorf, um Ruinen in der Steppe, mit bis zum Boden geschleiften Rundbauten, gerillten Stiefelspuren, die sich im Staub verlieren. Ein Ort, zu dem ich mich niemals aufmachen würde ohne gewissenhafte Vorbereitung, eine Stadt am Meer, eingekapselt in einer Bucht der Taurischen Chersones, womit die Griechen eine entlegene Gegend meinten, nicht etwa die Krim, ein Name, der sich durch den

Gebrauch und den Krieg zwischen den Heeren der Türken und Alexanders I. eingebürgert hatte. (Ein Krieg, worauf ich damals nicht hinwies, dessen Auslöser ein erbitterter Briefwechsel zwischen den Militärattachés beider Länder in Istanbul gewesen war.) Nikolaus II., der letzte Zar, hatte sich dort seinen Sommerpalast errichtet, den Großen Palast von Liwadija. Ich kam ihm entgegen, indem ich die russische Kaiserfamilie in eine mildere Gegend als die des Steppenreichs von Khorezm verlegte. Aber damit er nicht etwa dachte, wir hätten die Gefahr hinter uns, erzählte ich ihm von Mithridates, Herrscher über Pontus Euxinus und den Bosporus von 111 bis 63 vor Christus. Und mit einem letzten Hinweis gab ich ihm den Gnadenschuß; ich erzählte ihm – er hörte mir mit höchster Aufmerksamkeit zu – von Mithridates' Methode, dem Tod durch Vergiften zu entgehen: er verabreichte sich homöopathische Dosen von Gift, um immun dagegen zu werden. Mein Risiko sei in Liwadija, wie ich ihm auseinandersetzte, also weit größer als in der kaspischen Senke. Und schließlich schwenkte ich mit meinem ganzen Truppenverband in dröhnendem Marschschritt ins Hauptthema ein: wieviel es kostete, mich in einer Pension im Ort einzumieten, wo ich mich auf die Lauer nach dem *Jasius* legen würde, die Reisekosten, die drei Mahlzeiten am Tag. Ich versteifte mich auf Liwadija, trug ihm die Zeitungsnotiz aus *Kapitski Rabotschi* vor. Stockis erklärte sich begeistert bereit, die Expedition zu finanzieren, und lud mich ein, während unseres Aufenthalts in Istanbul bei ihm auf der Jacht zu wohnen, auf der *Wasa*.

Vor dem Striptease, vielleicht um irgendein islamisches Gesetz zu umgehen oder als ein Gericht, das man zu etwas Hochprozentigem bestellen soll, wurde eine Nummer weißer Magie angekündigt. Doch um jede Verunsicherung unter den Gästen zu vermeiden, kamen vorher die Mädchen heraus und zeigten sich in ihren Haremshosen, und als ich sie da oben auf der Bühne sah, erinnerten sie mich an die Bilder aus *Tag- und Nachtfalter* oder an eine Sammlung von *vanessae*, wie im Schaukasten aufgereiht. Sie warfen ihre Beine in die Luft (die Haremshosen wiederholten wellend die Bewegung) und traten alle an den Bühnenrand. Ein Mädchen hob den Arm und tat so, als würde sie den Zipfel eines Vorhangs anheben, und sie entschlüpften, als verschwänden sie mit einer Schulterdrehung hinter dem Vorhang, wobei ihre Körper im unbeleuchteten Raum der Bühne untertauchten (ganz wie die Falter, die man auf einer Parkbank unter einer Laterne in den Lichtkreis treten, umherflattern und schnell in die Dunkelheit zurückkehren sieht).

Sie ließen vor dem zitternden blauen Atlasstoff im Hintergrund eine glänzende Leere zurück. Und in den leeren Raum, in dem die Mädchen, allesamt keine Türkinnen, unbeholfen vor dem blauen Atlas getanzt hatten, flossen in einer Sekunde geschickt kriechend, als wollten sie nicht stören, die dünnen Beine, die sternenbesetzte Weste, der rote Fes des Magiers. Als er in die Mitte der Bühne gelangt war, in den Kegel eines sehr weißen, kalten Lichts, das ihm auf die Schultern fiel, sprang er wieder aus dem Kreis heraus und lief schnell zum Türchen zurück, aus dem er auf die Bühne getreten war, das Gewicht der langen Beine auf den Fersen, den Oberkörper nach hinten gelehnt. Er wartete, bis der Lichtkegel, der seiner Flucht nicht so schnell hatte folgen können, ihn erneut begoß und blieb in ihm stehen, wie in einem Meßzylinder gefangen. Dann legte er auf Zehenspitzen den ersten Abschnitt einer wirren Zickzacklinie zurück, die ihn schließlich wieder zur Bühnenmitte führte. Er richtete sich gerade auf, schaute sich um, wobei er erst mit der linken, dann mit der rechten Hand die Augen beschirmte, steckte seine beiden Zeigefinger in den Mund und stieß einen langen Pfiff aus. (Ich schaute verstohlen zu Stockis hinüber.) Ein zweiter Lichtkegel, weniger kalt, gelber und wärmer als der erste, enthüllte uns am anderen Ende des Podiums zwei Personen, ebenfalls komisch ausstaffiert, zwei Derwische, die der Magier offensichtlich von der anderen Seite erwartet hatte, so daß sie ihm einen gehörigen Schrecken einjagten und ihn dazu noch mit einer riesigen Truhe anrempelten, die sie vor seinen Füßen niederfallen ließen. Auf seinen Füßen: die Spitze seiner Schnürstiefel saß unter der schweren Truhe fest. Der Magier wollte einen Schritt aufs Publikum zu tun, um ihm etwas zu eröffnen, doch als er sich dergestalt festgenagelt sah, nahm er seinen Fes ab und drosch damit munter auf die Derwische ein, die theatralisch davonliefen, sich mit gespreizten Händen den Kopf hielten und auf türkisch schrien. Da sprang der Magier behende aus seinen spitzen Schnürstiefeln, denn er trug ein weiteres Paar darunter, ebenso lang wie das, welches festsaß, und setzte sich auf den Deckel der Truhe.

»Meine Damen und Herren«, wandte er sich auf englisch und türkisch an das Publikum. »Sie haben gesehen, in was für eine Verlegenheit mich diese Strolche gebracht haben. Denn obwohl ich ein Paar Ersatzschuhe besitze, hätte ich die anderen« – er zeigte darauf – »gerne zurück. Ein herrliches Paar Schuhe, wie Sie vielleicht bemerkt haben werden. Ich würde sie Ihnen ja gerne zeigen ... Ach, was« – er sprang von der Truhe – »ich werde die Truhe verrücken.« Eines der Tanzmädchen, das mit den blauen Augen und dem roten Haar, erschien unten neben der Bühne und schaute lächelnd zum Magier hinauf. »So eine schwere Truhe ... aber nein« – er wandte seine ganze Kraft auf, attackierte sie von allen Seiten. »Sie sehen, ohne diese beiden Strolche ...«

Er pfiff erneut, nun in beide Richtungen, legte den Handteller ans Ohr und hörte die Mädchen im Dunkeln lachen. Da weitete sich der Lichtkegel für einen Augenblick bis zum Hintergrund, und wir sahen einen der Derwische, der eines der Tanzmädchen kitzelte. Der Zauberer machte sich hoffnungsvoll sein Erscheinen zunutze und rief laut nach ihm:

»Ibrahim!« Er tat einen Schritt in seine Richtung, doch der Lichtkegel verschwand, und er hielt abrupt inne und schüttelte brüsk den Kopf. »Bitte«, stöhnte er, »wer kann mir helfen, irgendein Stämmiger. Ein starker Mann… Doch ein paar Tricks beherrsche ich«, sagte er auf einmal, als würde er sich wieder fassen. »Ich beherrsche ein paar Tricks.«

Er nahm seinen Fes ab, legte ihn auf ein Tischchen, riß mit einem Ruck die Troddel ab, ließ sie wie durch ein Wunder steif werden und klopfte damit zweimal auf den Rand. Beim ersten Schlag zog er sich ein Kaninchen aus dem Ohr, beim zweiten ein langes Band aus Seidentüchern.

»Diese Art von Tricks«, sagte er, und sogleich fing er wieder zu stöhnen an: »Bitte, wer kann mir helfen, irgendein Stämmiger…! Ein starker Mann… Sie!«

Ich schaute nicht zu Stockis, tat so, als merkte ich nicht, daß er auf ihn deutete. Als könnte an den Nachbartischen noch so ein Zweimeterkoloß sitzen. Ich war wie erstarrt, als führte uns der Luftzug eines Autos, das wir nicht haben kommen sehen, die durchlebte Gefahr vor Augen, die kaum ein paar Zentimeter an uns vorbeigeschrammt ist.

Alle klatschten Beifall. Inzwischen war die Bar bereits voller Gäste. Eine gute Adresse für Matrosen und Türken. Stockis, besagter Mann (ebenso ein Firmenname), nahm die Herausforderung an, beugte den Oberkörper vor und sagte zu mir:

»Vor einem Jahr gab's die Nummer nicht. Da ist kein Magier aufgetreten.«

Aber während er noch sprach, sein Sakko auszog, sich die Hemdsärmel hochkrempelte und entschlossen zum Treppchen ging, wuchs wieder der Lichtkegel neben der Truhe, und einer der Derwische nahm darin Gestalt an und lüpfte mit einer Hand wie nebenbei (ein Mädchen zog ihn an der anderen lachend in den dunklen Bühnenhintergrund zurück) schnell die Truhe an, zog die Schnürstiefel des Zauberers hervor, klemmte sie sich unters Kinn und, als wollte er sich vergewissern, daß sonst nichts weiter zu tun war und man ihn nicht wieder belästigen würde, hob die Truhe noch weiter hoch, schaute hinein, klappte den Deckel auf, drehte sie um und zeigte dem Publikum ihr leeres Inneres. Dann legte er die Schnürstiefel auf den Deckel und verschwand sogleich mit dem Lichtkegel in der Dunkelheit. Der Magier, der zu Stockis' Empfang zum Treppchen gegangen war und dabei unaufhörlich sprach (auf türkisch und auf englisch), drehte sich um und deutete mit beiden Armen und nach oben gewandten Handtellern auf die Truhe. Da sah er seine grünen Schnürstiefel auf dem Deckel und schrie auf, als hätte man ihm einen Schlag versetzt:

»Heda!« Er lief zur Truhe und ließ Stockis allein zurück. »Meine Schuhe!« Er zog sie sich über, hüpfte fröhlich. »Entschuldigen Sie, mein Herr. Sie sehen ja, da habe ich sie wieder. Ein ausgezeichnetes Paar Schuhe. Großartig. Weich. Biegsam. Ich weiß, wer sie herstellt...« Er wühlte in den Taschen, als suchte er die Adresse des Fabrikanten, und tat so, als fiele ihm plötzlich Stockis ein, der herumstand und nicht wußte, was er tun sollte. »Aber wenn Sie.... Denn wenn Sie... Falls Sie Ihre Kräfte messen wollen, warum nicht? Es besteht zwar sozusagen keine Notwendigkeit mehr, aber als sportliche Herausforderung, rein sportlich gesehen... Herrschaften, ich wünschte, ich hätte die Kraft dieses Mannes...«

Ein neuer fliederfarbener Lichtkegel nahm sich nun Stockis' neben dem Treppchen an und begleitete ihn bis zur Truhe. Stockis hob den Eisengriff und ließ ihn dröhnend fallen; mit dem Knie befühlte er eine Seite, klopfte mit den Knöcheln den Deckel ab (es klang nach Holz), und da er viel in der Welt herumgekommen war und seine eigene Jacht in der Bucht ankern hatte, setzte er sich in aller Seelenruhe auf die Truhe und bat mich, indem er vortrat und die Wände des Lichtkegels durchbrach, ihm seinen Bierkrug zu reichen. Er leerte ihn in einem Zug, so daß alle sehen konnten, wie das Bier ihm die Kehle hinunterrann, alle Gefäße seines Riesenkörpers füllte und ihm Kraft einflößte. Das Publikum klatschte, der Magier ebenfalls, das sich windende Kaninchen unter dem Arm.

In ihrem Brief kam W. freudig auf jene Nacht zurück, in der ich sie nicht wiedererkannte, obwohl wir uns am selben Morgen kennengelernt hatten und ich mit ihr spazierengegangen war (und mich vielleicht sogar in sie verliebt hatte). Ein Beweis für die effektvolle Verwandlung, die sie im *Saray* vor den Kunden vollzog. Während Stockis sich erfolglos abmühte, seine Stirn anschwoll, die Halsadern hervortraten, stellte sich eins der Tanzmädchen, das mit den blauen Augen und dem roten Haar, neben der Bühne auf, zeigte sich demonstrativ und schaute dabei abwechselnd auf Stockis und auf mich, seinen Begleiter. Es war W. Sie wollte sich vergewissern, daß ich sie nicht erkannt hatte. Bei ihrem Unterfangen bewegte sie den Oberkörper, drehte nicht nur den Hals, sondern den ganzen Oberkörper, wobei die Spitzen ihrer roten Mähne über ihre Schultern fegten. Dann hielt sie inne und wandte mir den Rücken zu, als ich mich über den Bühnenrand lehnte, um Stockis den Krug zu reichen, und die Anstrengung, den Arm so weit auszustrekken, ließ mich zu Boden schauen. Mein Blick fiel auf ihre Fußnägel, in verschiedenen Farben lackiert. Überrascht.

Und bevor Stockis sich geschlagen gab, studierte ich eingehend den Widerschein in ihrem roten – künstlichen – Haar. W. merkte, daß sie das Spiel zu weit geführt hatte, und wollte zu den anderen Mädchen zurück, und da rief ich laut in meinem Innern ›sie ist es‹, und mein Ruf schien sie erreicht zu haben, sie wandte sich zu mir um, und mühelos legte ich die Züge von W., dem russischen Mädchen, das ich am selben Morgen kennengelernt hatte – ein blondes Mädchen – über die des Tanzmädchens. Ich war stumm vor Erstaunen, verstört. Das Kohlendioxid brodelte in meinem Blut. Ich konnte nicht so tun, wie sie vorhin, als hätte ich sie nicht wiedererkannt. Während des Beifalls, der auf Stockis' mißlungenen Versuch folgte, trat W. zum Tisch, und wir sprachen über diesen Punkt. Wie ich sie nicht hatte wiedererkennen können. Stockis blieb noch einen Moment auf der Bühne: der Magier klopfte ihm auf den Rücken, herzlich; schadenfroh reichten ihm die Derwische die Hand.

Auf W.'s Frage »du hier?« brachte ich nur hervor, ich sei mit einem Freund gekommen, was sie bereits wußte. Ich sagte: »Bin bloß mit einem Freund da«, als wäre es das Natürlichste auf der Welt, aber da es eine sehr unbefriedigende und unnatürliche Antwort war, erwähnte ich auch die *Wasa*. Sofort bedauerte ich es. Wie hatte ich sie nicht erkennen können? Wie hatte ich nicht begreifen können, daß sie mich in Odessa verlassen würde?

2

Istanbul

Ich war am selben Morgen in Istanbul eingetroffen. Stockis hatte mir per Fax eine Nachricht zukommen lassen (dieser Apparat, der Briefe augenblicklich verschickt, verstört mich ein wenig), worin er mir mitteilte, er werde ein paar Stunden später eintreffen, fast einen ganzen Tag. Er verschob unser Treffen auf zehn Uhr nachts in den Nachtclub gegenüber, das *Saray*. Das war die Nachricht, die ich gerade in dem Straßencafé las, an dem ein Meer von Türken vorüberströmte, als sie mir aufgefallen war, am Nachbartisch, wie sie begierig frühstückte. Sie hatte sich eine große Portion grünen Salat bestellt, und ich sah, wie der Kellner hinter ihr aus den Tiefen des Cafés Teller anbrachte, die sich auf dem Tisch als Spiegeleier, Haferbrei, eine große Tasse Milchkaffee, Toasts, Himbeermarmelade und ein Glas Joghurt herausstellten. Die junge Frau musterte ihre Bestellung, nickte befriedigt und fuhr dabei fort, den Salat mit ihren schönen Backenzähnen zu zermahlen, die hervorblitzten, als sie ihm etwas auf türkisch sagte, einen Satz, den ich nicht verstehen konnte, der sich jedoch mühelos als Zustimmung übersetzen ließ. Als ich sie essen sah, fiel mir mein eigener Hunger ein, und ich winkte den Kellner herbei.

Ich verabscheue Haferbrei, und in den Sekunden, die der Kellner brauchte, um an meinen Tisch zu kommen, versuchte ich mich verzweifelt an das englische Wort zu erinnern, denn im Geiste hatte ich mir bereits zurechtgelegt: »Dasselbe wie die junge Dame, aber ohne den …?… (Haferbrei).« Als der Kellner neben mir stand, stotterte ich auf englisch meine Bestellung und deutete auf das Frühstück der jungen Frau. Dann stand ich auf, ging zum anderen Tisch hinüber, schaute ihr einen Moment in die Augen und setzte meine Erklärung für den Kellner fort: all diese Gerichte, ohne den Haferbrei. Und wie ich dort stand, begriff ich auf einmal angesichts des steifen Fes des Kellners, auf dem die Troddel unablässig hin und her rutschte, daß er kein Wort von meiner Rede verstanden hatte. Ich deutete auf den Haferbrei und stieß ein kategorisches russisches *njet* aus, von diesem geistigen Mechanismus beflügelt, der uns annehmen läßt, unser Gesprächspartner würde besser die Fremdsprache beherrschen, die wir auch sprechen. Ich konnte vermuten, daß seine Unkenntnis des Englischen ähnlich wie die meine war, aber etwas so Einfaches wie ein russisches *njet*, so nah bei Rußland... Mir fiel ein, daß der Mann an der Kasse, der mir die Nachricht, das Fax von Stockis, übergeben hatte, fließend Englisch sprach, aber inzwischen hatte der Kellner begriffen, und da er mich für einen Russen hielt, fragte er lächelnd: »Wodka?« Zum Frühstück, um mir Appetit zu machen. Auf einmal war ich mir sicher, daß die heißhungrige Kundin Russin war, und ich bat sie um Erlaubnis, ihr Gesellschaft leisten zu dürfen. »Nein, keinen Wodka, einen Kaffee« (zum Kellner).

»Sprich ruhig russisch mit ihnen, russisch kannst du ständig sprechen. Es ist ein Grauen. Mir scheint, alle Welt kann Russisch. Du zum Beispiel...«

Und sie wollte sagen: »Du zum Beispiel, du bist kein Russe, aber sprichst Russisch; ein wahres Elend«, aber sie biß in ihren Toast, zermalmte ihn mit ihren Backenzähnen und starrte mich dabei an. Ich sah sie hastig hinunterschlucken, als wollte sie mir eine Frage stellen, und ich erriet mühelos, welche.

»Vor ein paar Stunden«, erwiderte ich. »Mit dem Flugzeug. Kennst du den Flughafen?«

Sie war mit dem Zug gekommen und schüttelte den Kopf. Mit der Hand beschrieb sie, die Finger zusammengepreßt, die Ankunft eines Zuges.

»Nimmst du einen Tee?« fragte sie schließlich.

Ich nickte, und sie zog den Kellner am Ärmel.

»Çay«, bestellte sie. (Das verstand ich sofort.)

»So was!« rief ich überrascht. »Fast wie im Russischen, *tschai*... Der Flugplatz hat mir gefallen, der ist gar nicht übel. Im Taxi hatte ich das Gefühl, ich befände mich in einer vollkommen modernen, normalen Stadt. Ich hatte Schlimmeres erwartet, muß ich gestehen.«

(Eine Stadt, die genauso wirkte wie jede andere, die Musik im Taxi war anders, aber das ist in jedem Land so. Die Minarette, die ich im Vorbeifahren sah, ihre Kacheln mit den Kalligraphien, erregten nicht mein Interesse. Lieber entdeckte ich einen dieser Wohnblöcke mit kleinen Apartments, fernab von der Straße. Das gefiel mir besser, es machte die Stadt normaler, ebenso wie die Tatsache, daß ich in einem japanischen Auto fuhr und nicht in einer alten Kiste.)

Ich war ein Schmuggler, auch wenn ich in dem Café in Istanbul, wie ich da konzentriert den Joghurtbecher auskratzte, den mir die Frau von ihrem Frühstück angeboten hatte und den ich jedesmal mit der Linken drehte, wenn ich mit dem Plastiklöffel hineinfuhr, nicht nach einem Schmuggler aussah. Der Gedanke, daß ich mich als einen solchen vorzustellen hatte, daß dies die zutreffendste Bezeichnung meines Status war, daß ich dieses Wort benutzen müßte, flößte mir Unbehagen ein. Ich starrte auf die gestärkte Tischdecke, auf die ich den Becher stellte, nachdem ich mich vergewissert hatte, daß er nichts mehr von seiner köstlichen kalten Gallertmasse hergeben würde. Ich bereute es, Stockis keinen Brief geschickt zu haben, ein Fax, höchstens zwei Zeilen, in dem ich ihm von dem Mißerfolg des *Jasius*-Fanges berichtete. Ich war nach Istanbul gereist, um es ihm persönlich zu erklären und ihn zu überzeugen, mir Geld für eine zweite Expedition vorzuschießen.

Und ich war am selben Morgen in Istanbul gelandet und hatte mich in dem Café eingefunden, in das er mich bestellt hatte. In Gedanken bei einem zweiten Joghurt, hob ich den leeren Becher mit türkischer und englischer Beschriftung hoch. Ich studierte eingehend die Nährwerttabelle und achtete nicht mehr auf das russische Mädchen, denn ich wollte sie nicht verlieren. Ich kümmerte mich nicht weiter um sie, denn so würde ich auch kein Interesse zeigen – obwohl sie mich in Wirklichkeit sehr wohl interessierte –, wobei ich mir zwar keine Kälte auferlegte, aber doch ein natürliches Desinteresse. Ich dachte an mein Frühstück, wie fürstlich ich frühstücken würde und daß ich sie danach freiheraus würde fragen können, »Sag mal, magst du wirklich Haferbrei?«, oder vielleicht etwas höflicher: »Sagen *Sie*, mögen *Sie* wirklich Haferbrei?« Mit aufrichtigem Interesse, ein Moment, in dem ich alle Bosheit von mir abfallen lassen und wehrlos wie ein Kind bleiben würde, leicht wie eine Feder. Es gibt Frauen, die mir diesen Zustand wahrer Unschuld eingeben, und als ich endlich auf den Nährwert pro Joghurtportion stieß, erfreut über die Entdekkung, ließ ich meine Augen auf ihren verweilen, ohne ein Schwanken, ohne falsche Geste.

Unsere Unterhaltung auf russisch machte uns gute Laune. Beide logen wir, gaben eine falsche Erklärung dafür, weshalb wir uns an dem Tag um zehn Uhr morgens in Istanbul befanden. Ich war zu einer wichtigen geschäftlichen Verabredung gekommen; sie erklärte, sie widme sich dem Eiskunstlauf, gehöre zu einer Gruppe von Eiskunstläuferinnen aus allerlei östlichen Ländern, vor allem Russinnen … Ich hoffte auf weitere Einzelheiten, aber mehr gab sie nicht preis, legte den Löffel hin, mit dem sie auf Schulterhöhe Kreise in die Luft gezeichnet und mich mit kurzen Ausfällen in Richtung auf meine Brust bedroht hatte, und starrte auf ihren Teller, während sie mit der Linken ihren Ohrring befühlte. Istanbul ist eine große Stadt. Vielleicht nicht so groß wie Moskau, aber groß gewiß. Die Möglichkeit, daß wir einander erneut treffen würden, war also gering, verschwindend gering, lächerlich gering.

Sie stand auf, entschlossen, mich allein zu lassen. Ihre schönen Beine in den Jeans hoben sich vor den türkischen Verkaufsständen auf dem Gehsteig gegenüber und vor dem Säuleneingang des *Saray* ab, zu dieser Tageszeit ohne die Aureole seiner Neonröhren, und ich hätte sie gehen lassen sollen, aber da sah ich auf dem Gehsteig einen Mann mit einem Viertel Rind über der Schulter, gebeugt vom Gewicht seiner Last, und ich sagte zu ihr:

»Der Mann da drüben …« Sie schaute sich um. »Weißt du, auch ich habe Rinderviertel geschleppt … Aber bei der Sonne …«

»Eine fürchterliche Sonne«, pflichtete sie bei. »Du kannst dir nicht vorstellen, wie viele Vorstellungen wir wegen der Hitze haben ausfallen lassen müssen. Die Eisfläche ist nach einer Viertelstunde nicht mehr zu gebrauchen …« (Das heißt, es gab eine Eisbahn mit Eisläuferinnen, und sie war eine von ihnen.) »Es war mir ein Vergnügen«, sagte sie. *»Poobschtschalis, i chwatit.«*

Und da sie einen guten Eindruck bei mir hinterlassen wollte, ritt sie noch einmal auf dem Märchen vom Eiskunstlauf herum. Sie lud mich ein, sie am Abend laufen zu sehen, und gab mir eine Adresse, erfand irgendeine Adresse, denn wiedersehen würden wir uns niemals. Ohne ihr eine Falle stellen zu wollen, fiel mir auf einmal ein, sie mir buchstabieren zu lassen, damit ich sie mir merken konnte, aber sie hatte bereits die zufällige Folge von Wörtern vergessen und sagte statt dessen:

»Ich habe eine bessere Idee. Magst du Museen?«

Ich besichtige in den Städten, die ich mit Waren bereise, nie Museen. Es gibt dort interessantere Orte, ich habe interessantere Erlebnisse, untersuche eingehend Waren, lerne Dinge, die mir für ganze Wochen, ganze Monate Stoff zum Nachdenken geben. Wie damals, als ich zu einer Parfümfabrik bei Berlin gegangen war, mit dem Beutel – oder der Duftdrüse – eines Moschustiers aus dem Altai, den ich einem Bekannten spottbillig abgekauft hatte. Ich erinnere mich noch, ich war damals beim Billardspielen, ein paar Tage zuvor hatte ich die Bestellung aufgegeben und einen Vorschuß gezahlt, und nun trat mein Freund zu mir, als ich gerade auf eine rissige Billardkugel zielte, und legte den Moschusbeutel auf den Rand des Billardtisches. Ich wußte, worum es sich handelte, ich selbst hatte ihn bestellt, und doch war ich überrascht, als ich den Beutel unter meiner Nase ortete, denn ich hatte noch nie einen Moschusbeutel gesehen und wußte nicht, wie stark er roch. Er war voller Haare, als hätte man ihm dem Tier – und später erfuhr ich, daß es so war – in der Bauchgegend abgerissen oder abgeschnitten. Ich hob ihn hoch, befühlte ihn und führte ihn verständlicherweise an die Nase. Verblüfft. Aber meine Verblüffung war unvergleichlich geringer als die des Geschäftsführers jener Parfümfabrik bei Ostberlin. Ich hatte vor, zum Moschuslieferanten der Fabrik zu avancieren, und hatte einen Termin mit dem Direktor ausgemacht. Ich überreichte den Beutel der Sekretärin, und allein der Geruch mußte den *Herrn Direktor* in seinem Büro bereits aufgescheucht haben, denn sofort öffnete er die Tür und bat mich herein. Er zeigte sich über die Maßen interessiert und fragte mich: »Wenn ich Ihnen einen Posten, eine Partie abkaufen würde, wie würde ich den Moschus erhalten? In seiner natürlichen Form, in den Beuteln mit dem Bauchfell, oder verarbeitet?«

Der jähe Wandel des Direktors verblüffte mich, erweckte solche Neugier in mir, daß ich wie an ein Geländer näher zu ihm herantrat, um ihn tief hinten in seinem Gehege ungeduldig hin und her wieseln zu sehen, während seine Hufe dumpf auf den Lehm schlugen. Ich hatte eine lange Stunde draußen im Gang auf ihn gewartet, und als er eintraf (ich sah ihn kommen, wußte, wer er war), würdigte er mich keines Blickes. Es war kalt, es muß Ende April gewesen sein, denn ich erinnere mich, daß der Schnee geschmolzen war, die Bäume aber noch keine Blätter trugen und die Erde um die Stämme feucht und dunkel war. Ich besaß keinen ordentlichen Mantel, sondern hatte mir eine schwarze Polyesterjacke gekauft, deren Ärmel knisterten. Der Direktor hatte bestimmt in Ostberlin auch einmal so eine schwarze Jacke besessen, sie vielleicht erst kürzlich abgelegt. Weshalb sollte er einen jungen Mann empfangen, der ihn in fast genauso einer Jacke erwartete, wie er sie selbst einmal getragen hatte und an die er, das war so gut wie sicher, nicht erinnert werden wollte? Die Sekretärin folgte ihm in sein Büro und war schon auf dem Rückweg, um mir zu sagen: »Nein, er kann Sie heute nicht empfangen«, als der Herr Direktor, der den Moschusbeutel gewittert hatte, ebenfalls aus der Tür schaute, augenscheinlich sehr erregt. Er sagte mir: »Kommen Sie, mein *Herr.*«

Auf der Rückfahrt von der Fabrik sprach ich mit niemandem (oder nur wenig, das Unerläßliche). Die Verwandlung des Geschäftsführers – der mir letzten Endes doch nichts abkaufte – beschäftigte mich zwei Wochen lang, und noch mehrere Monate später dachte ich darüber nach. Dinge von so profunder Bedeutsamkeit ließen in meinem Geist keinen Platz für Museumsbesuche. Wie konnte ich mich mit historischen Ausstellungen zerstreuen, wenn ich Verhaltensformen dieser Art interpretieren mußte oder des Nachts von der Überlegung geweckt wurde, wie reizvoll ein stabiles Wachstum von zehn Prozent wäre, ohne mein gesamtes Kapital mit illegalen Warenposten zu riskieren? Immer mußte ich den Ereignissen zuvorkommen, in aller Hast ein Café verlassen, den Vorortzug nehmen, Geschäfte besuchen und nachdenken. Die ganze Zeit über auf Hochtouren, in einem Zustand extremer Nervosität. Neben meiner Bahn lief ein sehr viel langsameres Laufband mit Museen, die gemächlich darauf hinzogen, doch konnte ich, ohne meine Frequenz anzupassen, ohne meine Drehzahl zu verringern, nicht daran denken, sie zu besuchen, im Schritt zu gehen und mich damit aufzuhalten, die *Wasa* zu bewundern, das Regalschiff der schwedischen Marine, das vor kurzem wieder flott gemacht worden war, ein Tourist unter anderen, der sich in der Masse des Publikums für so uninteressante Dinge interessiert wie das Jahr ihres Untergangs (1628). Was konnte mich das kümmern? Angesichts von Fragen wie: »Was wird sich in dem Land besser verkaufen: der Moschus der Moschustiere aus dem Altai oder das Gift der Schlangen aus der Karakumwüste?« Weit mehr beschäftigten mich solche Fälle wie der des Geschäftsführers der Parfümfabrik bei Ostberlin, seine plötzliche Wandlung. Diese Art von Erfahrung war gewinnbringender für mich, wie ich spürte, wenn ich auch nicht genau hätte erklären können, weshalb.

Allerdings war ich mit einer Ware nach Istanbul gekommen, die ich nur Stockis verkaufen konnte, und erhoffte nur von Stockis Geld. Dadurch fühlte ich mich entspannter. Mir war jedoch vollkommen bewußt, daß ich ebensogut auf dem Basar von Laleli stehen und versuchen konnte, etwas so Sperriges wie ein Teleskop oder eine Partie Sichtgeräte zu verkaufen.

Das russische Mädchen zu begleiten, das ich aus der Nähe beobachten wollte, auch wenn ich dafür einen Museumsbesuch vorschieben mußte, einen Besuch der Hagia Sophia, »die alle Russen gesehen haben müssen« (wie sie mich wissen ließ), war eine akzeptable Beschäftigung. Und doch hatte ich das Gefühl, daß ich mich in acht nehmen, es vermeiden mußte, zu sehr von den Gleisen abzukommen, auf denen ich mich sonst auf meinen Reisen bewegte: Hafen oder Bahnhof, Flughafen, Schiffs- oder Zugfahrten, Ferngespräche.

Morgens mußten sie nicht aufs Eis, wie sie mir erklärt hatte, und das schien mir logisch. Vielleicht trainierten sie nur am Nachmittag, um unermüdlich ihre Kreise zu ziehen. Der Punkt war jedoch, daß sie das wilde Gekreise satt hatte und, wie sie mir gestand, eine ruhigere Betätigung suchte, etwa zur Galerie der Hagia Sophia hinaufsteigen, sich von dort die ankernden Schiffe im Hafen anschauen, die Tanker, die den Bosporus kreuzen.

Wir begannen unseren Spaziergang unter derselben Sonne, die jenen Türken mit dem Rinderviertel auf dem Rücken gepeinigt hatte. Sie widmete zwei Seiten ihres dritten Briefes der Erinnerung an unseren ersten Spaziergang, als ich mich, voller Freude, ihr in dem Café begegnet zu sein, und ohne den geringsten Hinweis zu finden, der auf einen nächtlicheren Beruf als den Eiskunstlauf schließen ließ, dazu bereit erklärte, sie zur Hagia Sophia zu begleiten, obwohl ich niemals, wiederhole ich, Museen in den Städten besuche, in die ich mit Handelsware reise.

Ich musterte ihre Frisur, das blonde Haar, von einem Mittelscheitel geteilt und in einem einfachen Pferdeschwanz gebündelt; den intelligenten Blick ihrer blauen Augen, der im Keim (wie mir jetzt scheint) schon alle ihre Briefe enthielt. In der Hagia Sophia – »für mich ist das kein Museum«, sagte sie mir, »ich komme her, um zu beten« – neigte sie, während wir eine Steintreppe hinaufstiegen, fröhlich ihren Kopf zur Seite, weg von meiner Schulter, als wollte sie Schwung holen, griff meine Hand und führte sie an ihre Hüfte. Wir waren allein auf dem Treppenabschnitt, auf einem Absatz, kühl von der Kälte des Steins. Damals sagte sie etwas, das ich nicht verstand, etwas auf türkisch, dachte ich mit dem Blick auf die nächste Stufe. Aber sofort schaute ich auf, denn mein Gehirn hatte sich an die Entschlüsselung gemacht und es schließlich als einen russischen Satz identifiziert: *ty takoi choroschi... ja by tebe i tak dala.* (Du bist so gut... Mit dir würde ich umsonst ins Bett gehen), und als ich ihre feuchten Augen anvisierte, verstand ich endlich, was sie mir gerade gesagt hatte, und war sprachlos. Sie begriff ihren Irrtum, erbleichte, schien im Mauerstein zu versinken, sich darin aufzulösen...

Irgendein Geräusch im Gebüsch ließ mich von ihrem Brief aufblicken und in den dunklen Garten der Pension spähen. Als ich mich wieder dem Papier zuwandte, schien ihre Stimme, dieselbe, die damals in der Mittagsstunde diesen Satz gesprochen hatte, von neuem zu erklingen, vollkommen klar in der Einsamkeit der Veranda, und mir zu sagen: »Nur ein Scherz.«

Ich sah sie wie ein Basrelief wieder aus dem Stein hervortreten, die Vestalin, die ein Pferd am Zügel hält, mit starren steinernen Augen. All die Monate, die sie sich schon in der Türkei aufhielt, hatten sie auf das Auffangen, Verarbeiten und Einschätzen dieser winzigen Zeitspanne geeicht, die ich gebraucht hatte, um ihre Einladung zu verstehen. Ihr plötzlicher Wandel bedeutete, daß sie alles noch vor meiner Antwort begriffen hatte, als sie sah, wie sich die Wellen in mir verloren, wie sie Schwingung für Schwingung in meine Brust traten und ich ihnen nicht die glatte Oberfläche eines reflektierenden Schirms bot, ihre Worte vielmehr in den Winkeln des inneren Labyrinthes untergingen, daß ich kein potentieller Kunde war, dem sie aus Großzügigkeit und als Dank für die Begleitung eine Bonusnacht schenken konnte, und in dem Augenblick (jetzt wird es mir bewußt) kam ihr auch der Gedanke, wie sie mich benutzen konnte, um von dort wegzukommen, um aus Istanbul zu fliehen.

Es war die Angst, eine Gelegenheit zu verpassen, die das Blut ihrer Wangen dränierte und sie erstarren ließ, vielleicht aus Wut, einen nicht wiedergutzumachenden Fehler begangen zu haben. Sie bekam wieder Farbe, als sie merkte, wie verändert, berichtigt, ohne negative Schattierungen ihre Worte zurückkamen, ihr pikantes Angebot.

Ungewollt hatte sie mir ihr Geheimnis enthüllt. Meine Bestürzung in dem Augenblick war so gewaltig wie meine spätere Freude, denn schon Puschkin sagt 1827 in einem Brief an Sinaida Bukowskoj (eine Geliebte, wie anzunehmen ist): *Mehr als alles auf der Welt fürchte ich die ehrenhaften Frauen und die erhabenen Gefühle. Es leben die* grisettes*!, das ist so viel kürzer und bequemer…*

Hier in Liwadija fand ich in einem Brief dann den Schrecken beschrieben, den ich hätte verspüren können und doch nicht verspürt hatte. Es ist ein Brief von James Joyce an seine Frau Nora, in dem er sich die Dinge allzusehr zu Herzen nimmt (der arme Mann). Ein Brief, datiert auf den 2. September 1909, mit der folgenden Adresse unter dem Stempel: 44 Fontenoy Street, Dublin: *Mein Glaube an die Macht einer einfachen redlichen Seele ist* ungeheuer. *Die hast Du doch, Nora, nicht wahr?* Der feierliche Ton, dies unbändige Bedürfnis, sich vom Gegenteil zu überzeugen. Nora Barnacle? Himmel, alle Welt wußte doch Bescheid! Jemand hätte den unglücklichen Schriftsteller warnen sollen. Weniger Wahnsinn, weniger Experimente im *Ulysses*, da bin ich mir sicher.

Als wir oben auf der Empore waren, blickte ich hinunter,

um das Mosaik auf dem Boden zu bewundern, und entdeckte dabei die verschiedenfarbig lackierten Zehennägel. Hätte ich sie in derselben Nacht nicht im *Saray* wiedergesehen, sie anhand der Zehennägel identifiziert, hätte sie sich von mir als Eiskunstläuferin retten lassen, davon bin ich überzeugt. Vielleicht hätte sie mir später, bereits in Rußland, ihr Geheimnis gestanden und dabei Krokodilstränen geweint. Obwohl ich zugeben muß, daß sie ihren Vorteil daraus zu ziehen verstand, daß ich sie im Odaliskenkostüm im Nachtclub einen Bauchtanz hatte vollführen sehen.

Da schon ein Verdacht in mir aufstieg, fragte ich sie:

»Du bist keine Eiskunstläuferin, nicht wahr?« und gleich hinterher: »Warum kommst du nicht mit mir nach Liwadija, ans Schwarze Meer?«

Ich muß sagen, daß sie langsam, behutsam zurückwich; sie reagierte nicht heftig auf meine Einladung, die ihrem Märchen jeden Boden entzog. Sie wußte, daß ich hatte sagen wollen: »Sieh mal, anstatt hier in Istanbul auf dem Eis zu laufen ... oder was auch immer, kannst du doch ebensogut mit auf die Krim fahren und ein paar Monate mit mir verbringen?« W. trug an dem Tag Jeans mit geometrischem Muster, eine optische Finesse, die meine Augen wie an einer Leitplanke entlang unaufhörlich zu ihrem Becken rutschen ließ. Sie bemerkte den Blick, deutete ihn mühelos und erwiderte, ohne sich auch nur eine Sekunde bei den Schwarzmeerstränden aufzuhalten:

»Was habe ich am Schwarzen Meer verloren? Bei den tollen Stränden, die es hier gibt!« Denn auch der Reiz ihrer Strände hatte sie in die Türkei geführt. Die falsche Tanzagentur hatte ihr Prospekte von Hotels am Meeresufer geschickt, wo sie am Abend eislaufen würden; an dem Mittag, an dem ich ihr vorschlug, mit nach Liwadija zu kommen, hatte sie meine Einladung auf die Krim noch nicht mit ihrem Wunsch in Verbindung bringen können, aus Istanbul zu fliehen.

3

Liwadija

Ich besaß zwei Pässe auf meinen Namen; nicht zwei Pässe auf zwei verschiedene Namen, wie bei Geheimagenten üblich, sondern zwei echte Pässe auf meinen Namen. Den zweiten hatte ich bei meiner Botschaft beantragt, indem ich den Verlust des ersten vorgab, den mir angeblich ein paar Halbwüchsige am U-Bahn-Ausgang am Newski gestohlen hatten. Die zwei Pässe erlaubten mir, mehrmals denselben Grenzübergang zu passieren, ohne Verdacht zu erregen. Ich wechselte sie, so daß weder beim Zoll noch bei den Grenzposten an einem Donnerstag der Stempel vom Montag auffiel. Äußerst bequem. Im zweiten Paß wirkte ich ein Jahr älter, denn ich hatte ihn ein Jahr später beantragt, nachdem mir bewußt geworden war, was für Vorteile es hatte, nicht etwa eine doppelte Identität zu besitzen, nein, sondern zwei gültige Pässe auf meinen einen Namen. Würde mich die Polizei schnappen oder ein Dieb überfallen oder dergleichen Unvorhergesehenes geschehen, würde ich nicht die sechs Monate warten müssen, bis das Konsulat meines Landes – ein langsames Land – den neuen Paß bereit hätte. Und mir würden keine Geschäfte entgehen, kein Preissturz, kein verzweifelter Ausverkauf durch die Besatzung der nahen Kaserne. Oder wenn man mir eine Geldstrafe auferlegte, weil man meinen Koffer voll amerikanischer, in Rußland gestohlener Zigaretten entdeckt hatte (nicht von mir gestohlen, ich übergab sie lediglich in Stockholm einem Panamesen, einem pfiffigen Burschen) und man meinen Paß für einige Zeit sperrte, konnte ich straflos den anderen benutzen und abwarten, bis das in den anderen gestempelte Einreiseverbot abgelaufen war (wie einmal der Fall). Niemals wäre ich, um nur ein Beispiel anzuführen, in W.'s Lage geraten, der Tyrann den Paß weggenommen hatte. Natürlich hätte sie gewaltsam ins Büro des *Saray* eindringen und das Schloß der Schublade aufbrechen können, aber mir scheint es einfacher, einen zweiten Paß aus der Tasche zu ziehen, *pljunut na wsjo* (sie zur Hölle zu schicken) und zu verduften. Das erklärte ich auch W., ein Tip für künftige Reisen. Als gäbe es zwei gleichwertige Personen, eine, die in Tallinn anzutreffen ist, und die andere zur gleichen Zeit auf dem Markt in Krakaus Altstadt.

Und eines Nachmittags, im hintersten Winkel eines vollgestopften Fahrstuhls, verblüffte es mich auf einmal, so viele blonde Köpfe vor mir zu sehen, so viele Russen. An dem Tag verschob sich meine Perspektive ganz gewaltig, denn wenn ich sie als Fremde identifiziert hatte, was war dann ich? Und da ich mich in Sankt Petersburg befand – mit seinen triefenden Birken, dem Dunst, der die Scheiben im Hauseingang beschlug –, mußte ich meinen Blickpunkt ändern und mir antworten, daß ich fremd war, nicht sie.

Oder folgendes: hier in Liwadija hatte ich die *Epistola obscurum viborum* gelesen, und als mir ein bestimmtes Wort auffiel (vielleicht, weil ich es in meinem Antwortbrief benutzen wollte), wußte ich auf einmal nicht, aus welcher Sprache es stammte. Ich stolperte über das Wort *veleta*, vergaß den Text und studierte lange die Buchstaben, einen nach dem anderen, bis ich zu dem Schluß gelangte, daß es das spanische Wort für Wetterfahne war und Wladimir Wladimirowitsch mir die spanische Ausgabe geschickt hatte.

Und kürzlich erst wollte ich mich über das *Kissel* beschweren, das kochend heiße Gelee, das es zum Mittag gegeben hatte, aber Petrowitsch hinderte mich daran: »Sie sind still. Sie sind ein Fremder.« Ich hatte keine Kindheit mit Gläsern voll *Kissel* zum Frühstück hinter mir, mag sein, doch zählten etwa nicht all die Liter, die Hunderte von Litern, die ich davon in großen Schlucken zu mir genommen hatte, wenn das *Kissel* kalt war und in festen, geronnenen Klumpen hinunterrutschte, oder aber in kleinen Schlückchen, wenn das *Kissel*, wie an jenem Tag, an die hundert Grad hatte, da es so zähflüssig war und einen höheren Siedepunkt besaß als das Wasser? Die Moldauerin

Nina (wie alle nach ihr schrien), die für die Kusmowna kochte, stellte die Gläser mit dem heißen *Kissel* zum Abkühlen auf das Fensterbrett. Doch da sich dabei nur ein trügerischer Film auf der glühenden Lava des Gelees bilden konnte, begann es erst abzukühlen, wenn es in Kontakt mit der Speiseröhre trat, wobei sich das Temperaturgefälle zwischen seinen hundert Grad und den sechsunddreißig Grad des menschlichen Körpers langsam verringerte. Petrowitsch suchte zur Essenszeit immer Streit. Einmal sah ich ihn ohnmächtig mit den Armen wie mit Windmühlenflügeln rudern, in einem hitzigen Streitgespräch – wie ich annahm – mit seinem Tischnachbarn. Die Erregung hatte ihm die Sprache verschlagen, dachte ich weiterhin. Zwei Tränen traten aus seinen Greisenaugen und bedeckten sie wie Cellophan. »Nina!« brachte er schließlich als Schrei hervor, denn in der Hitze der Diskussion hatte er vergessen, sein *Kissel* abkühlen zu lassen. Ich, ein Fremder, war der erste, der es merkte, und ich reichte ihm ein Glas Wasser.

Schon mehrmals hatte ich das seltsame Gefühl einer zweigeteilten Existenz erlebt (zweifellos vom Umstand befördert, zwei Pässe zu besitzen). Den Grund vermutete ich in den vielen Reisen der letzten Jahre, in denen ich in Blitzbesuchen all die Städte überflogen hatte, kaufend und verkaufend, gebeutelt und zerrupft vom starken Gegenwind, den mein fliegender Schritt aufrührte. Ich lebte in der Luft all dieser Städte, und befand sich mein Körper auch physisch gesehen hier, drückte mein Rücken auch gerade die Margeriten auf einer Wiese in Liwadija platt und meine Augen saugten das Blau des Himmels auf, sah ich mich doch ebenso in diesen Städten, wie ich schnell ausschritt, in ihren Märkten ein- und ausging, kaufte und verkaufte.

Ich mußte meiner Seele mit all der Bestimmtheit, die mir in meinem geteilten Zustand möglich war, erklären, warum ich in Istanbul so unvernünftig gehandelt hatte. Wenn ich es zu Papier brachte, begriff ich vielleicht die Motive meines Verhaltens. Und mußte dabei noch weiter zurückgehen, mir selbst erklären, weshalb ich den *Jasius*-Auftrag angenommen hatte, wie mir in den Sinn gekommen war, eine Reise in die kaspische Senke zu planen, als wäre es das Natürlichste auf der Welt. Ein Verhalten, das nur bei einer geteilten Seele möglich war, bei jemandem, der die Vermutung (und Anzeichen dafür) hatte, sich im selben Moment an einem anderen Ort zu befinden, sagen wir, um nur ein Beispiel anzuführen, in Wien. Eines Morgens, als ich an dem Palast von Liwadija vorbeiging, überkam mich dieses Gefühl, die Gewißheit, gerade jetzt an einem anderen Ort zu sein. Ich erinnerte mich nicht etwa an den anderen Ort, sondern spürte es, als ich an einer Statue im englischen Garten vorbeiging, als würde ich einen Vorhang beiseite schieben oder, besser gesagt, einer Abteilung meines Gehirns Energie zuführen, die es mir erlaubte, in Echtzeit (das heißt absolut simultan) mit mir selbst zu kommunizieren oder mit meinem Doppelgänger, der im selben Augenblick an einer (Wiener) Würstchenbude in Wien vorbeiging.

Und erst als ich das Buch von Jamblichus bekam, einem Philosophen der alexandrinischen Schule, begriff ich den Kern dieses Phänomens der *Bilokation* oder der gleichzeitigen Anwesenheit eines Menschen an zwei verschiedenen Orten. Ich hielt es erst für einen Irrtum, als ich den Titel las: *Über die Geheimlehren der Ägypter*, aber als ich es aufschlug, entdeckte ich auf dem Titelblatt, daß es sich um eine Antwort des Philosophen Jamblichus auf einen Brief handelte. Es war *Abammons, des Lehrers, Antwort auf den Brief des Porphyrius an Anebo und Widerlegung der darin enthaltenen Bedenken*.

Jamblichus stellt, kurz gesagt, folgendes fest: daß durch göttliches Einwirken vorübergehend die quantitative Bindung eines Körpers an einen bestimmten Ort gelöst werden kann und der Körper eines Menschen, gewissermaßen zu Geist geworden (moduliert, würde ich sagen, aber davon später), an voneinander entfernten Orten gesehen werden kann. »Daraus ergibt sich keinerlei Widerspruch.« Der würde sich nur ergeben, wenn ein Körper an einem

Ort existierte und derselbe auch an einem anderen. Es handelt sich um eine Vielfalt von Ausdehnungen an einem Ort und um die simultane Existenz der Körpermaterie an einem anderen Ort, ein Phänomen, das den Gottheiten eigen ist.

Ich war keine Gottheit. Ich war auch kein Emigrant, ich mag dieses Wort nicht (ich suche mir lieber eines, das auf die Zeit vor 1917 oder sogar vor 1789 zurückgeht). Ich war einfach nur ein Reisender. Aber der Status des Reisenden eifert dem der Gottheit nach, die allgegenwärtig ist. Was für den göttlichen Körper gilt, gilt folglich auch für den Reisenden.

Aber ohne ihn ernstlich widerlegen zu wollen, steuere ich nur dieses eine Argument sozusagen *extra cathedram* bei: daß der Grund dieses Phänomens in all dem Überschüssigen an unserem Körper zu suchen ist, darin, daß unser Körpergerüst und die Fluida, die es durchlaufen, sehr viel an Überschüssigem besitzen. Es ist technisch ohne weiteres machbar, unser atomares Ganzes auf die Hälfte zu reduzieren, ohne daß seine räumliche oder physische Darstellung Schaden erlitte.

Und wenn Nerven und Fetzen meines Ichs in den Zollsieben hängenblieben, konnte sich anhand von dieser Probenentnahme ein Doppel von mir gebildet haben, ein Ich, das sich aus fünfzig Prozent meiner Person aufbaute. Kein Klon, sondern derselbe Kode halbiert. Das gleiche Prinzip wie bei der Frequenzmodulation, ein Vorgang, bei dem ein Radiosignal in zwei Wellenpakete geteilt wird, sagen wir, eins für den linken Kanal (bzw. Ohr), das andere für den rechten Kanal (bzw. Ohr). Als ich bei Jamblichus von Dämonen, leiblich verdichteten Gespenstern und Astralkörpern las, sagte ich mir: ›Nein, nicht mit mir, das glaube ich nie ...‹

Allerdings fand ich allein in der Bilokation eine plausible Erklärung – ach, was heißt plausibel, eine wissenschaftliche Erklärung – meiner seltsamen Visionen. Es war kein Fall von Doktor Jekyll und Mister Hyde, ein Guter und ein

Böser, die sich abwechselten, sondern es handelte sich um zwei ihrem Wesen nach gute J.'s (wie sonst hätte ich mich dazu bereit erklärt, W. zu retten?), die an verschiedenen Orten auftraten, bilokal. Man durfte in dem Fall nicht von einer geteilten Seele sprechen, sondern von einer statistischen Probenentnahme; nicht von einer vom Körper getrennten Seele, sondern von zwei simultanen Körpern und Seelen, die (wie bei einer Flip-Flop-Schaltung) mit hoher Geschwindigkeit hin und her pendelten.

Allerdings zweifelte ich an der Wirklichkeit dieser Visionen, an meiner Kopplung mit fernen Städten: ich sah mich friedlich durch Wien schlendern, Bier trinken oder in ein Schiffstaxi in Amsterdam steigen. Und doch befand ich mich wahrhaftig an jenen Orten, wie ein Fernsehsignal, das rund um die Welt reist und auf einem Empfangsgerät Gestalt annimmt (oder sichtbar wird). Ich war die Matrix, war der Eine, da bestand kein Zweifel, doch war es zu zufälligen Kopplungen mit den Städten gekommen, die ich besucht hatte (und nun zeitversetzt besuchte) und *sehen* konnte.

Somit wußte ich dank jener Briefabhandlung, daß ich einen Doppelgänger hatte (wie man so sagt); daß sich all das, was mir auf der Achse Stockholm-Petersburg-Istanbul geschehen war (ganz zu schweigen von Astrachan und dem kaspischen Meer), durch diese Halbierung meiner Existenz erklären ließ. Ein Grund mehr, um in Liwadija zu bleiben. Ich würde hier warten, bis mein Doppelgänger, der wegen meines allzu rasanten Ortswechsels (per Zug, Schiff und Flugzeug) zurückgeblieben war, mich einholte und ich wieder zu meiner Ganzheit fände. Einer Ganzheit, wohlgemerkt, die mir die nötige Kraft und Entschlossenheit geschenkt hatte, mich in den Schmuggel zu stürzen, mit dem Vertrauen dessen, der dank seiner Körperkraft und seiner beneidenswerten Geistesgabe in der Lage ist, eine Eisenstange mit bloßen Händen zu biegen.

Später fand ich eine ähnliche Empfindung (ohne dabei die Aufspaltung der Seele zu bemühen, die für einen Psychologen auf der Hand liegen wird) in einem Brief vom 26. Februar 1919 von Karen Blixen an ihre Mutter. Genau diese Empfindung, zugleich an zwei verschiedenen Orten zu sein: *Ich habe das Gefühl, daß ich in Zukunft, wo immer in der Welt ich bin, daran denken werde, ob es wohl in Ngong regnet.*

Und nachdem ich Jamblichus gelesen hatte (das Phänomen wurde auch als Jamblichus-Bilokation bezeichnet), sagte ich mir: ›Während ich hier auf meine verspätete Seele warte, was könnte ich Besseres tun, als W. zu antworten?‹ Schon in Istanbul war mir klar, daß ich nicht wie rasend dem *Jasius* oder sonst einem Schmetterling hinterherjagen würde. W.'s Verschwinden war es gewesen, das mich anfangs, bevor ich ihre ersten Briefe erhalten hatte, auf den ursprünglichen Plan zurückgreifen ließ, die Hänge des Ai Petri hinaufzuklettern und mich im Gras auf die Lauer zu legen. Bis es mir sinnvoller erschien, einen Entwurf für meine Antwort aufzusetzen, dessen Seiten in den schlaflosen Nächten im Lampenlicht von Leben beseelt schienen, die ich jedoch am Morgen stets tot wiederfand, denn sobald ich sie nicht mehr mit meinen Händen wärmte, schrumpften sie und verblaßten wie die Flügel gewisser Schmetterlinge.

Auch an ihn, an meinen Doppelgänger (oder meine Frequenzhälfte) war mein Brief gerichtet. Dieser detaillierte Bericht über die vergangenen Monate war auch für ihn bestimmt.

4

Liwadija

Ich stieg vom Strand direkt in den Wald, trat in einen Baumstreifen, der sich fast bis zum Wasserrand zog, und kletterte dort den Berg hinauf, das Schmetterlingsnetz mit dem verstellbaren Stiel über der Schulter, auf dem Kopf den weißen Panamahut. Während des Aufstiegs hörte ich hinter mir unablässig das Meer rauschen. Doch schließlich vergaß ich in der Hitze, die vom Gras aufstieg, den Strand, bei all den Wiesenblumen, dem Pochen eines Spechts an einem morschen Baumstamm, aber als ich mich umblickte – meine Augen fegten im Kreis über die Lichtung und verwarfen, effektiv wie eine Maschine, die unbrauchbaren Schmetterlinge, indem sie an all die Scharen dort ein einziges Muster anlegten (das des *Jasius euxinus*) –, entdeckte ich das Meer (den Pontus Euxinus). War Zar Nikolaus einmal bis hierher geklettert? Hatte er hier oben seine Augen über den Horizont schweifen lassen und geträumt, seinen panslawistischen Traum wahr zu machen, Zargrad (Istanbul) zu befreien? Der Blick war schön: die Jachten schienen über den pyramidenförmigen Ulmen und den Kiefern an der Küste zu schweben …

Unterwegs zur Pension, auf dem Basar, den die Abchasen provisorisch vor dem Großen Palast aufschlugen, erregte eine Frau meine Aufmerksamkeit. Auf der ganzen Promenade, die direkt beim schmiedeeisernen Tor anfing, warteten die Abchasen hinter ihren Kisten mit Mandarinen und überreifen, rissigen Melonen auf Käufer. Ein paar Touristen, Menschen aus dem Norden, bleich und mit blutendem Zahnfleisch nach ihren langen Wintern, machten auf ihrem Weg zum Strand einen kurzen Abstecher zum Basar und kauften zwei Pfirsiche, eine Melone, eine Tüte saurer Mandarinen aus Abchasien. Während ich eine der Melonen in der Hand wog, konnte ich sehen, wie sie dort unten ihre

Strandbälle traten und nach einem kurzen Anlauf plump ins Meer platschten.

Vorher war ich bei der Post vorbeigegangen, die jedoch geschlossen war. Vielleicht wartete ein Brief unter meinem Nachnamen im Register der *poste restante* auf mich. Ich hatte es mir angewöhnt, täglich dort vorbeizugehen, und allmählich verschwamm dieses Postamt mit all den anderen Postämtern, die ich bisher in Rußland betreten hatte. Nur ein einziges unterschied sich noch von ihnen: das des ersten Tages. Es blieb erhalten wie in Sepia, visuell, meine ich, und obwohl es dasselbe war, das ich nachher immer wieder besuchte, in der Hoffnung auf einen täglichen oder wöchentlichen Brief, bewahrte es in der Erinnerung seine reizvolle Eigenständigkeit.

Das Mädchen vom ersten Tag, das mit dem Stempel an die Scheibe geklopft hatte, war auch bei meinen folgenden Besuchen dort gewesen. Mit jedem Mal lächelte sie weniger vage, als würde sie Korn für Korn auf lichtempfindlichem Papier Gestalt annehmen. Meistens drehte sich ihr Kopf parallel zu ihrem Oberkörper in einer Bewegung von Schulter zu Schulter wie bei einer Holzpuppe, um mir zu verstehen zu geben: »Nein. Nichts für Sie gekommen.« Doch manchmal lächelte sie offen, hob die Hand und ließ mich ans Schalterfenster treten und die Kalligraphie auf dem Umschlag erspähen, den sie mir entgegenstreckte (ein Brief von W.), oder den Empfangsschein für das Bücherpaket, das mir Wladimir Wladimirowitsch sandte. War letzteres der Fall, ging ich zu einem anderen Schalter neben einer Waage und einem Förderband, über das mir Briefsammlungen und Korrespondenzen entgegenschwankten. Die Frau, die angab, wie die Sendungen korrekt zu beschriften waren, sie mit Siegellack verschloß und das Förderband in umgekehrter Richtung betätigte, war ebenfalls jung und hatte – eines Tages fiel mir das auf – die gleiche Stimme, wie die, welche mich beim ersten Mal vom Schalter der *poste restante* aus gerufen und mir gesagt hatte: »*Gospodin*, ich glaube, hier ist ein Brief für Sie.« Unbewußt, ohne dem

Umstand irgendeine Bedeutung beizumessen, hatte ich die Stimme der jungen Frau mit dem schwarzen Haar am Schalter von *poste restante* zugeschrieben. Zumindest paßte die Stimme perfekt zu ihren Tatarenbackenknochen, zum schwarzen, sehr glatten Haar und zu ihren Augen, die mich unablässig anlächelten und denen ich bei jedem Besuch nähergekommen war.

Zwei, drei Abchasen weiter sah ich sie, das Mädchen von der Post, wie sie ein Stück Melone probierte, das ihr ein Verkäufer auf der Spitze seines scharfen Messers anbot. Sie griff es mit Zeigefinger und Daumen, steckte es in den Mund, gab für eine Sekunde vor, den Geschmack zu testen, als wollte sie sie wirklich kaufen, wandte den Blick dann zu einer Bäuerin mit Pfirsichen und ging weiter, *ohne ein Wort zu sagen*. Sie trug ein weißes Leinenkleid mit Satinschleifen, ebenfalls in Weiß. Vor den Pfirsichen schob sie mit dem Daumen schnell ihr Haar beiseite, das schwarz war, fast ins Bläuliche spielte (und ihr lose über den Rücken fiel). Sie schaute in meine Richtung, ohne mich zu sehen, kaufte schließlich drei Pfirsiche, ging zurück zum Abchasen mit den Melonen und kaufte ihm eine ab, auf die sie mit ausgestrecktem Zeigefinger deutete (nein, die nicht, diese da, mit entschlossenem Nicken) und die sie dann gewandt an ihre Hüfte schmiegte. Ich beschloß, ihr zu folgen. Ich folgte ihr.

Es gab Gegenden in Liwadija, in die ich nie einen Fuß gesetzt hatte. Siedlungen, Erdwege mit gepflasterten Straßengräben zu beiden Seiten, während die eigentliche Straße dazwischen keinerlei Pflaster aufwies. Um zum Ai Petri aufzusteigen, wand sich die Straße um die Häuser, überquerte einen kleinen Platz vor dem Postamt, das an einer Spitze der Siedlung lag und der einzige Punkt des Viertels war, mit dem ich bei meinen täglichen Gängen in Berührung kam. Um das Mädchen von der Post zu verfolgen, nahm ich eine Abkürzung über einen engen Pfad zwischen zwei Pensionen und trat dann wieder auf die Landstraße. Ich lief noch drei Straßen weiter, vorbei an zwei überflüssigerweise umzäunten Sanatorien. Dann bogen wir – sie zwanzig Schritte vor mir – in eine Straße ohne Straßenschild. Ich hielt unentschlossen an der Ecke an und fragte mich, ob ich wieder zurückfinden würde. Das Mädchen hatte die nächste Kreuzung erreicht und blieb stehen, um auf mich zu warten. Für einen Augenblick glaubte sie, wie sie mir später erzählte, ich wolle sie nur etwas über die Post fragen, ob nicht vor Geschäftsschluß ein Brief für mich eingetroffen sei. Als ich zu ihr aufgeschlossen hatte, lächelte sie und zog einen Brief aus der Tasche, mit solcher Freude, daß ich schon dachte, sie würde mich auffordern, ein Tänzchen aufzuführen, so zu tun, als tanzte ich, wie es in Rußland üblich ist, wenn dir jemand einen Brief bringt und dir im Scherz befiehlt: »Nun tanze!«, und dann muß man erst das eine Bein heben und dann das andere, wie ein Tanzbär auf dem Rummel, so plump. Ich steckte ihn ein, und als sie sah, daß ich keine Anstalten machte, ihn zu öffnen, und mir auch keinen Platz suchte, um ihn zu lesen, wich sie einen Schritt zur Seite, als wollte sie mir auf den drei, vier Metern Straße Raum lassen, damit ich neben ihr gehen konnte, und lächelte dabei vor sich hin, ohne einmal aufzuschauen. Sie war nicht so naiv, wie ich später begriff, zu denken, ich sei ihr den ganzen Weg gefolgt, nur um zu erfahren, ob sie einen Brief für mich hatte. Auf halbem Weg zur nächsten Ecke hielt sie an, gab mir die Melone, die ich mir an die Hüfte schmiegte, wie ich es bei ihr gesehen hatte, und wir gingen weiter bis zu einem Haus hinter einer Lehmmauer. *Ohne ein Wort zu wechseln*. Ist es zu glauben, daß ich nach diesem Spaziergang immer noch nicht gemerkt hatte, daß das Mädchen, die junge Tatarin vom Schalter der *poste restante*, stumm war? Noch als sie durch eine enge Öffnung in der Tür faßte und den Riegel hob, dachte ich, sie würde sagen: »Wollen Sie hereinkommen?« oder »Kommen Sie.« Aber sie schickte sich an, die Tür wieder zu schließen, und hielt sie mit dem Fuß ein Stück weit offen, damit ich eintreten konnte, ohne daß ihre Lippen einen einladenden Satz geformt hätten.

Das überraschte mich nicht. Ich führte ihr Schweigen auf

die besondere Intelligenz mancher Frauen zurück, auf eine gewisse Veranlagung oder Geistesgabe, die es ihnen erlaubt, sich die leeren Phrasen einer Vorstellung zu sparen. Das Lächeln, das sie zuerst in ihre Augen und dann weiter an die Lippen geschickt hatte, die Tatsache, mir zu gestatten, neben ihr zu gehen, und mir dann als Auszeichnung die Melone zu übergeben, waren mehr als beredte Gesten gewesen. Ich hatte Frauen kennengelernt, die auf diese Weise der Banalität der ersten Sätze entgingen, das unerträglich Steife daran vermieden, und sich anschließend stundenlang aussprachen. Mit einigen von ihnen hatte ich sogar nichts anderes als das getan: von zwei Uhr nachmittags, als wir uns vor einem der großen Kaufhäuser in Sankt Petersburg begegnet waren, bis ein Uhr nachts, nun im Park der Admiralität, zu reden.

Bei Alfia hielt das Schweigen jedoch an. Das Schweigen, das wir wahrten, als wir über einen Weg mit eingelassenen Ziegelsteinen gingen, zwischen den Apfel- und Birnbäumen des Obstgartens hindurch.

Ich setzte mich auf eine *tachta*, ein türkisches Bett (oder eine Ottomane) und wartete darauf, daß das Mädchen endlich das Wort an mich richtete, aber sie ging wieder hinaus, ohne den Mund aufzumachen. Ich legte den Kopf auf den Unterarm, zog die Beine an und blieb zusammengerollt liegen, meditierte darüber, wie hell es zu dieser Stunde war, ohne den geringsten Antrieb, aufzustehen und das Fensterchen zu schließen. Zwar war mir in dem Moment nicht kalt, aber ich habe es nicht gerne zugig, wenn ich mich hinlege.

Kurz bevor die Sonne unterging, wachte ich in derselben Stellung auf. Für einen langen Augenblick, etwa eine Spanne, wie wir sie an einem Strand stehend erleben, wenn wir das Herabsinken der Sonnenscheibe am Horizont beobachten, die Spanne, die eine Möwe braucht, um am rechten Rand unseres Blickfeldes aufzutauchen, gut eineinhalb Kilometer von unserem Standpunkt entfernt in einem weiten Bogen an uns vorbeizufliegen und sich am anderen

Ende des Strands zu verlieren, während im Hintergrund die Sonne untergeht, für einen ähnlich langen, ja genauso langen Augenblick wußte ich nicht, wo ich mich befand. Mich hatte die Angst geweckt, während eines Sonnenuntergangs zu schlafen, eine Angst, die mir in einem Haus eingeflößt worden war, denn zwischen die historische Zeit eines Lebens und das mythische Zeitalter, in dem sich schließlich das Glück einstellt, schieben sich Häuser, Bekannte, Aberglauben und Ängste. Mir wollte einfach nicht einfallen, an welchem Ort des Globus diese Sonne gerade unterging. Inzwischen vollkommen wach und schon ruhiger, weil ich dem Partikelsturm nicht wehrlos in der Bewußtlosigkeit des Schlafs ausgesetzt sein würde, musterte ich, während die Sonne wie auf Himmelsschienen nach unten rutschte, die auseinanderlaufenden Linien der Dielen, die verglaste Veranda, die Bäume im Garten. Ich sah einen Kelim an der Wand hinter mir und versuchte, meine Umgebung zu identifizieren. Ich jonglierte in rasendem Tempo mit mehreren Orten der letzten fünf, sechs Monate. Für den Bruchteil einer Sekunde hielt ich in Paris inne, wo ich letztes Jahr gewesen war. Dann dachte ich: die Türkei, wegen des Kelims und des matten Glanzes einer Messingvase mit Halbmondkerben, eine orientalische Arbeit, und in der knappen Sekunde, die mein Irrtum anhielt, durchfuhr mich der Gedanke: ›Dann hat mich W. noch nicht in Odessa verlassen, mir bleibt noch Zeit, die Sache in Ordnung zu bringen.‹ Die Sonne versank im Meer, das letzte Licht erlosch auf den gekalkten Stämmen der Birnbäume. Ohne den Kopf von meinem lahmen Arm zu heben, warf ich einen Blick ins Zimmer, auf einen verglasten Bücherschrank. Ich will sehen, was das für Bücher sind, was das Mädchen von der Post liest, sagte ich mir, denn inzwischen wußte ich bereits, daß ich mich in ihrem Haus befand, daß ich auf der *tachta* eingeschlafen war. Da erreichten mich die letzten Ausläufer vom Partikelwirbel des Sonnenuntergangs, und eine schreckliche Angst befiel mich. Was hatte ich hier auf dem niedrigen Bett, im Haus einer Unbekannten verloren? Mußte ich nicht etwas Bestimmtes tun, etwas Bestimmtes erreichen, etwas anhäufen? Ich vergeudete die besten Jahre meines Lebens in diesem Land. Ich sagte mir all das, um auf vernünftige Weise mit dieser Angst umzugehen, die in Wirklichkeit nicht zu benennen oder zu erklären war, eine kosmische Angst, vom Sonnenwind eingehaucht. Im Augenblick des Erwachens wurde mir meine Bedeutungslosigkeit im Weltganzen bewußt, ein Schrecken von vor der Zeit, als die Wasser der Sintflut auf Erden gekommen waren. Ich konzentrierte meine Kräfte zu einem Bündel, das ich zu meinen Armmuskeln schickte, und mir gelang eine erste, kaum merkliche Bewegung. Nach und nach steigerte ich meine Drehzahl, zog die Fragmente meines Ichs mit Zentripetalkraft zum Zentrum hin. Nachdem ich eine gewisse atomare Stabilität erlangt hatte, da die Teilchen nun ausreichend dicht beieinander flogen, verbanden sie sich zu einem greifbaren, molekularen, leistungsfähigen Wesen. Ich fuhr nicht mit einem Ruck auf, bereit zum Handeln. Ich blieb liegen, allerdings vollkommen sicher, im vollen Bewußtsein meiner Funktionalität, erneut verbunden mit meinem Ich vor dem Schlaf. Was hatte mich vor dem Einschlafen beschäftigt? Der *Jasius euxinus*? Nein, die Briefe, die Kunst des Briefschreibens, die Antwort, die ich W. schreiben wollte. Ich fuhr mit der Hand an meine Hemdtasche, holte ihren dritten Brief hervor, den mir das Mädchen von der Post auf der Straße gegeben hatte, und begann ihn im spärlichen Abendlicht zu lesen.

Als ich das letzte Blatt umdrehte, entdeckte ich einen Mann, einen Greis, der neben dem Fenster saß. Vor der Helligkeit im Hof war er unsichtbar gewesen, aber je dunkler es draußen wurde, desto deutlicher hob er sich vom Hintergrund ab, wuchs an, bis er über mich herzufallen schien.

Das Mädchen von der Post tauchte in der Tür auf, lehnte sich gegen den Rahmen. Ich legte den Brief beiseite und richtete den Oberkörper auf, indem ich mich auf die Fäuste stützte. Einen Augenblick ruhte ich so auf den Ellbogen, stieß mich dann mit dem Fuß ab und lehnte mich gegen den Kelim. In der Position blieb ich sitzen, schaute die Frau an und auch den Alten neben dem Fenster. Ich konnte nicht weiterlesen, denn es war dunkel geworden. Ich mußte aufstehen, eine Lampe anmachen, Tee trinken. Die Frau hob ihren Arm, so daß sich die Hand gegen den schwachen Schein vom Hof her abhob und die Finger nacheinander verschiedene Punkte im Raum berührten, als aktivierten sie aus der Distanz die Stimme des Alten, der über meinen Schlaf gewacht hatte. Seine Stimme kam aus einem deutlich auszumachenden Winkel, ertönte nur für mein linkes Ohr, wie bei einer Probeaufnahme, mit der man ein Stereogerät ausbalanciert. Der Alte sagte (das Mädchen habe gesagt): »Ich konnte nicht früher kommen, weil ich die Tiere füttern und den Garten sprengen mußte«, und anschließend fügte er mit seiner eigenen Greisenstimme hinzu: »Ich habe zugesehen, wie du einen Brief gelesen hast …«

Das Mädchen streckte den Arm noch weiter aus, betastete die Wand neben dem Türrahmen und betätigte den Schalter. Das Licht schmerzte in meinen Augen. Alfia – so war ihr Name, ein Tatarenname – drehte an dem Dimmer und dämpfte das Licht der Birne.

VIERTER BRIEF

I

Liwadija

»Erlauben Sie?« Der Greis setzte sich eine Brille mit rosa Plastikgläsern auf, und ohne den Kopf zu bewegen und den Blick über das Papier gleiten zu lassen, schob er das Blatt aus kürzester Entfernung vor seiner Brille wie vor dem Schlitz eines Lesegeräts nach oben und studierte den Brief schnell. Dann kehrte er kurz zum ersten Blatt zurück, hielt beim Briefkopf inne und suchte schließlich auf dem letzten die Unterschrift. Seine Prüfung dauerte nicht mal eine Minute. Er faltete ihn wieder zusammen, überreichte ihn mir und entschuldigte sich: »Nur so eine Angewohnheit.«

Er verstehe kein Englisch, wie er mir hastig gestand, überzeugt, daß ich es beherrschte. (Weshalb? W. hatte nicht auf englisch geschrieben). Er war einer der Graphologen gewesen, die 1945 für die Konferenz der Alliierten eingesetzt worden waren. Die Jaltakonferenz war – wie ich doch sicher wisse – im Palast von Liwadija abgehalten worden. (Nein, das wußte ich nicht.) Sie hatte im Februar stattgefunden, der hier bereits ein milder Monat ist, ohne die plötzlichen Schneefälle, die weiter oben im Norden noch bis in den Mai hinein vorkommen und ganze Ernten vernichten können. Noch in Uniform hatte er vor der allgemeinen Demobilisierung 1946 Bachtschisaraj besucht, die ehemalige Khan-Residenz der Krimtataren. Der letzte Khan hatte im Alter von dreiundsiebzig Jahren geheiratet, wie er von der Fremdenführerin erfuhr, und wieder im Hotel schrieb er einen Brief an eine Tatarenfrau, die er vor dem Krieg kennengelernt hatte. Alfias zukünftige Großmutter.

Daraufhin erzählte er mir, was er gesehen hatte (nicht, was er gelesen hatte – das wußte ich ja selbst –, sondern was er in W.'s Kalligraphie entdeckt hatte):

»Es geht darum«, erklärte er mir, »die *Charakterschichten* zu durchdringen, mittels der graphologischen Analyse zum Aufbau eines Charakters zu gelangen, die Persönlichkeit des Schreibenden zu rekonstruieren, indem man über den *Schriftcharakter* zum *psychischen Charakter* gelangt.«

Er war in der Lage, das Profil eines Verdächtigen, sein *Charakterbild* theoretisch auszuarbeiten, anhand einer bloßen Notiz, die man unter seinem Bett fand. Es sei nicht verwunderlich, klärte er mich auf, daß die Handschrift Neigungen verrät, von denen nicht einmal der Betroffene selbst etwas vermutet und die den geeigneten Augenblick abwarten, um sich nachteilig zu äußern ... W. wurde in seiner Beschreibung lebendig, ihr kleiner, aber kräftiger Geschäftsgeist, der sie dazu gebracht hatte, sich aus der Tiefsee eines russischen Dorfes in die Lüfte zu schwingen und Richtung Süden zu fliegen. In ihr steckten, abgesehen von einer mütterlichen Erziehung, die tolerant in Moralfragen gewesen war (eine Mutter mit mehreren Liebhabern unter den Traktorfahrern und Arbeitern des Becherwerks), ein *aufgeschlossener Geist*, ein *ungezwungenes, temperamentvolles Denken*, *viele Gaben des Geistes und des Herzens.* Genau! Ich hatte es geahnt, hatte diese *vielen Gaben des Geistes* gespürt. Kein Zweifel! War es ihr doch in so kurzer Zeit gelungen, mich von der Notwendigkeit zu überzeugen, sie zu retten, in weniger als einer Woche, oder besser gesagt, wenn ich mich schließlich dazu bereit erklärt hatte, sie zu retten, dann nur, weil sie es verstanden hatte, mich zu überzeugen, das ist die reine Wahrheit. Sie hatte nicht versucht, mich plump zu zwingen, denn sie besaß – das graphologische Gutachten des Hauptmanns a. D. bekräftigte das – eine erlesene Intelligenz und eine geübte Hand, die diese *runde, kurvilineare Schrift* hervorbrachte, die ihre *adaptive Haltung* widerspiegelte. Haargenau: drei Tage lang war es ihr gelungen, verschiedene Richtungen zu erforschen, zurückzuweichen, wenn sie spürte, daß sie mich zu sehr unter Druck setzte und andere Bereiche vernachlässigte, denn wollte sie bei der Idee der Rettung bleiben, durfte sie ihre vorgetäuschten Liebesgefühle für mich nicht aus dem Blick verlieren, und da sie einen Begriff von der dynamischen Entwicklung einer Freundschaft hatte, wußte sie auch, daß sie mir ab einem gewissen Stadium Grund zur Eifersucht geben mußte, daß ein teilweiser Bruch vonnöten war, der jedoch nicht zu weit gehen durfte, um im richtigen Moment mit den Pontons einer Versöhnung anzukommen, wie eine Armee, die auf dem Rückzug Brücken sprengt, jedoch so umsichtig ist, die Pfeiler stehenzulassen, weil das Oberkommando damit rechnet, das Gebiet wieder zurückzuerobern, und Befehl gegeben hat, soviel wie möglich intakt zu lassen, »wenn auch auf eine Weise, daß der Feind...« Und als ich sie hatte verlassen wollen und »ich gehe« gesagt hatte, nur um danach zu ihr ins *Saray* zu rennen, so waren dies winzige Bruchstücke eines größeren Plans, eines ausgedehnten Labyrinthes gewesen, das sie von oben überblickte, wie mir jetzt scheint, während ich in meiner Blindheit oder Wut, in meiner Verblendung – verliebt vielleicht, auch wenn es mir schwerfällt, das einzugestehen – die dünnen Trennwände mit Fußtritten bearbeitete, ohne zu wissen, wie nah ich am Ausgang war, zweimal rechts und einmal links. Es ist eine kalligraphische Schrift, fuhr Alfias Großvater fort, die Buchstaben folgen einem leicht erkennbaren Muster, betten sich exakt in eine Form, deren Maß vom Buchstaben *m* vorgegeben ist, jedoch keineswegs in Anlehnung an die Schönschrift in der Schule... Was soviel hieß... natürlich, ich wußte ja, es hatte sich um die Kniffe einer Frau gehandelt, all die Schreie, all die Tränen an dem Tag, an dem sie mich vor dem *Saray* im Gespräch mit Leilah angetroffen hatte, waren ein weiblicher Kniff gewesen, dem sie ihre ganz persönliche Note verliehen hatte. In dem Brief kommt eine Persönlichkeit zum Vorschein, die sich das graphische Muster elegant anverwandelt hat... Alfias Großvater machte eine Pause, als fragte er sich, ob ich wohl den Fachausdrücken würde folgen können, die er gerade erwähnen wollte: W.'s Schrift war eine *klare Schrift* (er bog den kleinen Finger um), sie war *nüchtern* (er bog den Ringfinger um), *bedächtig*, *bündig*, *homogen* (er zeigte mir nun seine Rechte und bog den kleinen Finger um), *geradlinig*. Damit ich erfassen konnte, worauf er diese blendenden Ergebnisse stützte, fügte er hinzu: Elementare kalligraphische Entgleisungen stehen für bestimmte Neigungen und den Charakter des Verfassers. Die Größenwahnsinnigen lassen zum Beispiel viel Raum am Rand und reißen sich zu vielerlei Schnörkeln hin; während eine *spindelförmige* Schrift Zeichen für *Sinnlichkeit* ist. Wieviel konnte uns zum Beispiel ein dem Anschein nach so unbedeutender Strich wie eine Tilde verraten: von unten nach oben gezogen, spricht sie für *Halsstarrigkeit*; ist sie mit dem Buchstaben verbunden, für einen *zähen Willen*; wenn sie als langer, feiner Strich erscheint, für einen *ungeduldigen, lebhaften Charakter*; mit spitzen Bögen für eine *aggressive Veranlagung* …

W. besitze all dies zusammen, sie habe zweifellos einen aufgeschlossenen Geist, ein ungezwungenes, temperamentvolles, impulsives Denken. Was das Herz betrifft: Empfindsamkeit, Mitgefühl, Verständnis, Selbstlosigkeit; was den Geist betrifft: praktische Intelligenz, Organisationstalent und vor allem einen maskulinen Geschäftsgeist, das sagte ich Ihnen schon, mein Junge. Ein Naturell dieser Art benötigt einen großen Aktionsradius, um sich entfalten zu können. Es ist nicht daran gewöhnt, sich in engen Beziehungen zu bewegen, und erträgt keine großen Beschränkungen. Es braucht in jeder Hinsicht Raum, um sein Schicksal mit der Frische und Entschlußkraft auszuleben, die ihm eigen sind, mit einer fast urwüchsigen Lässigkeit und Unbesorgtheit. Deshalb vereint es lebhafte Energie mit intelligenter Überlegung, die zu berechnen und einzuteilen weiß. Der Betroffene empfindet manchmal Unruhe, fühlt sich stets zu neuen Taten getrieben, ohne dabei jedoch eine dauerhafte Befriedigung zu finden.

Und zu guter Letzt: Liebe und Fähigkeit zur Hingabe, Flexibilität, um Pläne anzugehen, künstlerisches Talent, aber auch *Berechnung und Tücke* sowie mystische Neigungen. Letzteres sah er an der Tinte, mit der W. diesen und die anderen Briefe geschrieben hatte: eine verdünnte violette Tinte, *sedativ*, die eine Veranlagung zum Mystizismus verrät…

Wladimir Wladimirowitsch schickte mir unverzüglich zusammen mit unnützen *pismowniki* (alten Handbüchern für das Briefschreiben, von vor 1917) einen dokumentierten Bericht vom ersten erfolgreichen Vorstoß der Russinnen ins Osmanische Reich. An jenem Mittag in Istanbul, als wir aus der Hagia Sophia kamen, trafen wir auf eine Gruppe sehr weißer Frauen, die wir für Russinnen hielten (was sie auch waren). W. übersah sie geflissentlich, und die anderen machten es ebenso. Diese Frauen umgab nicht die Aureole von Roxelanes Geschichte (auch W. nicht, muß ich zugeben), doch nun konnte ich nicht mehr an sie denken, konnte sie mir nicht mehr vorstellen – die eine, die am Arm eines Herrn mit weißem Backenbart und Metallbrille ging, eine Frau, groß wie ein Husarenoffizier und wie ein Husarenoffizier in langen Schaftstiefeln –, ohne daß mir die Briefe von Ghiselin von Busbeck in den Sinn kamen. Die Geschichte einer Russin, »La Rossa« hatte man sie genannt, ein Name, der dem Klang nach zu Roxelane oder Roxana wurde. Ihre Geschichte bestätigte, veranschaulichte das Portrait, das Alfias Großvater von W. gezeichnet hatte, obwohl ihr Ehrgeiz nicht ganz so maßlos gewesen war. Der von Roxelane allerdings: Süleiman I. zu heiraten, den türkischen Sultan.

Busbeck schien sie persönlich kennengelernt zu haben, im Jahr 1555. Ich stelle mir Roxelane auf einer Ottomane hingegossen vor, während zwei Haremssklaven ihre *Alabasterschenkel* fächeln. An einem glühend heißen Nachmittag, als vom Golf von Nikomedia kein Lüftchen herüberwehte, ersann Roxelane eine List, die Busbeck verzückte: Sie gab vor, es sei ihr ein Herzenswunsch, eine Moschee und ein Armenhaus für Fremdländische zu errichten. Süleiman, der sich mit jedem Tag mehr in ihr Talent und ihre Schönheit verliebte, stellte ihr die Mittel dafür zur

Verfügung. Aber der Mufti, der zweifellos mit der Russin unter einer Decke steckte, erklärte, ein solches Werk könne nicht durchgeführt werden, solange Roxelane Sklavin sei. Daraufhin gab sie vor, in tiefste Schwermut zu verfallen, so daß Süleiman (der Prächtige, Herrscher der Türken) aus Angst, sie zu verlieren, sie auf den Thron hob, indem er sie heiratete. Als sie erst auf dem Thron saß und die Dinge aus einer anderen Perspektive (und von einem höheren Standpunkt aus) überblickte, betrieb die Russin die Verfolgung all jener, die ihr feindlich gesonnen waren. Roxelane intrigierte, konspirierte und zettelte sogar einen Aufstand gegen Süleiman an!

Süleimans Verblüffung angesichts dieser Frau müssen wir uns wie die von Maupassant vorstellen, als er einen Brief von Marie Bashkirtseff erhielt. In Paris schrieb Bashkirtseff, eine junge geniale Frau – oder ein *Wunderkind* –, an Maupassant und begann einen Briefwechsel, ohne ihre Identität aufzudecken, ohne ihm zu sagen, daß sie Russin und noch so jung war. Ihr Brief verblüffte den Schriftsteller, und sein Erstaunen angesichts einer Person von so komplexem Wesen muß dem von Süleiman dem Prächtigen angesichts von Roxelane und meinem angesichts von W. vergleichbar gewesen sein. Als ihn die junge Frau in einem einzigen Brief, ja in einem einzigen Abschnitt sogar, mit einer Reihe von Namen bombardiert – *Und dann, wissen Sie, meine Gnädige, daß Sie mich ganz gehörig erschreckt haben! Sie zitieren mir Schlag auf Schlag, und ohne mich irgend darauf vorzubereiten, George Sand, Flaubert, Balzac, Montesquieu, den Juden Baahron, Hiob, den Professor Spitzbube zu Berlin und Mose!* –, antwortet ihr Maupassant. *Oho, jetzt kenne ich Sie, schöne Maske, Sie sind Ordinarius der Sexta am Lycée Louis-le-Grand.*

Aber zurück zu Süleiman, der seinen Sohn – wie Busbeck erzählt – in ein Gasthaus einige Meilen von Konstantinopel entfernt bestellt hatte, denn nach türkischem Gesetz durfte kein Sultanssohn Konstantinopel zu Lebzeiten des Vaters betreten. Süleimans Sklaven warteten auf ihn und nahmen ihm Schwert und Dolch ab. Ohne auch nur den kleinsten Umstand außer acht zu lassen, hatte sich Roxelane, die sich innerhalb und außerhalb der Mauern Konstantinopels geschickt bewegte, *vorhersehend, mit welcher Angst ihr Sohn vor seinen Vater treten mußte, in einem Zimmer neben dem Eingang des Hauses versteckt, an dem Bayezet, ihr Sohn, vorüberkommen würde. Als er vorbeiging, konnte er seine Mutter hören, die ihn hinter dem mit Leinen verhängten Fenster zurief: »Corcoma, oğlan, corcoma« (Hab keine Angst, mein Sohn, hab keine Angst).* Welch ein Detail! Das beeindruckte Busbeck tief, übrigens ebenfalls eine Art Schmuggler, was ihn um so sympathischer macht. Ein Mann, der bereits 1551 (ich weiß nicht, ob als Schmuggelware, aber ich wette, ja) die Tulpe, die Angoraziege und die Roßkastanie nach Europa gebracht hatte. Er war also nicht mit leeren Händen von seiner Reise zurückgekehrt, was auch ich stets vermied.

Und wenn Roxelane, die Russin, es geschafft hatte, Süleiman zu täuschen, einen Sultan, wie sollte dann ich, ein simpler Schmuggler, nicht in die Falle gehen, die mir W. gestellt hatte?

Jene Russinnen hielten sich für mehr als bloße Straßenmädchen, weshalb sie es strenggenommen auch nicht waren. In Rußland waren neue Berufe entstanden, in kürzester Zeit hatte sich das Spektrum der bekannten Berufe wundersam erweitert. Man konnte Börsenmakler werden, Immobilienverkäufer, Bankier, alles mit gleichem Erfolg. Eine hübsche Frau – und in Rußland gibt es schöne Frauen im Überfluß – konnte die Gabe ihrer langen Beine, den gleichmäßigen Glanz ihrer blonden Haare und ihre blauen Augen einsetzen und in der Türkei oder den arabischen Emiraten schnelles Geld verdienen. Natürlich stieß ich ebenso auf Bäuerinnen aus Rjasan oder Omsk (im westlichen Sibirien), auf Dörflerinnen mit fatalen Umgangsformen, die sich im Warenhaus über die Verkaufstische hinweg zuriefen und rosa Slips hochhielten, um die Zustimmung der Freundin einzuholen. Die interessierten mich logischerweise nicht. Nie hätte ich angehalten, mein Dahingleiten durch die Straßen einer fremden Stadt verlangsamt, um sie zu umreißen, eingehend zu studieren. Aber ich fand auch schöne Mädchen mit tadellosen Umgangsformen und war an einem Nachmittag in Brüssel an eine von ihnen, die gerade ein Paar Stiefel aussuchte, unter dem falschen Vorwand herangetreten, sie nach ihrer Schuhgröße zu fragen (eine Schwester, eine Freundin mit gleichen Maßen, ebenso reizenden Proportionen). Ich riet ihr davon ab, die Stiefeletten mit den Fellstulpen zu kaufen, wobei ich schnell zu einem vertraulichen Ton überging, als Kenner des tiefen Rußlands, der verdreckten Straßen in allen russischen Provinzstädten: »Nach dem ersten Schneefall sind sie hinüber. Das schwöre ich dir. Die sind für die Übergangszeit und halten nicht warm. Nur für diese Jahreszeit sind sie gedacht, bloß diese Fellverzierung ...« Und auf den freundschaftlichen, aufrichtigen Ton meines Ratschlags hin, dazu noch auf russisch, drehte sie sich besorgt um, blickte mir in die Augen, einem Unbekannten, der dennoch ihre innersten Gedanken hatte lesen können, und ihr entschlüpfte entmutigt ein »glaubst du?«, eine Frage, die bereits in ihren türkisblauen Augen zu lesen gewesen war, wie bei einem idiotensicheren System, das einen zuerst per Lichtsignal warnt und dann das überflüssige Lautsignal nachschickt. Diese Frau zum Beispiel. Dann lächelte sie und drehte sich langsam um und nahm ein anderes Paar Schuhe im nächsten Regal ins Visier. Sie lächelte, weil sie begriff, wie naiv sie in meine Falle des vorgetäuschten Interesses getappt war. Sie umrundete den Ladentisch, sah von der anderen Seite aus zu mir herüber, und ohne ein Wort an mich zu richten, in Gedanken vielleicht bei meiner Herkunft, entfernte sie sich. Ich sah ihr noch eine Weile nach, wie sie zwischen den Ständen umherging, bis ich sie schließlich aus den Augen verlor. Diese Frau. Ein paar Tage später, immer noch in Brüssel, wurde sie auf einmal wieder an die Oberfläche meines Gedächtnisses gespült; ich traf auf eines dieser kolorierten Bilder jenes Tages, und als ich es genauer untersuchte und die Frau mit den Stiefeletten wiedererkannte, kam mir der Gedanke, daß ich sie womöglich falsch etikettiert hatte, und da der Name, das Schild mit ihrer Kategorie, nicht mit dem wirklichen Typus übereinstimmte, hatten die aufeinanderfolgenden Bilder frei in meinem Gehirn umhergespukt. Ich hatte die junge Frau für eine Studentin aus Moskau oder Petersburg beim Einkaufsbummel in Brüssel gehalten. Ein Übermaß an Intelligenz war in dem Blick gewesen, den sie mir zugeworfen und mit dem sie auch die Stiefeletten untersucht hatte. Aber irgendwie mußten sich die Blöcke meiner Erinnerung verschoben haben, denn etwas ließ mich abrupt innehalten und fragen: ›Ob sie wohl Geld macht? *Sich verkauft? Ihren Körper verkauft?* Diese furchtbare Sache?‹ Ohne jede Bestürzung, ohne den geringsten abschätzigen Ton oder eine moralische Verurteilung, nur eine einfache wirtschaftliche Frage. Meine Neugier war geweckt, das ist alles. Ich verkaufte Nachtsichtgeräte, sie, diese Frau, mit der ich in Brüssel ein paar Worte gewechselt hatte, verkaufte womöglich sich selbst. Mit gutem Gewinn? Das wollte ich gerne wissen. Kostete sie das nicht sehr viel mehr Nervenpatronen, als ich bei jeder meiner Reisen verschoß? Hätte ich sie erneut getroffen, dann hätte ich ihr derlei Fragen gestellt, hätte mit ihr über derlei Dinge gesprochen. Wie sie mit ihrer Schönheit wirtschaftete, mit ihrem intellektuellen Flair, über das Bild, das sie von sich hatte, die bestimmt sehr hohe Meinung von sich selbst und wie sie zurechtkam in dem Geschäft, sich auf Kosten ihres Körpers zu bereichern. Weshalb gerade diese und keine andere Tätigkeit? Mir wurde eng ums Herz bei dem Gedanken, denn womöglich befand sie sich im Irrtum, verschwendete ihre Schönheit, obwohl sie mich vielleicht, hätten wir Gelegenheit zu einem Gespräch gehabt, vom Gegenteil überzeugt hätte.

W. war eine von ihnen.

Zwei Tage später sprach ich mit einem Kleinschmuggler, einem *tschelnok*, im Großen Basar von Istanbul, während W. endlos Schlange vor den Frauentoiletten stand, ihr geblümtes Kleid als Zäsur zwischen all den türkischen Frauen mit Kopftüchern. Nie mehr, sagte ich mir, als ich ihn mit einer riesigen Plastiktüte ankommen sah, nie mehr würde ich, Gott sei gedankt, so eine Tüte oder einen prall gefüllten Rucksack schleppen müssen. Es rührte mich, ihn auf dem Großen Basar zu sehen, wo er versuchte, allerlei Schweres, mehrere Kilo Ware an den Mann zu bringen. Ohne Chance zur Flucht. Ich war ein lebendes Beispiel dafür, daß dieses Dasein eines Lasttiers nicht ewig dauern mußte. Wir unterhielten uns kurz, in der Eile, mit der zwei Ameisen auf einem Baumstamm Informationen austauschen. Er musterte aus den Augenwinkeln meine Sandalen mit flexibler Sohle, mein bequemes Sakko (lässig-weich) von feinstem Schnitt, mein weißes Leinenhemd. Wir hatten dieselben europäischen Hauptstädte mit Schmuggelware besucht und unterhielten uns wie zwei Veteranen, die an derselben Front gekämpft, an denselben Entscheidungsschlachten teilgenommen hatten. Aber seit einem Jahr hatte ich rigoros den Gehalt meiner Waren gesteigert, um ein optimales Verhältnis zwischen ihrem Gewicht und dem der Goldunze entsprechend ihrer Notierung an der New Yorker Börse zu erreichen. Er hatte sich, folgerte ich, von der Leichtigkeit täuschen lassen, mit der er seine viele Kilo schwere Tasche auf dem Rücken tragen konnte. Er zog sie nicht auf einem Kofferkuli hinter sich her, wie viele andere, denn er war ausreichend groß und breitschultrig. Er wollte wissen, wie ich es angestellt hatte, mich unbekümmert in einem Gang des Großen Basars an die Wand lehnen und den Türken zuschauen zu können. Drogen kamen für ihn nicht in Frage, denn er hatte ein Gymnasium in Kiew besucht, wie er mir erklärte. Er beherrschte die höhere Mathematik, Algebra I und II, und hatte genau berechnet, wie viele Jahre Gefängnis ihn erwarteten, wenn er geschnappt werden würde, eine Summe, die er von der Zahl der Lebenserwartung in Rußland abzog: als Ergebnis blieb nicht viel übrig.

Ob es stimmte, daß W. schon damals, nach unserem ersten Spaziergang klar geworden war, daß sie sich in mich verliebt hatte? Ich gab ihr zu denken, weil sie eine gewisse Korrektheit in meinem Verhalten entdeckt hatte, darin, wie ich ihr die Hand gereicht hatte, um ihr zu helfen, die Stufen der Hagia Sophia hinabzusteigen. Und in dem Augenblick hatte sie sich in mich verliebt. Oder besser gesagt, hatte sie beschlossen, so zu tun, als würde sie sich in mich verlieben, und dank einer fortgeschrittenen Form der Mimikry ihre Wangen mit der Röte einer verliebten Frau zu färben; zu bewerkstelligen, daß gewisse Zonen ihres Charakters eine Fortführung der meinen zu sein schienen, das gleiche Muster der Unsicherheit, der ängstlichen Innenschau. Bis zu dem Punkt, daß eine eingehende optische Prüfung keinerlei Unterschied zwischen einer wahrhaft verliebten Frau und ihr ergeben hätte. Und da sie einen weit komplexeren Brustkorb besaß, um ein Vieles komplexer als der eines Insekts, gelang es ihr, auch ihr Inneres umzugestalten, selbst daran zu glauben, sie sei in mich verliebt. Wir unterhielten uns stundenlang, kamen ohne Pause von einem Thema aufs nächste. Wir sprachen an dem Tag sogar von Castaneda, einem Autor, den ich nicht gelesen habe und aller Wahrscheinlichkeit nach auch niemals lesen werde. Wir hielten an der Haltestelle der Straßenbahn, die ich zur Mole des Jachthafens nehmen mußte. Ich ließ fünfzehn, zwanzig, dreißig Trams vorbeifahren, sah sie geräuschvoll um die Ecke biegen, mit ihrer knarrenden Klingel mitten auf der Straße anhalten, ihre Türen zuerst mühsam bewegen, um sie dann mit einem Ruck zusammenzufalten, sah die Fahrgäste, all die Türken, die in Istanbul leben und die Straßenbahn benutzen, wie sie ein- und ausstiegen. Dicht neben mir, mit dem Rücken zur Straße, sprach W., ohne innezuhalten, bewegte unermüdlich ihre Lippen, trocknete sich die Mundwinkel mit einem Taschentuch, packte mich zwischen den Sätzen am Arm, wenn die Falttüren der Tram beim Schließen heftig zuschlugen. Wie konnte ich an so einem Anfang zweifeln?

2

Liwadija

Nach drei Tagen war meine Tür über und über mit diesen fürchterlichen selbstklebenden Zetteln bedeckt – *Post-it* genannt –, die ich mich weigerte, zu lesen. Eines Morgens, als ich den Schlüssel ins Schlüsselloch steckte, flatterten sie im Luftzug wie gelbe Augenlider: entsetzlich anzusehen, diese Augen, die mir da zuzwinkerten. Am vierten Tag fand ich einen zum Dreieck gefalteten Notizzettel, der unter der Tür durchgeschoben worden war. Er stammte von Kusmowna. Sie bat mich, bei ihr vorbeizuschauen, sobald ich einen Moment Zeit hätte.

Die Kusmowna bewohnte zwei Zimmer im linken Flügel der Pension, neben der Treppe. Niemals wagte ich mich in diesen Teil des Hauses, seit an einem der ersten Tage, als ich mir flüchtig die Nachrichten, die sich die Mieter schrieben, anschaute, jemand kräftig hinter einer Tür gehustet hatte. Nicht, daß es mich erschreckt hätte. Ich tat es nur einfach nicht mehr. Ohnehin hatte es mich große Überwindung gekostet, sie zu lesen, meine Abscheu vor diesen gelben Lidern zu überwinden, auf denen nur ein paar Worte Platz hatten, eine Mahnung, ein Befehl, nichts, was nicht einem ganz bestimmten Zweck diente. Kusmownas Anliegen war, wie ich durch die Notiz erfuhr, mit mir »eine Frage von größter Wichtigkeit« zu besprechen.

Sie saß am Tisch in ihrem Zimmer, das meinem aufs Haar glich, nur ein wenig aufgeputzt durch Deckchen über Fernseher und Kleiderschrank. Ihr Blick hing an einem weißen Blatt Papier, in einer Haltung erstarrt, als wollte sie gerade ein weiteres Billet schreiben, eine kurze Nachricht (was sonst schrieb die Kusmowna wohl?).

»Ach, Sie sind es!« empfing sie mich kühl, denn der Regierungsstil, der in einem Land herrscht, überträgt sich auf die Haltung, die Familienväter, Schuldirektoren und sogar unbedeutende Verwalter einnehmen. Kusmowna hatte zahllose Filme mit Verhören widerspenstiger Parteigenossen gesehen und hatte sich bis zur Perfektion den Tonfall des Glatzkopfes angeeignet, der zwar ein Zwerg ist, aber mit einer einzigen Frage einzuschüchtern versteht, in einem Ton gestellt, den ein Fremder, ein Uneingeweihter für freundschaftlich, wohlwollend halten könnte, der jedoch nach einer genauen Spektralanalyse Wellenlängen offenbart, die der letzten unerbittlichen Ansprache des lokalen Machthabers entsprechen. In Kusmownas Fall waren ebenfalls Teile eines fossilen Spektrums herauszuhören, mit einer Färbung, die den dreißiger Jahren entstammte und ihren Gruß mit vorgetäuschtem Bedauern tönte: ›Du selbst zwingst uns durch dein Verhalten, zu solchen Mitteln zu greifen (zur Höchststrafe). Ich kann nichts tun, es liegt nicht in meiner Hand. Und dabei hatten wir dir vertraut ...‹

»Ich weiß, daß Sie Frauen mit aufs Zimmer nehmen ...«, sagte sie, schaute mir in die Augen und blies Rauch aus ihrer Zigarettenspitze zur Decke. Die Zigarettenspitze, der Lampenschirm aus Samtimitat und der geblümte Stoff ihres Kleides stammten aus derselben Epoche, der des dritten oder vierten Fünfjahresplans. Sie stand vom Tisch auf, als würde sie sich von einem Eichenschreibtisch erheben, und suchte in ihrer Kommode mit einem Ernst, als nähme sie sich das Archiv mit den zahlreichen Schicksalen der Verurteilten vor. »Hier ist er, ich habe einen Brief erhalten, eine Anzeige ...«

Sie setzte sich wieder mir gegenüber.

»Hier heißt es, Sie würden eine der strengsten Bestimmungen unseres Vertrages verletzen und Frauen in Ihrem Zimmer empfangen ...« (Alfia, die durch das Fenster kommt und sich vor Lachen nicht mehr halten kann.) »Ich gestehe, es ist mir nicht aufgefallen, ich hätte es nie bemerkt, aber nun habe ich diesen Brief bekommen ... Anonym, versteht sich.«

Sie kam meiner Reflexbewegung zuvor, den Arm auszustrecken, um den Brief an mich zu nehmen und zu überprüfen, ob es sich tatsächlich um eine Anzeige handelte.

»Aber nein. Er ist echt. Trauen Sie mir zu, daß ich so etwas erfinde?«

»Wer ist es?«

»Das kann ich Ihnen nicht sagen.«

Doch wußten wir beide, wer ihn geschrieben hatte. Sie schaute mir in die Augen, um mir insgeheim Gewißheit zu geben, denn sie war eine gutherzige Frau, und abgesehen von der kühlen Begrüßung hatte sie nichts von der harten Tour übernommen, mit der man ein Verhör durchführt. Im Geist lief sie schnell hinter die Kulissen, warf das steife Funktionärskostüm ab, kam mit einem Lächeln auf den Lippen wieder hervor und in einem Kleid, das sich nach Herzenslust kräuselte.

»Ist es die Tatarin von der Post?«

Sie feuerte eine Lachsalve zur Decke.

»Nu, ty dajosch!« (Eine unübersetzbare Redewendung, die hier in etwa bedeutete: Weshalb mußtest du dich hier bei all den Mädchen aus ganz Rußland ausgerechnet mit der Stummen von der Post einlassen?)

Sie schaute mich verzückt an, ihre Brüste zitterten angesichts einer so gefühlvollen Szene: mit den Fingernägeln ans Fenster trommeln, die Lippen zum Kuß hinhalten, ins Zimmer gehoben werden. Sie zerriß den Brief und warf die Schnitzel auf einen Teller mit Apfelgriebsen.

»Ich mußte dich herbestellen, damit er es erfährt. Er spioniert uns allen hinterher. Ich werfe ihn nicht hinaus, denn er bezahlt pünktlich ...« Und sie unterbrach sich, weil sie gerade spürte, wie sie, dreißig Jahre jünger, flüsternd im Dunkeln umarmt wurde, während sie nach einer Stuhllehne tastete, sich aufs Bett fallen ließ und den Atem anhielt.

Sie schlug mit der flachen Hand auf den Tisch, um die Vision zu verscheuchen: in den letzten zwanzig Jahren hatte sie zu viele Kilos zugelegt, niemand würde sie mehr durch ein Fenster heben, wie ich es mit Alfia tat, indem ich sie fest an den Handgelenken packte, sie noch in der Luft schwebend küßte, ohne sie zu bitten, still zu sein, ohne zu flüstern »kein Wort bitte« oder »mach keinen Lärm, ja?«, denn Alfia sprach nicht. Kusmowna leitete ein Geschäft, und ich vermute, sie träumte von einem Kompagnon, von einem Mann, mit dem sie sich zusammensetzen und die Rechnungsbücher führen konnte, munter bis drei Uhr morgens.

»Ich habe erfahren, daß du eine Studie über Briefe schreibst. Weshalb hast du mir nicht gesagt, daß du hier bist, um deine Doktorarbeit zu schreiben? ... Ja, natürlich, genau der ... Wußtest du übrigens, daß Moskau die einzige Stadt in Rußland ist, in der keine Heiratsanzeigen veröffentlicht werden? Sie fürchten, die Leute antworten allein deshalb, weil sie nach Moskau ziehen wollen. Das hätte ich nie gedacht. In Simferopol veröffentlichen sie Anzeigen, in Kiew, in Kostroma, in allen Städten, nur in Moskau nicht. Weshalb sollte ich einen Verlobten in Moskau wollen? Habe ich nicht schon übergenug an denen hier, die um ein Uhr morgens an meine Tür klopfen, damit ich ihnen ›einen Knopf annähe‹? Schau mal ...« Sie stand auf und zog dieselbe Schublade auf, aus der sie die Anzeige gegen mich geholt hatte und die voller eingeschriebener Briefe war. »Alle zwei Tage gehe ich auf die Post, ich habe dich dort auf die Tatarin warten sehen. Antworten auf eine einzige Anzeige, die ich in der *Tschernomorskie Westi* veröffentlicht habe. Es ist Mode geworden, welche aufzugeben. Allerdings hat mich niemand davor gewarnt, daß ich so viele Briefe bekommen würde. Soll ich sie alle beantworten oder auf gut Glück eine Handvoll herausziehen? Und wenn unter denen, die ich nicht beantworte, die Liebe meines Lebens ist? Schreibst du über so was auch ...?«

Am Montag war mir eine gewisse Veränderung in der Unordnung meines Zimmers aufgefallen. Als hätte jemand, nachdem er in meinen Sachen gewühlt und keine ähnlich geballte Unordnung wieder hatte herstellen können, versucht, alles so zu hinterlassen »wie es war« (und wie war es gewesen?), auf dem Tisch die Bücher, die Seiten meines

Entwurfs, über der Stuhllehne die Hemden. Dieses Anzeichen von Ordnung beunruhigte mich, denn ich wußte, daß jemand in meinem Zimmer gewesen war.

»W.!« dachte ich. Bestimmt war sie am Morgen eingetroffen, ins Zimmer gekommen, hatte meine Sachen untersucht und zärtlich mit der Hand über die Aufschläge meines Sakkos im Schrank gestrichen. Sie hatte sich hingesetzt, um den Entwurf meiner Antwort zu lesen, lächelnd über all die Details, die sie nicht kannte. Heute noch, dachte ich, wenn ich abends in die Pension zurückkäme, würde ich mein Zimmer aufgeräumt und sauber vorfinden und W. am Tisch, vor einer vollen Kanne Tee. Ich freute mich, ich würde ihr nicht mehr schreiben müssen, würde ihr alles mündlich erzählen, während wir beide nackt auf dem Bett den Schiffen nachschauten.

Meine Phantasie ging noch weiter: W. konnte auf vielerlei Wegen eintreffen, mich auf vielerlei Wegen überraschen. Sie konnte zum Beispiel auf die Idee kommen, sich mir von hinten in dem kleinen Aussichtsrestaurant zu nähern, während ich Senecas *Briefe an Lucilius* las, und mir die Augen mit ihren langen, schlanken Fingern zuhalten, die ich zuerst für die von Alfia halten würde. W. würde loslachen, vergnügt, mich ertappt zu haben: »Alfia also, was?« Ohne Groll, ohne eine Spur von Groll in ihrer Stimme. Sie hatte mich in Odessa sitzengelassen; ich hatte mir eine Frau gesucht, allerdings eine stumme, denn ich wollte ihr zu meiner Rechtfertigung, auch wenn ich die herzensgute Alfia dabei verriet, sagen: »Deine Briefe, W., haben ihr deine Stimme verliehen.« Kitschig, mit einem Hauch von Kitsch und voll Glück.

Aber nachdem ich eine Weile an sie gedacht hatte, begriff ich, daß ich Opfer eines Diebstahls geworden war, daß man mir einen ihrer Briefe gestohlen hatte, und da wußte ich, daß es Petrowitsch gewesen war. Ich konnte es nicht beweisen, mein einziges Indiz war die Anspielung, die Kusmowna auf W. und Istanbul gemacht hatte: »Ich verstehe gar nichts, hast du nicht eine Freundin in Istanbul?« Petrowitsch hatte nicht die ganze Geschichte entschlüsseln können und gefolgert, die an mich, einen Ausländer, gerichteten Briefe seien ebenfalls aus dem Ausland, aus der Türkei gekommen.

Der Diebstahl mußte vor zwei Tagen erfolgt sein, denn am Samstag war mir eingefallen, die Briefe in einer Halwa-Schachtel aufzubewahren. Eine Zigarrenschachtel aus Zedernholz mit glänzendem Velin hätte es auch getan. Meine Mutter in Havanna bewahrte ihre Briefe in so einer Kiste auf, daran erinnere ich mich gut. Ich schnürte sie nicht mit einem Band zusammen, denn der Deckel paßte wie angegossen. Es hatte auch keinen Sinn, dachte ich, die Schachtel mit einem Schloß zu verschließen, denn niemand kam in mein Zimmer. Jetzt malte ich mir aus, wie Petrowitsch, auf Posten in seinem Zimmer, wartete, bis er mich geschäftig in meinen Stiefeln, die ich mir für die scharfen Felsen des Ai Petri anzog, herauskommen sah. Er beobachtete kurz, wie ich vor seinem Fenster mit dem Schmetterlingsnetz über der Schulter erschien, und rechnete sich aus, daß er drei oder vier Stunden zur Verfügung hatte. Er würde schnell zu meinem Zimmer schlüpfen, das Schloß mit einem Hauptschlüssel öffnen, den ich später auf seinem Nachtschränkchen fand, und aus meinem Fenster sehen, um mir aus einer anderen Perspektive nachzuschauen. Ich würde mich in genau dem Moment umdrehen, einen letzten Blick auf die Pension werfen, ohne ihn zu entdecken, versteht sich. Erschreckt würde Petrowitsch auf seinen weichen Samtpantoffeln zurückfahren und dabei unbeabsichtigt, mit der Bühnengeste des Überraschten, der die Hand an den Mund führt, mit den aufgefächerten Fingern seiner Linken die Reliefbuchstaben auf der blauen Halwa-Schachtel ertasten.

Petrowitsch wollte einen meiner Briefe als Belastungsmaterial behalten. An dem Tag, an dem man mich im Halbschlaf aus dem Bett riß, während zwei Taschenlampen mir ins Gesicht leuchteten, würde er im Gang auf die Polizisten warten und ihnen den Brief übergeben, der allein dank seines Eifers die Ermittlungsakte dicker machen und schlagende Beweise meiner Machenschaften liefern würde. Er hatte sich kein Bild von dem Zweck meines Aufenthalts in Liwadija machen können, aber jetzt, im Besitz des Briefes, wurde ein Fall daraus, zwar kein Spionagefall, aber doch ein Fall der heimlichen Jagd auf aussterbende Wildarten. Das Schmetterlingsnetz, die Gläser, die er im Schrank meines Zimmers gefunden hatte, waren nur falsche Fährten gewesen, extra gelegt, um die Arbeit der Geheimpolizisten zu behindern.

Er hatte den vierten Brief mitgenommen, den letzten. Ich hatte die Umschläge numeriert, der Bequemlichkeit halber und weil ich diesen Rat in einem Brief von Madame du Deffand an Horace Walpole vom 5. April 1767 gelesen hatte: *Ich werde meine Briefe numerieren, numerieren Sie die Ihren.* Der Kniff eines erfahrenen Briefschreibers. Dank dieser Vorgehensweise mußte ich nicht erst den verwischten Stempel aus W.'s Dorf entziffern und konnte schnell feststellen, welcher Brief verschwunden war. Im Grunde enthielten alle ausreichend kompromittierendes Material, um mich wegen Schmuggels, wegen Verkaufs von Überschußbestand der schrumpfenden Roten Armee vor Gericht zu bringen. Als ich den Diebstahl bemerkte, fühlte ich mich bedroht und bereute es, bestimmte Ausrüstungen abgestoßen zu haben, weil ich keinen besseren Käufer gefunden hatte. Eine pneumatische Unterwasserpistole, zum Beispiel, schön geräuschlos, die ich jetzt bestens gegen Petrowitsch hätte einsetzen können. Ich hatte nur ein Exemplar der *goggles* samt Etui behalten, aber Nachtsichtgeräte waren hier überflüssig, weil ich haargenau wußte, wo ich den entwendeten Brief zu suchen hatte.

In Petrowitschs Zimmer betete eine Frauenstimme matt die Nachrichten des Tages herunter, in der Mehrheit falsch. Bestimmt ließ sich Petrowitsch beim Zubettgehen von der monotonen Stimme der Sprecherin einlullen, ohne sich auch nur einen Augenblick akustisch und geistig von Moskau abzunabeln. Bevor ich das Schloß aufbrach und mich dabei umsah, ob sich auch kein Schatten zwischen das Licht vom Fenster am Ende des Ganges und den Glanz des Parketts schob, hörte ich den Wetterbericht für die kaspische Senke und die Krim-Halbinsel. Morgen würde das Thermometer einunddreißig Grad Celsius anzeigen, ein hervorragender Tag, um Schmetterlinge zu fangen.

Mehrmals hatte ich Petrowitsch gesehen, wie er in weit von der Pension entfernten Gegenden gemütlich spazierenging. Letzte Woche hatte ich ihn zum Beispiel entdeckt, wie er vor ein paar Gaunern aus Georgien anhielt, die mitten auf der Uferstraße von Jalta Karten spielten. Sie nahmen Wetten an, gestikulierten wild und gaben vor, die Rubel zu verlieren, die einer von den ihren vor der gezinkten Karte aufhäufte. Petrowitsch durchwanderte, wie ich vermutete, die ganze Stadt, trat in alle Geschäfte, vermerkte die Buchhandlungen, die befugt waren, türkische Waren zu verkaufen, den Kindergarten, der ein paar Räume an Händler aus dem Libanon vermietete, den überhöhten Milchpreis, die Kioske, an denen literweise reiner Alkohol verkauft wurde, der mit Wasser verdünnt soviel wie sechs Flaschen Wodka ergab, den zunehmenden Verkauf griechischer Zigaretten zum Nachteil der Filterzigaretten nationaler Herstellung ...

Ich tastete weder die Tapeten ab, noch hielt ich es für notwendig, die Schrankspiegel abzuschrauben, hinter die sich mühelos mehrere Blätter schieben lassen; alles effektive Verstecke für Briefe. Und erst recht mußte ich nicht das Zimmer, dessen Einrichtung im wesentlichen der meinen glich, in Abteilungen von zwanzig Quadratzoll zerlegen. Ich beschränkte mich darauf, einen Drehstuhl auszuprobieren, den Petrowitsch neben das Fenster gestellt hatte und der ihm als bequemer Beobachtungsposten diente, von dem aus er hinter den Mietern herspionierte, die zum Strand hinuntergingen, wie ich zum Beispiel, der ich mit verdächtiger Häufigkeit mit dem Schmetterlingsnetz in der Hand zu sehen war. Aufs Fensterbrett gestützt, schrieb er sicher die Briefe, die sich auf dem Tisch häuften, in Kisten nach Themen geordnet: Beschwerden über die Rückentwicklung des russischen Währungssystems, die Prostitution von Kindern, die die Reisenden an den Bahnhöfen ansprachen, und den dadurch bedingten Zulauf von armenischen *souteneurs* ... Ein paar Meter von den Kartenspielern entfernt oder auf einer Bank in der Allee, neben einem Paar Ehebrecher, die jedes Jahr nach Jalta kamen, saß Petrowitsch, nicht unterscheidbar von den anderen Pensionären, mit einem Polyesterhut auf dem Kopf, der schon vor vielen Sommern seine Form verloren hatte, so daß die Krempe, die Petrowitsch mechanisch wieder und wieder zurechtbog, sich wie eine Braue wölbte, die das Ehebrecherpärchen befragte, als er sich zu ihnen umwandte, um im Geist eine Notiz zu machen und die Vorbemerkung zu seinem Bericht auszuarbeiten: *Über das häufige Auftreten ehebrecherischer Pärchen, die in Jalta den Sommer verbringen. Manch einer wird sagen: »Schon zu Tschechows Zeiten, die Dame mit dem Hündchen ...«* Eine Abteilung seines Archivs enthielt Beschwerden über das alarmierende Anwachsen ausländischer Präsenz auf der Krim und im ganzen Süden Rußlands (Reiseberichte von Odessa und Sotschi). An dem Tag, an dem ich ihn dabei gesehen hatte, wie er sich die Tricks der Georgier anschaute, hatte sich Petrowitsch in einem besonders ärgerlichen Moment, als ein Bergmann aus Donezk, ein allem Anschein nach ehrenwerter Mann, bei der Wette seinen Hochzeitsring verlor, abgewandt und war in der Drehung mit dem Fragezeichen seiner verbogenen Hutkrempe über das Publikum gefegt. Gebot denn niemand diesen Schurken Einhalt? Er war ein Rentner, fast ein Greis: seine dünnen Arme umkrampften die *Tschernomorskie Westi*, die Zeitung, an die er unverzüglich einen Brief schreiben würde, um von dem Vorfall zu berichten; aber die Jugend, die Schiffsjungen, die den Bergmann auslachten und ein paar Mädchen zuwinkten, fast noch Kinder, die die Szene von der anderen Seite des Kreises aus beobachteten ... Doch so weit mußte man gar nicht gehen, selbst hier in der Pension war auf unbestimmte

Zeit eines der Pensionszimmer besetzt von einem ... Ausländer. Er konnte nicht angeben, aus welchem Land, ein Ausländer eben, vielleicht ein Marokkaner oder aus Tunis. Ein Italiener? Unwahrscheinlich. Oder ein Spanier; jedenfalls irgendwo aus dem (verhaßten) Süden.

Ich trat zu den Fenstern, öffnete die entsetzlichen grünen Vorhänge einen Spalt, die Petrowitsch bestimmt in einem Modeatelier in Jalta hatte nähen lassen. Niemand kam den Weg zwischen den Rotbuchen herauf. Eine Frau, vielleicht die Briefträgerin, entfernte sich auf einem Fahrrad.

Ich fand meinen Brief und steckte ihn schnell in die Tasche. W. schickte ihre Briefe in langen Umschlägen, für die man die Blätter nicht zweimal in der Mitte falten mußte. Petrowitsch hatte zwei kleine Umschläge benutzt, die am nächstbesten Kiosk zu kaufen waren, Standardgröße mit schrecklichen Schmuckleisten anläßlich der Maifeiern. Er hatte sie gut sichtbar am Fenster liegenlassen, wie zwei Briefe, die er abschicken wollte, bereits zugeklebt, adressiert an eine Zeitung der Hauptstadt.... Da hörte ich, wie jemand die Tür öffnete, und weil mir keine Zeit blieb, aus dem Fenster zu springen, verharrte ich regungslos: ebenfalls eine Verteidigungstaktik der Mimikry.

Petrowitsch legte seine Aktentasche neben der Tür ab, trat sich auf die Fersen, um die alten Sandalen auszuziehen, pfiff im Geist nach einem nicht existierenden Hund, der ihm seine Pantoffeln bringen sollte, die er sanft zwischen den Zähnen hielt und dabei mit dem Schwanz wedelte. Er streichelte ihn, ebenfalls im Geist, tätschelte ihm den Rükken und lehnte sich nach hinten, damit er ihm nicht das Gesicht ableckte. Petrowitsch hatte in keiner Stadt Rußlands ein Zuhause. Auch ich hatte, bevor ich nach Istanbul gereist war, meine Wohnung in Sankt Petersburg aufgegeben. Auf dem Weg zum Bahnhof hatte ich bei Wladimir Wladimirowitsch einige Bücher vorbeigebracht, ein paar Romane von Chase, eine hervorragende russische Übersetzung des *Genji Monogatari* in fünf Bänden (kein Schlüsselhinweis in Sachen Briefe, ich hatte es mir einfach vor langem kaufen wollen und gelesen), die ich bei ihm in Kommission gab. Auch ich hatte keinen Platz, den ich mein Zuhause hätte nennen können, auch wenn ich darauf vertraute, so etwas einmal zu besitzen, eine Wohnung, in der ich keine so entsetzlichen grünen Vorhänge würde anbringen müssen, um sie ein bißchen persönlicher, heimeliger zu machen. Mir waren die häßlichen grünen Lampenschirme, die wackligen Stühle, der gelbe Schrank in meinem Zimmer einerlei. Zum Ende der Schmetterlingssaison, beim ersten Kälteeinbruch, würde ich abreisen.

Dieser Ort, ein Pensionszimmer, würde nie sein wahres Heim werden. Petrowitsch zeigte sich nicht empört darüber, mich dort anzutreffen. Derlei Dinge können passieren an Orten wie diesen. Ebenso fand ich es unbequem, das Bad am Ende des Ganges teilen zu müssen; nicht meine Zahnbürste dort lassen zu können, das tiefe Unbehagen am nächsten Tag, wenn ich die Zahnbürste auf dem Bord am Waschbecken vergessen hatte und sie mir zum Mund führte. Welchem Gebrauch hatten die anderen Mieter meine Zahnbürste zugeführt? Ich war in sein Zimmer eingedrungen, indem ich das Schloß aufgebrochen hatte. Vielleicht hatte Petrowitsch vorgehabt, das Schloß zu ändern oder ein anderes anzubringen, das schwieriger zu öffnen war. Er hatte es nicht getan. Er war während meiner Abwesenheit in mein Zimmer gegangen, nun ich in seines. Es hatte keinen Sinn, sich zu beschweren. Er machte sich Vorwürfe, meinen Brief nicht anderswo versteckt zu haben. Er hätte nie gedacht, daß ich ihn so schnell finden würde, denn er hatte bestimmt irgendwo in einer Erzählung, die ihn in seiner Jugend stark beeindruckt hatte, von einem ähnlichen Trick gelesen, entwendete Briefe zu verstecken (*The Purloined Letter* zweifellos).

»Haben Sie meine Briefe gelesen?« fragte er mich.

»Dazu hatte ich keine Zeit«, log ich. »Kaum war ich drinnen, habe ich meinen gefunden. Den habe ich gerade gelesen, als Sie hereinkamen.«

Er ließ den Arm nach unten fallen und schloß die Finger um den Griff der Aktentasche. Er hätte sich am liebsten eine Weile aufs Bett geworfen und zur Decke geschaut, entnervt von der Hitze und den sich häufenden Diebstählen von Staatseigentum auf der Krim, aber meine Anwesenheit störte ihn. Seine Augen orteten die Wasserkaraffe auf dem Nachttisch. Unterwegs zu ihr, wandte er sich wieder an mich:

»Es macht mir nichts aus, wenn man meine Briefe liest; es sind offene Briefe...« (Also, besser gesagt, ein Sendschreiben. Der Unterschied zwischen Brief und Sendschreiben: Der Brief hat vertraulichen Charakter, das Sendschreiben ist an ein größeres Publikum gerichtet, aber ich unterbrach ihn nicht, um ihn aufzuklären.) Er trank Wasser und setzte sich aufs Bett. »Ich weiß, Sie haben sie gelesen, und das ist gut so. Sie hatten mich neugierig gemacht mit Ihren häufigen Postbesuchen, ich habe Sie mehrmals gesehen. Eines Tages haben Sie auf der Veranda ein Buch offen liegenlassen. Ich habe die Gelegenheit genutzt, um zu sehen, was für Bücher Sie lesen: es waren die Briefe von Asef, dem *agent provocateur*. Kusmowna vermutet, Sie schreiben eine Studie über Briefe, eine Art enzyklopädische Abhandlung, oder ist es ein Handbuch für das Verfassen von Briefen, ein Briefvademekum? Aber das Schmetterlingsnetz paßt nicht dazu. Es sei denn, es diente Ihnen als Tarnung. Aber für welche Umtriebe? Was tun Sie in Wirklichkeit in unserer Pension, in Liwadija? Bereiten Sie etwa eine zweite Invasion unserer zur Zeit so geschwächten Krim vor, von der Türkei aus? Mein Verdacht hat sich gewissermaßen bestätigt, als ich Ihren Brief las. Ja, eine Verletzung des Briefgeheimnisses. Derlei Rücksichten, derlei Skrupel haben mich noch nie aufgehalten... Sagen Sie, verletzt nicht auch Hamlet das Briefgeheimnis, wenn der König ihn mit einem versiegelten Brief nach England schickt, der Instruktionen für die Halunken Rosencrantz und Güldenstern enthält, ihn umzubringen? Ich habe das Stück vor kurzem in Simferopol gesehen, aufgeführt von einer Truppe aus Perm. Eine wahre Schande! Sie hätten genauso gut im Badeanzug spielen können. Sie ließen deutlich durchblicken, daß sie bloß außerhalb der Theatersaison auf die Krim gekommen waren, um im Meer zu baden. Zum erstenmal habe ich das Stück vor über vierzig Jahren gesehen, im Herbst einundfünfzig, und hatte von da an eine hervorragende Entschuldigung. Nie würde mich eine so simple, einfach zu überwindende Hürde zurückhalten – und damit Sie sich ein Bild machen …« fuhr er fort, »kennen Sie die Geschichte von dem Brief, den die Bolschewiken entwendet hatten? Ein Brief, stellen Sie sich das vor, steht am Anfang der russischen Tragödie. 1881 schreibt Vera Sassulitsch, von ihr werden Sie doch gehört haben, einen Brief an Marx …«

(Schnell mit eigenen Worten: Vera Sassulitsch, die Terroristin, die auf den Petersburger Stadtkommandanten Trepow geschossen hatte und auf Grund der Sympathien, die sie in der Öffentlichkeit erweckte, freigesprochen worden war – eine Sensation –, hatte 1881 beschlossen, ein für allemal die Auseinandersetzung der ersten russischen Marxisten darüber, ob sich die Lehren von Marx auf Rußland anwenden ließen oder nicht, zu beenden. Und sie fand den wirksamsten Weg dafür: einen Brief an Marx persönlich zu schreiben. Ich hatte Wladimir Wladimirowitsch um eine Kopie des Briefes gebeten, ein langer, ausladender Brief, ein Juwel: *Verehrter Bürger …* begann er. Nichts von Genosse Marx, im Gegenteil, alles sehr korrekt. Am 16. Februar 1881 feuerte sie ihre Frage auf ihn ab, mit ebenso sicherer Hand, wie sie auf Trepow gezielt hatte. *Eine Frage von Leben und Tod*, auf die *Ihre Anhänger, vielleicht ein wenig zu leichtfertig* antworten. Ein sehr undankbares Thema: ob es historisch notwendig sei, daß alle Länder der Welt alle Phasen der kapitalistischen Entwicklung durchlaufen müßten, um den Sozialismus zu errichten. Und sie bittet ihn, denn sie hat eine gute Erziehung an einem Gymnasium genossen, *wenn Ihnen Ihre Zeit nicht erlaubt, Ihre Vorstellungen über diese Fragen mehr oder weniger ausführlich darzulegen, haben Sie bitte zumindest die Freundlichkeit, dies brieflich zu tun und mir zu erlauben, es zu übersetzen und in Rußland zu veröffentlichen.*

Zumindest die Freundlichkeit, dies brieflich zu tun... Marx (Karl) zögerte, so sehr war er in der Einsamkeit seines Studierzimmers von dieser Frau überrumpelt worden. Er schrieb einen ellenlangen Entwurf, eine ganze Abhandlung, die er dann doch nicht abschickte. Aus Petersburg erhielt ich in der gleichen Sendung die Antwort von Marx. Ein Meisterwerk der Doppeldeutigkeit. Mit einem tiefen, leidenden Blick in den Augen, ganz wie Dimitrij Karamasow, hatte Rußland ihn in Gestalt von Vera Sassulitsch gefragt: »Lieben Sie mich, Marx(owitsch)?«, worauf dieser – mit allzu graumeliertem Bart – lau antwortete: *Ich bedaure, Ihnen keine bündige, für die Öffentlichkeit bestimmte Auskunft über die Frage geben zu können*... Um ein paar Zeilen später die Wahrheit zu erklären: *Die »historische Unvermeidlichkeit« dieser Bewegung ist also ausdrücklich auf die Länder Westeuropas beschränkt.... Bei den russischen Bauern würde man im Gegenteil ihr Gemeineigentum in Privateigentum umwandeln.* Ein Satz, der ein kategorisches Nein war. Rußland war nicht das geeignetste Land für das marxistische Experiment. Die russischen Marxisten – Plechanow, Lenin und Co. – ließen den Brief verschwinden. Das handelte Rußland fast ein Jahrhundert Unglück ein.)

»Siebzig Jahre, fast ein ganzes Jahrhundert, und Millionen von Toten...«, endete Petrowitsch empört. »Können Sie sich das vorstellen? Alles wegen eines Briefes, der, wäre er veröffentlicht worden...«

Ich machte das Fenster auf, um in den Garten zu springen. Wäre ich zur Tür gegangen, hätte das Zimmer durchquert und den Türknopf in die Hand genommen, hätte ich mich auch umdrehen und sagen müssen: »Auf Wiedersehen, Michail Petrowitsch.« Rein mechanisch, das heißt der Mechanik eines Besuchs entsprechend, der zu Ende geht und für gewöhnlich mit einem, unter diesen Umständen völlig abwegigen, Satz wie »ich danke Ihnen« oder »wir sehen uns später« zu schließen hatte, denn am liebsten wollte ich ihn niemals wiedersehen. Würde ich durchs Fenster springen, würde ich den Faden durchtrennen, den logischen Fortgang meines Besuchs, würde einen räuberischen Akzent von Diebesgewandtheit setzen, dem Vorfall angemessen. Wenn Petrowitsch die Augen aufschlug, würde er mich nicht mehr an meinem Platz finden, hätte aber auch nicht den Türknopf gehört. Mein Brief wäre nicht mehr da, aber war er überhaupt je in seinem Besitz gewesen? Ich schnellte los, hörte ihn etwas sagen, sehr schwach bereits, während mir die Luft in den Ohren sauste.

3

Istanbul

»Sie hatten einen Elektromagneten unter der Bühne! Jetzt weiß ich's!« rief ich Stockis zu und sprang mit einem Satz auf. »Deshalb bist du mit ihr nicht zu Rande gekommen, mit der Truhe. Ihr Boden muß aus Metall sein, und wird der Elektromagnet eingeschaltet, wird sie magnetisch angezogen und sitzt am Boden fest. Nicht mal zehn Männer wie du hätten sie vom Fleck rücken können, ein Elektromagnet ist stärker als der stärkste Schwede. Hatten sie den Trick denn früher nicht? Und den Magier? Diese jüdische oder spanische Type?«

Ich hatte mir nicht den Kopf darüber zerbrochen, über die Lösung des Rätsels. Es fiel mir schlagartig ein, als hätten die Möwen, die über uns schwebten, über dem Deck der *Wasa*, es mir ins Ohr gekrächzt. Stockis hatte sich eine ganze Weile mit der Truhe abgemüht, sie plump umarmt, während sein roter Hals anschwoll, seine Stirn sich wölbte, sein Blick in eine Leere fiel, aus der er Kräfte sammelte wie eine Batterie, die der Elektrolyse ausgesetzt ist. Der ganze Saal, die Türken, einige von ihnen ebenfalls stämmig, trugen mit ihrem Strom der Sympathie, der aufrichtigen Solidarität das Ihre bei. Sie feuerten ihn mit Schreien auf türkisch an, eine Sprache, die Stockis nicht verstand, die ihn jedoch mit der physischen Energie versorgten, die ihre Stimmbänder so klangvoll hatte vibrieren lassen. Um ihn noch fester an der Angel zu haben, wurde für den winzigen Bruchteil einer Sekunde der Magnet ausgeschaltet, und wie durch ein Wunder gelang es Stockis, eine Ecke der Truhe anzuheben, welche sogleich wieder mit dumpfem Knall vom mächtigen Magneten angezogen zu Boden krachte. Das bestärkte Stockis im Glauben, er könne die Probe bewältigen und die Truhe mit der gleichen Leichtigkeit bewegen, mit der die assistierenden Derwische des Magiers sie getragen hatten.

»Ich nehme an, du hast gesehen, ganz bestimmt sogar, wieviel Schrott der Elektromagnet eines Krans hochheben kann, wie ganze Karosserien und Achsen am Teller des Elektromagneten kleben …«

Stockis drehte sich auf dem klapprigen Liegestuhl um, öffnete mit einem Handschlag nach oben den Deckel einer Kühlkiste und holte ein Bier hervor, das er im Gegenlicht prüfte. Da rief eine Frau auf der Reede meinen Namen und blieb vor den Jachten an der Mole stehen. Stockis hörte nicht, daß es mein Name war, das O meines Namens auf russisch ausgesprochen, offen wie ein A. Er nannte mich fast nie bei meinem Namen. Nur wenn ich ihn bei sich zu Hause in Stockholm oder auf seiner Jacht anrief und es in den Fjorden noch früher Morgen war und in Petersburg bereits mitten am Tag, antwortete er: »Ach, J.!«, mit korrekter Aussprache, denn zweimal im Jahr ankerte er in einem Jachthafen in Mallorca. Wer noch nie einen Russen meinen Namen hatte aussprechen hören, konnte nicht darauf kommen, daß die Frau mich damit meinte. Stockis hörte sich meine Erklärung mit dem Elektromagneten an, ohne ein Anzeichen der Überraschung, und stammelte ein paarmal »ach!«, befriedigt, wenn ein Bruchstück meiner Rede in das richtige Loch rutschte, erfreut, daß es paßte. Dann lehnte er sich seitlich über die Armlehne des Liegestuhls, wodurch ich in der kurzen Zeit, bis sein Rücken sich wieder in das Leinen des Stuhls schmiegte, sehen konnte, wie ein Mann von einer Jacht ein paar Meter von der *Wasa* entfernt in ein Boot stieg; mit einem Prankenhieb öffnete er den Deckel der Kühlkiste und holte noch ein Bier hervor, vielleicht ein *Pripps*, ich weiß es nicht mehr genau, das er gegen das Licht hielt. Dann sagte er melodiös etwas auf schwedisch, bat (aller Wahrscheinlichkeit nach) Lars, der für die Maschinen auf der *Wasa* zuständig war, um einen Öffner. Bevor Lars zur Tür hereinschaute und Stockis freundschaftlich den Öffner zuwarf, hatte die Frau, die über die ganze Mole gerufen hatte, die Höhe der *Wasa* erreicht und rief wieder einen Namen, meinen. Lars warnte

Stockis: »Achtung, ich werfe ihn rüber!« oder »Hier kommt er!«, ebenfalls melodiös auf schwedisch, und warf ihm von unten den Öffner herauf, gab ihm eine sanft gekrümmte Bahn, wodurch sich die Flugbahn eines Gegenstands leichter berechnen läßt, der Punkt, an dem sich die Hand öffnen muß, damit er in ihr landet. Ich mußte aufstehen und antworten. Es war W. Ich ließ eine Minute verstreichen. Die Frau wiederholte den Ruf und wollte schon zur nächsten Jacht weitergehen. Wenn ich ihr jetzt nicht antwortete, würde nachher ich schreien müssen. Ich wiederholte Stockis zweimal meinen Namen, einmal korrekt, wie er es tat, und beim zweiten Mal ahmte ich W. nach. Dann zeigte ich mit dem Zeigefinger auf mich.

»Ruf sie her!« Stockis gab mir seinen Segen.

»Hier bin ich! Komm rauf!« rief ich W. zu, über die Reling gebeugt.

Ich reichte ihr die Hand, packte sie fest, um sie über den Steg herüberzuziehen. Es war gegen ein Uhr nachmittags. W. trug ein hübsches Ensemble aus Leinenjacke und Leinenbermudas, ein Stoff, der immer mehr in Mode kommt, dachte ich, alle Welt schien Leinen zu tragen.

»W.?« fragte Stockis und warf Lars einen Blick zu. »Das ist ein russischer Name, nicht wahr?«

So wie Lars zum Beispiel ein schwedischer Name war, klang ihrer wie ein russischer und war auch zweifellos russisch.

W. schaute über meine Schulter hinweg und entdeckte Lars, der strickte. Ich selbst war überrascht gewesen, als ich ihn vorhin dabei gesehen hatte, wie er ein Paar Socken strickte. Als Stockis sich zu ihm umgewandt und ihn um den Öffner gebeten hatte, hatte ich zuerst geglaubt, er würde Netze knüpfen, weil wir uns auf einem Boot befanden oder vielleicht auch weil wir in der Türkei waren. Wenn Lars schließlich über Kreta nach Hause käme, würde er seine Netze zwischen den Bäumen aufhängen, wie die Entenjäger in Anatolien (im Herbst fliegen Entenscharen, schwarz wie Fischschwärme, blind in diese Netze). Ich hatte in Südrußland auf diese Art jagen sehen und hatte gelesen, daß die türkische Konservenindustrie Enten mit Netzen auf ihrer Reise nach Afrika abfing. Doch zur Zeit der ersten Herbstkälte würde Lars genau in die entgegengesetzte Richtung reisen, nach Norden. Er strickte dicke Wollsocken mit vier quadratisch angeordneten Nadeln, an denen das rot-blau-gestreifte Wadenstück wuchs.

Mit so einem Paar Socken würde sie in ihrem Dorf nicht frieren, dachte W. bestimmt. Ihre Mutter, wie sie mir schrieb, kämmte das Jahr über ihren beiden Collies die Haare aus, verspann sie zu Wolle und strickte daraus Fäustlinge und warme Socken für den Winter. Es hatte sie erstaunt, einen Mann solche Socken stricken zu sehen, fern von Rußland und so weit südlich.

»Als wären sie Russen«, sagte sie mir, »wie sympathisch. Fast wie Russen.«

Sie war etwas mißtrauisch auf die Jacht gekommen. Sie hatte schon andere Jachten besucht, zwei oder drei Jachteigentümer kennengelernt, alle Türken. Aber an Deck der *Wasa* fühlte sie sich wie zu Hause. Die Kielspur des Bootes, das von der Nachbarjacht abgelegt hatte, erinnerte sie an den kleinen See, in dem sie als kleines Mädchen mit ihrem Vater gefischt hatte und an den sie erst kürzlich zurückgekehrt war. Auch sie hatte geglaubt, aus Lars' Händen, aus den Nadeln Netze wachsen zu sehen, aber als sie merkte, was es wirklich war, schaute sie ihm eine Weile zu, wie er auf einer Nadel Maschen aneinanderreihte, sie herauszog und mit einem geschickten Ruck Wolle befreite. Sie blickte rasch zu Stockis hinüber, bevor sie wieder meine Augen anvisierte:

»Der Schwede da, der...« Sie leitete einen Gedanken ein, den sie bereits begonnen hatte, bevor ihr Lars aufgefallen war, den sie jedoch nicht hatte zu Ende führen können, weil der Anblick des strickenden Mannes sie aus der Bahn geworfen hatte. In der letzten Nacht war ihre Enttäuschung groß gewesen, als sie mich mit Stockis im *Saray* gesehen hatte. Auch mir, das muß ich zugeben, hatten die karierten Hemden, die Stockis trug und die er sich bis zum Ellbogen hochkrempelte, sein so schlaffes, weißes, zehn Zentimeter langes Haar, das er im Nacken zu einem Pferdeschwanz zusammenband, tiefes Mißtrauen eingeflößt. Die Schweden mußten außerdem eine ganz besondere Art von Lächeln haben, wenn sie Tücke oder Argwohn vortäuschen wollten. Nur bei ihm hatte ich eine Seite des Mundes eine solche Grimasse vollführen gesehen, bei der er die Lippen zu einem Winkel hin zog und all seine Gesichtsmuskeln neu ordnete. In dem Moment, als ich ihm vorschlug, meine Expedition nach Liwadija zu finanzieren, um diesen Schmetterling zu fangen, der ihm in der Sammlung fehlte, den *Jasius*. Mitten im Gespräch hielt er mit diesem Ausdruck im Gesicht inne und kniff ein Auge zusammen, dessen Muskeln sich der allgemeinen Mobilmachung anschlossen, bei der die eine Gesichtshälfte sich um den rechten Mundwinkel formierte. Eine so theatralische Geste, daß sie national bedingt sein mußte, ein Zeichen mit gleicher Bedeutung in ganz Schweden. Letzte Nacht hatte er sie vollführt, um mir zu verstehen zu geben, daß ich ihn nicht hinters Licht führen konnte: ich kannte diese Frau von früher. Nun sah er sie auf die *Wasa* kommen, nicht im geringsten verwundert. Ihr russischer Name, den er mich rufen hörte, lieferte ihm den entscheidenden Hinweis. Er verwarf den Gedanken, daß ich mit dem Mädchen einen Plan ausgeheckt hatte, um ihn zu überfallen und sein Geld zu stehlen. Er fand eine zufriedenstellende Erklärung für unsere schnelle Annäherung, ihren Besuch auf der Jacht und daß sie mich auf der Mole gesucht und meinen Namen gerufen hatte, mehr oder weniger korrekt.

Ich dagegen war alarmiert, sie auf der *Wasa* zu sehen. Ich war auf der Jacht durch Stockholms Inselwirrwarr gekreuzt, und W. war nicht Teil ihres geistigen Inventars. Es freute mich, sie dort zu sehen, das leugne ich nicht, aber ich lud mir das Unbehagen auf, das Stockis hatte ablegen können, nachdem er das Rätsel ihres Auftauchens gelöst hatte, denn ich bezweifelte, daß sie mich nur auf der *Wasa* besuchte, um sich mit mir zu unterhalten.

An dem Nachmittag, an dem sie mich auf der *Wasa* besuchte, als ob sie nicht mehr ohne mich leben könnte, unterhielten wir uns im Heck, abseits von Stockis und Lars, wo sie uns nicht hörten. Das Boot, das Vorräte zur Nachbarjacht gebracht hatte, wühlte tosend das graue Wasser des Bosporus auf und führte ihm Sauerstoff zu. (Es gab in der Nähe ihres Dorfes einen See, auf der neuen Landstraße, an die fünf Kilometer nach der Ortsgrenze. Wenn der See im Winter zufror und die Fische massenweise zu sterben begannen, weil ihnen der Sauerstoff ausging, schlugen die Fischer, darunter ihr Vater, ein Loch ins Eis und ließen stundenlang die Motoren der Boote laufen.)

»Warum ich?« fragte ich. »Kennst du hier keine Matrosen, ein paar *tschelnoki*, die dir notfalls helfen könnten?«

Das war mir gleich aufgefallen, ich brauchte nicht Tage, um zu merken, wie seltsam ihre Bitte war und daß sie mich auserwählt hatte. Ich schaute ihr eine Sekunde fest in die Augen. Aber ich entdeckte keinen Schatten, der auf Zehenspitzen hinter ihren Pupillen vorbeischlich. Sie blieben so klar wie zuvor, daß ich glaubte, bis auf den Grund ihrer Seele schauen zu können.

»Warum ich?« fragte ich. »Ein *Ausländer.*« Sie antwortete nicht, schaute mich nur schweigend an. »Warum ich?« fragte ich sie.

»Aber hast du nicht schon andere Dinge hinübergeschafft, war das nicht deine Beschäftigung, Sachen über die Grenze bringen?«

Ich hatte ihr, ohne ins Detail zu gehen, von meiner Schmuggelei erzählt. Das war ein Irrtum gewesen.

Sie erzählte mir ihrerseits von ihrem Irrtum. Nach Istanbul zu reisen hatte sich als eine miserable Investition von Zeit und Geld herausgestellt. Darüber sprachen wir, während wir uns mit den Ellbogen auf die Reling der *Wasa* stützten. Es war eine ernste Unterhaltung, ohne viele

Worte, von zwei Komplizen, die einen Überfall planen. Ich sagte ihr nicht: aber wie konntest du nur ... etc. (wie konntest du dich nur der Prostitution widmen)? Ich selbst hatte einmal Ferngläser für die Besucher von Wettrennen eingekauft, winzige Gläser, die man wie eine Brille trug und die ich teuer in Lillehammer während der olympischen Winterspiele hatte verkaufen wollen, die jedoch ein Reinfall gewesen waren. Es war unmöglich, im voraus zu wissen, ob man einen Käufer für Waren dieser Art finden würde, etwa für den Moschus, den ich an einen Palästinenser in Berlin verschleudert hatte, fast geschenkt. W. hatte mit einer gut verkäuflichen Ware Geld machen wollen, was jedoch mit zu hohen Kosten verbunden gewesen war. Sie empfand keinen Ekel. Ich auch nicht. Die Wirklichkeit entsprach nur einfach nicht der Berechnung, die sie in ihrem Dorf in Sibirien angestellt hatte.

Seit über siebzig Jahren gab es keine Prostituierten mehr in Rußland (und in Sibirien schon gar nicht). In letzter Zeit hatten die Zeitungen viel über dieses Thema geschrieben, aber nur obenhin, mit einer Oberflächlichkeit, diktiert von der mangelnden Fachkenntnis der Journalisten und ausgeschmückt mit Flair und Glanz des Abenteuers. Und wenn W. in ihrem Dorf ihre Mutter sah, die zum Hydranten ging, um Wasser zu holen, und mit den Eimern an der Stange zurückkam, dachte sie bei sich, daß sie durch eine Reise nach Istanbul leicht würde Geld machen können.

Ich war erleichtert, daß ich sie nicht vor der Sünde retten, sie erlösen sollte. Sonst hätte ich Reißaus genommen, wäre über die Reling der *Wasa* gesprungen, vor einer solchen Bitte davongeschwommen. Nur dieser Ansatz, die Art, in der sie mit dem einzig möglichen, dem intelligentesten, aufrichtigsten Ansatz heranging, erlaubte es mir, auf die Reling der *Wasa* gestützt, ihre Bitte zu überdenken, sie an diesem Ort, zu dieser Zeit anzuhören. Ich sollte sie nicht der Sünde entreißen. Ihre Mutter ging zum Beispiel gratis mit den Lastwagenfahrern der Getreidespeicher ins Bett. Und sie war keine Sünderin, sondern eine einsame Frau.

Während ich ihr zuhörte und im Geist die Gründe für ihre Bitte notierte, holten wir unsere Sonnenbrillen hervor, setzten sie auf, geblendet von den Sonnenreflexen auf dem Wasser, lösten von Zeit zu Zeit den Blick von diesem grauen, schweren Wasser und sahen uns an. Die Brillen dienten uns als Augenmaske, nahmen unserer Unterhaltung das Intime. Jeder wird schon einmal erlebt haben, wie einfach und behutsam es sich mit Sonnenbrille spricht, vor allem wenn beide Gesprächspartner eine tragen. Bei einer zufälligen Begegnung auf der Straße an einem sonnigen Tag reden wir ohne die Furcht, uns zu sehr zu verstricken, ohne das Problem »wohin mit dem Gesicht«, denn es ist gut hinter den dunklen Gläsern versteckt. Ich hörte ihr zu, spürte die Freimütigkeit ihres bis zur Schulter nackten Armes und sah sie an, wenn sie eine Pause machte oder aber lossprudelte, um mir mit einem einzigen Schub gleich mehrere Argumente zu übermitteln; ich musterte sie nicht verstohlen, sondern wandte ihr direkt das Gesicht zu, sah mich und den Ausdruck des vollkommenen Verständnisses, mit dem ich ihr zuhörte, in ihrer Sonnenbrille gespiegelt. Eine sehr schöne übrigens, von ausgesuchtem Geschmack.

Und in diesem Geist, von einem vollkommenen Verständnis und der selbstlosen Hilfe erfüllt, die ich ihr würde geben können, vergaß ich den ärgerlichen Irrtum vom Vortag auf der Galerie der Hagia Sophia und bildete, *programmierte* jene Beziehung wieder zu einer Freundschaft um; und so sehr mich auch ihre nackten Arme verstörten, der leuchtende Flaum ihrer Taille, die eine kurze Bluse bloßlegte, mußten wir doch erkennen, daß nichts zwischen uns geschehen konnte. Soviel mußte klar zwischen uns sein. Eine kameradschaftliche Annäherung, zwei Reisende, die in einem Zugabteil entdecken, daß sie von der gleichen »Scholle« stammen, und während einer langen Stunde lebhaft in Erinnerungen schwelgen, die fast nie übereinstimmen: »Kennst du Jurij K.?« »Nein, einen mit Nachnamen K. kenne ich, aber der heißt nicht Jurij, sondern ... Na ja, ist auch egal.« Ich war mehrmals in Sibirien gewesen, wußte genau, was für eine Art Dorf oder Weiler das war. Sie erzählte mir von ihrer Mutter und den Lastwagenfahrern; von der Malschule, die sie besucht hatte, seit sie acht war. Keine pikanten Themen, harmlos. So einer Frau konnte ich helfen, warum nicht? Beide hatten wir uns mehr oder weniger zur gleichen Zeit auf die Reise gemacht. Von einem galaktischen Standpunkt aus, sie zwei Jahre später als ich. Die Explosion nach dem großen Zusammenstoß von Ost und West 1989, aus dem Novae, Planeten und Asteroiden entstanden waren, hatte uns in den Weltraum hinausgeschleudert. Wir waren zwei Partikel kosmischen Staubs ... (Nein, das würde ich ihr nicht schreiben.)

»Also«, sagte ich, »ich weiß nicht. Was soll ich genau für dich tun? Dir helfen? Ich? Aber wobei? Hier wegzukommen? Nach Rußland zurückzukehren? In Rußland gibt es nicht viel zu tun. Du mußt ja nicht in Istanbul bleiben, du kannst nach Zypern gehen oder nach Kreta ... Das ist eine gute Idee, mit Stockis! Er fährt nach Kreta. Du könntest mit ihm fahren. Wenn du willst, sprechen wir gleich mit ihm. Ich war noch nie dort, aber er hat da arabische Kunden, Leute mit viel Geld. Da erübrigt sich jedes weitere Wort: Erdöl.«

Ich konnte ihr fest in die Augen sehen (in ihre Sonnenbrille), konnte Solidarität und Verständnis heucheln, ohne einen Gesichtsmuskel zu verziehen, und gleichzeitig Reißaus nehmen, so schnell mich meine Beine trugen.

»Ich nicht, ich habe keine Zeit, und selbst wenn, hätte ich kein Geld. Komm, später sprechen wir weiter ... Tyrann?« Das war der Mann, der Geschäftsführer des Clubs, von dem sie mir bereits erzählt hatte.

»Du mußt ihn gesehen haben, unser Chef.«

Ja, ich hatte den Armenier gesehen, eine Statue, die zum Anlocken der Kunden in ein allzu glitzerndes Flittergold gegossen worden war.

»Wieviel schuldest du Tyrann?«

»Eine Menge.«

»Aber wieviel?«

»Ich sage dir doch, eine Menge ...«

Sie schaute mich eine Weile schweigend an, nahm die Brille ab und bohrte einen steinharten Blick in mich. Und all das, was wir uns über mein Dorf, über Sibirien und Rußland erzählt haben?, schien sie mir verbittert zu sagen. Ich hielt ihrem Blick stand, ohne es ihr gleichzutun, ohne meine Brille abzunehmen. Ich würde meine Waffe nicht wegwerfen wie in diesen Abenteuerromanen, als noble Geste. So fühlte ich mich sicherer, wie die Geschützbedienung einer 7,5-Kaliber-Kanone, die dem feindlichen Bombardement hinter eineinhalb Meter Stahlbeton standhält.

Auf allen vieren verließ ich das Heck der *Wasa* mit einem künstlichen Lächeln. Ich tätschelte ihr wie einer Freundin den Rücken. Nur ein einziges Mal, denn sie reagierte wie ein elastisches Material, das verraten worden war: in Erwartung des zweiten Handschlags zog sie die Schulterblätter zusammen, vielleicht in der Absicht, zuzubeißen, meine Hand zwischen ihren Schulterblättern verschwinden zu lassen.

»Wie wär's mit einem Bier?« lud ich sie ein. Und wollte sagen: ›Sei nicht dumm, nimm's nicht so tragisch; ich will es mir überlegen. Du hast mein Wort darauf. Es geht zu schnell, merkst du das nicht? Ich hatte andere Pläne. Ich muß außerdem einige Geschäfte abklappern und sehen, was für Ware ich nach Rußland mitnehmen kann, um die Reisekosten wieder hereinzuholen. Was erwartest du überhaupt von mir?‹ (Sie hatte es mir deutlich zu verstehen gegeben: ich sollte sie über die Grenze bringen. Ohne ihren Paß. Darin bestand das Problem. Sie tanzte – ein Euphemismus – erst seit sechs Monaten in Istanbul und hatte so gut wie nichts ansparen können, um die Grenzposten am Flugplatz zu bestechen. Es war auch eine Frage des Geldes.)

Ich hatte nicht die leiseste Ahnung, daß sie mich täuschen würde; keine Spur, nicht im geringsten, denn im realen Leben sind wir nicht so scharfsinnig wie in diesen Filmen, in denen der Held hundertzwanzig Minuten hat, um alle Lösungen zu analysieren, alle Codes zu entschlüsseln, einen Vorsprung vor den Gaunern zu bekommen. W. war außerdem keine Gaunerin, ganz im Gegenteil. Sie ist ein anständiges Mädchen. Das soll hier ein für allemal festgehalten werden, um keine Verwirrung zu stiften und keinen Anlaß für Mißverständnisse zu geben. Es ging nicht darum, daß sie etwa eine schlechte oder verirrte Frau gewesen wäre. Sie war jemand, der eine schlechte Wahl getroffen hatte, das ist alles; jemand, dem ich mit Rat zur Seite stehen mußte, damit sie ihren Irrtum wiedergutmachte, so wie man etwa einem Freund sagt: »Nein, in dem Laden nicht, da sind sie miserabel, ich habe früher dort gekauft, aber seit zwei Monaten besorge ich sie mir Ecke Liteinaja und Newski. Ja, bei den Armeniern oder Georgiern oder wo auch immer sie herkommen, und weißt du was, keinerlei Grund zur Klage, hör auf mich.« Es gab andere Wege, um Geld zu verdienen, eine andere Art, zu leben – nicht etwa anständig, wen interessierte das schon? –, weniger nervenaufreibend. W. vertraute darauf, daß ich sie entsprechend unterweisen würde.

4

Istanbul

Ich hörte keine arabischen Litaneien mehr in Liwadija. Das wurde mir in der Bäckerei bewußt, als ich zur Seite treten mußte, um einen Käufer hereinzulassen, der die Tür nach innen aufdrückte, und in dem Augenblick die Stimme einer Frau hörte, einer Fatima oder Zulema, die wie aus den Tiefen einer Höhle schmerzerfüllt und gefühlvoll sang. In Istanbul hatte ich mich die ganze Zeit über unter der Kuppel dieser Lieder bewegt, der arabischen oder türkischen Gesänge, die unerbittlich aus den Lautsprechern des Großen Basars flossen oder die ein junger Verkäufer an seinem Stand bis zum Anschlag aufgedreht hatte. Sie schufen die Atmosphäre eines Gewölbes, dessen Kuppelrundungen die Stimme zurückwarfen. Hatte das damit zu tun, was Spengler über das Gewölbe sagt, über die arabische Kultur als eine Kultur des Gewölbes und der Höhle? Diese Melodien beschirmten, überwölbten mich in Liwadija nicht mehr. Wenn ich zum Beispiel zum Postamt ging oder noch weiter, zum Palast oder nach Jalta, geschah dies ohne klangliche Begleitung, ohne mich im Herzen einer Höhle zu fühlen. In Liwadija war so gut wie keine Musik zu hören. Nur einmal, als ich eines Nachts aus dem Kino kam, drang von irgendwoher aus der Dunkelheit eine Melodie herüber, der ich versunken lauschte; die ersten Takte mit den starken Blechbläsern, ein Lied, das in weiter Ferne, auf den karibischen Inseln populär sein mußte, und ich lauschte dem Text wie in Trance. Er lautete folgendermaßen: *Liebe Frau, Komma, laß mich nicht leiden, Punkt. Heute will ich dir in einem Brief meine aufrichtige Liebe senden (wie du siehst).* Ein dominikanischer Merengue, wie ich sofort feststellte. Und unbeobachtet und glücklich glitt ich geschmeidig über das Pflaster, mit den exakt passenden Tanzschritten, die ich sehr gut kannte. Es wunderte mich, dieses Lied zu hören, einen Merengue, hier in Liwadija. Ein ehebrecherisches Pärchen hatte sich vielleicht zu einem Rendezvous unter den Fichten getroffen und hörte es als Hintergrundmusik, ohne ihm die geringste Bedeutung beizumessen. Doch für mich hatte es eine. Später suchte ich es erfolglos (ich befand mich auf der Krim, im Süden Rußlands) in einem Musikgeschäft.

Den Text der wunderschönen arabischen Litaneien verstand ich allerdings nicht. Und doch konnte ich mich ihrem Einfluß nicht entziehen, sobald ich bei einigen von ihnen den Faden aufgenommen hatte, folgte ich ihm wie hypnotisiert. Die Jungen und Alten mit Fes an den Ständen des Großen Basars schienen sie gar nicht zu hören, obwohl etwas in ihren allzu selbstbewußten Mienen anzeigte, daß sie sich zweifellos auf der gleichen Wellenlänge befanden.

Als ich das Lied hörte, das der Turkmene spielte, der Melonen an die Kunden verkaufte, die dort ihr Brot holten, mußte ich blitzartig an jenen Nachmittag denken, an dem W. mich auf Stockis' Jacht besucht hatte, als könnte sie nicht mehr ohne mich leben, und wie ich sie nachher zum Großen Basar führte, in der Hoffnung, meine bittere Weigerung zu versüßen: gemeinsam würden wir uns Waren anschauen, die sie auch in ihrem Dorf in Sibirien würde verkaufen können.

Wir trafen auf Verkaufstische, auf denen sich zu viele Feigen türmten, zu viele Datteln mit umherschwirrenden Bienen, und auch Kleider, aber miserable. Türkische Konfektion, mit der Modeschmuggler Rußland bereits überschwemmt hatten, eine wahre Pest (pflichtete ich bei). Nichts nach ihrem Geschmack (auch nicht nach meinem), bis auf ein rotes Kleid, das an einer Stange hing; beide schauten wir uns wortlos an und traten gespannt näher, denn womöglich war es ein gutes Kleid. Wir mußten den Stoff befühlen. Ich ließ ihr den Vortritt. Sie reichte mir den Saum, spuckte in die freie Hand eine Pistazienschale und schickte sich zu einer genaueren Prüfung an. Sie rieb die Hand an ihrem Schoß ab, tat dann so, als wollte sie sie auch an meinem Sakko abwischen. Ich wich zurück. »Pfoten weg«, sagte ich und tat so, als wäre ich böse, und beide konzentrierten wir uns auf das Kleid. Sie bat den Händler, es abzunehmen, hielt es sich noch an der Stange vor, und während sie das Kleid mit dem Kinn an die Brust drückte, raunte sie mir zu, um dem Händler ihr Interesse nicht zu verraten:

»Gar nicht übel, bei all dem *dermo* (Dreck), den sie hier verkaufen, findest du nicht?«

Ja, fand ich auch. Ob sie es anprobieren könne? Nur um zu sehen, sagte sie dem Händler, der ohnehin keine Spur von Nervosität oder Eile zeigte. Ganz im Gegenteil: ein echter türkischer Händler hinter seinem Warenberg. Er schwang den Haken, mit dem er die Kleider und Pullover abhängte (denn an derselben Stange hingen auch entsetzliche Polyesterpullis). Nur dieses Kleid war gut. Dem Etikett *Donna Karan* war bei den Preisen dort natürlich kein Glauben zu schenken, aber in Anbetracht der recht geraden Nähte und des Stoffs, von einem Rot, das äußerst farbecht schien … W. wechselte zu einem schnellen Türkisch.

»Bu ne kadar?«

Wieviel kostet es, lautete die Frage, wie ich folgerte, und ich wiederholte im stillen: *Bu ne kadar? Bu ne kadar?*

»Cok pahadi.« Das ist sehr teuer, antwortete sie geringschätzig. *Cok pahadi. Cok pahadi.* Ein Satz, dem ich natürlich etwas würde hinzufügen müssen wie: »*Cok pahadi*, für wen hältst du dich? Zu dem Preis nicht im Traum!« etc. Das war nur ein Anfang. *Cok pahadi.* Auch wenn es alles andere als teuer war.

W. stieß ein Schnauben aus und nahm das Kleid vom Bügel. Sie untersuchte gründlich den Rand bzw. den Saum, die Steppnähte, die, wie ich später sehr wohl bestätigen konnte, ihre Brüste hervorheben sollten.

»So viel, nicht im Traum«, hätte sie ihm sagen müssen, aber sie beschloß, ihm etwas Schnur zu geben, damit der Junge den Angelhaken besser schluckte, was er in aller Ruhe tat, ohne Aufhebens, ohne schmerzhafte Grimassen, denn er war ein Händler mit Jahrhunderten an Erfahrung, trotz seines jugendlichen Aussehens, mit beiden Beinen fest verankert zwischen Europa und Asien.

W. ging hinter den Vorhang, um das Kleid anzuprobieren. Wenigstens gab es, dachte ich mir, einen Vorhang. Obwohl W., da bin ich mir sicher, nicht gezögert hätte, sich die Bluse auszuziehen, spärlich von mir beschirmt, nachdem sie mich gebeten hätte: »Halt mir bitte das Kleid vor, während ich mir die Bluse ausziehe.« Aber nur pro forma. Ich hatte sie mehr als einmal erlebt, diese Russinnen auf den Tagesmärkten in den Städten, in die ich mit Ware reiste, und in Petersburg selbst, es war ihnen einerlei, ob sie in Unterwäsche dastanden. Manche Händler in diesen Städten und in Petersburg starrten sie ganz offen an. Und einmal hatte ich gehört oder war mir sicher, gehört zu haben, wie eine Blonde mit äußerst weißer Haut zu einer Freundin sagte, die sie auf das Aufsehen hinwies, das sie auf dem halben Markt erregte: *Pust podawitsja.* Was soviel hieß wie »sollen sie dran ersticken«. Was haben sie vom Glotzen?

Nun hing ihre Bluse an der Stange, und sie kam mit dem roten Kleid heraus. Bezaubernd.

»Bezaubernd«, sagte ich. *»Prelest.«*

Sie trat vor den Spiegel, positionierte ihre Füße so, als würde sie einer Skizze für Tanzschritte folgen, ein weniger komplizierter Tanz als der, den ich in jener Nacht in Liwadija auf der Straße getanzt hatte, der jedoch immerhin auf den Boden gezeichnete Pfeile benötigte. Sie stellte sich seitlich hin. Das Kleid fiel perfekt über ihre Hüften, ich glitt daran hinunter wie auf einer Slalompiste, abwärts, mit einem Schwung nach außen. W. winkelte ein Bein an, hob den Absatz und warf einen Blick über die Schulter: diese Geste, zum Kodex geworden durch so viele Werbekampagnen. Elegant wie ein Model, sagte ich. Wie ein *Mannequin*, sagte ich ihr auf russisch. Es steckte viel Kraft in diesem roten Kleid. W. freute sich, es an dem Stand gefunden zu haben, unter soviel *dermo*.

Zuletzt gab sie vor, es nicht zu wollen. Der Händler, ein

Türke, ließ sie lügen, blieb jedoch mitten in einem augenscheinlichen Preissturzflug unerschütterlich bei einer Summe hängen, und W. spürte, wie zäh er sich daran festhielt, und ließ sich dazu herab, den Geldbeutel zu zücken, auch wenn sie noch einen letzten Versuch des Feilschens unternahm, erneut Unzufriedenheit vorgab und noch einmal den Saum studierte. Schließlich bezahlte sie und nahm das Kleid mit, das der junge Mann ihr eingewickelt hatte.

Mit so einer Frau, dachte ich – und mußte auch in der Bäckerei daran denken, als ich jenes Lied hörte –, konnte man zu einem Einvernehmen finden. Die Musik hatte mich daran erinnert, weil die Szene (wie alle, die ich im *Saray* beschreibe) mit einer Hintergrundmusik aus Zithern, Händeklatschen und gedehntem, kehligem Gesang gelesen werden muß.

»Und du kaufst dir nichts?« fragte sie mich. »Na ja«, verbesserte sie sich sogleich, »auch ich hätte nichts gekauft, wäre ich nicht auf dieses Kleid gestoßen, ein seltener Fund, du weißt ja. Manche Mädchen hier…« (sie wollte sagen, Russinnen, Table-Dance-Tänzerinnen oder falsche Eisläuferinnen) »ziehen sich an…«

Sie machte einen Satz und steuerte in einem Schwung einen Tisch mit Schuhen an, denn sie glaubte die Slipper gesehen zu haben, die sie suchte. Ich trat näher und sah, daß es nicht die Art Schuh war, die sie sich kaufen würde. Wir kehrten in den Gang zurück, ohne bis zum Verkaufstisch vorgedrungen zu sein.

»Manche ziehen sich an…« wiederholte sie, um das Thema aufzufrischen, den Faden aufzunehmen, aber sie hatte das Interesse verloren, wollte nicht mehr darüber sprechen. Hier in Liwadija nehme ich ihn wieder auf, »ziehen sich an wie *schljuchi* (Prostituierte)«, hatte sie sagen wollen. Meilenweit sieht man es denen an, was sie sind. Im Gegensatz zu ihr.

5

Liwadija

An dem Tag, dem fernen Morgen, an dem ich diesen Entwurf ins Reine schreiben würde, brauchte ich so edles Papier wie das Reispapier, das W. für ihre Briefe benutzte. Sie schrieb mir, sie besitze noch einige Pakete von diesem Papier aus der Zeit ihrer Origami-Stunden, und nun benützte sie es dazu, mir nicht etwa »ihre Seele« (wie Du Deffand in einem Brief an Walpole bittet), sondern ein rundum gefälschtes Bild von sich selbst zu schicken.

Ich fuhr nach Jalta, um fünfhundert Blatt Papier zu kaufen, ein Ries Satinpapier, das ich im Geschäft mißtrauisch befühlte, wobei ich meinen Arm zwischen zwei dicke Bänder schob, die mir den Zugang zum Verkaufstisch verwehrten. Ich untersuchte kurz die Proben ihres vorrätigen Papiers mit speckigem Rand, verbogen von den Fingern unschlüssiger Käufer. Auf dem Weg zum Schreibwarenladen hatte ich am Kiosk neben dem Postamt in der Auslage einen Block mit hundert Blatt gesehen, verziert mit Margaritensträußen und geborstenen Säulen mit Kannelüren. Unter der Schmuckleiste hatte der Illustrator in eckiger, griechischer Kalligraphie »Krim« geschrieben, denn von diesem Punkt der Landkarte, so weit im Süden und so nah bei Griechenland (er war sogar griechisch besiedelt gewesen), schickten die Sommerfrischler Briefe in alle Gegenden Rußlands. Nichts war seltsam daran, daß mich W.'s Briefe hier erreicht hatten, sagte ich mir. In einem Badeort herrscht immer reger Briefverkehr … Ich machte mir keinerlei Illusionen über dieses Blockpapier und auch nicht über das Satinpapier, das vulgär, ohne jede Textur war und sich hinter dem Rücken der Verkäuferin stapelte. Im selben Geschäft probierte ich auf einem dieser Bogen mehrere Schreibfedern. Im Postamt von Liwadija lagen für die Kunden Federn mit Metallspitze aus, mit einer Öffnung am Ende des Tintenbehälters. Ich hatte versucht, mit so einer

Feder zu schreiben, und vergaß jedesmal, daß ich sie bisher immer verschmäht hatte, weil sie so unangenehm über das Papier kratzten. Wußte man diese Federn zu handhaben, ließen sich schöne Telegramme damit schreiben, mit variierter Strichbreite, auch wenn die Telegrafistin die Frucht von soviel kalligraphischer Sorgfalt gleichgültig auf den Fernschreiber übertragen würde.

Gegen Mittag war ich aus Jalta zurück und holte Alfia ab. Wir fuhren zu den antiken griechischen Ruinen in der Nähe von Massandra. Mit großem Stolz zeigte sie mir die Säulen mit den Kannelüren, die gleichen wie auf den Schmuckleisten. Während wir im Meer badeten und uns anschließend auf dem Sand ausruhten, schon rundum braun von der Sonne, dunkel wie die Figuren auf einer minoischen Amphore, ging mir wieder und wieder eine Passage von Busbeck im Kopf herum, die mit dem Papier zu tun hatte: *Später erfuhr ich von denen, die mir vertrauter geworden, die Türken erwiesen dem Papier große Ehre, weil der Name Gottes darauf geschrieben werde... Ich erinnere mich auch, daß unsere Führer gelegentlich auf unsere Diener heftig erzürnt waren, weil sie Papier für die schmutzigsten Bedürfnisse gebrauchten; sie brachten das dann als ein großes Verbrechen zu mir.* Die Passage ging mir wieder und wieder im Kopf herum. Wo würde ich ein gutes Papier für meinen Brief finden?

»Die Körperhaltung ist ebenfalls wichtig, Alfia. Auch wenn du es nicht glaubst: ein gerader Rücken, die linke Hand als Stützpunkt, auf der ein Teil des Gewichts vom Oberkörper ruht und die zugleich das Papier festhält. Beide Füße müssen fest auf dem Boden stehen, mit der ganzen Sohle; und die Feder muß so gehalten werden, daß man sie mühelos zwischen Daumen und Zeigefinger hervorziehen kann, ohne Druck auszuüben...«

Von Alfia würde ich W. nicht schreiben. Einen Moment lang hatte ich daran gedacht, ein Fragment aus dem Brief von Musset an George Sand einzufügen, um ihr zu erklären, warum ich mich für sie entschieden hatte. Es stammt aus dem Brief vom 30. April 1834, den Musset aus Paris schreibt: *Ich werde allerdings auch andere Geliebte haben; die Bäume überziehen sich mit Grün, und Wogen von Fliederduft strömen herein, alles erwacht neu zum Leben, und mein Herz hüpft, ob ich will oder nicht. Ich bin noch jung, meine erste Frau hier wird ebenfalls jung sein, ich könnte kein Vertrauen zu einer voll erblühten Frau haben. Die habe ich in dir gefunden, und so suche ich nicht mehr danach…*

»Und weißt du was? Ovid, eine große Entdeckung, vielleicht ist das verwendbar, wurde nach Tomis verbannt, eine kleine römische Garnison im Land der Geten (wer waren die Geten?), dreihundert Kilometer von hier entfernt, ebenfalls am Schwarzen Meer, aber an der rumänischen Küste. In dem Dorf hat Ovid schon vor mir die ersten *Epistulae ex Ponto*, seine Briefe vom Schwarzen Meer geschrieben, die ich heute morgen gelesen habe. Bei Ovid habe ich auch den schönen Satz gefunden: *Glaubwürdig sei deine Sprache, alltäglich seien die Worte, / doch dabei schmeichelnd, daß sie denkt, daß du selbst mit ihr sprichst.* Auf lateinisch klingt das so: *Sit tibi credibilis sermo. – Credibilis!* Genau darum geht es, das sagte ich dir schon. Und wenn man bedenkt, daß die Säulen, die wir heute gesehen haben, aus Ovids Zeit stammen oder, besser gesagt, von diesen Geten mit Füßen getreten wurden, vor lauter Haß auf Rom. – Und eine Frau hat«, fuhr ich fort, »– was für ein intelligenter Einfall! – einen Roman geschrieben, der aus den Briefen von Tiberius' Tochter Julia an Ovid besteht. Ich habe ihn auf der Liste gesehen, die mir Wladimir Wladimirowitsch geschickt hat, aber für die Briefe habe ich mich nicht interessiert, weil es ein Roman ist. Für meine Antwort habe ich weder die *Gefährlichen Liebschaften* noch Richardsons *Pamela* gelesen, keinen einzigen Roman. Nur eine Studie über Laclos war interessant für mich. Er hat nämlich ebenfalls zurückgezogen auf einer Insel gelebt, als er seinen Roman geschrieben hat, in einer Festung… Nachher sage ich dir, wie sie heißt, ich habe es vergessen…

Und wenn Laclos in dieser Abgeschiedenheit sein Werk ersann, *das noch über die Erde widerhallte, nachdem ich schon längst von ihr verschwunden sein werde* (er war Leutnant der Artillerie, daher dieses Bild), was konnte ich Besseres tun, hier in Liwadija? Was übrigens, das habe ich herausgefunden (bestimmt wußtest du das nicht, ich wette, das hast du nicht gewußt), soviel wie ›Wiesen‹ bedeutet, auf griechisch. – Ovid hat sich damit gebrüstet, die Gattung Brief erfunden, sie zum Kunstwerk erhoben zu haben, ein typisch männlicher Irrtum. Die besten Briefschreiber sind Frauen. Die Mühe, die es mir bereitet, die Briefe von W. zu beantworten, in einem Brief die Woche zusammenzufassen, die ich in Istanbul verbracht habe, hat mich davon überzeugt. W. hat mir dagegen in aller Seelenruhe, mit allem Papier der Welt vor sich, nicht nur über jene Tage geschrieben, sondern auch über das Leben in ihrem Dorf, über ihre Kindheit und viele Dinge mehr. Ich habe dir einige Passagen vorgelesen, die wirklich anrührend sind. Und man bedenke: Wenn uns Flauberts Briefe an Louise Colet erstaunen und die von Kafka an Milena (und an Felice), warum sollen sie nicht von noch besseren Briefen all dieser Frauen inspiriert worden sein? Manche lesen nur die Briefe von Schriftstellern, in der Mehrheit Männer, oder halten nur sie für publizierbar, aber dahinter verstecken sich« – wie hinter diesem Entwurf – »Briefe von Frauen, wahre, sublime Kunstwerke. Sublim, ich finde kein besseres Wort dafür.

Würdest du mir auch schreiben, Alfia? Du hast eine hervorragende Handschrift. Ich habe einige von deinen Billetts aufbewahrt und sie untersucht. Ich schreibe dir nicht, weil ich entsetzlich schmiere, außerdem habe ich Angst, sie könnten deinem Großvater in die Hände fallen … Nehmen wir nur diesen Ausflug, würde ich mich hinsetzen, um ihn zu beschreiben, ich käme in Teufels Küche. Ich weiß nicht, wo ich anfangen soll.

Bei Ovid bin ich auf ein paar nette Details gestoßen, zum Beispiel auf die vierzehnte Elegie des ersten Buches: An ein Mädchen, das auf einmal kahl wurde. *Sagt ich nicht immer:*

hör auf mit all den Tinkturen und Beizen? Jetzt für all deine Kunst hast du kein einziges Haar. Darin ist so etwas Reales, eine weibliche Note. Laclos hat auch viel von einer Frau, obwohl er Artillerieoffizier war, der Erfinder der Haubitze für Hohlgeschosse ...«

Das einzige, was ich präzise hinzuschreiben wußte, ohne daß mir die Hand zitterte, war das Datum, denn bisweilen war mir das Jahr vollkommen präsent, wenn auch nicht immer der Tag und schon gar nicht der *Ort*, an dem ich mich befand. Ich zögerte nicht beim Anführen des Datums, das heutzutage an den Anfang gestellt wird, obwohl W. es sehr viel korrekter ans Ende setzte, denn es war einerlei, an welchem Tag sie mit dem Schreiben begonnen hatte, oder sie führte es am Anfang und am Ende auf, um den Zeitraum anzugeben, ein oder zwei Tage, in dem sie Sätze und Gedanken für ihren Brief gesammelt hatte; so wurden die Erläuterungen, die sie am Ende hinzufügte, nicht zu einem bloßen *Postskriptum*, sondern zu einem echten *post diem datum*. Das Verschieben des Datums an den Anfang – zweifellos ein modernes Phänomen, diese Manie der Tage, Stunden, Minuten – ließ nur die Formel *post skriptum* zu. Bloß ihrem ersten Brief hatte W. ein *Postskriptum* zugefügt, das ich damals nicht ernst genommen hatte. Sie sagte, warte auf meinen zweiten Brief oder bald schreibe ich dir wieder und noch ausführlicher, was ich für eine Ausrede hielt, so wie man schreibt, augenblicklich habe ich nicht viel Zeit, deshalb schicke ich dir diese kurzen Zeilen, bald folgt ein Brief. Wie konnte man auf so simple Floskeln zurückgreifen? Ich hätte ohne weiteres schreiben können: »Ich hoffe, wenn du diese Zeilen liest, geht es dir gut«, aber meine Hand war wie gelähmt nach einem so miserablen Anfang, ein Grausen.

Ich sah mich auch nach Abschiedsworten um. »Ganz der Deine« verabschiedete sich Vincent van Gogh von seinem Bruder Theo. Das beeindruckte mich, denn ich konnte mir nicht vorstellen, daß ein Mann, ein echter Künstler, das so leichthin niederschrieb. Nein, »es umarmt Dich« oder »Grüße von« oder sogar »es liebt dich«. *Ganz der Deine*. Es lag auf der Hand, daß ich diese Variante bei W. nicht verwenden konnte. Zuviel Mißtrauen und Kummer hatten sich zwischen uns geschoben. Andere Formeln waren mir zuwider. Ich konnte meinen Augen nicht trauen, als ich auf »Ihr Untertän.« stieß, die Abkürzung eines nicht minder entsetzlichen Wortes: »Untertänigster«. Eine gewaltige Kraft, wenn auch für W. zuviel des Guten, steckte für mich in den Worten, mit denen sich Francisco de Xavier verabschiedete, wie er Briefe beendete, die er von so fernen Orten wie Goa, dem japanischen Meer oder Japan selbst schrieb: »Ihr Bruder in Christus« oder »Ihr Ihnen in der Liebe Christi zugetaner Bruder« oder »Ganz der Ihre in Christo«. Eine wahre Inbrunst und Hingabe, die einem mächtigen inneren Drang entsprechen mußten, wie mir schien. Aber wie sollte ich es anstellen, daß ich selbst, daß meine Hand für mich »Ganz der Deine« schrieb oder einfach nur, »es umarmt dich« oder »es küßt dich«. Vielleicht sollte ich mich bloß für das trockene »Grüße von« entscheiden. Ich fragte mich, ob ich ihr schreiben könnte »aufrichtig der Deine«, was aller Wahrscheinlichkeit nach eine Übersetzung aus dem Englischen war. Aber »aufrichtig«? Und »Deine«? Es war zu früh für diese Formel, wie mir schien. Und Mozart? »Gehorsamster Sohn«, an seinen Vater. Alle seine Probleme, die Feindschaft des Kurfürsten von Salzburg, das Pfeifkonzert bei *Mithridates, König von Pontus*, seiner ersten Oper, all das kam von dieser Formel oder war in ihr enthalten: »Dero gehorsamster Sohn«, wie er seine Briefe unterschrieb. Kafka hatte anscheinend ernste Probleme mit seinem Vater gehabt, weil er kein solcher Sohn gewesen war. Jedenfalls hatte er ihm einen langen Brief geschrieben, um ihm zu erklären, wie mir jetzt einfällt, wie unannehmbar eine solche Formel der Unterwerfung ist. Und »es liebt dich«? Nein, absolut gesehen liebte ich sie nicht, ich liebte sie hier, in Liwadija, aber ich konnte ihr doch nicht schreiben: »Ich liebe dich, hier.«

Doch bedachte man, daß ich meine Antwort nicht nur für W., sondern auch für meinen Doppelgänger schrieb, den ich über das Geschehen auf dem laufenden halten mußte, war ein »Dein …« am Ende nicht übel. »Dein J.« war annehmbar, präzise, ich war »ihr J.« und er, mein Doppelgänger, war auch »mein J.«. Und »In Erwartung, dich in die Arme schließen zu können …«? Nein. Erst recht nicht.

6

Liwadija

Nach meinem gestrigen Gang zur Post war ich an der Nachbarpension am Ende einer Straße vorbeigekommen, die ich sonst nie nehme, und mir war aufgefallen, daß mich jemand hinter den Vorhängen beobachtete. Und auch jetzt – ich schaute hinüber – hatten sie das Licht angeschaltet, und der gelbe Glanz einer Glühbirne erhellte die Vorhänge. In beiden Fällen glaubte ich, eine Frauengestalt, einen geblümten Hauskittel zu erkennen. Es ist schwer, ein Schmetterlingsnetz zu verstecken, dachte ich, die Tatsache zu verschleiern, daß ich mit dem Auftrag hergekommen bin, ein seltenes Exemplar zu fangen. Nichts an meinem Äußeren, weder die weiten Leinenhosen, die ich am Abend trug, nachdem ich eine Stunde am Strand gewesen und geschwommen war, noch meine bequemen Ledersandalen oder die geblümten Hawaihemden, die dieses Jahr wieder in Mode gekommen waren, und auch nicht meine unbekümmerte Haltung konnten mich als jemand ausweisen, der wirklich daran interessiert war, aus eigenem Antrieb oder Vergnügen Schmetterlinge zu fangen. Ich sah nicht aus wie ein Hobbyentomologe, den jeder sogleich in Stokkis erkannt hätte, sondern die mißvergnügte Art, mit der ich den Stiel des Netzes packte, verriet mich als bloßen Gelegenheitsjäger. Vielleicht hatte in der Pension drüben noch jemand Stellung bezogen und wartete darauf, daß ein Ausdruck der Freude oder Genugtuung in meinem Gesicht das Zeichen gab, sich bergauf in meine Fußstapfen zu stürzen? Aber eine Frau? Da ich kürzlich erst ein Paket von Wladimir Wladimirowitsch mit der Korrespondenz zwischen Tschaikowski und Nadeschda von Meck erhalten hatte, das Buch, das ich an dem Abend auf der Veranda gelesen hatte, schaute ich mir ein zweites Mal den Brief vom 24. November an, in Florenz geschrieben, der meinen beunruhigenden Verdacht noch schürte. Ich blickte erneut in Richtung des Fensters. Die Person, die mir hinterherspionierte, hatte das Licht ausgeschaltet, um ihrem Tun ungestörter nachgehen zu können.

Von Meck, die reiche Witwe eines Bergingenieurs, der ein Vermögen dank der unfehlbaren Methode gemacht hatte, eine Eisenbahnlinie zwischen Kiew und Moskau zu legen (und höchstwahrscheinlich auch die zwischen Kiew und Simferopol, dieselbe Linie, über die bestimmt noch heute die Post Richtung Krim reiste, die Bücherpakete, die mir Wladimir Wladimirowitsch schickte), war eine glühende Bewunderin von Tschaikowskis Musik. Sie hatte ihn als erste in ihrem Brief vom 24. November 1878 einen »genialen Komponisten« genannt. *(Es ist unmöglich, Sie mit irgend jemandem zu vergleichen. Für Sie gilt nur, daß Sie das Beste der besten Komponisten in sich vereinen … ich hege nicht den geringsten Zweifel, Sie sind ein genialer Komponist …*, waren die Worte, die sie gebrauchte.) Nachdem die ersten Briefe der Bewunderung und des Dankes ausgetauscht waren, wies die Witwe dem Komponisten eine Jahresrente von sechstausend Rubeln zu, mit der einzigen und nicht allzu ärgerlichen Bedingung, daß sie sich nie persönlich kennenlernen durften. 1878, nach bereits zwei Jahren Briefwechsel, trafen von Meck und Tschaikowski jedoch beide zugleich in Florenz ein. Er logierte in der Villa Oppenheim, sie in der Villa Bonciani, nur ein paar Straßen von Pjotr Iljitsch entfernt, Nachbarn also. Beide hielten sie sich in Florenz auf, ein Zufall, doch Frau von Mecks Anwesenheit brachte Tschaikowski an den Rand eines Nervenzusammenbruchs. Jeden Augenblick konnte er ihr auf einem Spaziergang begegnen. Verzweifelt schrieb er an seinen Bruder: *Nadeschda Filaretowna war auch im Theater, und das beschränkte meine Bewegungsfreiheit, wie überhaupt ihre Nähe in mir das Gefühl erweckt, nicht frei zu sein. Die ganze Zeit über habe ich den Eindruck, daß sie mich kennenlernen will. Jeden Tag beobachte ich, wie sie an meiner Villa vorbeikommt, anhält und versucht, mich zu sehen.*

Ich malte mir aus, die Frau, die ich beim Spionieren überrascht hatte, sei W. Sie war womöglich gar nicht nach Sibirien gefahren. Am Passagierhafen von Odessa hatte sie mich, in der Menge versteckt, an Bord der Fähre gehen sehen. Ein Flugzeug oder die Eisenbahn hatte sie nach Simferopol gebracht, und von da aus war sie nach Liwadija gereist. Als sie mich jeden Morgen aus dem Haus kommen sah, hatte sie begonnen, mir ihre Briefe zu schreiben. Bestimmt hatte sie sich selbst diese Strafe auferlegt und die Geschichte von der Reise in ihr Dorf erfunden. Keiner ihrer Briefe wies die Adresse des Absenders auf, die man in Rußland rechts unten in die Umschlagecke schreibt. Statt dessen setzte sie eine Art Schnörkel an die Stelle, ein großes S, sehr offen, das das ganze Kästchen ausfüllte und das man hier benutzt, wenn man in einer Stadt auf Durchreise ist, keine feste Anschrift hat und es sinnlos ist, eine anzugeben. Sich in der Nachbarpension zu verstecken war eine seltsame Art, die Schuld zu büßen. Sie befand sich ganz in der Nähe, nur ein paar Schritte entfernt von der Person, die sie aus türkischer Gefangenschaft befreit hatte, würde aber erst Kontakt suchen, wenn sie sich sicher war, daß ihre Briefe die gewünschte Wirkung entfalteten und ich mir ein vollkommen falsches Bild von ihr gemacht hatte. Ich war überzeugt, daß W. inzwischen hier war. Vier Briefe waren ausreichend als Vorspiel für ihre Ankunft.

Am nächsten Tag ging ich zur Nachbarpension hinüber. Unter dem Fenster studierte ich eingehend die Scheibengardinen, die in den Tüll gestickten Lilien. Um diese Uhrzeit schien niemand dazusein. Ich fragte Kusmowna, ob sie wisse, wer in dem Zimmer in der anderen Pension wohnte: »Eine geschiedene Frau«, erwiderte sie, »bereits in den Jahren.« Später sah ich sie herauskommen, sie schob ein Fahrrad. Ich malte mir aus, daß sie vor langer Zeit entehrt worden war (eine Sommerliebe) und es vorgezogen hatte, sich hier niederzulassen, denn das Klima war hervorragend und Kasan oder Jekaterinburg waren weit weg.

W. konnte jeden Augenblick eintreffen, ich mußte bereit sein, sie zu empfangen.

FÜNFTER BRIEF

I

Istanbul

Sie servierte sie schnell ab. W. servierte Leilah schnell ab, ohne eine Sekunde zu zögern. Sie mußte uns von der anderen Straßenseite aus gesehen haben, und während sie die Straße überquerte, starrte sie unverwandt Leilah an, eines der Mädchen aus dem *Saray*, das uns am Vortag auf dem Rückweg vom Großen Basar entdeckt hatte. Als sie mich vor dem Café hatte sitzen sehen, war sie so natürlich auf mich zugekommen, als würde sie einen Bekannten grüßen. Ich blätterte in der türkischen Ausgabe des *Bazaar* und versuchte, die eine oder andere Bildunterschrift auf türkisch zu entziffern, den Lirapreis einer wunderschönen Brautaustattung von Versace. Als Leilah sich vor mir aufbaute, ließ ich meine Augen über das Glanzpapier aufwärts zum Seitenrand gleiten und visierte den kurzen Rock eines hübschen purpurfarbenen Kleides an, dessen Ärmelaufschläge mit schwarzem Satin eingefaßt waren. Ich bin in Istanbul, sagte ich mir damals. Der Purpur des Kleides und die Hüften der Unbekannten, drei Zoll breiter als die von W., verrieten mir, daß es nicht sie war. Ich verfluchte erneut Stockis und senkte wieder den Kopf, ohne Antrieb, meinen Gesichtskreis zu erweitern und andere Namen, andere Straßen, andere Augen, diese schwarze Mähne in ihn eintreten zu lassen, was von mir eine größere Energie erfordern würde, als ich in dem Moment aufzubringen bereit war. Die Unbekannte in dem Purpurkleid schob sich gewandt zwischen Tisch und Stuhllehne, indem sie ihre Knie beugte.

»Hören Sie auf, zu lesen«, forderte sie. »Waren Sie nicht gestern mit W. zusammen? Leilah.« Trocken nannte sie ihren Namen, und ihre Hand flog mit erstaunlicher Leichtigkeit auf. Da brach die ganze Erschöpfung der Reise über mich herein: eigentlich hatte ich nur einen Tag, einen Nachmittag, um genau zu sein, in dieser Stadt verbringen und nachts zurückfliegen wollen. Entschlossen wie jemand, der die Zeitschrift zuschlägt, in der er beim Zahnarzt geblättert hat, weil er seinen Namen laut vom Ende des Ganges rufen hört. Und als Leilah ihre Hand ausstreckte, war es, als hätte das Mädchen auf dem Foto – mit ihrem Unterarm über der Tür eines Kabrioletts, dem auffälligen, unter dem Kinn zusammengebundenen Kopftuch, der runden Sonnenbrille – lärmend das Chromopapier der Zeitschrift zerrissen und vor mir Gestalt angenommen, so wirkte es auf mich.

Und genau darüber unterhielten wir uns, über die Brautausstattung von Versace, als wir einen Schrei hörten:

»Leilah!«

Nun war sie an der Reihe, man hatte ihren Namen gerufen, und sie würde ebenso durch die Tür am Ende des Ganges verschwinden, wie all die anderen halbstündigen Gefährtinnen, die uns beim beklemmenden Warten in der Zahnarztpraxis Gesellschaft leisten, und schließlich sehen wir sie gequält wieder herauskommen, auf den Bausch beißend, der ihnen die Wange verformt, und vorübergehen, ohne uns einen Blick zuzuwerfen, jäh in die Wirklichkeit zurückgestoßen. Leilah fuhr auf, erschreckt von W.'s Schrei, und schob mich zur Seite, als wollte sie einen Beweis verschwinden lassen, ein kompromittierendes Paket. Ich hatte mich beim Reden nah zu ihr über das Tischchen gebeugt, wie jemand, der in einer fremden Tasche wühlt, ohne sich irgend etwas aneignen zu wollen, allein von Neugier getrieben und mit der Seelenruhe dessen, der um seine Rechtschaffenheit weiß. W. war die Frau in Istanbul (Stockis' Verspätung hatte Raum für eine Frau in Istanbul gelassen). Wir zogen instinktiv die Hände zurück, kehrten jedoch sofort wieder zu unserer ursprünglichen Haltung zurück, so natürlich über den Tisch gebeugt wie zuvor, eine Natürlichkeit, die schnell steifer wurde, wie die Glieder einer Wachspuppe, die wir rasch formen müssen, sobald sie der Kälte ausgesetzt sind. Wir blieben in der Haltung »eingefroren« – um das englische Bild zu benutzen. Ich hatte keinen Grund, zu erschrecken, aber da ich ihr in die Augen geschaut hatte, während sie über Mode redete (ihr Traum war es, Model zu werden, hatte sie mir erzählt), konnte ich sehen, wie die Furcht ihren Blick trübte, wie sich die wäßrige Lösung ihrer Augen jäh kristallisierte und dort als Niederschlag herabfiel wie Schneeflocken.

Leilah war jünger, an die zwei Jahre jünger als W., schätzte ich. Sie deutete ein Lächeln an, probte dann, immer noch über den Tisch gebeugt, eins nach dem anderen drei weitere und wandte sich mit dem letzten auf den Lippen, das sie für das zufriedenstellendste hielt, zu W. um. Wir haben uns über Mode unterhalten, sagte sie auf russisch, und ihre Stimme war schwach wie die eines Mädchens vom Amt, das aus einer Telefonzentrale in Tausenden von Kilometern Entfernung zu uns spricht. Sie wandte sich zu mir, sagte: *Excuse me. One moment.* Denn wir hatten englisch gesprochen (ihres war flüssig und genau). Ich hatte sie für eine Türkin gehalten, und die Nähe ihrer grauen Augen und ihrer schwarzen Mähne hatte mich nicht beunruhigt, denn eine türkische Frau war mehr, als ich mir an meinem dritten Tag in Istanbul zumuten konnte. Eine türkische Frau würde zuviel Anstrengung erfordern, und ich war bereits am Ende meiner Kraftreserven. W. stammte aus Rußland. Hätte ich vorher gewußt, daß Leilah – mit diesem Namen und dieser durchscheinenden Haut – ebenfalls aus Rußland stammte, von einem Ort aus dem russischen Süden, wäre ich vielleicht versucht gewesen, unter der Fahrt auf ihren Schoß hinüberzuspringen. (Ich hatte einmal einen Mann gesehen, einen Arbeiter, das Gesicht schmutzig von der Feldarbeit, der von der Ladefläche eines fahrenden Lastwagens auf einen anderen sprang, der mit gleicher Geschwindigkeit neben ihm fuhr. Ich beobachtete diese Szene von einem ebenfalls fahrenden Zug aus, als wäre es eine Denkaufgabe, die die Relativität der Bewegung veranschaulichen sollte. Der Mann landete auf den Füßen, schwankte einen Augenblick, um das Gleichgewicht wiederzuerlangen, klammerte sich an die Seitenwand des zweiten Lastwagens und lachte.) Ich würde die empörte W. vorbeifahren lassen und ihr zum Abschied zuwinken. Ein Gedanke, der mir jetzt kommt, da in Wirklichkeit W. gesprungen war und ohne jeden Abschiedsgruß. Leilah machte einen sehr viel sanfteren Eindruck, sie hätte es nie gewagt, so wie W. zu fliehen, hätte sich zitternd an mich geklammert, während der Wind in ihrem Haar wühlte.

»Ty gowori jemu po-russki, dura. On goworit po-russki!« (Du Idiotin, sprich russisch mit ihm. Er spricht Russisch!)

Leilah drehte sich überrascht um, schaute mir eine Sekunde in die Augen, als könnte sie darin lesen, ob ich wirklich den Satz hatte verstehen können, den W. gerade von sich gegeben hatte, als hätten sich die kyrillischen Buchstaben in schwindelerregendem Tempo meinen Augen eingeprägt wie auf einem Bildschirm aus Flüssigkristall. Sie begriff, daß es stimmte – sie *las* es – und wandte sich resigniert um.

»Wir haben uns über Mode unterhalten«, wiederholte sie, aber da sie unvorbereitet erwischt worden war, wurde sie unsicher, öffnete den Mund, um etwas hinzuzufügen, erstarrte in dieser Haltung, und ihre Augen erloschen wie nach einer massiven Unterbrechung der Stromversorgung. Als es ganz und gar dunkel um sie geworden war, wollte sie aufstehen, aber W. nagelte sie mit einem steinharten »du« an den Stuhl, das wie ein Köfferchen voll Feuerwaffen und Bleikugeln laut polternd auf den Tisch fiel.

»Ty suka«, sagte W. zu ihr, *»jesli ja uwishu tebja eschcho ras rasgowariwaja s nim-morgala wykolju!«* (Du Flittchen, sehe ich dich noch einmal mit ihm sprechen, reiß ich dir die Augen aus!) Und zwar ruck, zuck, sagte sie ihr. Und sie schrie ihr noch ins Ohr *»ponjal, Mascha?«*, denn sie hatte sich über sie gebeugt wie in einem Gangsterfilm, der in Istanbul spielt, und artikulierte mit übertriebenen Lippenbewegungen Silbe für Silbe, in Schwarzweiß. Sie schrie sie an *»ponjal?«*, was soviel bedeutet wie »kapiert?«, aber in der männlichen Form, als spräche sie zu einem Mann, ohne das *a* am Ende, das die weibliche Form beschrieb; ein Genuswechsel, der Leilah den Ernst der Drohung vor Au-

gen führen sollte. Als sagte sie: ›Kapiert, Iwan? Wir sprechen hier von Mann zu Mann. Kein Scherz. Ich schwöre, daß ich das tue, wenn du mich zwingst.‹ Sie hatte auch Mascha zu ihr gesagt, sie Mascha genannt, als meinte sie »irgendeinen Iwan«, und noch am selben Tag entdeckte ich, daß alle Russinnen des *Saray* sich untereinander bei diesem Namen riefen, um zu verdeutlichen, daß sie weit weg von der Heimat waren, die Gemeinschaft ihrer Arbeit sie gleich machte und sie ihre Drohungen mit bäuerlicher Direktheit in die Tat umsetzen konnten, wie irgendeine Maria eben, eine Mascha vom Dorf, die kreischend und mit zerrauftem Haar den treulosen Geliebten mit einem Küchenmesser tötet und dann fünf Jahre im Zuchthaus absitzt, in Frieden mit ihrem Schicksal, Taschentücher bestickt und ländliche Romanzen trällert.

Doch ich vergaß den Vorfall, obwohl an dem Nachmittag W. vor mir ihr Köfferchen geöffnet hatte, in dem matt eine Sammlung von Marterinstrumenten schimmerte, jedes fest in seinem Riemchen. Es war mir keine Lehre gewesen, ich hatte es versäumt, W. bei den Haaren zu packen, sie gegen den Tisch zu schleudern, mit der Rechten unter dem Tisch nach dem Köfferchen zu tasten, es heftig neben ihrem Kopf niedersausen zu lassen, als hätte ich sie nur knapp verfehlt, und zu brüllen (als würde ich die Beherrschung verlieren): »Du hast es so gewollt, *suka* ...« oder *ponjal*. Wie zu einem Mann: ruck, zuck. Ich war zu sanft mit ihr umgesprungen, das war mein Fehler gewesen.

Als wir das Café verließen und in eine Straße einbogen, die uns einen freien Blick aufs Meer und die Riesenschornsteine der Schiffe bot, die den Bosporus durchpflügten, kehrte ich zu W. zurück, als wäre nicht meine Bewunderung für Leilah zwischen uns getreten und keine Spur davon in meinem Gedächtnis zurückgeblieben. Ich ging ein paar Ecken weiter, fünf oder sieben, und studierte sie. Sie war mitten in einem Satz verstummt und wahrte ein beleidigtes Schweigen. Ihr Haar mit den aschgrauen Reflexen zu einem Pferdeschwanz zusammengebunden.

Sie hatte sich einen Moment lang so weit entpuppt, daß ich nur etwas schneller hätte sein müssen, ein paar Schritte, und sie dabei hätte überraschen können, wie sie am Boden hockte und mit verschiedenen Stimmen ihre Rollen übte, das feine Netz knüpfte, mit dem sie mich zu fangen gedachte. In der Tat nahm ich deutliche Knoten wahr, fühlbare Knötchen der Lüge und Falschheit, die W., wie mir jetzt klar wird, in voller Absicht offenbart hatte, damit sie von mir mit berechtigtem Argwohn studiert werden konnten. Aber ein Netz besteht nicht aus den sichtbaren Fäden und nicht aus den Knoten, die die Fäden verbinden und ihm Halt geben, sondern aus den Lücken dazwischen, und ich hatte die ganze Zeit über nur die Knoten ihres erbärmlichen Schauspiels vor Augen gehabt, den falschen Glanz ihrer Augen, den sie zu unterstreichen suchte, indem sie die Lider senkte, wie sie es wohl im Alter von fünfzehn auf dem blumenlosen Deich ihres Dorfs gelernt hatte, diese übertriebenen Gesten, mit denen sie Wut umriß, und die Art, in der sie auf einmal anhielt und sich auf den Schenkel schlug, die Fäuste in die Seite stemmte, diese Art von Gesten; als hätte ich sie immer nur im Gegenlicht gesehen, weshalb ich auch zuließ, daß meine Arme in ihre augenscheinliche Körperlosigkeit tauchten, und als ich sie zurückziehen wollte, waren sie im Netz gefangen, wie die Elefanten, die man in Indien mit Seilen aus feinem Frauenhaar jagt. Wochen später und mit der falschen, höhnischen Höflichkeit, mit der der böse König den gutgläubigen Ritter in seinem Verlies besucht und, nachdem er ihm die Wahrheit gestanden hat, ein dröhnendes Lachen zur Decke wirft, schickte mir W. einen weiteren Brief, den fünften, in dem ich nicht nur die trügerischen Knötchen, die sie mich in Istanbul hatte ertasten lassen, sondern auch ihr wahres Ich erkennen konnte. Schon bei dem Vorfall damals hätte ich es sehen können; ich hatte, das wiederhole ich, die Gelegenheit gehabt, ihr Spiel zu durchschauen, als der Vorfall mit Leilah geschah, ihrer besten Freundin, ihrer einzigen Freundin. Ich hätte sie mit der gleichen Leichtigkeit entwaffnen können, mit der sie Leilah abserviert hatte. Ein paar kräftig gebrüllte *sukas*, aber ohne in Rage zu geraten, ohne die Haltung zu verlieren, oder gemurmelt, ohne mich zu rühren, und sie hätte begriffen, daß ich »ihr Spiel durchbissen hatte«, um einen genauen russischen Ausdruck zu benutzen. Durchbissen, und zwar bis auf den Knochen, auf das Harte, auf die Wahrheit unter ihrer augenscheinlichen Wut. Doch der Schrecken damals war nicht vorgetäuscht gewesen, denn dank einer unergründlichen Erfahrung im Umgang mit Kunden aus Anatolien und anderen Regionen der Türkei hatte W. meine flatterhafte Seele genau eingeschätzt, hatte berechnet, daß sie mich benutzen konnte, um sich aufzuschwingen, wie jemand, der einen Ballon mit einem Gas packt, das leichter als die Luft ist, und emporsteigt. Als sie mich mit Leilah reden sah (meine Haltung am Tisch, wie ich die Ellbogen auf meine Schenkel stützte, die Hände vor der Brust faltete, verriet vollkommene Versenkung), hatte sie befürchtet, daß die Schönheit ihrer Freundin die Richtung meines zielstrebigen Fluges hätte ändern können, daß das Graugrün von Leilahs Augen sich schließlich in die Farben der Palette mischte und ihre Pläne trübte. Und sie hatte nicht gezögert, sie anzuschreien und das schlechte Wetter, den bewölkten Himmel auf die Augen des Mädchens zu übertragen.

Wir hielten vor einem Geschäft für Philatelistenbedarf mit Pinzetten, die künstlerisch über Alben und Briefmarken drapiert waren. Heute sehe ich darin ein Vorzeichen der Briefe, mit denen sie später versuchte, die Wirkung ihres Wutanfalls, die Unerbittlichkeit abzuschwächen, mit der es ihr gelungen war, mich für sich einzuspannen. Sie hatte nicht gezögert, mir vor dem Geschäft eine Eifersuchtsszene zu machen, damit ich ihre Nervosität, die Heftigkeit von vor ein paar Minuten etwas so Verständlichem wie der Eifersucht zuschreiben konnte. Aber ich wußte bereits, daß sie nicht eislief, keine Eiskunstläuferin war, und mit Argwohn sah ich mir ihre Darbietung an, trat im Geist einen Schritt zurück und studierte sie und ebenso das endlose Hin und Her eines dieser Perpetuum Mobile für Büros, das im Schaufenster ausgestellt war. Hinter ihrem Tränenfilm ließ sie mich keinen Moment aus den Augen. Auf einmal hörte sie auf, putzte sich die Nase und wischte sich die Mundwinkel mit einem kleinen Taschentuch … Sie bezähmte ihre Nerven.

(Das Unglaublichste war – ich konnte es selbst nicht glauben –, daß ich daran dachte, eine Frau zu retten [eine Hure], die ich nicht einmal geküßt hatte.)

Ich trat zu ihr wie ein junger Kunde, der ins Geschäft mit ihr kommen will und Angst hat, die Sache beim Namen zu nennen, sich schämt und um sich blickt, wobei ihm die Hände schwitzen und er jeden einzelnen Finger spürt. Ich schob meine Hand von ihren Schultern in den Nacken, legte den ganzen Handteller auf ihren heißen Hals und fand ihre Muskeln angespannt. W. brauchte nur den Bruchteil einer Sekunde, um meine heranziehende Bewegung zu erraten. Sie lockerte kurz die Spannung, als würde sie auf einmal mit einer kleinen Machete ein paar Taue durchhauen, und ließ den Kopf nach unten fallen, tauchte eine Sekunde in ihrer Brust unter, worauf es ihr gelang, sich aus meinem Griff zu befreien. Nachdem dieser Anfall vorgetäuschter und absurder Besitzergreifung an ihr vorbeigegangen war, schaute sie über meine Schulter hinweg zur anderen Straßenseite und verharrte regungslos, um zu warten, bis ich mich von meinem gescheiterten Versuch, sie zu küssen, erholt hatte. Da fächerte sich die ganze Lächerlichkeit der Geschichte vor mir auf, alle Fragen, abwechselnd in Schwarz und Rot gemalt und in einem Punkt zusammenlaufend wie die Rippen eines Fächers. Ich mußte den Kopf neigen, um sie eine nach der anderen in dieser Ordnung lesen zu können. Ich entzifferte die erste: Weshalb hatte ich (um ganz vorne zu beginnen) Stockis' Auftrag angenommen, den Wahnsinn mit dem *Jasius*? Wie war es mir in den Sinn gekommen, nach Astrachan zu reisen? Was hatte ich auf den Inseln des Wolgadeltas verloren, die von Wilderern verseucht waren – denn es war eine wahre Seuche? Und zuletzt mein Flug nach Istanbul. Ich schloß die Augen, wollte nicht noch mehr und noch schlimmere Fragen lesen: der Spaziergang durch den Großen Basar, unser Gespräch an der Straßenbahnhaltestelle... Die Kette von Möglichkeiten, von Ja-Nein-Entscheidungen.

2

Istanbul

Und wenn die Russinnen *Saray* sagten und wenn ich es hier erwähne, darf man darunter keine Abwandlung von *Serail* als Palast eines Sultans oder von *Serraglio* verstehen, was im Italienischen auch »Menagerie« heißen kann, nein, keine dieser geistreichen Etymologien, sondern einfach nur »Hütte« oder »Holzschuppen«. Irgendein klobiger Klotz ohne Charme: *sarai*, auf russisch; so sagt man etwa: *Schto sa sarai takoi!* (Was für ein entsetzlich häßlicher Kasten!) Nicht *Serail*, wiederhole ich, auch wenn der Name des Nachtclubs natürlich Kundschaft anziehen sollte (es gab mindestens zwanzig weitere *Sarays* oder *Serails* in Istanbul), sondern einfach nur geringschätzig *Saray.* Bei meinen Spaziergängen durch die Altstadt stieß ich auf weitere, alles Bordelle oder Table-Dance-Bars, aber da hatte ich bereits W. kennengelernt, und es zog mich nicht hinein.

Nur in das von W.

Bei all den schönen Frauen, die mich umgaben, sobald ich in Begleitung von W. das *Saray* betrat, mußte ich immer wieder Nikolaus I. recht geben, als er sich über den Marquis de Custine und seine Briefe beklagte: »Wie konnte ich so einem Gauner vertrauen?« soll er ausgerufen haben, als er sie las. Die meisten Mädchen aus dem *Saray* waren Russinnen, und ich vermutete, daß sie (oder andere wie sie) schuld daran gewesen waren, daß die türkischen Prostituierten in Streik treten mußten, als Protest angesichts der unfairen Konkurrenz so schöner Frauen. Eine vollkommen belegte Geschichte: *Sie hatten Protestbriefe geschrieben.* Wer zu der Zeit in Istanbul war, wird wissen, daß ich die Wahrheit sage. Custine – hat man schon einen größeren Schwindler erlebt? – urteilte folgendermaßen über die Russinnen: *Was soll ich Ihnen über die russischen Frauen sagen? Von allen Frauen ist mir noch keine einzige schöne aufgefallen, die meisten kommen mir sogar äußerst häßlich und widerlich-schmutzig vor... Sie sind von dickem, kleinem Wuchs und tragen eine Art sehr weiten Überrock, der am Halse zusammengehäkelt wird und bis zum Boden reicht... ein Überwurf, welcher die Taille nicht markiert... es ist entsetzlich!... Der Anblick dieser Frauen könnte nicht unangenehmer sein!...* Ich wiederhole mit Nikolaus I.: wie soll man so einem Gauner vertrauen? Leilah war wunderschön, Natalia, die neben mir saß, war wunderschön, Marina, Galia, Irina. Alles Russinnen. Viele auch aus Osteuropa, denn es gab dort ebenso, erzählte mir W., Rumäninnen, Kroatinnen, Frauen aus Serbien und Mazedonien.

Alle voneinander verschieden, jede einzelne mit ihrem eigenen Reiz, mit unterschiedlicher Haarfarbe, unterschiedlichen Nacken und Ohren. Nur der Neid und die Bestürzung ihrer verdrängten Konkurrentinnen hatten sie allesamt mit dem Gattungsnamen »Natascha« getauft. Jede Russin oder Slowakin war eine »Natascha«. Und doch war es nicht falsch, denn man konnte die Augen schließen und blind irgendeine wählen, ohne die Angst, danebenzugreifen. Nun gut, zwei waren vielleicht eine Spur zu füllig, Miloslava, die Tschechin, und ein rumänisches Mädchen. Ich sagte zu ihnen: »Gleich bin ich wieder da. Ich schaue nur nach W., die sich gerade umzieht. Lauft mir nicht weg.«

Ich ging hinauf zu den Zimmern. Im Gang erwartete ich W. auf einem Sofa, dessen Bezug voll kleiner Polyesterknötchen war, sehr schmutzig. Sie hatte nach Cherson geschrieben, an die Theateragentur, die die Tournee des Eisballetts durch die Türkei organisierte. Sie hatte gelacht, wie sie mir schrieb, als sie die Anzeige noch immer mit einer Stecknadel an die Tapete ihres Zimmers in Rußland geheftet gesehen hatte. Postwendend erhielt sie einige illustrierte Prospekte mit Fotos der transportablen Eisflächen, die sie bei ihren Auftritten benutzen würden. In der Türkei, einem so südlichen Land, fror es nie, sie kannten dort keinen Eiskunstlauf. Die Tournee würde mehrere Monate dauern. Sie würde mit ausreichend Geld für drei Pelzmäntel zurückkommen, den teuersten, aus Nerz oder Zobel.

Ich stelle mir vor, daß sich Tyrann beim Erhalt der Briefe, die ihm die einfältigen Provinzlerinnen schrieben, an die Etikette hielt – von der im Vorwort eines Briefwechsels die Rede war –, die im Westen »keine Gültigkeit mehr hat«. Der Armenier hatte demnach bestimmt jeden Brief als Zeichen der Hochachtung und des Respekts an die Stirn geführt, bevor er ihn öffnete, und ihn hingebungsvoll geküßt, nachdem er ihn gelesen hatte. Der Vorwortschreiber stellt fest, daß für die Völker im Osten »der Brief noch Brief ist, mit dieser Feierlichkeit, wie sie die Worte bei Paulus von Tarsus haben«. Der Türke, der in dem Armenier hauste (umgekehrt wie beim Schachspieler von Mälzel, ein Automat mit Turban mit einem christlichen Spieler darin), setzte sich in Bewegung, ließ alle Rädchen und Hebel seiner Arme aktiv werden und führte den Brief für die Ehrenbezeugung an den Kopf. Dann trug er in die falschen Verträge, die er zurückschickte, die Namen der russischen Frauen ein. Manche wie Leilah und Natalia hatten sich keinerlei Illusionen über die wahre Arbeit gemacht, die sie erwartete oder, besser gesagt, geradezu mit einer Beschäftigung dieser Art gerechnet.

Ich saß tief im Sofa versunken, die Knie himmelwärts gewandt. Aus dieser Perspektive sah ich an der Treppe zuerst den blonden Schopf, dann den Oberkörper, die Hüften und den Schoß der Frauen auftauchen, die im *Saray* arbeiteten und durch den Gang auf mich zukamen. Damit unterhielt ich mich, während ich ergebnislos versuchte, ein paar Stoffknötchen abzudrehen. Revuegirls, dachte ich, Tänzerinnen und Harfenspielerinnen. Es half mir, an W. als an ein Revuegirl zu denken.

Viele zwinkerten mir im Vorbeigehen zu, freuten sich, mich dort zu sehen, einen »Verlobten«. Eine von ihnen, die Serbin Eva, zwinkerte mir eindringlicher zu, bereit, mir gratis einen Expreßdienst auf der Fensterbank zu gewähren. Die fröhliche und schnelle Art, in der sie mich anschaute (und mir zuzwinkerte), verriet mir, daß ich zur Fensterbank gehen und mit dem Rücken zum Gang ein bißchen mit ihr schwitzen konnte. Keine einzige von ihnen schien darauf aus zu sein, gerettet zu werden. Ich will nicht behaupten, daß sie nicht gerne fortgegangen wären. W. selbst hatte mir die Geschichte von Miloslava, der Tschechin erzählt. Miloslava war nicht unter denen gewesen, die unten an der Bar zu mir gekommen waren, manche stark riechend, denn in Rußland kann man wunderschöne Frauen finden, die stark riechen (was mir allerdings sehr wenig ausmacht).

Miloslavas Geschichte hatte sich an einem Punkt der türkisch-bulgarischen Grenze abgespielt, im getrübten Ambiente des türkisch-bulgarischen Konflikts. All die bulgarischen Athleten unter den Gewichthebern, die sich in die Türkei abgesetzt hatten. Besonders von einem war die Rede – klein und stämmig wie alle, die diesen Sport ausüben –, der in die Türkei übergelaufen, türkischer Staatsbürger geworden war und jetzt für dieses Land an den Wettkämpfen teilnahm. Da war also dieses getrübte Ambiente, in dem die Bitterkeit schwebte, und in diesem Ambiente war Miloslava gelandet und wurde von dem Haß durchdrungen wie von den winzigen Wellen, die in der Mikrowelle Pizzen wärmen, oder wie diese Vögel, die an einem Hochleistungsradar vorbeifliegen und mitten im Flug gebraten zur Erde fallen. Miloslava wollte ihr Glück an diesem Grenzübergang versuchen, eine Geschichte erzählen: Sie habe den Paß verloren, den in Wirklichkeit Tyrann als Pfand zurückbehalten hatte. (Das war der wesentliche Punkt, und W. wiederholte es mir zweimal, damit ich es mir gut einprägte. Auch ihr Paß befand sich in Tyranns Besitz.) Miloslava stieg in einem Hotel an der Grenze ab. Sie sah Bulgarinnen und auch Russinnen, die dort mit den Fernlastfahrern arbeiteten. Hoffnungsfroh dachte sie, daß die Anwesenheit der Mädchen die gespannte Atmosphäre in der Grenzstadt vielleicht gelöst hatte. (Es bereitete mir Mühe, mich in diese Geschichte mit Visa und Grenzen hineinzuversetzen. Ich hatte ähnliche Probleme gehabt, aber vor Jahren. Inzwischen reiste ich von Paris nach Helsinki, von Brüssel nach Mailand, ohne auch nur einmal aufgehalten zu werden, dank meiner zwei Pässe. Allerdings hatte ich noch nicht die Grenze zwischen der Türkei und Bulgarien oder zwischen der Türkei und dem Irak überquert, problematische Grenzen, der Kurdenkonflikt.) In der Autoschlange, die aus der Türkei ausreisen wollte, wurde Miloslava klar, wie streng die Kontrollen waren.

An dem Punkt wurde W. nervös (sie erzählte mir die Geschichte dreimal), denn die Posten warteten nicht, bis Miloslava bis zum Grenzhäuschen gelangte, sondern um die Formalitäten zu beschleunigen und bevor sie, inzwischen gewarnt, umdrehte, um wieder türkisches Gebiet zu erreichen, traten sie auf das Auto zu, klopften (in diesem Moment noch) freundlich an die Fensterscheibe und baten um den Paß. Sie warteten geduldig, als sie vorgab, ihn in ihrer Tasche zu suchen, im Handschuhfach, unter dem Sitz, und anstatt sie gehen zu lassen, was sie getan hätten, wenn es sich um einen Mann gehandelt hätte – oder wer weiß, bei den schweinischen Türken –, ließen sie sie aussteigen und aufs Revier mitkommen. Wo bereits auf ihrem Programm stand, was sie dann mit ihr taten. Schrecklich, *sluschajesch?* (Hörst du?) Schrecklich. Es war nicht die erste Prostituierte ohne Papiere, die sie an dem Übergang auffischten. Um Mitternacht wechselte die Schicht, und es kamen acht weitere Wachen. Sechs vor Mitternacht und anscheinend alle von der zweiten Schicht. »Versuchter Grenzübertritt ohne gültige Papiere.« Ich weiß nicht, wieviel Bußgeld in türkischen Lira, eine astronomische Ziffer, bei dem Wechselkurs. Sie fürchteten, sagten sie ihr, sie habe einen Kunden beraubt oder getötet, derlei Dinge, und würde nun zu fliehen versuchen.

»Woobschtsche, dura (Eine Vollidiotin)«, sagte W. leise zu mir, als wären wir Kinder, die sich Horrorgeschichten erzählen: »Sie beraubten sie, zogen sie aus und du weißt schon …«

3

Istanbul

Ich wollte diese Nacht im *Saray* bleiben, um W. tanzen zu sehen, und rief Stockis auf der *Wasa* an. Von der Telefonzelle aus beobachtete ich heimlich den Armenier, wie Dalmas (ein Privatdetektiv) in *Gefahr ist mein Geschäft* (eine Detektivgeschichte), geschrieben von einem normalen Schriftsteller, kein Briefschreiber (Chandler).

Er schien ein schwerfälliges Schwungrad in seinem Innern zu haben, Tyrann, der Armenier; einen Akkumulator, der Minuten brauchte, um sein Drehmoment zu erreichen und die Treibstangen der Maschinerie, seines grausamen Herzens in Bewegung zu setzen. Als er den Befehl mit Hilfe einer alten Dechiffriermaschine verarbeitet hatte, ein Modell mit Rädchen und Getriebe aus dem zweiten Weltkrieg, direkte Vorgängerin der modernen Computer, hob er die Augen und musterte den Neuankömmling. In Wahrheit war er ein äußerst fortschrittliches Modell, wie ich später merkte, nur für besonders anspruchsvolle Kunden, für arabische Scheichs gemacht, die das Design des alten Modells, der Antiquität verlangten, das ihm Seriosität vermittelte. Doch war er ausgerüstet mit den letzten Errungenschaften der drahtlosen Kommunikation, besaß eine höhere Intelligenz (eine Fabrikantenfamilie seit der Zeit vor Christus), versteckt in seinem Kopf mit dem Fes. Er konnte zum Beispiel dank seiner Hochleistungsmikrofone – ein äußerst feines Gehör – von jedem Punkt des Saals aus die Gespräche zwischen zwei Kunden verfolgen. Ein einziger Blick aus seinen Augen, in Wirklichkeit ausgeklügelte Spektralgeräte, reichte, um die chemische Zusammensetzung jedes Menschen, seine verborgenen Absichten zu entdecken. Bei mir registrierte er die Spektrallinien der Liebesverwirrung, noch bevor ich mir selbst dessen bewußt wurde, noch bevor ich es mit tausend Vorbehalten und schrecklichen Gewissensbissen – wenn auch froh, endlich die Wahrheit zu kennen – meinem Spiegelbild in der Kajüte der *Wasa* gestand und es mir laut in meiner Muttersprache sagte, »Sie ist eine Frau, bei der jeder Mann den Kopf verlieren würde«, eine literarische Floskel und recht aufgeblasen, die jedoch präzise den Zustand beschreibt, in dem ich mich befand. Dank seiner großen Speicherkapazität und dank ausgeklügelter Programme berechnete Tyrann unendlich viele Varianten, alle möglichen Spielzüge auf dem Brett, und auf der Grundlage dieser Informationen, dieser *data*, die seine Sensoren aufnahmen (ein Gespräch zwischen mir und W., in dem wir die *Wasa* erwähnten), konnte er sich die verschiedenen Fluchtwege ausrechnen, die Route, die wir auf einer Flucht nehmen würden, denn er wußte bereits, daß wir auf dieses Ziel zusteuerten, als ich noch dachte, ich würde alleine nach Rußland zurückkehren … Er versah seine Rolle als Wächter des *Saray* sehr gut. Er war nicht nur der Aufseher, der die Frauen überwachte, sondern schuf auch dank seines Schauspieltalents ein durch und durch vollendetes, überzeugendes Bild eines solchen, das heißt, nicht plump naturalistisch, sondern raffiniert verfeinert. Sein Schauspiel folgte der orientalischen Ästhetik, die nicht die natürliche Ähnlichkeit mit einem Vorbild sucht, sondern ein Bild schafft, eine Persönlichkeit entwirft. Und je mehr ich meine Einschätzung von Moment zu Moment berichtigte und ihn bei seinem Gang durch den Saal im Licht von anderen Traditionen sah, sagte ich mir – da mir W. bereits einiges über ihn erzählt hatte und Gründe bestanden, ihn zu hassen –: »Dieser Hampelmann!« Zuerst fiel mein Blick auf die äußeren Merkmale des Operettenschurken – goldene Uhrkette, rote Weste, spitz zulaufende Schuhe ähnlich wie Schnürstiefel –, doch da ich mich in Istanbul befand, wurde mir gleich darauf bewußt, was für eine raffinierte Symbolkraft in seinem Aussehen steckte, und ich stellte mich ganz auf die orientalische Ästhetik ein, wie ein eifriger Zuschauer der Pekingoper. Dann erst überzeugten mich die gemalten Brauen, die einstudierten Gebärden, die theatralische Geste, mit der er seinem Ärger

Luft machte, die Art, wie er ein Mädchen anschaute und es mit den »Säbeln seines Blicks« bedrohte, und da erkannte ich die echte Gefahr, die er darstellte.

Eine Figur, die, wie Mozart selbst in einem Brief vom 26. September 1781 seinem Vater bekannte, im Originallibretto der *Entführung aus dem Serail* nur eine sekundäre Rolle gespielt hatte. Mozart schreibt über den Aufseher des Serails: *Dieser Osmin hat aber im Originalbüchel das einzige Liedchen zu singen, sonst nichts, außer in dem Terzett und Finale.* (Im Folgejahr der Opernpremiere veröffentlichte der zweitklassige Dichter Bretzner, der Verfasser des Originallibrettos, in einer Leipziger Zeitung einen wütenden Protestbrief wegen der Änderungen, die Mozart in sein Libretto eingebaut hatte: *Ein gewisser Mensch, Namens Mozart, in Wien hat sich erdreistet, mein Drama* Belmonte und Constanze *zu einem Operntexte zu missbrauchen. Ich protestire hiermit feierlichst…)* Nach Angaben des Biographen hatte Mozart mit seinem künstlerischen Genie die Notwendigkeit begriffen, der Figur mehr Raum zu geben, und so schuf er, was manche als die herausragendste Figur seines Opernwerks ansehen, die beim deutschen Publikum besonders beliebt war. Müßig, zu sagen, daß ich die erste Version des Singspiels *Belmont und Constanze* bevorzugt hätte, in dem der Haremswächter eine sekundäre Figur ist, kaum gefährlich und sehr unterhaltsam.

Es war ein Fehler gewesen, ihn zu unterschätzen, darauf will ich hinaus, und dieser Fehler hätte mich fast das Leben gekostet, hätte mich beinahe im Bosporus enden lassen, »um die Fische zu füttern«, bestimmt eine gängige Drohung in den Dramen von Theodore Prodomus – ebenfalls ein erlesener Kalligraph und byzantinischer Briefschreiber – und Jahre später, nach dem Fall von Konstantinopel 1453, auch ganz im Stil der Karagöz-Aufführungen, des türkischen Puppentheaters.

Genau! Er wirkte wie eine Puppe, eine Marionette, ohne etwas in seinem Aussehen, das Grund zur Beunruhigung gegeben hätte. W. und die anderen Mädchen nannten ihn

Tyrann, auch wenn sein wahrer Name Tigran war, ein armenischer Name: »Wir stehen ganz zu Ihren Diensten, treten Sie ein, Ihr Wunsch ist mir Befehl... Seien Sie willkommen, ein herzliches Willkommen für jeden unserer Gäste.« Honigsüß. Er sprach ein korrektes Englisch, wenn er seine Worte auch im Stil der Lautsprecherstimmen wählte, die auf Flughäfen in mehreren Sprachen die internationalen Flüge ankündigen und bei jedem Wort einen Ton nach oben oder unten gehen. Er hatte auch Stockis auf schwedisch begrüßt, wie mir einfiel, und als wir uns unterhielten, hatte dieser in der Tat bei ihm ein Bier bestellt, zuerst auf englisch, dann aber noch einmal auf schwedisch: »En öl«. »Bier, bière, beer, birra, cerveza, öl«, deklamierte Tyrann für sich, während er sich entfernte.

Als ich ihn hörte, lachte ich unschuldig, glaubte noch, das sei ein lustiges Serail wie das in Montesquieus *Persischen Briefen*.

Es überraschte mich, daß W. soviel Eifer darauf verwandt hatte, den orientalischen bzw. den Bauchtanz zu erlernen. Ihre choreographischen Kenntnisse – sie hatte in ihrer Kindheit Ballettstunden genommen – waren mehr als ausreichend, um die Tanzmädchen und ihre wahren Verrenkungen zu imitieren. Ihre Mühe sollte sich verinnerlichen, sollte sie in das geheime Terrain des Selbstvertrauens führen, denn sie hatte vor, zu heiraten, sich in ihrem Dorf niederzulassen, Schweine und Hühner zu züchten, einen Gemüsegarten anzulegen. War sie erst verheiratet, würde ihr Nabel nicht mehr in die Runde zwinkern. Einem braven Mann, einem Lastwagenfahrer, der am Ende seines Tagewerks nach Hause kommt, nachdem er den ganzen Tag über mit den anderen Fahrern Karten gespielt und gewartet hat, bis er an der Reihe ist, seinen Weizen in den Silos abzuladen, konnte sie ihre Nabelfertigkeiten, die sie in ihrer Jugend in der »Menagerie« in Istanbul erlernt hatte, nicht vorführen. Und doch hatte W. all ihren Eifer darauf verwandt, sich darin zu üben und mit den türkischen Mädchen der Gruppe zu wetteifern, von denen ich in jener Nacht auch einige gesehen hatte, ebenfalls sehr schön.

Wild wanden sie sich wie Raupen um einen Blumentrieb, wie diese Raupen ohne Bauchfüße, die sich aufbäumen, ihren ganzen Körper nach vorne werfen, ihn dann nachziehen und sich so langsam voranarbeiten, blindlings auf den Ort zusteuern, von dem aus man sie über den Zweig gebeugt beobachtet. Aus nächster Nähe betrachtet, sah man verblüffende Fragmente bei jenen Frauen; sie zeigten – stellte ich gegen meinen Willen fest, bemüht, Distanz zu halten – zu schmale Hüften und ein zu weißes Hinterteil. Ich konnte ein Gefühl der Beunruhigung nicht unterdrücken, als ich sie hinter den Kulissen hervorlaufen und mit einem betont geschmeidigen Tigergang zum Bühnenrand treten sah, wobei sie »wild« ihr Haar durch die Luft wirbeln ließen. Ein wahrhaft durchtrainierter Hals.

Was für ein Kontrast zu der Frau, die ich gestern hier in Liwadija beim Sonnen gesehen hatte! Ihre Brüste hatten sich neben den enthaarten Achseln weich gegen das Frottee des Handtuchs gedrückt und seitlich hervorgeschaut. Ich ging an ihr vorüber, stemmte mühsam die Fersen in den Sand. Diese Frau beschäftigte mich mehr – und ebenso ihr Buch, das offen neben ihrem Kopf lag (obwohl ich den Titel nicht lesen konnte, dachte ich an die Briefe von Madame de Sévigné) – als die halbnackten Frauen im *Saray*. Die Taille der sozusagen zufällig am Strand angetroffenen Frau, ihr breites, etwas hausbackenes Bikinimodell waren vorzuziehen.

Der Slip der Frau aus dem *Saray* ließ das Hüftbein frei und saß sehr hoch über der Taille. Sie hielt das glänzende Rohr umfaßt, glitt daran herunter und tat so, als wollte sie mich erregen, denn sie befolgte in dem Moment den Rat für angehende Schauspieler, sich aus dem Publikum einen Zuschauer auszuwählen, den im Sakko aus gekämmtem Leinen, und für ihn zu spielen. Unter Verrenkungen rutschte sie herunter und wackelte zwei Handbreit vor meinem Gesicht mit ihrem Hintern. Deprimierend. Es deprimierte mich zutiefst, und ich mußte meinen ganzen Willen aufbieten, um nicht aufzustehen und zu gehen. Ich versuchte, mich wieder auf die Vorstellung, auf den Augenblick zu konzentrieren, indem ich die Nummer von der künstlerischen Seite anging. Unmöglich. Es war nichts Künstlerisches daran, daß eine Frau an dem Rohr herabglitt und sich mit den Daumen den Slip herunterzog, der an ihren Hakken hängenblieb. Sie mußte tüchtig mit einem Bein strampeln, damit der Slip in hohem Bogen neben Stockis landete, der ihn aufhob, ans Gesicht führte und den Duft einsaugte. Wie sauber war dieses für meinen Geschmack zu große und plumpe Mädchen? Sie hatte sich nun mit geöffneten Beinen auf den Boden gesetzt, stellte einen ungeschickt rasierten Schamhügel zur Schau, nahm den Wonderbra ab (für den übrigens eine Slowenin vom Lande mit Bäuerinnenbusen warb) und hielt sich *schamhaft* die Hände vor die Brüste. Aber wie konnte man das glaubhaft finden? Die Frauen schienen guter Dinge im Vakuum einer erbärmlichen Melodie voller Saxophonsoli zu tanzen; sie lächelten unaufhörlich, wenn auch nie offen, sondern gewollt geheimnisvoll, ohne die dionysische Freiheit, auf die ich in einem Brief gestoßen war, den ein Autor aus dem 3. Jahrhundert nach Christus überliefert hatte, Alciphron, ein Vertreter der zweiten Sophistik, von dem man, wie im Buch zu lesen war, nur den Namen kennt: *Am meisten Spaß machte uns aber der Wettstreit, der zwischen Thryallis und Myrrhina entbrannte, wer die schöneren und weicheren Hinterbakken besäße. Myrrhina lockerte zuerst den Gürtel – das dünne Kleid aber war seiden – und ließ die Hinterbacken darunter hin und her bibbern, wie wenn sie Sahne oder saure Milch wären, und blickte über die Schulter auf ihre Bewegungen, leise Seufzer dabei ausstoßend, wie bei der Liebesraserei, so daß ich, bei Aphrodite, ganz aus dem Häuschen geriet. Auf Thryallis aber machte das gar keinen Eindruck, sondern sie tat allen Zwang von sich. Sie legte ihr Gewand ab und bog sich um ein weniges in den Hüften. Und dann vollbrachte sie ein solches Muskelspiel und ließ die Hinterbacken so auf und nieder beben, daß die Bewegung bis über die Hüften hinunterfloß, und alle klatschten in die Hände und sprachen Thryallis den Preis zu.* Den Mädchen des *Saray* fehlte diese heidnische Freizügigkeit, auf die ich in dem Brief gestoßen war. Sie mußten sich aus den Tiefen eines jüdisch-christlichen Schuldgefühls emporziehen, das westlich war, allerdings nach orientalischem, byzantinischem Ritual, was gewiß eine neue Nuance ins Spiel bringt: die sprichwörtliche Verderbnis der byzantinischen Frau, wie sie in den Briefen von Elios Penestrinus belegt ist.

Ich fühlte mich unbehaglich, denn nie im Leben hätte ich eine so große und füllige Frau gebeten oder dafür bezahlt, mir Gewalt anzutun, indem sie zwei Schritte vor meiner Nase tanzte. Dergleichen Erfahrungen hatte ich Stockis zu verdanken. (Ironisch.) Aber ich dachte auch: W. wird anders sein, es wird mir nicht unangenehm sein, W. zuzuschauen. Auf einmal gingen die Lichter aus und ein paar UV-Strahler an, und ein dünnes Fädchen Rauch schlängelte sich über den Boden, als hätten sich Katakomben aufgetan (das sollte uns suggeriert werden). Ich dachte zuerst, sie hätten Schaum oder Kunstschnee herunterrieseln lassen, der nun in leichten Flocken auf dem Ärmel meines schwarzen Sakkos lag, aber es waren nur Fasern – ich rieb mehrmals darüber hinweg, ohne sie wegwischen zu können –, Stoffunregelmäßigkeiten, die in der UV-Strahlung phosphoreszierten. Jemand hatte berechnet, wie diese Strahlung auf einem Bikini wirken würde, der ganz aus solchem Material bestand, und was bei meinem Anzug nur einzelne Fasern waren, ein paar Prozent an textilen Unreinheiten, um derentwillen ich die vorherige Nummer mit minimalem Interesse verfolgt hatte, würde bei jenem Stoff hundert Prozent ausmachen, damit er in der Dunkelheit leuchtete. So erschienen am seitlichen Bühnenrand zwei Bikinihöschen, und zwei Oberteile schwebten durch die Luft, miteinander verflochten wie ein Doppelstern (Eta Cassiopeiae, im Sternbild Kassiopeia), um schließlich auseinanderzuflattern. Die Gestalten waren kaum zu erkennen, die Körper fast schwarz wie beim chinesischen Schattenspiel, und ich sagte mir: Jetzt würde ich allerdings gern die Hand ausstrecken, mich vergewissern, daß dort jemand ist, die Innenseite eines Schenkels ertasten. Die Bikinihöschen und die Oberteile glitten, als hätten sie ein Eigenleben, das Rohr hinauf und herab. Man konnte erahnen, wie sie die Taille bogen, den Oberkörper nach hinten beugten, auf der gleichen horizontalen Ebene kreisten wie der Bikini. Ich schaute zum zweiten Mädchen am anderen Rohr hinüber. Beide drehten sich synchron. Da entdeckte ich neben der Bühne ein Grinsen, das in der Luft schwebte, ein Gebiß. Es schien mir kein kalkulierter Effekt zu sein, aber ebenso wie es Fasern in meinem Sakko und gewisse Verunreinigungen in meiner Seele gab, die im Schwarzlicht (des Lasters) leuchteten, so bestand auch Tyranns Gebiß aus einem unreinen Polymerstoff und zeigte phosphoreszierend seine Reihe von Zähnen, riesig und quadratisch wie die einer Maske. Vor diesen Zähnen mußte ich mich hüten. Wenn sich etwas einem Fluchtversuch entgegenstellen würde, dann diese Zähne: sie würden in der Dunkelheit auftauchen wie unüberwindbare Spieße eines Eisengitters. Die Frau, der tanzende Schatten, zog den Bikini aus, der zu einem Nachbartisch flog. Ich hätte ihn gern gefangen, um seine synthetische Zusammensetzung, die phosphoreszierenden Fasern aus der Nähe zu studieren. Die Tänzerin war jetzt ein dunkler Schatten, ein Geist. Darin bestand der Unterschied, es war eine Gestalt, die wir nur erahnen konnten … Als das Licht wieder anging, entdeckte ich als erstes ihre bunten Fußnägel. Mit jedem neuen Schritt bei meiner Erkundung von W. und ihrem »Ich« fielen mir diese Fußnägel ins Auge; ich mußte sie als ein Zeichen nehmen, über das ich zu einer anderen Ebene der Komplexität oder des Verständnisses würde fortschreiten können. Da der Tanz im Dunkeln wenig attraktiv, zu wenig fleischlich für die Kundschaft gewesen war, gab es einen zweiten Teil, ein Schlußakt mit offenen Karten, bei normalem Licht, damit alle sie gründlich mit dem Blick befummeln konnten. Ich wäre lieber nicht dabeigewesen. Aus solcher Nähe wollte ich W. nicht sehen, die sich mit dem Rücken zu mir vorbeugte, als wollte sie mir einen persönlichen Gefallen erweisen, und mir mit schnellem Hinternschwung das Gesicht fächelte. Mir war nicht wohl, ich mußte meine Farbe verändert haben, wie etwa Aljoscha Karamasow. Und ich schämte mich für sie, ein Gefühl unendlichen Mitleids mit diesen Frauen (nicht nur mit W.) schoß in mir empor, da sie sich gezwungen sahen, sich vor aller Augen auszuziehen, sich mit weit gespreizten Beinen hinzusetzen, die Brüste und den Ohransatz zu kneten, mit vorgetäuschter Lust... Aber wer zwang sie dazu? Sie taten es aus eigenem Antrieb... Gut, wollen wir es hier nicht weiter erörtern.

Als der Armenier meine Miene sah, ließ er alle Zweifel fallen, wie ein Schiffskapitän, der von der Kommandobrücke aus die Manöver des feindlichen Geschwaders beobachtet und nun das Fernglas absetzt, weil er genug gesehen hat, das Sprachrohr entstöpselt, die Lippen ans Mundstück preßt und befiehlt, »Klar zum Gefecht!«, und zum Maschinisten, »Volle Kraft voraus!«

Ich täuschte Interesse für Tyranns phophoreszierendes Gebiß vor, trat zu ihm, neugierig auf seine prächtigen Plastikzähne, und erzählte ihm von meinen *goggles*. Ich war mit ihnen in die kaspische Senke gereist, hatte am Ufer eines Wolgaarms den Flug der Uhus und Fledermäuse studiert und ganz bequem die Binsen und Bäume, den Glanz des Flusses beobachtet, indem ich den Photonenstrom der entferntesten Sterne verstärkte, das ideale Licht, um mit den *goggles* zu sehen, denn ihr Lichtspektrum, das Spektrum dieser Sterne enthält einen breiten Infrarotbereich.

Tyrann konnte ein potentieller Käufer sein; skrupellose Männer wie er, gewohnt, im Dunkeln zu arbeiten, waren meine besten Kunden. Weshalb also die Gelegenheit versäumen, sie ihm für ein schönes Sümmchen aufzuschwatzen? Er zeigte Interesse, aber ich merkte gleich, daß es ein kindliches Interesse war. Er wollte wissen »wie so was funktioniert«. Da es nirgendwo im Nachtclub ausreichend dunkel und die Straße von den Neonanzeigen und dem Schild »Saray, Night Club« zu hell erleuchtet war, regte ich an, daß es unter der Bühne bestimmt dunkel genug war. Sogleich dachte ich mir, wie staubig es dort sein mußte, obwohl mir der Staub nichts ausgemacht hätte, wenn ich hätte sicher sein können, daß mir Tyrann die *goggles* abkaufte, aber der kindliche Glanz in seinen Augen verriet mir, daß er es nicht tun würde, weil er sich nicht vorstellen konnte, wozu er sie gebrauchen sollte. Skeptisch kam er herein, führte seinen skeptischen Kopf durch das Türchen. Ich erwartete ihn kniend, schloß die Tür, und es wurde fast vollkommen dunkel, wenn auch durch die Ritzen zwischen den Brettern schmale Lichtbündel fielen. Die Rohre aus rostfreiem Stahl, an denen sich die Mädchen auf und ab wanden (wie Larven, der Vergleich erscheint mir verlokkend), gingen unter der Bühne weiter, wo sie in den Boden geschraubt waren. Ich half ihm, sich die *goggles* aufzusetzen, schaltete sie ein und fragte »siehst du etwas?«, überzeugt, daß er antworten würde: »Nein, ich sehe nichts.« Und so war es auch. Teils, weil er sie mir nicht abkaufen wollte, und teils, weil man mit *goggles* logischerweise nicht ebenso sieht wie am hellichten Tag – wenn wir uns der überraschenden Färbung von Schmetterlingsflügeln bewußt werden –, sondern sich im Sucher alles grün färbt und zwar mit Bedacht, damit die Augen nicht ermüden, und selbstverständlich kann man damit alles genau unterscheiden und perfekt sehen. Ich entdeckte zum Beispiel am Bühnenrand den Elektromagneten, den sie für den Trick mit der Truhe benutzten. Das registrierte ich nebenbei, ohne der Tatsache größere Bedeutung beizumessen. Ich hatte mir schon ausgerechnet, daß es ihn gab, und als ich ihn sah, war ich weder beeindruckt noch neugierig.

Er sagte verächtlich zu mir: »Kinderspielzeug«. Und ich

hatte keine Lust, ihm zu antworten: »Nun, weder die 82. Airborne Division der USA, noch die Spetsnaz des russischen Innenministeriums, noch die vom Mossad denken so wie du.« Ich zuckte nur mit den Schultern und verließ diesen Ort, mein Sakko voll Staub und Spinnweben.

4

Liwadija

Ich schlug die *Tschernomorskie Westi* auf, wo man vielleicht schon Petrowitschs Meldung über meinen Aufenthalt in Liwadija veröffentlicht hatte. In der Rubrik »Briefe an den Herausgeber« beklagte sich ein Leser über den schlechten Service in den Zügen. Der *gospodin direktor* sei doch sicher einmal Zug gefahren. Gebe Gott, daß niemals in so einem wie dem Kiew-Simferopol. Die ganze Fahrt über wurde kein Tee ausgeschenkt, und die Schaffnerin verteilte feuchte Bettwäsche, die man zum Trocknen an den oberen Betten aufhängen mußte. Und zuletzt, der neuste Eklat, waren sie auch noch überfallen worden. Das war nicht mehr vorgekommen, seit man Baron Wrangels Truppen aus der Krim vertrieben hatte. Eine Bande hatte den Zug mitten in der Steppe angehalten und die Passagiere Abteil für Abteil ausgeplündert. Der Verfasser des Briefes hatte sich vorsorglich eingeschlossen, indem er den Riegel vorschob, aber von seinen Nachbarn konnte er nicht das gleiche berichten. Bis wann soll usw. usf. Die Litanei von Klagen, die alle russischen Zeitungen auszeichnet, weshalb sie ein eigenes Ressort haben, das die eingehenden Briefe auswertet. Ich hatte wunderschöne Briefe in jener Zeitung gelesen, gerade in dieser Ausgabe gab es einen, der die Geschichte von einem Mädchen und einem Sträfling erzählte. An einem Wintertag hatte das Mädchen auf einem kleinen Bahnhof, eigentlich nur eine Behelfsstation, auf einen Gefangenentransport gewartet, bloß um ihn für fünfzehn Minuten zu sehen, und sie hatten sich durch die Gitter des Zellenwagens geküßt.

Mir schoß das Wasser in die Augen, als ich den Brief las. Gerührt schaute ich auf. Diodo trat zu mir.

»Interessante Nachrichten?«

»Briefe, Diodo, nichts als Briefe, aber wunderbar geschrieben. Sie haben mich zu Tränen gerührt, wie du siehst.«

Ein so gutes Herz hatte auch W. Was für gewaltige Reserven von Güte in der russischen Seele, dachte ich. Oder bei noch urtümlicheren Völkern. Dasselbe Argument, das Francisco de Xavier in einem seiner Briefe über die natürliche Güte der Japaner ins Treffen führt: *Wir konnten sie mit unseren Beweisgründen davon überzeugen, daß das göttliche Gesetz das erste und der Ursprung aller anderen Ordnungen sei. Wir erklärten ihnen, daß die Japaner schon lange bevor die Gebote ihrer Sekten von China nach Japan herüberkamen, gewußt hätten, daß es schlecht sei, zu morden, zu stehlen, falsches Zeugnis zu geben und gegen die übrigen Zehn Gebote zu verstoßen; das Gewissen habe ihnen dies in ihrem Innersten immerdar angezeigt. Denn das Gute zu tun und das Böse zu meiden ist den Herzen der Menschen eingeschrieben.* Und mit diesem herrlichen Argument, das er seinen »Gefährten in Europa am 29. Januar 1552« schickte, gelang es ihm, viele Japaner zu bekehren und mich selbst fast fünf Jahrhunderte später von W.'s angeborener Güte zu überzeugen.

Die natürliche Güte von W. und der Gattung Mensch: *das Gute zu tun und das Böse zu meiden ist den Herzen der Menschen eingeschrieben*. Vielleicht sollte ich einen Brief an die Redaktion einer Moskauer Zeitung schicken und diesen Satz als Titel nehmen. Ich würde ihnen die Geschichte von einem jungen Mädchen erzählen – eigentlich fast noch ein Kind –, das als Eiskunstläuferin engagiert worden und in einem Bordell in Istanbul gelandet war. In zwei Tagen wäre ein Reporter bei mir gewesen. Für gewöhnlich wurde erst ein Lokalreporter geschickt, und wenn die Geschichte mehr hergab, wenn sie eine »nationale Tendenz« widerspiegelte, würde ein Hauptstadtreporter nach L. fliegen, »eine kleine Stadt im Süden unseres Landes, auf der Krim, wo unser Sonderberichterstatter mit J. gesprochen hat, einem jungen Ausländer (die Namen der Personen wurden geändert)«. Er würde ein paar Fotos von mir machen und schließlich einen langen Bericht veröffentlichen, vielleicht eine ganze Seite, mit einer durch und durch verfälschten Version der Tatsachen.

Aus der Reportage herausfallen würden, verworfen als ein atypisches Detail, das nicht die Aufmerksamkeit der Leser verdiente, W.'s Pläne, mich zu bestehlen, mich zu täuschen. Denn zu Beginn war für mich kein Platz in W.'s Berechnungen gewesen. Ihr ursprünglicher Plan war, die Grenzwächter mit dem Geld zu bestechen, das sie aus dem Beutel an meiner Brust stehlen würde, und mit schwarzer Perücke und Sonnenbrille das Flugzeug nach Odessa zu besteigen. Ich sollte in Istanbul zurückbleiben und wie betäubt ins zinngraue Wasser starren, während die Möwen über den Bosporus glitten, über die Fähre, die beide Ufer verband, bis obenhin mit Türken vollgestopft, die Bordkante auf der Höhe des Wassers.

Als Beweis ihrer Heimtücke und Bosheit kann ich Dokumente aus einer anderen Zeit vorlegen: die Briefe von Ewno Asef. Wer war Ewno Asef? Das erfuhr ich, nachdem ich seine Briefe gelesen hatte, und sogleich verlieh ich ihm eine Gestalt, nämlich die von Michail Petrowitsch, den ich an den Anfang des Jahrhunderts zurückversetzte, ohne daß er dabei auch nur einen Deut an Bosheit verloren hätte. Asef hatte erfolgreich als Doppelagent Karriere gemacht. Der beste Geheimagent der besten Polizei seiner Zeit und Führer der wichtigsten russischen Partei. Und er hinterließ einen Band Briefe und Denunziationen, geduldig gesammelt in den Archiven der Petersburger Polizei.

Asef war ein wahres Wunder, ein Mensch, den sowohl seine Parteigenossen als auch die Polizei für einen »Übermenschen« hielten. Natürlich sah er sich gezwungen, wirkliche Attentate zu verüben, so war er zum Beispiel verantwortlich für die Bombe unter dem Sitz eines hohen Funktionärs in einer Opernloge, und ebenso mußte er mehrere Mitverschwörer ans Messer liefern. Er bewies grenzenlose Loyalität nach beiden Seiten, wie er in einem Brief vom 14. Juni 1909 festhält: *Niemand möchte glauben, daß ich viele Jahre lang alles für die Revolution gegeben habe* (und für die Polizei, füge ich an). Ohne ihn, ohne diesen Ewno Asef hätte die russische Revolution vielleicht gar nicht stattgefunden. Er steckte hinter so entscheidenden Vorfällen wie dem Blutsonntag von 1905, als Nikolaus II., noch ohne den *Jasius* gefangen zu haben, mit einer sehr viel härteren Seele befahl, auf die Demonstranten zu schießen, die sich vor dem Winterpalast versammelt hatten. Asef war ein genialer Stratege und ein perfekter Verräter. Die Polizei und die revolutionäre Sache standen gleichermaßen in seiner Schuld. Und er liebte beide Aufgaben mit gleicher Leidenschaft, ohne sich auch nur vorstellen zu können, was schlecht daran sein sollte: *Ich habe, sagen wir, eine Niederträchtigkeit begangen; ich bin ein Schuft, aber macht das die anderen etwa besser*? Soviel Scheinheiligkeit, sagte ich mir, soviel Schändlichkeit! In einem noch nie dagewesenen Grad der Vervollkommnung! Und das in Rußland! Nicht irgendwo anders, in Rußland! Somit besaß auch W. eine Spur angeborener Bosheit, die sie nicht zögerte, gegen mich einzusetzen.

Dank der Briefe des Doppelagenten begriff ich besser, wie W. mich hatte einwickeln können, ebenso wie Ewno Asef seine Parteigenossen: er zwei Jahre lang, W. für einige Tage, die mir wie Jahre vorkamen. Sie hatte mit der gleichen Kaltblütigkeit agiert wie Asef, der bei seiner Enttarnung seine Gefährten hatte überreden können, ihn ziehen zu lassen, am nächsten Tag würde er ihnen die Beweise für seine Unschuld erbringen! Genau wie W. bei mir. Sie war nie rot geworden, wenn sie erwischt worden war, sondern unerschütterlich, nahtlos zu einer diametral entgegengesetzten Version übergegangen und hatte sich ohne einen Anflug von Röte selbst widersprochen. Als ich sie zum Beispiel fragte, ob ihr beim Lesen der Annonce nicht der Verdacht gekommen sei, was es wirklich mit dem Nachtclub auf sich hatte, verneinte sie das, obwohl sie mir vorher ungemein zynisch erzählt hatte, sie habe mit einigen Sonderleistungen für die Kunden gerechnet, aber das habe ihr nicht besonders viel ausgemacht.

Und da ich an dem Tag so empört war und mich schlecht, entsetzlich schlecht fühlte, schrieb ich ganze Passagen aus den Briefen des Marquis de Custine ab, über die mittelalterliche Moral der Russen und ihren von Grund auf heimtückischen Charakter. Etwa diese: *Der Schmutz ist gewaltig in diesem Land…* Und natürlich auch die: *Ist Ihr Sohn unzufrieden in Frankreich, so wenden Sie mein Mittel an; sagen Sie ihm: reise nach Rußland. Diese Reise ist jedem Ausländer von Nutzen; wer dieses Land recht genau besehen hat, wird in jedem anderen zufrieden leben.*

5

Istanbul

Ich wollte nichts Verkommenes. Trotz all der Nächte, die ich auf Pappkartons auf Flughäfen und in Bahnhöfen verbracht hatte. Oder in einer Aufzugsnische am Prager Hauptbahnhof. Sehr früh am Morgen fuhr mindestens dreimal ein Lastentransport hinauf, bis oben vollgestopft mit Säcken der Zentralbank der tschechischen Republik. Soldaten mit Tarnanzügen und Stiefeln mit Profilsohlen fuhren auf den Säcken sitzend mit. Zwei Soldaten an jeder Seite, samt Maschinengewehren mit kurzem Kolben. Im Halbschlaf sah ich die Stiefel vor meinen Augen vorbeimarschieren, die Säcke mit mehreren Millionen von Kronen, und in derselben Morgendämmerung träumte ich davon, mir dieses Geld zu stehlen, der Traum eines kleinen Händlers, eines Schmugglers. Am Tage dachte ich mir aus, wie ich den Lastenaufzug in meine Gewalt bringen könnte, und mit ihm den gesamten Lohn Böhmens. Ich mußte meinen Überfall mit dem Zigeunerlager absprechen, das dort im Untergeschoß des Bahnhofs seine Zelte aufgeschlagen hatte, oder mit den russischen Freunden. Abwarten, bis die Aufzugtüren aufgingen (es gab Nächte, in denen er nicht benutzt wurde), die ganze Nacht kein Auge zutun und wachsam auf das Erscheinen des Lastentransports warten. Ich hatte mich für einen der nächsten Morgen mit einem Käufer, einem Ornithologen aus Wien, der in Prag zu Besuch war und sich für die Nachtsichtgeräte interessierte, verabredet. Am Ende des Tags sank ich erschöpft nieder, ich mußte so viele Stunden wie möglich schlafen, und so wurde ich von dem Soldaten überrascht, der herunterkam (sogleich tauchte ein anderer auf, der ihm Deckung gab), von dem Soldatenpaar, das zum Schacht trat und den Weg für den Lastentransport sicherte. Genau in dem Augenblick gingen mit einem geräuschlosen Gleiten die Türen auf, und der Lastentransport kam gemeinsam mit Schwaden kalter Luft heraus, die er aus einem tieferen Ort mit sich führte, aus den Gewölben der Zentralbank. Sie würden mich dort am Boden, auf den Pappkartons erbarmungslos niedermähen. Denn ich mußte so tun, als schliefe ich, um dann aufzuspringen und die Soldaten mit Nervengas zu besprühen, meine einzig mögliche Waffe, das einzige, was ich bis zum nächsten Morgen besorgen konnte. Das dachte ich, als ich sie über die Plattform davongehen sah, und schlief wieder ein. Als ich aufwachte, überlegte ich mir einen neuen Plan, um das Geld an mich zu bringen, aber schließlich kam der Tag, an dem ich meinen letzten Kunden besuchte, den Wiener Ornithologen, und ich trat mit ausreichend Geld aus seinem Hotel, um mir eine Suite in einem der vornehmsten Luxushotels von Prag zu nehmen, im *Gustav II.*, und wenn ich mir auch nicht die Suite dort leistete, dann immerhin zwei Nächte in einem Zimmer mit warmem Wasser, Zentralheizung und Blick auf eine schöne Brücke. Gelassen und ausgeruht unternahm ich Spaziergänge, allerdings keinerlei Museumsbesuche. Ich nahm Briefmarkenläden in Augenschein, denn einmal hatte ich versucht, Briefmarken zu verkaufen, seltene Exemplare aus den zwanziger Jahren, und der Mißerfolg hatte mein Interesse für Briefmarken geweckt. Nichts Verkommenes mehr, nie mehr etwas Verkommenes.

Ich stellte mir unter W. niemand Verkommenen vor, dachte an nichts Verkommenes in Verbindung mit ihr. Vielleicht würde ich einwilligen, sie zu retten, würde ihr helfen, nach Rußland zurückzukehren, aber ohne einen verkommenen Plan austüfteln zu müssen, ohne irgendwelche verkommenen Manöver.

In ihren Briefen versuchte mir W. ein besseres Bild von sich zu übermitteln. Doch um sie zu schreiben, mußte sie keine Vorlagen konsultieren, denn sie kannte die Briefe von Wiera an Petschorin in *Ein Held unserer Zeit* auswendig, ebenso wie die von Natascha Rostowa in *Krieg und Frieden* und natürlich die von Tatjana Larina an Onegin in *Eugen Onegin*. Ihr fünfter Brief war der einzige, der beim tieferen

Schürfen in vielen Passagen falsch klang. Die Schuld von Lermontow, Tolstoi und sogar Puschkin.

W. hätte mehr auf den Brief vertrauen müssen, den Nastassja Filippowna an Myschkin, den Idiotenfürsten, geschickt hatte. Hinter dem Brief ließ sich leicht der echte Fall einer *Gefallenen* erahnen. Was auch der Wahrheit entsprach. Was sonst war von einem Exsträfling, von einem Spieler zu erwarten? Die belegte Freundschaft mit einer Prostituierten; seine wirkliche Schwäche für Marfa Brown, die Kurtisane, mit der »seine Exzellenz«, Fjodor Michailowitsch (Dostojewski) einen Briefwechsel unterhielt, bis er sich Sonja Marmeladowa, Nastassja Filippowna und Gruschenka ausdenken konnte.

Marfa, eine »Universalvagabundin«, war immer der Ansicht gewesen, *das Leben sei dazu da, starke Gefühle zu empfinden*. Als gebürtige Russin hatte sie vier Jahre in England gelebt, bis sie ein »unerwarteter Zwischenfall« zwang, in die Türkei zu flüchten. Aber sie kam nicht bis nach Istanbul. Wie sie in einem Brief erzählt, den sie Dostojewski am 24. Dezember 1864 von einem Petersburger Krankenhaus schickt: *Ich durchreiste Österreich und Preußen wie ein Wirbelwind, in Begleitung eines gewissen Ungarn; danach reiste ich sieben Monate lang mit einem Engländer, einem Abenteurer; ohne mir Ruhe zu gönnen, durchquerte ich vom frühen Morgen bis tief in die Nacht, manchmal zu Fuß, manchmal zu Pferd, die ganze Schweiz, ganz Italien, auch ganz Spanien und zuletzt Südfrankreich. In Marseille trennte ich mich von meinem Engländer und landete in Gibraltar, von dort ging es nach Bordeaux und im Anschluß nach Paris. In dieser Stadt nahm mich ein Mann, der kein Abenteurer war, sondern ein ruhmsüchtiger Wichtigtuer – ein Franzose, gegen eine gewisse Bezahlung nach Belgien mit, wobei er mich mitten aus einem Maskenball holte. Von dort reisten wir nach Holland. In diesem Land wurden wir zur Ausreise gezwungen, aus dem nächsten wurden wir ausgewiesen. Von einem Militärgefängnis in Amsterdam verschlug es mich nach England, ohne jegliche Mittel, um mein Leben zu fristen, ohne die Sprache zu kennen. Zwei Tage verbrachte ich wegen eines Selbstmordversuchs auf der Wache, dann zwei Wochen unter den Brücken und neben den Kanalrohren der Themse mit Londons Vagabunden...*

Es war bei weitem ausreichend für einen Roman von fünfhundert Seiten im Oktavformat. Marfa (was für ein schöner Name, heutzutage heißen Frauen nicht mehr so!) und Fjodor (auch heißen die Männer nicht mehr Fjodor). Wir wissen nicht, schreibt der Herausgeber des Briefes, was für einen Höhepunkt die Freundschaft von Marfa und Fjodor fand, denn »es sind keine Briefe von ihm an Marfa erhalten«. Was für eine Heuchelei! Ich kenne wohl den Höhepunkt. Was hätte es sonst für einen Höhepunkt geben sollen, als die genesene Marfa aus dem Krankenhaus entlassen wurde? Vor allem verfüge ich über den Beweis eines zärtlichen Gefühls und der zärtlichen, erlösenden Blicke von Fürst Myschkin gegenüber Nastassja Filippowna, über die Pläne von Rodion Raskolnikow, um Sonja Marmeladowna zu erretten, und über die Predigten des verstörten Aljoscha Karamasow vor Gruschenka. Es ist anzunehmen, daß Anna Grigorjewna, Dostojewskis zweite Frau, aus dem Archiv ihres Mannes die Briefe an eine Prostituierte verschwinden ließ. Und nicht an irgendeine, sondern an eine Frau, die fähig war, so glänzende Briefe zu schreiben. Marfa übertraf sogar Gruschenka. Sie lernte perfekt Englisch und anscheinend auch andere Sprachen; sie schrieb einen eleganten russischen Stil. »Vor Dostojewski«, lese ich in der Einführung zu ihren Briefen, »war Marfa in die Hände von Fleming gefallen, einem betagten Redakteur, von dem sie zu Gorski überwechselte, dem Journalisten, der sie Dostojewski vorstellte.« Mit schrecklichen Gewissensbissen schlug ihr Dostojewski den Winkelzug vor, gemeinsam Übersetzungen anzufertigen, auch wenn er einen weniger geistigen Austausch im Sinn hatte. Das Jahr 1864 war schwer für Dostojewski gewesen: seine erste Frau war gestorben, was, wie der Herausgeber vermutet, die Annäherung zwischen Schriftsteller und Prostituierter erleichterte. Eine Vermutung, die im übrigen eine unbegründete Rechtfertigung ist. Warum soll man sich Marfa nicht so blendend schön vorstellen wie W.? Das war zweifellos die Erklärung.

Gott sei Dank mußte ich W. nicht auseinandersetzen, daß nichts Schlechtes daran war, eine Prostituierte zu sein und sich als Prostituierte zu betrachten. Selbst so eine Heilige wie Heloisa (deren Seligkeit noch dadurch unterstrichen wurde, daß sie, als man sie in die Krypta bettete, von dem elf Jahre zuvor gestorbenen Abaelard mit offenen Armen empfangen wurde) zog ohne Umschweife das Wort Dirne vor. Wie sie in einem erschreckenden Brief sagt: *In dem Namen »Gattin« hören andere vielleicht das Hehre, das Dauernde; mir war es immer der Inbegriff aller Süße, Deine Geliebte zu heißen, ja – bitte zürne nicht! – Deine Schlafbuhle, Deine Dirne...*

Weit besser sind die Briefe von Heloisa als die von Abaelard, einem Kleingeist. Heloisa erahnte in der Prostitution einen Zustand der Heiligkeit. Und in diesem Sinn war W. weniger heilig als zum Beispiel Leilah, ihre Freundin. So wie man über eine Frau, über die viel geredet wird, sagt: »Sie ist beileibe keine Heilige.« W. war auch keine Heilige. Und was für ein Glück, wie ich jetzt begreife, daß sie es nicht war. Daß sie sich nicht für eine der Priesterinnen aus dem alten Ägypten hielt, die sich einer unerschöpflichen Wärmequelle zwischen ihren Beinen bewußt waren, bei der sich die Männer, gierig nach Energie, reihenweise einfanden, in dem Fall die Ägypter.

(Als wir von Castaneda sprachen, hatte W. behauptet, die Frau gebe während des Geschlechtsakts Energie ab und die Männer folgten ihr sieben Jahre lang unermüdlich, wie »Energievampire«. Wenn sie sich schwach fühlten, suchten sie erneut Kontakt zu ihr – zu ihrer Gebärmutter, sagte W., worauf sie einen besonderen Nachdruck legte –, um neue Energie zu tanken. Darüber hatte sie sicher ihre Gefährtinnen sprechen hören, kurz nach dem Aufstehen, um zwölf

Uhr mittags. Anscheinend hatte sie viele Nachmittage lang darüber nachgedacht, den Blick an die Decke geheftet, ihre Risse und den abblätternden Putz studierend).

W. fehlte, und das hatte sie nicht rechtzeitig begriffen, die Berufung. Obwohl ich auch bei den türkischen und rumänischen Frauen, die ich gesehen hatte, wie sie die Füße an die Wand stützten oder gelangweilt im Türrahmen lehnten und hin und her wippten, keine mystische Hingabe hatte entdecken können. Auf ihren schon welken Schenkeln, übersät – hätte man sie aus nächster Nähe mit der Lupe untersucht – mit den Fingerabdrücken unzähliger Männer, wäre unmöglich ein Indiz, ein Beweis zugunsten dieser These von der heiligen babylonischen oder ägyptischen Prostitution zu finden gewesen. Auch Leilah glaubte nicht daran; sie hätte, da bin ich mir sicher, nicht einmal gern darüber geredet, und doch hatte sie das Zeug zur Heiligen (wie auch Natalia und Marina).

Ich mußte ein Argument finden, mit dem ich meinen Rettungsplan rechtfertigen konnte, etwas, das Stockis überzeugend erscheinen würde, ihm das Mädchen in einem günstigen, geheiligten Licht zeigte. Das Bild retuschieren, eine Operation, die immer möglich ist, so trübe oder beschädigt das Negativ auch sein mag. Und wie Van Gogh in einem Brief an seinen Bruder Theo erzählt, beherrschten das schon die großen Meister der Vergangenheit. Das bestätigt diese herrliche Anekdote, die ich in einem seiner Briefe gefunden habe: *Delacroix trat zwei Schritte zurück und kniff, seiner Gewohnheit folgend, die Augen zusammen: »Das ist völlig richtig«, sagte er. »Da haben Sie zum Beispiel einen Farbton (er zeigte mit dem Finger auf eine graue, schmutzige Farbe des Straßenpflasters); also wenn wir zu Paolo Veronese sagen würden: Malen Sie mir eine schöne blonde Frau mit dieser Hautfarbe – dann würde er sie malen, und die Frau auf seinem Bild wäre trotzdem eine Blondine.*

W. war keine Heilige, ganz im Gegenteil: ihr Betragen hatte den grauen, schmutzigen Ton der Fliese, aber ausgehend von diesem Farbton mußte ich Stockis das Bild einer heiligen Frau vorführen, einer hellen Schönheit, die aus der Gefangenschaft bei den dunklen Türken befreit werden sollte.

Bei Stockis mußte ich noch improvisieren, ich ahnte bereits das mit der Heiligkeit, war jedoch unfähig, es so zu formulieren. Wollen wir also festhalten: Jede Prostituierte ist auch eine Heilige. Ein bißchen starker Tobak, klingt aber gut. So drückte ich mich ungefähr gegenüber Stockis aus, um zu sehen, ob er es schluckte. Ha!

6

Istanbul

Ich folgte Stockis über den Steg der *Wasa*, wir stiegen zum Kai hinab und gingen an den Jachten vorbei, die an der Reede ankerten. Stockis walzte unerschrocken voran, ohne sein Köfferchen loszulassen, als wäre er ein Schwarzhändler aus Göteborg (Aus- und Einfuhr von Insekten), die Panzerschuppen seiner Rüstung fügten sich gut geölt zusammen, schoben sich übereinander, ohne mir einen Spalt, eine Öffnung zu bieten, in die ich meine Bitte um Hilfe hätte stoßen können. Er hatte mich in ein (türkisches) Bad eingeladen, aber anstatt ihm dergestalt hinterherzuhasten und ab und an zu seiner rechten (oder linken) Flanke aufzuschließen, ohne mich neben ihm in Stellung bringen zu können, hätte ich ihm lieber in aller Ruhe erzählt, wie mein Rettungsplan für W. aussah, hätte ihm dabei von Zeit zu Zeit in die Augen geschaut, ihn am Ellbogen angehalten, um ganz offen die durchscheinende Iris seines linken (oder rechten) Auges anzusprechen. Er rollte stetig voran wie ein Fagottsolo, tief und volltönend, aber mit erstaunlichem Fingersatz phrasiert, jede einzelne Note perlte hörbar hervor. Am Ende des Kais stiegen wir in ein Taxi, und fast die ganze Fahrt über bearbeitete er mit seinen Wurstfingern die winzigen Tasten seines Handys, wobei er wie durch ein Wunder die richtigen Nummern traf, denn ich hatte den Eindruck, daß jede Fingerkuppe gleich drei Tasten mitnahm, aber das Vertrauen, mit dem er nach Wählen der Ziffernkombination die winzige Hörmuschel ans Ohr hielt, sprach dafür, daß er sicher war, den richtigen Teilnehmer angewählt zu haben. Er sang ein paar schwedische Melodien (zumindest klang es so), hörte kurz den Wetterbericht für die Nordsee ab und erfuhr von einer Ölplattform, die der Mahlstrom mir nichts, dir nichts losgerissen hatte. Er reagierte auf die Nachricht, indem er seine Lippen ganz nah vor dem Mikrofonviereck bewegte, und schaute mich dabei mit einem vorsintflutlichen, flimmernden Augenzwinkern an, als drehte sich das Gespräch um mich. Mir war sogar, als hörte ich meinen Namen heraus, ohne daß ich mir ableiten konnte, ob er sich über meine schlechten Dienste beklagte, weil ich ihm nicht den *Jasius* nach Istanbul mitgebracht hatte. Jeder andere Ort als ein Bad wäre mir lieber gewesen, um das Thema der Entführung anzuschneiden.

In der Nacht war Stockis nicht auf die *Wasa* zurückgekehrt. Ich hatte das Gespräch für den Abend geplant, aber er hatte auswärts übernachtet. Er erklärte mir nicht, wo. Er kam um zehn Uhr morgens auf die Jacht zurück und sprach nicht nur davon, ein Badehaus zu besuchen, sondern wir machten uns wahrhaftig auf den Weg dorthin. Das Klopfen eines Masseurs auf so einem nassen, breiten Schwedenrükken tat mir in den Ohren weh. Es kostete mich eine gewaltige Anstrengung, diese bewegte Masse zu bändigen, sie die erforderliche Zeit festzuhalten, um meinen Rettungsplan auf sie abzuschießen.

»Konstantinopel«, sagte ich ihm, als wir beide bis zur Taille im lauwarmen Wasser steckten, »lag noch immer in Knechtschaft.« Wie bei einem Genrebild, einem *Lubok*, das ich in der Luft entfaltete und auf dem sich, vom Oberlicht durchdrungen, die winzigen Figuren auf dem Schauplatz der Handlung bewegten: ein abgelegenes Dorf in Rußland und darin W., die in einer Zeitung die Annonce liest, die Mädchen mit choreographischen Kenntnissen nach Istanbul einlädt; das Dorf mit seinen zarten, luftigen Farben als Kontrast zu der grauen Masse der Hagia Sophia; das eiserne Gesicht, die starren Augen hinter der Maske des Armeniers, der ihren Brief in seinem Büro oben im *Saray* erhält, ihn an die Stirn führt und dann mit anderen zusammen in die Schatulle legt; W., die in Rußland in den Zug steigt; das *Saray*, die feinen Stichellinien, mit denen der Künstler das *Saray* und die anderen Frauen in die Platte gegraben hat, die Russinnen, die W. bei ihrer Ankunft noch für Eiskunstläuferinnen hielt, die sich aus einem Fenster im zweiten Stock lehnen, wenn auch, das fiel ihr von Anfang an auf, mit einem reichlich tiefen Ausschnitt. Und zuletzt Zar Nikolaus II. auf seinem Thron in Sankt Petersburg, deutlich erkennbar der Georgsorden am Kragen seines Waffenrocks, wie er mit dem Finger nach Konstantinopel zeigt, Endziel der russischen Truppen im Krieg von 1914. Der Plan der Russen war es gewesen, die Dardanellen an sich zu reißen und Konstantinopel für die Christenheit wiederzugewinnen. Die Übergangsregierung beschließt im Februar 1917, der Zar war bereits gestürzt, erklärte ich Stockis, einzig aus diesem Grund den Kampf fortzuführen. Das solide historische Fundament meines Plans. Zuerst mußte der Türke auf dem Bild bezwungen, mit einem Nadelstoß sein Herz durchbohrt werden. Und ich offenbarte Stockis das Ende der Geschichte: W. und ich, ihr Retter, in Sicherheit hinter den Mauerzinnen eines christlichen Turms, die Standarten mit dem Kreuz im Wind knatternd… Unerwähnt ließ ich dabei wohlweislich das erbärmliche Ende von Nikolaus II. Ein Brief, bereits in Gefangenschaft aufgegeben, am 5. November 1917, hatte mich beeindruckt, vor allem diese (prophetische) Passage: *Im März und April zogen während der Feiertage die Prozessionen durch die Straßen, zur Musik einer Kapelle, die die »Marseillaise« spielte und immer denselben Trauermarsch von Chopin. Dieser unerträgliche Trauermarsch verfolgte uns noch lange; wir pfiffen ihn, ohne es zu merken, trällerten ihn, bis wir Kopfschmerzen davon bekamen.*

Stockis schnaubte und versank im Wasser wie ein prähistorisches Tier, das für ein paar wenige Minuten aufgetaucht war, um sich unter den Einwohnern eines kleines Dorfes am Meer sein Opfer zu holen. Das Wasser schlug über seinem breiten Rücken zusammen, und eine Weile blieb ich wie betäubt, starrte auf die glatte Oberfläche, die keinerlei Körper darunter verriet.

Als wir das Becken verließen, wandte sich Stockis zu mir, um mir etwas zu sagen.

»Ah!« unterbrach ich ihn, denn gerade war mir ein

unentbehrliches Detail eingefallen, und ich entrollte den Bogen erneut und deutete auf den Armenier, der auf dem Stich ein kleines rotes Heft an die Lippen führte und sie sich genüßlich leckte, der Schuft. »Sie nehmen ihnen die Pässe weg! Sie können nicht fort, weil sie Monate, Jahre brauchen, bis sie die nötige Summe gespart haben, um ihren Paß zurückzukaufen und sich eine Fahrkarte zu besorgen.«

Da lag der wahre Grund, lagen die wahren Fakten. Als W. es mir erzählt hatte, glaubte ich ihren Worten, denn es war ein stichhaltiges Detail, das sie sich kaum aus den Fingern gesogen hatte. Tyrann hatte ihr zum Beispiel die Kleider mit dem tiefen Ausschnitt und die Haremshosen gekauft. Er hatte auch ihre Anreise von Rußland gezahlt; W. schuldete ihm mehrere Tausend türkische Lira, eine Schuld, die niemals schrumpfte, im Gegenteil. Zu den Startkosten beim Empfang kamen Tag für Tag die von Unterkunft und Bestechungsgeldern für die Polizei hinzu. In der Nacht, in der sie nach unserem Spaziergang über den Großen Basar zu spät gekommen war, hatte sie zum Beispiel Kunden verloren, eine Gruppe von Türken, die gerade sie, Nastja und Leilah für einen Jachtausflug zu den Prinzeninseln gewollt hatten.

Stockis beugte sich über das Bild, suchte sich selbst darauf und fand sich im Händler aus Flandern dargestellt, ein großzügiger Mann, der dem jungen Liebenden (ein verzeihlicher Irrtum) die nötige Summe für die Rettung gab. Er erschien ausstaffiert mit geschlitztem Wams und Samtbarett, die muskulösen Waden in grüne Strümpfe gezwängt. Er war zufrieden. Er winkte dem Baddiener, der ihm ein Handtuch über die Schulter warf, und setzte sich in Bewegung, stapfte über die Lichtflecken auf dem Boden mit dem Gebaren eines Kaisers (Justinians, des Erbauers der Hagia Sophia, oder Süleimans des Prächtigen), der in den Thermen Audienz hält und dem Bericht eines Sehers über die Perlenstrände von Ophir anhört.

Oder wie ein Naturforscher, wie Linné (auch ein Schwede), der alle Varietäten durchgeht, den augenscheinlichen Unterschied in Zahl und Beschaffenheit der Staubgefäße bei den Blumen, denn ebenso schnell hatte er in der ersten Nacht, nachdem ich auf die *Wasa* gekommen war, die wertlosen Exemplare, die ich in der kaspischen Senke gefangen hatte, aussortiert. Stockis ordnete das augenscheinlich Verwirrende meiner Erklärung, meinen konfusen Rettungsplan, alles, was ich ihm erzählt hatte, nach einer Taxonomie. Während er aus dem Schatten in einen Lichtfleck auf dem Rautenboden trat, murmelte er: *papillon de nuit*. Stokkis hatte diesen Begriff eingeführt und, von seinem taxonomen Trieb geleitet, meine Ausführungen unterbrochen. Man konnte nicht, wollte er damit sagen, abstrakt von einer Frau sprechen, von einem in Istanbul gefangenen Mädchen, sondern mußte konkret von einem *Nachtfalter* sprechen, von einer Prostituierten, um genau zu sein.

(Ich hatte Nachtfalter gefangen. Der weiße Fleck des Lakens, hell leuchtend wie ein dringlicher Appell, eine unerklärliche Lichtquelle, auf die sich die Schmetterlinge aus den Tiefen der Steppe, dem unwirtlichen Dunkel warfen, in der Hoffnung, etwas länger zu leben, die knappen Tage ihrer flüchtigen Existenz zu verlängern. Über die trockene Wiese, über die Erdschollen fliegend, wiederholten sie die Wellenbewegung des Geländes und stellten sich bei dem weißen Viereck ein, das wie eine Sonne funkelte, wie eine offene Tür aus der Wand der Nacht wuchs, als erwarteten sie auf der anderen Seite Blumen voll Nektar, die Brise des nächsten Tages, zwar leer und ohne Sinn, doch ein nächster Tag. Sie mußten dieses Lichtrechteck durchqueren, diese Hohe Pforte. In Myriaden kamen sie angeflogen, aus allen Himmelsrichtungen, kamen von weither zu der winzigen Lichtbresche, die mit jedem Flügelschlag größer wurde. Ich hatte mich neben dem Laken ausgestreckt wie ein angehender Autor, der verborgen hinter den Kulissen erstaunt den unverhofften Erfolg seines ersten Stücks beobachtet, die Hunderte von Schmetterlingen, die mit ihren Fühlern gegen den groben Stoff stoßen würden, in den sich auf einmal die leichte, ätherische Luft ihres ersehnten Morgens verwandelt hatte, und die Schmetterlinge tasteten blind seine Oberfläche ab, schlugen wild mit den Flügeln, obwohl sie Stahlpropeller benötigt hätten, um ihn zu durchbohren, zu zerfetzen, während meine vor Erstaunen aufgerissenen Augen sie erneut in der Dunkelheit entschwinden sahen.)

»Sie entführen?« fragte er, ganz wie der Mäzen, der Einwände vorbringt und eine Passage im Libretto ändert, das ihm der Autor vorliest. Dann fügte er aus reiner Laune eine Szene hinzu, die auf einer Pferderennbahn spielen sollte. Er erklärte es mir, während er sich ankleidete: Er würde mir das Geld leihen, würde mir einen Teil des Geldes für meinen Schmetterlingsfang in Liwadija vorschießen; nicht den ganzen Betrag, nur eine kleine Summe, die ich bei den Pferderennen setzen sollte. Wenn ich gewann, gehörte der gesamte Gewinn mir (und W.); wenn ich verlor, würde er es als Verlust verbuchen. Meine Rechnung sah folgendermaßen aus: ihn niemals wiederzusehen. In Liwadija würde ich keinem Schmetterling hinterherjagen (und schon gar nicht dem *Jasius*) und ihm das Geld niemals zurückgeben.

7

Istanbul

Stockis' Vulgarität hatte – in Expansionswellen – nichts als Vulgarität erzeugt, und ebenso Verkommenheit, auch das. Es war eine Beigabe von schlechtem Geschmack, sich diese Art auszudenken, mir das Geld zu geben, doch inzwischen war alles unweigerlich von schlechtem Geschmack: das Treffen im Nachtclub, obwohl wir uns im Hotel *Diwan* im Restaurant hätten verabreden können, in dem ein Pianist, ein Russe vielleicht, mit kummervoller Miene *Les feuilles mortes* zum besten geben würde. Ich verzeihe ihm nicht, daß er mich zwang, auf Pferde zu setzen, und ebensowenig, wie er W. getauft hatte, *papillon de nuit*, eine Floskel von unglaublich schlechtem Geschmack, wenn auch, das muß ich zugeben, verlockend auf Grund ihrer Kürze und suggestiven Kraft.

Wir stiegen hinauf, um einen Platz auf der Tribüne zu bekommen. Ich war *tschornye tutschi* (schwärzer als eine Wolke), wie W. bemerkte, die wir an einer Ecke aufgabelten, wo sie, wie Stockis aus unerfindlichem Grund wußte, auf uns wartete. Wir hielten vor einem Café, und ich sah sie jenseits der Glastür auf uns zugehen, auf die Straße treten und zu uns herüberkommen, wobei sie einen Fuß genau vor den anderen setzte, auf einer Geraden, und provokant die Hüften schwang. Sollte ich diese Frau retten, fragte ich mich? Nein, ich mußte mich in Sicherheit bringen. Viel zu verdächtig ihr rotes Kleid, das ich selbst mit ausgesucht hatte und das ein wenig dem von Leilah ähnelte, wie mir jetzt auffällt, allerdings ohne den schwarzen Satinrand, da bestand kein Zweifel, von blankem Rot.

All das machte mir Sorgen, ihr Kleid und die Tatsache, daß ich noch nie beim Pferderennen gewesen war. Ich investierte lieber in Waren, in Visiere oder Laserentfernungsmesser, mit denen sich Artilleriefeuer korrigieren ließ. (Das amerikanische Varo-Modell kostete sechstausend Dollar, ein Preisgefälle, bei dem mir eine breite Gewinnspanne sicher war.) Dabei war ich das Pferd, dachte ich, und ich war auch der Jockey. Und ebenso wettete ich natürlich auch zu Hause in Sankt Petersburg, wenn ich mir sagte: »Ich mache eine Runde über den Markt für Diebesgut.« »Diebesgut«, ein übertriebenes Wort, denn es stammte nicht von bewaffneten oder gewalttätigen Raubüberfällen, sondern es handelte sich um Eigentum von Staat oder Armee, die auf chaotische Weise mit einem Mal privatisiert worden waren. Ich hielt vor einem *laser ranger*, probierte ihn aus, indem ich mit dem Laserstrahl über Häuserdächer hinweg auf die blaue Kuppel einer Kirche zielte, und sagte zum Verkäufer »funktioniert nicht«, obwohl ich im Sucher einwandfrei die Entfernung in Metern gelesen hatte. Ich wollte ihm nur zu verstehen geben, daß ich seinen Startpreis nicht akzeptieren würde, daß er es mit einem erfahrenen Käufer zu tun hatte. Ich verlangte auch die technischen Unterlagen und studierte sie ausführlich, dort im Schnee stehend, ohne Angst vor der Kälte.

»Weißt du, daß solche Batterien schwer zu bekommen sind? Wo kann mein Kunde welche kaufen?«

»Dein Kunde von wo? Wohin willst du das schaffen?« Er war neugierig geworden, denn es gab Soldaten, die Ausrüstung aus den Kasernen schleppten, ohne genau zu wissen, was damit anzufangen und was ihr ungefährer Preis war. Für viele war es ein Rätsel, daß es jemanden gab (im Ausland, versteht sich, die im Ausland sind alle Schwachköpfe), der daran interessiert war, derlei zu kaufen, Militärausrüstung, *night vision goggles, laser rangers*, Gyroskopfernrohre und sogar, auf eigene Lebensgefahr, Boden-Luft-Raketenwerfer zu fünfzigtausend Dollar das Stück. Er fragte nur aus Interesse. Jeder hatte auf dem Markt seine Sparte. Er würde nie in ein Flugzeug steigen, nie einen Zollbeamten bestechen, um Zielfernrohre für Automatikgewehre zu schmuggeln, in einem Köfferchen versteckt. Ich würde ihm den *laser ranger* abkaufen, aber ich ging fort, um seine Widerstandskraft gegen die Kälte auf die Probe zu stellen. Eine Stunde später kam ich wieder, hob den Entfernungsmesser erneut hoch, wiederholte den Versuch, visierte dieselbe blaue Kuppel an und sagte mir im stillen: ›Ich wette, daß ich ihn zehnmal teurer verkaufe, egal, wie hoch sein Preis ist.‹ Und so kam es. Die Art von Wetten, auf Nummer sicher; nicht so völlig in Unkenntnis darüber, was für eine Nacht der Jockey gehabt oder was es mit dem Hafer oder dem Kraftfutter für die Pferde auf sich hatte. So ohne jegliche Gewißheit oder Kenntnis sollte ich wetten, welches als erstes ins Ziel kommen würde. Wie? Warum?

Ich beschloß, mir ein paar Rennen anzuschauen, bevor ich wettete. Stockis beobachtete aufmerksam die Rennbahn, entspannt. Zwei-, dreimal stand er auf, ohne daß ihm die Geldsumme, die er sich bereit erklärt hatte, für mich zu setzen, etwas bedeutet hätte, und fuhr sich mit dem Kamm durchs feuchte Haar.

Ich hätte mich lieber mit mehr Zeit auf das Rennen vorbereitet. Wie dieser Rennexperte in London, ein Mann mit profunden technischen Kenntnissen, der sich eine unfehlbare Methode ausgedacht hatte, um zu gewinnen, mir fällt gerade nicht ein, ob gemeinsam mit dem Jockey. In einem Fernglas (dieses Detail prägte sich mir vor allem ein) brachte er einen ausreichend starken Sender an, ausgerichtet auf das Ohr des favorisierten Pferdes, und wenn er es an der Kurve des Ovals einbiegen sah – mit bloßem Auge weit weg, aber sehr nah in seinem Objektiv –, drückte er einen Knopf, betätigte unmerklich die Vorrichtung mit dem Ultraschallsignal, einem Pfeifen, setzte das Pferd außer Gefecht, das über seine Beine stolperte, eine unerklärliche Schwere in den Beinen verspürte, wie vom Trompetenstoß eines unsichtbaren Erzengels, der neben ihm flog, sich bequem auf seiner Wolke ausstreckte, in eine schmale Kupfertrompete blies, und piiiiii!, war es außer Gefecht, die Beine, die bis dahin den Takt *in crescendo* angegeben hatten, verhedderten sich in vollem Lauf, faßten den Pfiff als einen Befehl auf, völlig außer Takt einen komplizierten

Schritt auszuführen, einen Paßgang: die Beine der rechten Seite vorzustrecken und die linken Beine ebenso nachzuziehen, eine Gangart für Aufmärsche. Und so verlor es das Rennen.

Ohne die nötige technische Rückendeckung, ganz allein mit W.'s Begeisterung, die behauptete, etwas vom Wetten zu verstehen, und Stockis' kreisender Kopfbewegung, der den Blick nicht von dem Oval löste, konnte ich nichts ausrichten. Der Mann, der Engländer aus der Zeitungsnotiz, die ich in wer weiß welchem Land gelesen hatte, gewann ein Vermögen beim Derby, bis eine Anzeige, das aufmerksame Auge eines Tribünennachbarn oder eine offene Untersuchung des Wettbüros ihn aus dem Rennen warf. Ich erinnere mich nicht genau an die technischen Einzelheiten der Geschichte. Ich erzählte W. davon, dort auf der Tribüne, aber ich war mir nicht ganz sicher, ob es ein Ultraschallpfiff gewesen war. Jedenfalls hätte der Mann sein Glück auf verschiedenen Rennbahnen versuchen, hätte wechseln sollen: nach Paris fahren, nach einem Monat nach England zurückkehren oder in eine ferne Stadt wie Istanbul reisen.

W. und Stockis beschlossen, zu den Rennställen hinunterzugehen. Ich blieb auf meinem Platz, ohne das Bedürfnis, irgendein Pferd aus der Nähe zu sehen. Das würde mir nichts bringen. Kurz darauf ortete ich die beiden mit dem Fernglas: sie unterhielten sich angeregt, als würden sie Gefallen aneinander finden, wie seltsam! Sehr seltsam! Ich zielte auf Stockis' Ohr und drückte mit dem Zeigefinger auf einen unsichtbaren Knopf und betätigte die imaginäre Vorrichtung, die ihm folgenden Befehl übermitteln sollte: »Gib mir das Geld ohne all die Mätzchen, *chico*!« Aber Stockis ging seelenruhig bis zur Abgrenzung der Reitbahn, ohne sich auch nur einmal ans Ohr zu fassen. Oben im Glaspavillon füllten reiche Türken, manche bestimmt Eigentümer einer dieser herrlichen Villen mit Sicht auf den Golf von Nikomedia, während sie ruhig weiterlöffelten, mit unerschütterlicher Zuversicht Wettzettel aus, mit dieser Sicherheit, die ihnen der zuverlässige, sanft ins Ohr geflüsterte Tip gab, ohne schrille, hohe Töne, die dich um den Verstand bringen, ganz im Gegenteil: mit dem Zutrauen, sichere Zweier- oder Tiercéwetten anzukreuzen. Das heißt, wenn jemand die Reihenfolge des Einlaufens der ersten drei Pferde richtig geraten und eins zu hundert gewettet hatte, gewann er ein Vermögen. Das konnte ein gutes Geschäft sein, daran zweifle ich nicht, aber ich hatte keine Zeit, mich vorzubereiten, es so gewissenhaft zu studieren, wie ich die schwächsten Zollübergänge studiert hatte und sogar die Schichten der schwächsten Zollbeamten bei diesen schwachen Übergängen, wobei ich im voraus den geeigneten Tag berechnete, mich auf den Weg zu machen. Da war ich das Pferd und der Wettende. In einer Person. Nie würde ich meine Zeit mit Rennen verlieren. Als die beiden zurück waren, sagte ich zu W.:

»Wie war es unten? Hast du die Pferde gesehen?« Und zu Stockis: »Ich bin soweit…«

»Ich bin soweit, ich setze in diesem Rennen. Auf irgendein Pferd… Auf das hier.« Ich hatte in der Rennliste ein Pferd gesehen, die Nummer fünf, und zeigte es ihm.

W. sprang auf:

»Das habe ich gesehen, das habe ich gesehen, ein gutes Pferd!«

Ich hatte nicht übel Lust, sie anzubrüllen, sie *anzufahren*: »Halt den Mund, W., was verstehst du von Pferden?« Ich hatte nicht übel Lust dazu, unterließ es jedoch. Wir gingen hinunter, um zu wetten, bevor das Rennen geschlossen wurde. W. versuchte nicht, mich für das Pferd zu begeistern, auch wenn sie vielleicht doch etwas von Pferden verstand. *An dem Tag, W., an dem Du mir versichert hast, das sei ein gutes Pferd, wußtest Du da wirklich Bescheid oder hast Du nur ins Blaue hineingeredet? Grigori Rasputin, ebenfalls aus Sibirien gebürtig, war Pferdedieb, hattest Du in Deiner Kindheit mit Pferden zu tun?* Nein, besser nicht, bestimmt erinnerte sie sich nicht einmal mehr an den Namen des Pferdes. Ich schon.

»Alles Geld auf dieses Pferd, Stockis.« Und ich hörte die Stimme eines Engels, der mich vom Himmel aus mit einem präparierten Fernglas anvisierte und mir mit meiner eigenen Stimme einflüsterte: »Wette, daß es als zweiter einläuft«. Ich zog Stockis am Ärmel und übermittelte ihm die Botschaft: »Daß es als zweiter einläuft, Stockis«, und fügte sogleich hinzu: »Nur die Hälfte.«

Letztere Botschaft – »nur die Hälfte des Geldes« – kam aus den Tiefen meiner Tage ohne Bares. Ich durfte nicht das ganze Geld wetten und auch nicht, daß es als zweiter einlief!, dieser Einfall in letzter Minute. Ich hätte gar nichts setzen sollen! Stockis! Ich wollte ihn am Arm packen, ließ es aber bleiben: ich würde wenigstens nur die Hälfte von meinem Vorschuß verlieren. Nie mehr würde ich eine Pferderennbahn betreten.

W. war äußerst erregt, lief vor dem Schalter im Kreis herum. Man hätte denken können, »hier steht ihre Zukunft auf dem Spiel«, was nicht zutraf. Erst als Stockis hinunterging, um Getränke zu holen, erzählte ich ihr von der absurden Vereinbarung, die ich mit dem Schweden getroffen hatte, und erst dann konnte sie nervös sein, weil davon abhing, ob sie mit mir aus Istanbul fortkam oder nicht. Aber es war auch die Aufregung des Rennens und Wettens. Stockis blieb seelenruhig. W. schrie auf und hüpfte auf der Stelle. Man schließt die Augen, und kaum hat man sie wieder geöffnet, ist ein Rennen über eineinhalb Meilen vorbei. Ich schloß sie, sobald ich den vom Lautsprecher verstärkten Startschuß vernommen hatte, und verfolgte das Rennen, als würde ich es im Radio hören, Tausende Kilometer entfernt, in der nervösen Ruhe und gespannten Stille eines Hotelzimmers, während ich W.'s Schreie vernahm und spürte, wie sie mich am Arm zerrte. *Dawai, dawai!* (Los, los), schrie W. und richtete ihre Schreie ebenfalls auf das Pferdeohr, auf die Nummer fünf. Ohne die Augen zu öffnen, stellte ich mir das Rennen aus näherer Nähe vor, ein paar Großaufnahmen von Pferdebeinen, die dumpf die Erde schlagen, die Erdklumpen, die aufstieben, ans Kameraobjektiv spritzen, die Reitpeitsche des Jockeys, die rhythmisch auf die Flanken des Pferdes niedersaust, egal, ob meines oder ein anderes. Was heißt hier egal! Ich schlug die Augen auf, erhob mich und visierte das Feld mit der größten Seelenruhe an, es war mir einerlei, wer an der Spitze lief. Die Spitze des Feldes, was spielte die für eine Rolle, der zweite, der zweite! Obwohl auch das keine Rolle spielte. Mit gekünstelter Ruhe, als würde ich mich auf eine Zollkontrolle vorbereiten, schaltete ich nacheinander alle meine Nervenenden ab.

Eine Ewigkeit später mußte W. mehrmals an meine Pforte klopfen (an die Pforten meiner Wahrnehmung, nach dem Titel eines Buches, das ich vor einiger Zeit gelesen hatte). Ich hörte sie schreien, als würde uns vom Gipfel eines Hügels ein Freund zuwinken und mit den Armen rudern, damit wir ihn beachten, bis wir schließlich merken, daß etwas geschehen ist. Sie stieg bis zu mir herab, beugte sich über mich, umarmte mich.

»Wir haben gewonnen! Gewonnen!«

Wieviel genau? Ich begann mit der Berechnung, aber ohne daß ich die Zahlen hätte multiplizieren müssen, erschienen die Ziffern sogleich grün blinkend vor mir wie im Sucher des *laser rangers*. W. erinnert sich haargenau an die Summe, auch Stockis errechnete sie sofort, und ich erinnere mich ebenfalls. Ich empfand keine besondere Freude; weit mehr hatte ich mich in jener Nacht gefreut, als ich bei meinen ersten Reisen voll Unsicherheit mit einem Kunden sprach, dem Herrn Erikson, und er mir am Telefon bestätigte, daß er die *goggles* kaufen würde, ich solle am nächsten Tag bei ihm im Büro vorbeikommen. Ein Wunder! In jener Nacht war ich sprachlos gewesen, hatte in den weißen, vom Nordlicht erhellten Himmel über dem dunklen Waldsaum gestarrt. Es hatte gefroren, es herrschten an die fünfzehn Grad unter Null, und ich hatte meine Lungen voll mit dieser kalten Luft gepumpt. Ich konnte es nicht fassen. Das Pferd war als zweiter eingelaufen: irgendeines mußte zweiter werden. Nichts hatte jedoch meinen Kunden Erikson dazu gezwungen, mir die *goggles* abzukaufen, und zu diesem Preis.

Ich hatte mit einem Schlag gewonnen, indem ich auf das Pferd mit diesem Namen gesetzt hatte: *Smuggler.* Der Name hatte mir gefallen, mich zu meiner Wahl bewogen. Ich vergaß sogar W., die neben mir ging und die ich strekkenweise aus dem Blick verlor, die in den Hintergrund trat wie eine Frau, die ich in Istanbul kennengelernt hatte, vor noch nicht mal einer Woche, und an die ich folglich nur in Intervallen dachte. Bewegte sie sich in nächster Nähe, war ich erstaunt, sie zu sehen, mußte eine übermenschliche Anstrengung unternehmen, um mich auf sie zu konzentrieren, auf ihren Rücken, der im Dunkeln weiß leuchtete, und ich tastete nach ihrer Hand, bemühte mich, sie zu greifen, aber sie entglitt meinen Fingern, denn nach dieser Minute der Willensstärke, während der ich mich zwang, mir zuzusehen, wie ich durch diese Straße in Istanbul ging, in Begleitung dieser Frau!, war ich wieder zu einem herrlichen Album mit Ledereinband und Goldrand entschlüpft, das ein Vermögen kostete und in dem ich in Wladimir Wladimirowitschs Laden geblättert hatte; all die Bücher, in denen ich vor dem Regal geblättert hatte, glücklich, daß es sie gab, denn es interessiert mich nicht, zu reisen, Museen zu besichtigen, neue Städte kennenzulernen. Ich wollte an einen Ort ziehen, wo ich mir eine kleine Bibliothek würde aufbauen können oder, besser noch, wo es eine Bibliothek gab, die ich nachmittags besuchen konnte, nachdem ich mich vormittags im Schreiben geübt hätte (von Briefen vielleicht). Ich erklärte es ihr, sagte: »Ein Leben, W., wie ich es immer habe führen wollen.« Für ein, zwei Jahre. Danach würde ich schon sehen. Da sank W. in ihrem roten Kleid zusammen, knickte schwach in den Beinen ein, als hätte man ihr mit einem Schnitt die Sehnen durchtrennt, wie eine verwundete Gazelle, die zusammenbricht und sanft die Beine anwinkelt. Sie sank auf ihre Beine, blieb reglos, den Oberkörper leicht zur Seite geneigt, an der Bordsteinkante sitzen, und das Kleid bauschte sich um sie. Der Schnitt hatte auch das feine Netz durchdrungen, das sie gewebt hatte, um mich zu fangen, und das sie nun an mir herabgleiten sah, weich wie das Gewand einer Frau, die sich neben dem Becken eines (türkischen) Bads entkleidet. Ich breitete verblüfft die Arme aus. Es war so logisch, so einleuchtend, so viel Geld, weshalb sollte ich es mit ihr teilen? Es darin investieren, ihre Flucht zu ermöglichen? Das sagte ich ihr nicht. Ich starrte auf den Scheitel ihres geteilten Haarschopfs, die schmale Linie ihres weißen Schädels, der meinem so fremd war. Ich hatte nicht den geringsten Zweifel, daß ich richtig handelte, aber ich murmelte mir meine Gründe auf spanisch vor, um mir zu beweisen, daß kein Irrtum möglich war. Ich griff auf ein Spanisch von persönlichem Zuschnitt zurück und fügte einen heftigen Fluch hinzu, den ich mir inmitten fremder Landschaften und Winterkälte selbst zuzurufen pflegte, wie um aus einem Traum zu erwachen oder wie der Sänger, der rasch zwischen den Liedern eine Stimmgabel aus der Tasche zieht, und ein A anschlägt, seine Gitarrensaiten neu stimmt und sie dann sicher anreißt, von einem absoluten Punkt ausgehend, von der Intonation vor der Reise nach Istanbul, vor dem Spaziergang über den Großen Basar und dem Pferderennen. Ich mußte mich nicht »verhärten«, nicht zwingen, sie vor der Tür stehenzulassen. Ich befand mich in keinerlei Konflikt. Sie mußte mir dankbar sein, weil ich es ihr gestattet hatte, hautnah diesen Glücksfall mitzuerleben, die Hände des Kassierers, der das Geld zählte, es mir durch den Schalter schob. Stockis, der über größere, weitreichendere Erfahrung verfügte, beobachtete den Transfer befriedigt. Ohne eine Spur von Groll sagte er: »Stockis ist gut«, obwohl er haargenau wußte, daß das nicht sein Geld war, daß ich es nicht ihm zu verdanken hatte. Es gibt Geld in der Welt wie Wasserdampf in der Atmosphäre, und es kondensiert sich über dem oder jenem, über kalten Flächen, an den Silbersalzen. Du mußt dich nur selbst als geeignetes Teilchen betrachten, mußt zulassen, daß deine Körpertemperatur abnimmt. Verstehst du?, rief ich ihr von oben herab zu, wobei ich mich an den weißen Scheitel ihres Schädels richtete. Ich erläuterte ihr das Prinzip des künstlichen Regens und baute ein zweites Argument darum auf, nämlich daß wir uns, einmal gesättigt und schwer, ergießen müssen ... fliehen. Jeder Körper, jedes Kristall besitzt einen spezifischen Sättigungsgrad, muß eine Zeitlang im Schwebezustand verharren, im Raum treiben, bis es ihn erreicht hat, um dann all die Tage eines Lebens ohne Verpflichtungen, ohne die morgendlichen Fahrten zur Arbeit einstreichen zu können. Es war nicht viel Geld; ich gab nicht vor, ein Vermögen gewonnen zu haben. Nur gerade ausreichend, um zwei Jährchen nicht arbeiten zu müssen. Gott war mein Zeuge, daß ich mich angestrengt hatte. Daß ich es bei einer Wette gewonnen hatte, änderte nichts daran. Die Anstrengung blieb dem Wesen nach die gleiche, weshalb sollte ich die Frucht meiner Anstrengung mit einer Unbekannten teilen?

Mir war eisig kalt geworden. Meine Ablehnung nährte sich vom selben physikalischen Prinzip des Gefrierens, das ich für meine Erklärung bemüht hatte. Ich schaute mich auf der Straße nach beiden Seiten um. Was hatte ich so spät, um zehn Uhr nachts, auf dieser Straße in Istanbul verloren? W. war ein paar Meter von einer Straßenbahnhaltestelle entfernt zu Boden gesunken. Die Gleise verloren sich hinter einer Kurve, glänzten zwischen den Pflastersteinen.

SECHSTER BRIEF

I

Istanbul

Ich überquerte die Bucht, um mit dem Kapitän eines russischen Handelsschiffs zu sprechen, das am gegenüberliegenden Ufer vor Anker lag. Seit dem Vortag hatte ich es beobachtet, seinen Bug, der über den Kai drüben hinausragte. Ich sagte mir: ›Ein russischer Zollbeamter wird sicher einfach zu kaufen sein.‹ Eine Frau ohne Paß? Kein Beinbruch. Dafür gab es bestimmt einen Tarif, einen Weg, ihm ein paar Scheine in die Hand zu drücken. Ein russisches Schiff war die einfachste Lösung. Der Gedanke kam mir, als ich zu dem Schiff hinübersah.

Als ich mich in den Augen des *tschelnok* als Schmuggler abgebildet gesehen hatte (einer mit Glück allerdings, gut gekleidet, das stimmt), hatte ich bereits beschlossen, den Grenzschmuggel aufzugeben. Ich hatte Stockis' Auftrag nur wegen des tiefen Widerwillens angenommen, den mir der Schwarzhandel im Grunde fast unbewußt verursachte. Jahrelang hatte es mir Spaß gemacht, die Grenzen zu überqueren, das Preisgefälle zwischen einer Zellformation – einem Staat – und einer anderen zu meinen Gunsten arbeiten zu lassen und angereichert mit Sauerstoff daraus hervorzugehen, mit ganzen Tagen des Nichtstuns, denn die Gewinne waren zu Beginn märchenhaft gewesen und die Kosten an Nerven gering. Als Stockis mich auf dem Platz in Stockholm angesprochen hatte, machte ich eine Menge Geld, sprengte jedoch fast die Kapazitäten meiner Rucksäcke. Folglich mußte ich mich entweder durch ein Wachstum des Warenvolumens weiterentwickeln, an Container denken – und somit auch an mehrere Jahre Gefängnis –, oder, wie ich es dem *tschelnok* auf dem Großen Basar in Istanbul erklärt hatte, ohne daß ich mich ihm hätte begreiflich machen können, durch eine Erhöhung des spezifischen Gewichts der Schmuggelware, ihrer Dichte. Mit fast leeren Taschen zu reisen, aber von höchster Dichte, wie bei den wenigen Gramm Sternenmaterie, die auf der Erde eine Tonne aufwiegen können (in Gold). Das machte das Angebot des Schweden attraktiv für mich. Ein Schmetterling, der kaum ein Gramm wog, konnte in Kreta, an die Sammlung eines Ölscheichs verkauft, zehntausend Petrodollar einbringen. Aber nicht jeder beliebige Schmetterling. Ich mußte ein ganz bestimmtes Exemplar fangen, den *Jasius*, den Schmetterling des Zaren.

Die großen Volumen weit hinter mir lassend, noch über die Schmetterlinge und ihr unbedeutendes, doch meßbares Gewicht hinaus, gelangte ich, als träte ich nach einer Wanderung durch einen dichten Wald auf eine Lichtung, zu der nicht meßbaren Leichtigkeit einer Seele, der von W. Eine Seele zu schmuggeln war die letzte Herausforderung, der beste Weg, einen Strich unter all die Jahre des intensiven Schmuggels zu ziehen. Als Gipfel meiner Laufbahn und als Endpunkt mußte ich eine Seele schmuggeln, einerlei, wie fest verschlossen in ihrer stofflichen Hülle, »gefangen in einem Körper«. Von meiner Kajüte auf der *Wasa* aus studierte ich immer eifriger die Buchstaben auf dem russischen Handelsschiff, bis ich den Namen entziffern konnte: *Michail Swetlow.*

Und heute, was für ein Zufall!, fand ich deutlich formuliert die gleiche Herausforderung. Eine Passage in einem Brief von Karen Blixen, die dieses Gefühl verdichtet und zu der ich werde zurückkehren müssen, wenn ich begreifen will, was mein wahres Motiv war, sie zu retten, wenn ich mir zufriedenstellend mein Handeln erklären will. Karen Blixen sagt: *Was die Löwen anbetrifft, so kann ich nur sagen, daß meiner Ansicht nach kein normaler Mensch in einem Land, in dem es Löwen gibt, nicht versuchen wird, sie zu jagen.*

Was soviel heißt wie: ich würde W. mitnehmen.

Und was die Gefahren anbetrifft, denen ich mich stellen mußte, nun aus einer anderen Perspektive, ich (und Karen Blixen) als junger Löwe, im selben Brief vom 3. Dezember 1914: *Vom moralischen Standpunkt aus ist es vielleicht ver-*

kehrt; wenn ich es aus der Sicht des Löwen betrachten könnte, würde ich sagen: Wenn jemand kommt und mich mitten in der Kraft meiner Jugend so trifft, daß ich innerhalb von fünf Minuten sterbe, ohne vorher eine Ahnung davon gehabt zu haben, dann werde ich demjenigen aufrichtig *dankbar sein…* (*Breve fra Afrika*, Karen Blixen).

Was eindeutig hieß, wie mir jetzt klar wird, daß ich bereit sein mußte, zu kämpfen, mich dem Kampf zu stellen. Bereit, wenn auch nicht erfreut, daß so etwas nötig sein konnte. In derlei Fällen übergab ich mich dem Unvermeidlichen, der Leere in der Magengrube, eine Sekunde bevor ich mich unerklärlicherweise – denn so etwas läßt sich im Rahmen eines normalen Lebens nicht erklären – dabei sah, wie ich heftig um mich trat oder getreten wurde, schweißtriefend auf die Beine kam und nach dem Messer griff. Einmal mußte ich Fesseln zerreißen, das Telefonkabel, mit dem man mir Füße und Hände gebunden hatte, mußte aufstehen, nachdem ich fast bis zur Ohnmacht auf den Kopf geschlagen worden war, mußte benebelt aufstehen, diesen Nebel durchqueren und aus dem Fenster springen. Hinein in den Strudel, direkt hinein in den Strudel. Ich hatte Tyranns behaarte Unterarme taxiert, mehr als einmal hatte ich sie mir unter dem primitiven Blickwinkel eines Mann-gegen-Mann-Kampfes angesehen. Und genau das, diese Art von Analyse, war ein Beweis für das Abnorme meiner Reisen. Hier in Liwadija, um ein Beispiel anzuführen, wenn Diodo, der Kellner des griechischen Restaurants, der auch muskulöse Arme besitzt, ein Glas Bier auf meinen Tisch stellt, seinen Unterarm in mein Blickfeld schiebt, während ich im Restaurant lese (heute: *Acht oder neun weise Worte übers Briefeschreiben* von Lewis Carroll), sage ich mir nie, wenn ich ihm einen Seitenblick zuwerfe: ›Vorsicht vor diesen Armen!‹ Nie sehe ich vor mir, wie sie mir zusetzen, mir den Atem abdrücken; nie stelle ich mir vor, daß ein schnell ausgeführter Schnitt in den muskelreichsten Teil den Druck einer tödlichen Umarmung vermindern würde. Dort in der Türkei schon, und auch in Wien und sogar in Luxemburg, wohin es mich einmal verschlagen hatte.

Ich dachte an mehrere Fluchtmöglichkeiten. Wir konnten im Wagen bis zu den Stränden im Osten Istanbuls fahren, uns in einem Hotel einmieten und warten, bis Stockis vor dem Hotel anlegen würde, neben den anderen Jachten mittlerer Länge. Daraufhin würden wir unsere Sachen nehmen, das Licht im Zimmer ausschalten und anständig auf dem Tisch eine Notiz für die Hotelverwaltung hinterlassen, zusammen mit den Autoschlüsseln und der Adresse des Verleihs, bei dem wir es gemietet hatten. Wir würden zum Kai hinunterlaufen, an Bord der *Wasa* gehen ... Aber eine erfolgreiche Flucht mußte damit enden, daß wir an einen russischen Strand sprangen, auf russischem Territorium, eine Gefahr, die Stockis nicht auf sich nehmen wollte. Er konnte ohne weiteres vor der russischen Küste niedergemäht werden oder einer minutiösen Zollinspektion unterzogen werden, die eine winzige Fauna ans Licht bringen würde, ein Insektenpaar pro Art, mit der er sich keineswegs auf dem Berg Ararat niederzulassen gedachte.

Der andere Versuch, die Kontrolle am Flughafen zu passieren, indem man die Beamten bestach, bedeutete, wieder im *Saray* zu landen, nachdem wir vorher ein Kommissariat durchlaufen hatten, schwach von Vierzig-Watt-Birnen beleuchtet, die lustlos hin und her schwangen. Es blieb nur die *Michail Swetlow*, das russische Handelsschiff.

2

Istanbul

Ich bestieg eins der Boote im Jachthafen und ließ mich quer durch die Bucht zum russischen Handelsschiff fahren, das am anderen Ufer fest vor Anker lag. Von seiner Breitseite, die immer größer wurde, je näher ich kam, schienen schlaffe, armdicke Ankertaue herunterzuhängen. Mir stand nicht der Sinn danach – das war mir mehr als klar, als ich die Taue sah –, an ihnen hochzuklettern und das Handelsschiff nach Piratenart zu entern. Es gab einen einfacheren Weg, auf das Schiff zu gelangen und diese gewaltigen Eisenwände zu bezwingen, die sich aus dem Wasser erhoben, als wären sie in den Tiefen festzementiert, wobei sein Tiefgang in Metern weiß auf dem Bug markiert war. Aber die Reglosigkeit täuschte: das Schiff konnte sich ohne weiteres in Bewegung setzen, mit einem Ruck die Leinen lösen, unter Kettenquietschen den Anker lichten und in zwei, höchstens drei Nächten mit W. und mir im Laderaum versteckt auslaufen.

Der Kapitän war nicht an Bord. *Kapitana net na bortu*, schrie mir eine abstoßende Stimme zu, die des zweiten Kommandierenden oder die des Wachoffiziers. Ich hatte dem Schiffsjungen zugerufen, der oben an der Relingstreppe Wache hielt, ich wolle hinauf und mit dem Kapitän sprechen. Er tat so, als hätte er mich nicht verstanden, starrte auf den Fleck, wo ich mich befand, eine Hand auf dem Seilgeländer, und einen Fuß am Rand der Treppe. Als sähe er mich nicht, als wäre ich ein beliebiger Gegenstand, der in sein Gesichtsfeld fiel, leblos. Da hörte ich die Stimme des Mannes, der über die Schulter des Schiffsjungen rief, ohne sich blicken zu lassen: *Kapitana net na bortu*. Mir kam der Verdacht, daß es auch der Kapitän selbst sein konnte, der mich von der Kommandobrücke aus mit seinem starken Marinefernglas von der *Wasa* in das Boot hatte steigen sehen und die graue Kielspur studiert hatte, die wir im Wasser der Bucht hinterließen, wobei er meinen Weg berechnete, mein Vorrücken in Richtung Relingstreppe. Vielleicht hatte der Schiffsjunge Zeit gehabt, einige Worte mit seinem Vorgesetzten zu wechseln, bevor ich ihm die Frage stellte und er diesen leeren Blick herabließ, fokussiert auf einen Punkt im Unendlichen. Beide grübelten wohl über mein Russisch, darüber, daß ich mich auf russisch an sie gewandt hatte. Womöglich war ich ein neuer Handelsvertreter, ein neuer Lieferant (in solchen Booten kamen auch die Lieferanten an), einer, der von Schiff zu Schiff fuhr und Dauerwurst oder Speck anbot, was sie bereits im Überfluß besaßen. Die Treppe war weiß gestrichen worden, aber weshalb waren sie auf die Idee gekommen, auch das Seil anzumalen, das als Handlauf diente? Es war ein neues Seil, und seine von der Farbe steifen Fasern bohrten sich mir in die Hände. Die Treppe führte in zwei Abschnitten hinauf: bis zu einem Absatz auf halber Höhe der Bordwand und dann in einem zweiten Stück weiter bis nach oben. Zu hoch, um ihm zuzurufen, was mir in dem Augenblick in den Sinn kam: ›Ich muß mit ihm über Schmuggelware sprechen‹, denn dieselbe tiefe Stimme hätte mir als Antwort zugerufen: *Nikakoi kontrabandy my ne snajem i snat ne chotim.* Als er sah, daß ich nicht fortging, mußte der Vorgesetzte dem Jungen einen Befehl ins Ohr geflüstert haben, und er sprach. Unsicher, ohne die Selbstsicherheit des anderen, der ohne Mühe viele Meter Schiffsdeck mit geübter Kehle überwinden konnte, um Befehle von einem Endes des Schiffs zum anderen zu brüllen. Der Schiffsjunge rief erst zu laut, als wäre ich doppelt so weit weg. Als er dann merkte, daß ich seinen Worten problemlos folgen konnte, paßte er die Lautstärke an: der Kapitän war zu einem Fest eingeladen worden, das die Stadtverwaltung von Istanbul für die Kapitäne aller Schiffe gab, die hier vor Anker lagen. Das müsse ich doch wissen, wunderte sich der Junge, ich hörte es aus seinem Tonfall heraus: ein Lieferant würde vom Bankett an diesem Abend wissen. (Ich war kein Lieferant und wußte es nicht.) Es war fast sieben Uhr abends. Wäre nicht die Einladung des Bürgermeisters dazwischengekommen, der Kapitän des Schiffs wäre bereits zurück und in seiner Kajüte gewesen. An einem so angenehm frischen Tag hätte er an den Ständen im Großen Basar eingekauft, wäre ein wenig in der Gegend umherspaziert, die Augen zusammengekniffen wegen der starken Sonne, und hätte sich auf der Terrasse des Marineclubs ein Sorbet genehmigt. Und da er bestimmt schon unzählige Male die Altstadt besichtigt hatte, die Stadtmauern, den Topkapi-Palast, denn er war schon unzählige Male nach Istanbul gereist, würde er anschließend in seine Kajüte zurückkehren und sich wieder der Lektüre von Tschaadajews *Philosophischen Briefen* zuwenden. Nichts würde den Rhythmus eines Lebens erschüttern, das trotz seiner Beschränkung – wie manche wohl meinten – auf eine Kajüte und die Offiziersmesse nicht weniger normal war als das jedes anderen Sechzigjährigen mit aschgrauem, doch üppigem Haar und weißem Hemd, ordentlich gebügelt von Njura, der Kellnerin in der Offiziersmesse, seiner heimlichen Geliebten. Das Bankett hatte sicher gerade erst begonnen. Ich konnte ein Taxi von hier nehmen, mein Boot zurückschicken und bis zum Rathaus fahren, bis zur *ratusha* oder wie immer es auf türkisch heißen mochte. (*Ratusha* sagt man in einigen europäischen Ländern dazu, ich erinnere mich nicht mehr, wo.) Ich würde mich als der zweite Kommandierende eines Handelsschiffs aus meinem Land einschleusen. Dafür mußte ich jedoch vorher auf der *Wasa* vorbeischauen; das heißt, das Boot nicht zurückschicken, sondern die Bucht wieder in umgekehrter Richtung überqueren, mich für den Anlaß herausputzen und vor den Toren des Rathauses einfinden. Ich hatte in meinem Rucksack ein Sportjackett, mit dem ich meine Erscheinung rasch verändern und in ordentlicher Garderobe zu einer Verabredung gehen – wie etwa ins *Saray* in meiner ersten Nacht in Istanbul – und vorgeben konnte, ein Geschäftsmann zu sein oder ein junger Geschäftsmann, denn es war kein kompletter Dreiteiler, sondern nur ein Leinensakko, das ich ohne Schlips trug und zu dem ich meine Sandalen mit einem Paar geschmeidiger Schuhe von sportlichem Schnitt tauschte, perfekt abgestimmt auf das Sakko. In diesem Aufzug würde ich, in der *ratusha* eingetroffen, auf den Mann mit den untrüglich slawischen Zügen zutreten, der seinen Kollegen gerade in einem noch schlechteren, unverständlicheren Englisch als dem meinen zusetzte. Ich würde ihn auf russisch fragen, mich auf russisch an ihn wenden, aber der Mann, der Kapitän der *Michail Swetlow*, würde sich an sein Englisch ohne Grenzen klammern, denn es war eine internationale Begegnung mit Kapitänen aus aller Welt, die unter allen möglichen Fahnen segelten. Ich hätte schon mit meiner Geschichte begonnen (wäre gerade bei Tyrann, dem Kuppler, dem Wächter des *Saray* angelangt), doch das Klopfen einer Gabel an ein Glas würde uns unterbrechen und der Kapitän automatisch, unbewußt und grundlos wieder in sein Hafenmanöverenglisch verfallen und mir sagen *ess-kjus-mi, wan moment*, um das nicht minder mißliche, unverständliche Englisch des Herrn Bürgermeister Mustafa Afendi (wie wir ihn nennen wollen) zu verstehen. Unter den Umständen würde ich mit ihm keine so heikle Angelegenheit besprechen können wie die, welche mich zur *Michail Swetlow* geführt hatte.

Ich würde zuerst ins *Saray* gehen und dann erneut mein Glück beim Handelsschiff versuchen.

Und folgender Anblick bot sich mir, als ich beim *Saray* eintraf. Ich sah W., die den Arm um die Taille eines jungen Mannes legte, der sie ebenfalls um die Taille gefaßt hielt, und an W.'s Seite, unter W.'s Ellbogen schauten die Finger seiner linken Hand hervor. Wie bei einem langjährigen Pärchen, dessen zärtliche Gesten einen bestimmten Grad an Stabilität erreicht haben, ein Binom, das nicht fürchtet, eine Unterhaltung, ein Dritter, eine gewisse Kontaktfreudigkeit könne sich negativ auf die Bande zwischen ihnen auswirken und die Kraft ihrer Umarmung schwächen. W. hatte dem jungen Mann leicht die Schulter zugewandt und sich bequem an ihn gelehnt, in vollem Vertrauen, und ihr Kopf ruhte an seiner Schulter, ohne daß sie ihm zugehört hätte, denn seine Unterhaltung mit Tyrann interessierte sie nicht oder war ihr unverständlich. W. schien glücklich zu sein, sie blickte sich nicht um, als suchte sie etwas, einen Fluchtweg, jemanden, der sie rettete, nein, ihr Lachen stand auch in ihren Augen, und ihre Beine warteten nur auf den Befehl, beherzt auszuschreiten, während sie ihr Haar zur Seite warf, es ein wenig neigte, so daß es den Bruchteil einer Sekunde rechtwinklig von ihrer Schläfe hing und ihre Schulter tangential berührte, fröhlich wie Catherine Deneuve in *Belle de jour,* als der feiste Japaner ihr ein Lackkästchen mit einer Biene, einer Wespe oder einem anderen surrenden Insekt zeigt, und glücklich faßt auch sie ihn um die Taille, ohne ihn ganz umfassen zu können, ohne daß ihre Hand an der Seite des Sumoringers sichtbar würde. Ganz offen! Ich sah ganz offen, wie unnütz ich mein Geld mit einer Frau verschwendet hätte, die so wenig Sicherheiten bot, die ich vor meinen Augen allmählich dahinschwinden sah wie kaum vertrauenswürdiges Papiergeld – von einem kleinen Land –, in das wir nicht unsere Ersparnisse tauschen, weil wir entdecken, daß es kein Wasserzeichen besitzt, keinen Magnetstreifen, kein feines Muster am Gehrock des Vaterlandshelden, nichts von dem, was einen ruhigen Schlaf garantierte, ohne den Albtraum vom Angestellten, der dich auffordert, einen Augenblick an der Kasse zu warten, und mit dem Direktor und dem Sicherheitsbeamten zurückkommt, weil du versucht hast, mit Falschgeld zu bezahlen. In eine so unsichere Währung, sagte ich mir, konnte ich nicht investieren. Ihre Schenkel – denn an die dachte ich –, ihre Augenbrauen, ihr Hals, der Flaum im Nacken, all das konnte sozusagen im Timesharing erworben werden, für eine sehr viel kleinere, lächerliche Summe, die Stockis als Spesen angerechnet werden konnten, wie die Taxifahrten und das Frühstück. Ich verspürte keinerlei Stich im Magen; ich fühlte mich leichter, denn das Netz, das sie gewebt hatte, hielt mich zwar noch *in gewissem Maße* (dem meinen) gefangen, umschnürte mein Körpervolumen und beschäftigte mich, aber jetzt konnte ich ohne Ballast auffliegen, ohne W. Ich beschloß, zur *ratusha* zu gehen, denn ich wollte nicht zur *Wasa* zurück, um zu warten, bis das Bild der glücklichen, in diesen Türken verliebten W. seine Wirkung zeitigte. Übrigens sehr gutaussehend, ich musterte ihn kurz und begriff, daß das der Mann war, den sie im Schein der Tischlampe gesehen hatte, als sie in ihrem Zimmer in Rußland die Antwort an die Agentur schrieb, die Eiskunstläuferinnen suchte – sie hatten auch angegeben, was für welche: 90-60-90 –, und der Schatten eines Verdachts aus dem dunklen Zimmer getreten war und sich über das Papier ergossen hatte. W. blickte auf, kaute am Bleistiftende, und da sie zahlreiche indische Melodramen mit dunkelhäutigen Galanen gesehen hatte, formte sie hoffnungsvoll diesen Schatten und gab ihm die Gestalt eines jungen Mannes mit Bronzehaut, schlankem Wuchs, dichten Brauen und Adlernase. Eine Goldkrone glänzte über der Unterlippe, wenn er verächtlich lächelte, aus tiefstem Herzen all die Männer verachtend – wie er gerade dem Armenier erzählte –, die sich in Prostituierte verlieben, sich rühren lassen, sie als Frauen sehen konnten, die unglücklich waren! Ha, lachte er, und für einen Augenblick ruhte sein Blick auf mir, einem Kunden, der in der Tür stand, ohne sich zum Eintreten zu entschließen. Er durchschaute mich nicht, was nur logisch war. Mit Einfaltspinseln wie mich beschäftigten sich seine Gedanken nur eine Sekunde. Er konnte mich mit einer Handbewegung beiseite wischen, mich verscheuchen, schlimmstenfalls mit seinem Schnappmesser, das an einer Feder hervorschnellte. W. sah ebenfalls in meine Richtung und behauptete am nächsten Tag, mich nicht gesehen zu haben. Lüge! Es mußte Lüge sein! Obwohl es stimmt, daß sie nicht gut sah und die Augen zusammenkniff, um schärfer zu sehen. Eine Angewohnheit, die ihr schließlich die Augen mit Krähenfüßen schmücken würde, wie ich ihr gepredigt hatte. Schwachkopf! Ich dachte daran, zur *ratusha* zu gehen und den Abend auf der mehrsprachigen Versammlung zu beschließen. Zu der Zeit hatten sie es bestimmt schon aufgegeben, englisch zu sprechen, und fielen erbarmungslos in ihren jeweiligen Sprachen übereinander her, ignorierten die Gesten des Unverständnisses ihres Nachbarn, erfreut, gratis Vat 69 trinken zu können, überwacht von ihren zweiten Kommandanten an Bord, die sie auf ihre Schiffe zurückbegleiten, sie die Treppe – so schwankend wie sie selbst – hinaufschleppen mußten. Ich würde den Kapitän der *Michail Swetlow* antreffen und ihm erzählen, wie ich beinahe eine *bljad* hatte retten wollen, *gospodin kapitan*, eine *suka*, eine Hure. Zum Totlachen! Himmel! Wir würden uns gemeinsam betrinken; ich würde mich betrinken, glücklich, daß die Türkei ein weltlicher Staat war. Mit vereinten Kräften würden wir versuchen, uns den Namen des Gründers der türkischen Republik ins Gedächtnis zu rufen, ich würde die ganze Nacht hindurch reden und meinen Kummer verdünnen, immer mehr Alkohol hinter die Binde gießen, ein Drittel Kummer auf zwei Drittel *kogort*, ein Fünftel auf vier Fünftel, ein Zwanzigstel – ein bloßer Hauch – auf eine Unmenge von Wein, und mit gelöster Zunge reden, lachen. Ich würde zur *ratusha* gehen (oder wie immer es auf türkisch heißen mochte). »Auf zur *ratusha*«, sagte ich mir laut in meiner Muttersprache, und als ich das *Saray* verließ, und der Disc Jockey, mit dem ich keine Gelegenheit zum Gespräch gehabt, den ich nicht hatte kennenlernen können, der mir jedoch – nach der Musik des *Saray* zu urteilen, die immer ordentlich swingte, mit komplexen, angenehm zu folgenden Baßpassagen – sehr intelligent schien, legte einen weiteren Hit des Jahres auf, dem es gelang, meinen Rücken aufzurichten, mir einen kräftigen Rhythmus einzugeben, und wiegend, mich *sanft* wiegend ging ich fort. Ich schleifte die Arme nicht hinter mir her wie ein ungeschickter Albatros an Deck (so ein Blödsinn!), sondern ruderte kräftig mit ihnen, bahnte mir swingend meinen Weg, in der Gewißheit, daß ich vielleicht nicht zur *ratusha* mit all diesen Sechzigjährigen samt ihrem türkischen oder griechischen

Rausch, aber an einen anderen Ort gehen würde, wo sie – ein schwedischer Sänger, was für ein Zufall! – *Roll down the rubber, man* auflegen würden. Ein absolutes Adhoc-Thema für die Gelegenheit. Zu irgendeinem anderen Hurenschuppen, ohne W.; mit Huren an sich: alle die gleichen weißen Brüste, den gleichen glatten Bauch. Draußen war es frisch. An der Ecke sah ich die Straßenbahngleise, den von den Rädern geschliffenen Stahl, die mir sagten: »Wir haben dich gewarnt, gestern erst!«

3

Istanbul

Es beunruhigte mich, sie mit einem Schoßhündchen kommen zu sehen, das ihr den Weg bahnte. Ich fragte mich, »was soll der Hund?«, aber was ich für eine Leine gehalten hatte, an der energisch ein kläffendes Hündchen zog, dessen Gebell uns auf der Flucht verraten würde, erwies sich als der Gurt eines äußerst schweren Köfferchens, das W. mit der rechten Hand hielt, mit dem Fuß voranschob und sich so ihren Weg zwischen den Tischen bahnte.

Wir hatten uns auf der Terrasse eines chinesischen Restaurants verabredet, weit entfernt vom *Saray.* Als sie zu meinem Tisch gelangt war, spielten sie ein Lied im Radio, das sofort von einem arabischen oder türkischen verdrängt wurde.

»Wie dumm!« murrte sie. »Gerade das gefiel mir ...«

Und sie fragte mich:

»Findest du nicht, daß ich Ähnlichkeit mit Vanessa Paradis habe?«

»Nein, W., offen gestanden nicht. Du siehst ihr nicht ähnlich; du brauchst niemandem ähnlich zu sehen.«

Das gefiel ihr gar nicht. Wegen Enttäuschungen dieser Art war sie von zu Hause weggelaufen, denn es mißfiel ihr, solche harten Rüffel zu bekommen. Ich sagte ihr nicht nur, »du brauchst niemandem ähnlich zu sehen«, sondern sagte auch, ich fände Vanessa Paradis häßlich und sie könne nicht singen.

Am oberen Rand der Restaurantmauer ragten die rotlakkierten Balken hervor, die den Vorsprung des Schindeldachs stützten, und mir kam der Einfall, drinnen zu essen. Keine gute Idee. Drinnen war es zu heiß, und während wir auf unsere Bestellung warteten, stritten wir uns; wir hatten eine hitzige Auseinandersetzung über die Vertikalperspektive. Jetzt würde ich mir am liebsten mit einem Stock auf den Kopf hauen; mit einem Stock mit der Aufschrift: »Vertikalperspektive«. Was für ein Schwachkopf war ich gewesen, mich auf so ein Gespräch einzulassen, aber die Verbitterung der letzten Nacht hatte sich an verschiedenen Horten eingenistet wie der wandernde Schmerz des Psychosomatikers, dem vor seinem Arztbesuch fünf verschiedene Körperstellen weh tun, der Arm, die Brust, der Ellbogen, das Knie, bis der Doktor am Hals drückt und der Schmerz verschwindet.

Ich schlug vor, das Eis auf der Terrasse zu nehmen, wo ein frisches Lüftchen wehte. Wir kehrten so schwerfällig dorthin zurück, als hätten wir eine ganze Mandarinente im Magen. Ich hatte ihr eigentlich nichts sagen, aus Istanbul verschwinden und sie zurücklassen wollen. Das wäre besser gewesen, aber ich konnte mich nicht beherrschen. Ich sagte es ihr. Was ich gesehen hatte. Ich sagte ihr:

»Von wegen Vanessa Paradis. Von wegen. Ich habe dich gestern gesehen ...«

Sie schaute mich an, als wüßte sie nicht, wovon ich sprach, mit einem Blick absoluter Unschuld. Dann tat sie so, als würde sie darauf kommen. Ach das!

Sie müsse Normalität vortäuschen, erklärte sie. Und ich war dort gewesen und hatte sie nicht angesprochen? Weshalb? Nein, sie hatte mich nicht gesehen, aber das änderte nichts. Sie wäre so oder so mit Ahmed gegangen ...

Dieser Name. Ahmed. Dieses Hervorheben eines einzelnen Kunden.

»Dann kennst du ihn also mehr als gut ...«

Noch war Zeit, aufzustehen und zu gehen. Sie kannte ihn! Ich wollte, daß sie mich vom Gegenteil überzeugte, aber sie war zu intelligent dazu.

»Natürlich, er hat mir viel geholfen. Es würde dir schwerfallen, das zu verstehen.«

»Wenn das so ist«, sagte ich, »warum hast du dann nicht ihn um Hilfe gebeten?« Genau das sagte ich, ich schäme mich, das zugeben zu müssen. Eine absurde, dumme Anwandlung von Eifersucht wegen einer Frau, die ich nicht einmal geküßt hatte. Wie konnte ich nur?

»Du begreifst nichts. Er ist ein Kunde. Ein guter Kunde, Türke außerdem.«

Und sie sagte mir nicht: ›Geh doch, wenn du mir nicht helfen willst. Dann suche ich mir eben einen anderen.‹ Ganz im Gegenteil, sie sagte:

»Ich habe nur dir vertraut.«

Das heißt, sie sprach von einem irrationalen Gefühl. Sie hatte keinerlei Grund, mir ihr Vertrauen zu schenken. Sie gehorchte einer Eingebung ihres Herzens. Wie bei einem Paar, das sich verabscheut und doch jahrelang zusammenbleibt. Hätte sie mir dort, auf der Terrasse, die Motive aufgezählt, weshalb sie sich entschieden hatte, nach Istanbul zu gehen, oder weshalb sie mich zum Retter auserkoren hatte, ich hätte ihr nicht geglaubt. Sie beschränkte sich darauf, mich fest anzublicken, ohne ein Wort zu sagen. Verwirrt von der neuen Wendung der Dinge und auch weil in Wirklichkeit *nichts geschehen war.* Sie konnte es mir nicht erklären.

»Aber genau deswegen will ich doch gerade fort«, sagte sie schließlich. »Verstehst du das nicht?« Selbst verblüfft darüber, auf so ein einfaches, schlagendes Argument gekommen zu sein. »Auch wenn du gesehen hast, wie ich mich lachend an ihn schmiege, hasse ich ihn in Wirklichkeit und muß mich zwingen, so zu tun, als würde er mir gefallen.« (Nein, das sagte sie nicht, jetzt fällt es mir ein, sondern: »Ich fühle mich so, als würden mir Katzen die Seele zerkratzen«, wortwörtlich auf russisch.)

»Nach dem, was ich gestern gesehen habe, würde ich nicht behaupten, daß er dir mißfällt. Du schienst dich sehr wohl zu fühlen.«

Sie schwieg wieder, ohne ihre Augen von mir zu wenden. Sie weinte nicht, noch zitterten ihre Nasenflügel. Die Überraschung, ihre Verblüffung kam von einer einzigen, simplen Wahrheit, die mir zu erklären sie damals nicht in der Lage war. Das war ihre Arbeit, seit Monaten. Sie hatte bestimmte Techniken entwickelt, eine professionelle Gleichgültigkeit und auch die lächelnde Maske mit dem vergnügten Ausdruck, die sie sich im Nu aufsetzen konnte. Ihre jetzige Ausdruckslosigkeit, ohne daß sich ein Gefühl auf ihrem Gesicht spiegelte, weiß wie Fotopapier im Rotlicht des Labors, bewies genau das Gegenteil: daß sie nichts vorspielen wollte, daß sie sich mir ganz und gar geöffnet hatte. Mir fiel nur ein einziges Argument ein:

»Aber ich habe dich gesehen.«

»Hast du nicht gewußt, daß ich eine Hure bin?«

Ich streckte instinktiv den Arm aus, um ihren zu berühren und dieses schreckliche Wort zu entschärfen, aber auf halbem Weg hielt ich inne. Die Geste hatte bedeuten sollen: ›Wie kannst du so was sagen? Das war nicht meine Absicht.‹ Als würde eine Frau, deine Freundin maßlos übertriebene Anklagen gegen sich erheben und damit sagen wollen: ›Verstehst du nicht, wie lächerlich das ist?‹ Doch genau so standen die Dinge. W. hatte alles auf eine Karte gesetzt. Ich mußte zugeben, sie hatte mich gewarnt, daß sie bitter schmeckte, und jetzt mußte ich es schlucken oder auf den Teller spucken. Aber ich brauchte nichts zu schlucken.

»Eine Hure, jawohl! Danke! Damit kannst du deine Mutter erschrecken ...« (All das schnell und laut ausgestoßen, auf spanisch, ohne daß sie ein einziges Wort verstand). »Eine Hure, na und! Und ich bin ein Schwachkopf, weil ich hier bei dir bin und dir diesen Quatsch sage. Scheiße!«

Ich starrte sie an mit *verteufelt schlechter Laune* und versunken, möchte ich jetzt hinzufügen, *in die schwärzesten Gedanken*. Aber langsam spürte ich aus weiter Ferne eine große Zärtlichkeit für diese Frau auf mich zukommen (oder in mir hochkommen), als hätte nur dieser eine Punkt geklärt werden müssen, damit ich ihre verzweifelte Lage begriff. Ich spürte, wie sich ein Ventil öffnete, durch das die ganze Luft meines Zorns entwich, und ich schrumpfte wieder zu den Maßen eines guten, verständnisvollen Menschen. Es stimmte, sie hatte recht, sie hatte nicht versucht, mich zu täuschen. Ich stellte mir vor, daß wir viel Gesprächsstoff haben würden, wenn wir zusammen in einem kleinen Gasthaus in Liwadija säßen (wie hätte ich mir ausmalen können, was für ein gutes Lokal es hier gab, mit griechischem Essen, das von Diodo?). Ich befürchtete keinen Verrat, denn sie ließ die ganze Zeit über ihre Hände auf ihren Schenkeln ruhen und lehnte sich nicht zu mir herüber, sondern wahrte Distanz (und Kälte).

»Weißt du, man darf hier Teppiche im Wert von dreitausend Dollar ausführen«, sagte ich. »Das habe ich im Zollblatt gelesen, als ich im Taxi saß. Du bist weniger als dreitausend Dollar wert, und ein Teppich bist du auch nicht ...«

Lachend verließen wir das Lokal. Wieder war ich mir sicher, daß ich sie retten, sie mitnehmen würde, daß wir in Liwadija leben würden. (Einer Stadt, in der man nicht geliebt hat, fehlt eine Dimension. Die Gebäude von Istanbul machten in diesem Moment einen Schritt nach vorn, blähten sich auf, erhielten pneumatische Konsistenz. Das byzantinische Kapitell eines Hauses zog meine Aufmerksamkeit auf sich, die Tiermotive eines Türsturzes, ein Beispiel für die Blüte der Steppenkunst in Europa ... Ich liebte sie.)

Die gleiche Explosion von Glück, von Leben, das endlich einen Sinn bekommt, in dem Brief, den Nietzsche an Lou Andreas-Salomé – ebenfalls Russin, nebenbei bemerkt, darauf möchte ich noch zurückkommen – im Juli 1882 schickte: *Nun ist der Himmel über mir hell! Gestern Mittags ging es bei mir zu wie als ob Geburtstag wäre: Sie sandte Ihre Zusage, das schönste Geschenk, das mir Jemand hätte machen können –.*

Ich begab mich wieder zur *Michail Swetlow*, sobald ich W. verlassen hatte. Würde ich dem Impuls nicht nachgeben, meinen Zustand der Erregung erkalten lassen, für einen Augenblick aufhören, an die Dringlichkeit unserer Reise zu glauben, dann erschlaffte ich womöglich wieder im Liegestuhl auf der *Wasa*. Als ich schließlich in der Kajüte von Nikolaij Iwanowitsch saß, dem Kapitän der *Michail Swetlow*, lehnte ich mich nicht im Sessel zurück, sondern schaukelte auf der Kante hin und her, während ich mit ihm sprach. Am Ende reichte ich ihm die Hand mit einer Nervosität, durch die er sich ein Bild von der dringenden Lage, von der Unmöglichkeit machen konnte, zu dem Zeitpunkt eine andere Reise als auf dem Handelsschiff zu planen.

»Ich habe schon mit ihr gesprochen, Nikolaij Iwanowitsch. Alles ist bereit.«

»Ja«, erwiderte er, »aber wir fahren heute nacht.«

Denn wie ich jetzt W. erklären könnte, gibt es immer einen bestimmten Rhythmus, und genau in dem Augenblick mußten wir springen, nicht früher, nicht später; eine dramatische Struktur, der Aufbau des Dramas. Die wenigen Stunden vor der Abreise waren der schmale Streifen Erde, den sie in Höchstgeschwindigkeit durchqueren mußte, wenn sie sich retten wollte. So sah ich es, und so schrieb ich es ihr auf einen Zettel, den ich in ihrem Zimmer im *Saray* für sie hinterlegte, als ich sie nicht antraf. Ich ließ dort eine Notiz oder ein Billett mit folgender Nachricht zurück: »Wir fahren! Heute! Diese Nacht!«

Als ich wieder auf die Straße trat und erneut den Straßenbahngleisen folgte, fiel mir folgendes ein: An dem Abend, als ich den Zug in Helsinki verpaßt hatte, war mir noch Zeit geblieben, ein finnisches Messer mit einem Griff aus Rentierhorn zu kaufen. Ich wußte nicht, daß ich ein finnisches Messer brauchte, bis ich es im Schaufenster des kleinen Ladens neben dem Bahnhof sah. Gleich fiel es mir ins Auge, sein rauher Griff aus Rentierhorn. Ich zog es aus der Scheide und prüfte mit der Daumenkuppe die Schärfe. Es gab noch andere, die ich alle der Reihe nach aus ihren Scheiden zog, um die Klingen eingehend zu untersuchen. Ich bewunderte den Glanz des Stahls, die drei Millimeter breite Rille für den Blutabfluß. Durch die Fenster, die auf die Straße hinausgingen, sah ich die Lichter einer Straßenbahn, die sich in vollkommenem Schweigen näherte und die vom Schnee wattierte Luft durchschnitt, und ihre Insassen, alle mit Wohnungen in Helsinki, die auf den Sitzen saßen wie Kleinkinder im Schulbus. Ich hatte keinen Platz zum

Schlafen, und sobald kein Schnee mehr fiel, würde die Temperatur noch einmal mindestens um fünf Grad sinken. Ein Spielball solcher Zwischenfälle: im Laufschritt am Bahnhof eintreffen, der Anzeigetafel den Bahnsteig des *Sibelius* entnehmen, für den auf finnisch schon der letzte Aufruf ergangen war, ohne daß ich es gemerkt hätte, ohne daß ich es hätte merken können, weil ich kein Wort Finnisch spreche. (Der *Sibelius* würde an den Seen entlangfahren, Wälder durchqueren, ohne Schwierigkeiten die Mannheim-Linie durchbrechen und noch in derselben Nacht um elf Uhr fünfzehn ohne mich in Sankt Petersburg eintreffen.) Ich sah die roten Punkte, die Rücklichter eines Zuges, der, dem Bahnsteig nach zu schließen, der *Sibelius* sein mußte. Ein Spielball solcher Zwischenfälle, dachten meine Hände für mich. Das scharfe finnische Messer konnte sich in ein greifbares Zentrum verwandeln, in einen realen Kern, um den herum sich eine Reise planen ließ, die Expedition auf der Suche nach dem *Jasius*. Irgendwo, auf einem verlorenen Bahnsteig in der Steppe, würde ich neben einer mit dicken Stricken verschnürten Kiste niederknien, mit der Rechten mein Hosenbein abtasten, das Messer aus der Scheide ziehen und glatt, mit einem Ruck die Stricke durchtrennen können. Oder wenn Kosaken aus Astrachan oder wildernde Störfischer kämen und mir die Hände fesselten, würde ich es hinter meinem Rücken in den Boden stoßen und meine Fesseln durchschneiden. Ein finnischer Dolch, der in Rußland *finka* genannt wird, wie mir damals in den Sinn kam. Ich legte ihn wieder in die Holzkiste zu den anderen, die ich mir angeschaut hatte, aber kein Messer hatte mir so gut gefallen wie das erste. Dann streichelte ich ein Wolfsfell, das an der Wand hing. Der Herr mit dem Backenbart hinter der Theke mußte etwas zu mir gesagt haben. Ich vermute, er sagte »Wolf« auf finnisch, ich vermute, er sprach den Namen des Tieres aus, für den Fall, daß ich noch nie ein Wolfsfell zu Gesicht bekommen hatte. Mit so einem Messer, dachte ich, schon ruhiger – die Verzweiflung, den Zug verpaßt zu haben, nahm schnell ab –, mit so einem Messer könnte ich mich sogar gegen einen Wolf zur Wehr setzen. In Lappland. Der Ladenbesitzer holte das Messer hervor, das mir gefallen hatte, und zweifellos wußte er, daß es mir gefallen hatte, denn bestimmt verkaufte er es schon seit Jahren, und um mir zu zeigen, wie scharf es war, fuhr er damit über seinen Daumennagel und hobelte sich einen feinen Span davon ab. Wie oft wird er diese Prozedur pro Tag wiederholen, fragte ich mich, als ich das Geschäft verlassen hatte, das Messer im Rucksack und in Gedanken an seinen Daumennagel. Obwohl bestimmt nicht alle Kunden so schwierig waren wie ich, nicht allen würde er diese Probe vorführen müssen, die mir mißfallen hatte, weil sie so vulgär war. Im selben Laden kaufte ich die Scheide mit der Halterung, um sie an Arm oder Bein anzubringen. Ich würde die Scheide kaufen, kam mir für einen Moment in den Sinn, und ohne das Messer losziehen, so sehr hatte mir seine Demonstration mißfallen. Ich zog ein anderes mit breiter Klinge hervor, mit dem man Rentiere zerstückeln konnte. Ich legte es wieder an seinen Platz, um nun entschlossen die Scheide und das Messer zu bezahlen, das mir von Anfang an gefallen hatte. Eine weitere Straßenbahn hielt vor dem Laden. Jemand hatte mir von Pfarrern erzählt, die für eine Nacht Reisende aufnahmen. Hatte ich noch die Telefonnummer? Ich hatte mein Gleichgewicht wiedergefunden. Bevor ich zahlte, packte ich den knorrigen Messergriff und vergewisserte mich, daß er perfekt in der Hand lag. Ich hielt die Scheide mit der Linken fest und zog es schnell auf Schenkelhöhe heraus, die Klinge nach vorn stoßend. Niemals würde ich von oben, auf Schulterhöhe zustechen. Dafür muß man hinter einer Ecke stehen, ohne die Gefahr, gesehen zu werden. An dem Tag, an dem ich mich gezwungen sähe, es zu gebrauchen, dachte ich, würde ich es weiter unten packen, neben dem Schenkel.

(Ich stach zu, ohne mit dem Körper mitzugehen, ohne mich zu exponieren. Der Schweiß lief mir in Strömen hinunter. W. klammerte sich immer noch an meinen Arm. Wir waren den ganzen Kai an einer Backsteinmauer entlang hinaufgerannt, atemlos. Eine Säule, dachte ich, irgendein dunkler Ort, an dem wir uns verstecken könnten, ein Hauseingang. Die Hitze war entsetzlich, wir durchschnitten sie rasend wie die Arbeiter, die durch diese Öfen zum Ziegelbacken rennen, atemlos. Mein *finka*!, dachte ich die ganze Zeit über, mein finnisches Messer! Mir ein für alle Mal diese Angelegenheit vom Halse schaffen!)

4

Istanbul

Das Billett mit dem Fluchtplan war gestohlen worden. Eine haarige Hand, die von Tyrann, hatte es abgefangen, und der Armenier entzifferte den Inhalt, obwohl ich so vorsichtig gewesen war, es auf russisch abzufassen. Aber wie Flaubert in einem Brief an Louise Colet vom 13. Juni 1852 feststellt: *Gerissene Kerle sind das, die Armenier.* Eine Rasse von Dragomanen. Das heißt, von Übersetzern. Was für jeden normalen Sterblichen eine unlösbare Aufgabe darstellte, war für Tyrann simple Routine, denn man hatte ihn mit einem Übersetzungsprogramm ausgestattet. Tyrann war fähig, jegliche Sprache problemlos zu entziffern, wie in den alten Filmen, in denen der Protagonist einen logischerweise auf englisch geschriebenen Brief erhält – während des Sezessionskriegs – und ein Bild mit einem handschriftlich verfaßten spanischen Text eingeblendet wird, den der Zuschauer bequem lesen kann. Und Tyrann kannte unseren Plan in allen Einzelheiten.

Ich kehrte zum Jachthafen zurück. Ich suchte meine Sachen zusammen, da ich vorhersah, daß ich nicht mehr auf die *Wasa* zurückkehren würde, ein Resultat meiner Erfahrung beim Durchqueren von Großstädten wie Petersburg wenige Stunden vor Abfahrt des Zuges. Ich sagte mir: ›Vielleicht reicht die Zeit nicht mehr, um auf die *Wasa* zurückzukehren. Am besten, ich nehme meine Sachen gleich mit.‹ Als ob dir klar würde, daß du auf deiner Reise keine Zeit mehr hast, diesen abgelegenen Laden aufzusuchen, wo sie, dem Mann zufolge, mit dem du im Flugzeug gereist bist, solche Uhren wie seine verkaufen und zu einem hervorragenden Preis, aber um drei Uhr nachmittags merkst du, daß du nicht mehr zu dem Laden im Vorort, wo du noch nie gewesen bist, wirst fahren und rechtzeitig am Flughafen eintreffen können, eineinhalb Stunden vor Abflug. Und du begreifst, daß du niemals so eine Uhr besitzen wirst und findest dich damit ab. Aber ich vergaß auf der *Wasa* den kleinen Koffer, den W. mir an dem Morgen ins chinesische Restaurant gebracht hatte.

Wieder im *Saray* stieg ich hinauf in den zweiten Stock, um mit W. zu sprechen. Bestimmt hatte sie meine Notiz bereits gelesen und wartete auf mich, bereit zur Flucht. Ich traf sie nicht in ihrem Zimmer an. Ich ging wieder zur Treppe, ungeduldig gegen die Wände trommelnd. Die Frauen riefen mir aus ihren Zimmern etwas zu, ihre Rufe folgten mir, als würde ich mit einem Finger über die Tastatur eines Klaviers fahren. Von oben sah ich, wie W. die erste Stufe nahm. Ich rief ihr zu:

»Wir gehen! Sofort!«

Aber sie beschleunigte nicht ihren Gang. Sie senkte den Kopf und stieg im gleichen langsamen Rhythmus weiter. Es war ein unwägbares Ereignis, ein physikalischer Ablauf, die Ingangsetzung der Maschinerie *Michail Swetlow* um 21:00 Uhr, etwas, wobei sie keinerlei Chance zum Eingreifen mehr hatte. Wäre das Schiff erst abgefahren, würden die Bausteine ihres Plans, den sie mit soviel Mühe und Geduld ersonnen hatte, in sich zusammenstürzen. Irgendwann einmal würde sie Istanbul verlassen, aber nicht mit mir. Die letzte Stufe katapultierte sie mir ermattet, kraftlos entgegen: *Ne sudba*, sagte sie: »ich habe kein Glück« oder »das Glück ist gegen mich«, sagte sie.

»*Ne sudba.* Heute kann ich nicht weg.«

»Wie das denn? Du gehst doch ständig aus. Wann du willst. Und die Kunden?«

»Ja, aber Tyrann hat deine Notiz gelesen. Ich schulde ihm Geld. Das hat er mir sehr deutlich gemacht. Ich habe bereits einen Kunden für heute nacht, einen Züchter von Kampfkamelen. Er wartet unten auf mich. Und vielen Dank für dein Briefchen«, fügte sie höhnisch hinzu.

Ich fragte sie nicht befremdet: »Kampfkamele?« Ich überging es einfach. Erst jetzt fällt es mir wieder ein. Was war wohl ein Kampfkamel? Wie kämpften Kampfkamele? Vielleicht wußte nicht einmal W. das.

Wie ungeschickt war meine Notiz gewesen, ich hatte am Ende sogar witzig sein wollen und geschrieben »*Michail Swetlow*, tuut, tuut!«, wie ein Schiffshorn, was ganz Rußland verstand. »Brillant!« (Wieder voll Hohn). Tyrann kannte jetzt sogar den Namen des Schiffs und den *kapitan*. Bestimmt hatte er einen türkischen Polizeioffizier benachrichtigt, einen Freund von ihm, denn eine Frau, die ihm Geld schuldete (viel Geld, eine beträchtliche Summe), wollte verschwinden, ohne ihre Schuld zu begleichen. Ihr war, wie Miloslava, eine Nacht im Kommissariat sicher, wo sie *pustili jewo pod tramwai*, »mit der Trambahn überrollt«, das heißt, brutal verprügelt und von allen auf der Wache vergewaltigt werden würde.

Ne sudba. Ich hatte Angst, ihr in die Augen zu schauen. Es war nichts zu machen. Ich wußte *mit Gewißheit*, daß ich nichts Riskantes unternehmen würde, wie etwa, sie den Klauen des *Sarays* zu entreißen, eine Flasche an der Theke zu zerschlagen, Tyrann mit den scharfen Rändern zu bedrohen, nichts dergleichen. In jeder anderen Nacht hätte W. vorschieben können, sie müsse einen Kunden bedienen, einen Schmuggler, einen jungen Mann, allerdings mit etwas ausgefallenem Geschmack: Spaziergänge durch die Stadt, Gespräche bis tief in die Nacht. Nun ist mir klar, daß sie die ganze Zeit über Tyrann die Differenz zwischen dem Betrag, den ich ihr angeblich gab, und seinem rechtmäßigen (unrechtmäßigen) Gewinnanteil bezahlt haben mußte. W. hatte ebenfalls einen vielleicht beträchtlichen Teil ihrer Ersparnisse investiert; berechnete man den täglichen Kundendurchschnitt und wieviel sie jedem einzelnen abnahm. Ich weiß es nicht, ich hatte sie nie danach gefragt.

Sie ging weiter zu ihrem Zimmer. Die Ausgänge des *Saray* waren inzwischen bestimmt scharf überwacht von Tyrann und seinen Mannen. Nur eine Redewendung: es waren keine großartigen Vorkehrungen nötig, um zu verhindern, daß eine Frau, W., in dieser Nacht ausging. Sie mußten sie nur diese eine Nacht festhalten. Schon morgen konnte sie bis zu den fernen Stränden von Kadiko gehen, ohne ein russisches Handelsschiff kurz vor dem Auslaufen, ohne einen Mann, der bereit war, sie wegzubringen. Vor der Tür wandte W. sich um und sagte:

»Wie konntest du bloß so naiv sein?«

Ich hatte den Umschlag sorgfältig zugeklebt und ein paar Striche über den Laschenrand gemalt, damit man sofort bemerkte, falls er geöffnet, das Briefgeheimnis verletzt worden war. Ich holte sie an der Tür ein, wir traten ins Zimmer. Der Umschlag lag auf dem Tisch, ohne jeden Skrupel aufgerissen. Tyrann hatte ihn bestimmt gelesen und sich ins Fäustchen gelacht.

»Wie konntest du nur«, wiederholte W., »ein so wichtiges Geheimnis einem Brief anvertrauen?«

»Ausgerechnet du sagst das!« hätte ich W. jetzt gerne geschrieben. Aber an jenem Abend in Istanbul blieb ich stumm wie ein Fisch. Ich drehte mich zur Tür, um sie zu schließen, aber ich griff zum Türknopf und schlüpfte in den Gang, ebenfalls wie ein Fisch, weich und wabbelig. Sanft schloß ich die Tür: vor der stehenden W., vor W.'s Rücken und Haar, vor ihren Haremshosen. Es war nichts zu machen. Verflucht! stieß ich leise hervor. Ich würde ihr schreiben, daß ich das Zimmer verlassen und dabei einen Fluch ausgestoßen hatte, der sich besser für einen Brief eignete, aber in Wirklichkeit machte ich mir kräftig auf spanisch Luft. Ich stieß, das darf ich diesem Entwurf anvertrauen, hervor: »Scheißdreck!« und sogar »verdammte Schweinescheiße!«. Denn ich hatte mit dem Briefchen den ganzen Plan verdorben. Und selbstverständlich lag mir daran, mein Spielniveau zu steigern, bis zum Ende des Ganges zu rennen, die nächste Ebene zu erreichen, mich im Laufen behende umzudrehen, auf die Monster zu feuern, die hinter der Ecke des anderen Ganges auftauchten, und mich befriedigt zurückzulehnen, wenn ich auf dem Bildschirm blinken sah: *You win!* und weiter unten: *The game is over.* Mit hängendem Kopf ging ich hinaus, ohne zu vermuten, daß mir noch ein Leben blieb, noch ein Ausweg in letzter Minute, ein buchstäblich *magischer.*

In den letzten Monaten war meine Nervosität ständig gestiegen; immer öfter rissen mir die Treibriemen auf Grund der hohen Geschwindigkeit, die mein Gehirn beim Beschleunigen auf meine motorischen Zentren übertrug. Dann wechselte ich ganz unwillkürlich ins Spanische über. Immer öfter. Ich fand nicht die richtigen Worte. Ich dachte zum Beispiel auf russisch: ›Jetzt muß ich zur *Wasa* gehen und meine Sachen holen‹ (das spärliche Gepäck, mit dem ich reiste, die *goggles*, die ich nicht hatte verkaufen können), und im selben Moment mußte ich beiseite treten und einen ganzen Zug von Fragen und Vermutungen vorbeilassen, die in die entgegengesetzte Richtung fuhren, mit Höchstgeschwindigkeit, direkt auf meinen Kopf zu. Es gelang mir nicht, all das zu verarbeiten – es gelang mir nicht, eine Liste von Prioritäten zu erstellen –, und dann sprang ich vom Russischen ab und glitt hinüber in ein primäres Spanisch ohne alles Komplexe, primitiv. Ich erlitt mehrere solcher Rückfälle wie in den Filmen, in denen der Protagonist sich auf einmal zusammenrollt, Opfer einer gewaltigen Regression, und anfängt, am Daumen zu lutschen. Oder wie damals, als ich mitten bei einem Geschäftsabschluß in Kopenhagen, aus Angst, die Polizei könnte auftauchen, die Geldscheine nicht länger auf dänisch zählte, sondern schnell zum ersten zurückkehrte und mit dem Zählen wieder von Null begann und auf spanisch *sang*: »Eins, zwei, drei ...«, ohne mich ein einziges Mal zu irren. Da fragte mich der Liebhaber meiner Schmuggelware:

»Hör mal, was für eine Sprache sprichst du da?«

Ich zählte erst zu Ende (es war der korrekte Betrag, da war ich mir völlig sicher), und als ich mir dann seine Frage vornahm und ihr nach Abschluß des Prozesses erlaubte, in meine Sprachverarbeitungszentren vorzudringen, war ich einen Moment lang verblüfft und wußte nicht – das ist die reine Wahrheit –, in welcher Sprache ich die Kronen gezählt hatte. Ich stotterte:

»Ja, in Ordnung. Das ist der vollständige Betrag ...«, und

dann, mit Verzögerung: »Ach, auf spanisch, vermute ich! ...« Und ich hielt ihm die Hand für einen Händedruck hin und schaute zur Ecke, ob auch kein Polizist kam.

Als ich hinaufgegangen war, um W. in den Zimmern des *Saray* zu suchen, in denen die Frauen schliefen, aber selten Kunden empfingen, hatte ich den Magier Elias gesehen, für die Nachtvorstellung als Genius gekleidet und geschminkt. Er war aus einer Art Kochecke am Ende des Ganges gekommen, wo die Mädchen sich ihr Essen machten und wo früher, als das *Saray* noch wie ein normales Bordell betrieben worden war, ein Efendi Häppchen für die Kunden zubereitet hatte. Als ich wieder in den Gang trat, nachdem all meine Pläne durch meine Schuld zunichte gemacht worden waren, was allerdings dem üblichen Vertrauen in eine Übereinkunft zuzuschreiben war – wie viele Briefe, die man empfängt, gehen nicht ebenso durch die Hände von einem Pförtner, von völlig Unbekannten, allein von einem dünnen Klebstreifen geschützt, von einer Übereinkunft also? –, da sah ich ihn wieder neben dem Fenster, wo er gerade den Papagei im Käfig mit Salatblättern fütterte, die er durch die Stäbe schob.

Ich ging die Treppe hinunter.

Fast stolperte ich beim Eingang des *Saray* neben den Toiletten erneut über ihn. Er hatte mir den Rücken zugewandt, und automatisch musterte ich ihn: den schmalen Magierrücken in einer gestreiften Weste mit weißen und roten Fransen. Als ich nähergekommen war, entdeckte ich auch sein Toupet, allzu schwarz in Anbetracht der Nakkenfalten, und als ich an ihm vorbeigehen wollte, hörte ich den Papagei zu mir sagen: »Eile mit Weile, Junge«, und – vielleicht hatte ich gerade daran gedacht, weil nun alles verloren war, oder es auch leise vor mich hin gemurmelt, ich weiß nicht, erinnere mich nicht – dieselbe brüchige, stotternde Stimme, eine Papageienstimme, fügte hinzu: »Keine voreiligen Schlüsse« oder »Überstürze nur nichts«. Mir wurde klar – keine allzu brillante Schlußfolgerung, da werden Sie mir zustimmen –, daß ein Papagei, so gelehrig er auch sein mag (der hier konnte die ersten Verse einer Sappho-Ode rezitieren), nie im Leben in dem Zusammenhang so einen Satz von sich geben würde, vor allem den zweiten. Während ich rätselte, weshalb ich seine Worte entschlüsseln, wie ich seine ersten Sätze einwandfrei hatte verstehen können, kam mir der Gedanke, daß ich nach meiner Taufe durch die zungenredenden Priester in Helsinki vor so langer Zeit nun endlich die Gabe der Sprachen erlangt hatte und nicht nur alle Zungen Europas und Asiens verstehen konnte, sondern sogar die Krächzer eines Papageis. Die Erleuchtung. Ich kam mir wie erleuchtet vor, wenn auch ohne jeglichen Grund. (Ich brauchte nicht lange, um das Rätsel zu lösen: Es war Elias, der gesprochen hatte, ohne einen Muskel seines gestreiften Rückens zu rühren und ohne sich zu mir umzudrehen, während er so tat, als wäre er mit dem Papagei im Käfig beschäftigt.) Auf einer seiner Reisen als Apostel mußte Paulus von Tarsus auch die törichten Einwohner von Korinth über diesen Fehler aufklären, eine Stadt, in der das Zungenreden oder die Gabe der Sprachen üblich war. Im ersten Korintherbrief 12,10, erklärt er ihnen: *einem andern wird gegeben, Wunder zu tun; einem andern Weissagung; einem andern, Geister zu unterscheiden; einem andern mancherlei Sprachen; einem andern, die Sprachen auszulegen.* Das heißt, jedem das Seine ... Doch bahnte ich mir unter großen Mühen einen Weg durch die Rede des Magiers, wie durch einen Urwald, mit der Machete in der Hand. Ich begriff, daß ich es mit einem Sepharden zu tun hatte und mit seinem Spanisch, das von fremden Zungen entstellt und verseucht war. Bei jedem Schritt mußte ich innehalten, eine Wurzel, einen ganzen Stamm von Bedeutungen ausgraben, mußte aus ungefähren Wortbedeutungen auswählen, Begriffe austauschen, bis ich seinen Plan verstand. Elias hatte mit dem Ohr an der Tür dem Gespräch zwischen mir und W. gelauscht und die Verzweiflung des Mädchens begriffen. So entwickelte er einen einfachen Plan. Er würde, wie er mir erklärte, als wäre es das

Natürlichste auf der Welt, W. auf der Bühne verschwinden lassen.

»Sie wird dort und fort sein«, stellte er mit einer dieser kraftvollen Sentenzen fest, die primitiveren Sprachen eigen sind. Er würde die neue Nummer »Eine Frau verschwindet« vorstellen und gleich im Anschluß eine weitere: »Der Orangenbaum«. Er erklärte mir beide, jedoch ausführlicher die zweite, die mit dem Baum.

Die Nacht, in der ich vom russischen Handelsschiff zurückgekehrt war, ohne mit dem Kapitän gesprochen zu haben, war ich falsch abgebogen und hatte mich auf dem Weg ins *Saray* verirrt. Ich konnte aber nicht weit weg sein. Aus einem vergitterten Fenster fast auf Bodenhöhe drang Musik aus einem Lokal für Einheimische, dazu Geschrei. Noch so eine Bar, dachte ich, von all den vielen in dem Viertel. Dann hörte ich ein Klatschen zum Rhythmus eines Liedes aus Anatolien oder einer anderen fernen asiatischen Gegend und sah in dem Moment, wie drei oder fünf Männer, junge Türken, aufstanden, die Taille ihrer Gefährten umfaßten und zwei seitliche Schritte taten, im Uhrzeigersinn und gegen den Uhrzeigersinn. Das Lied machte mir klar, daß ich mich hinter dem *Saray* befand, in einem Gäßchen, auf das die Küchentür des *Saray* hinausging. Eine fensterlose Mauer zog sich die ganze Gasse entlang und mündete in einen Platz mit kräftigem Wind vom Meer, vom Bosporus.

An der Ecke würde ich auf sie warten. Durch dieses Gäßchen Richtung Meer würden wir bis zum Kai laufen und von dort zur *Michail Swetlow*, dem russischen Handelsschiff. Um Tyrann zu verwirren, tauchte ich in der Bar auf, sah den Frauen auf der Bühne zu, tat so, als wäre ich entzückt von den Bewegungen ihrer Beine und den Bewegungen von Elias' Händen. Kurz darauf stand ich auf und ging zur Tür, als erwartete ich jemanden, Stockis, und während Elias W. verschwinden ließ, umrundete ich das Gebäude und bezog an der Ecke Stellung. In eineinhalb Minuten.

W. stieg auf die Bühne, von Elias wie zufällig ausgewählt, um in der Nummer als verschwundene Frau zu fungieren. Sie hatte den Mann aus Anatolien, den Halter der Kampfkamele, bereits eine Flasche Champagner bestellen lassen, eine Ausgabe als Vorspiel. Der Mann zwinkerte frei in die Runde, sein Kopf rotierte und verteilte blinkend wie ein Leuchtturm Augenzwinkern, vorzüglich gelaunt. Bevor mich eines seiner Blitzlichter blendete, drehte ich mich rasch zur Bühne um, wie ein Prominenter, der den Kameras ausweicht. W. stieg die drei Stufen hinauf, setzte sich auf den Stuhl, den Elias in die Mitte der Bühne gestellt hatte, und blickte sich um, während ich mir ausmalte, daß sie noch von nichts etwas ahnte und Elias sie, während der Magier sich zu ihr hinabbeugte, ihr etwas ins Ohr flüsterte und sie fröhlich auf das Augenzwinkern des Mannes aus Anatolien antwortete, gerade erst in den Fluchtplan einweihte. Das war nicht der Fall. Elias hatte Gelegenheit gehabt, es ihr zu erklären, als sie von ihrem Zimmer herunterkam, aber ich hatte nichts davon erfahren, weil ich zum Laden an die Ecke gegangen war, um ein paar Riegel Schokolade für die Reise zu kaufen. Ich blieb in der Tür stehen, bis Elias den Umhang zum Bühnenrand brachte und ihn vor aller Augen entfaltete. Leilah sah mich und zwinkerte mir vom Schoß eines dicken Mannes aus ebenfalls zu. Wie schade, gerne hätte ich beide gerettet, denn W. war blond und mit sehr weißer Haut, aber in Leilahs Falten, an ihren Ellbogen wurde die Haut um ein bis eineinhalb Grade dunkler, eine Haut, die ausgiebigen Sonnenbädern widerstand. Wir könnten lange im Meer schwimmen, während W. unter den Fichten auf uns wartete …

Die Zaubernummer beeinträchtigte nicht die Spannung der Kunden: eine Jugoslawin mit tief ausgeschnittener Bluse befragte mit ihren beiden Brüsten zwei junge Türken; ein gutes Lokal, dachte ich, jetzt, da ich nicht mehr kommen würde. Die Art von Lokal, die dich – nach fünf Tagen regen Besuchs – in anderen Städten nach Ähnlichem suchen, in ähnliche Bars treten und Platz nehmen läßt, ohne daß du dich jemals wie in der anderen Bar fühlst: du schaust die halbnackten Frauen an, dann dich im Spiegel an der Theke und sagst: »Nein, das *Saray* war besser. Um Längen! Und die Frauen ebenso.« W. zum Beispiel, die nicht zu lächeln aufhörte, als Elias zu ihr trat und den Umhang über sie deckte. Ich stellte mir ihren stockenden Atem vor, wie sie allen in Gedanken Lebewohl sagte, Tyrann und den Frauen; wie sie flüsterte: *Idite wy wse na chui* oder *propadite wy wse propadom* (oder schlimmer noch *was wsech w rot*). Flüche auf russisch, und fürchterliche, das können Sie mir glauben. Ich schob meinen Oberkörper aus dem Saal und durch den Türrahmen, ohne dabei den Blick von W. zu wenden, trat auf die Straße, rannte zur Ecke.

Während ich so schnell lief, wie mich meine Beine trugen, nur auf Beine und Arme konzentriert, geschah ohne mich dort folgendes: Elias ließ alle auf W.'s Brüste schauen – wie auch ich es getan hatte –, die unter dem Umhang schwangen, er forderte sie auf, die Arme zu heben, damit alle feststellen konnten, daß sich das Mädchen weiterhin dort befand, und während er Dutzende von Schritten um sie herum vollführte, als wäre er im Zweifel, welche Richtung er einschlagen solle, drückte er einen Knopf, der eine Falltür im Bühnenboden aufklappte. Der Stuhl, den Elias auf der Falltür festgemacht hatte, kippte nach hinten, W. glitt über die Lehne in den Raum unter der Bühne (voll Staub und Spinnweben), und als der Stuhl wieder hinauf an seinen Platz fuhr, war er leer. Niemand im Saal fiel die Reise des Stuhls auf, denn der Trick bestand darin, daß der Umhang die Form der sitzenden Frau behielt, ohne daß Tyrann, der Kamelkämpfer oder die anderen Mädchen, die ebenfalls die Nummer aufmerksam verfolgten, da sie eine Premiere war, merkten, was geschehen war.

Elias hob seinen Zauberstab, klopfte dort, wo angeblich W.'s Kopf war, an den Umhang, der ihre Gestalt nachbildete, und im Saal hörte man, wie W. sich über den Schlag beschwerte, aber es war Elias oder der Bauch von Elias, der ihre Stimme imitierte. W. kroch ungesehen unter der Bühne hervor, denn das Deckenlicht war gedämpft worden, und nur ein schmaler Lichtkegel erleuchtete die Bühne.

Mit einer ausladenden Geste zog Elias den Kaschmirumhang fort, der durch die Luft flatterte, wie angetrieben und getragen von dem Schrei des Erstaunens, der aus all den dort versammelten Kehlen drang. Der Umhang fiel über W.'s Schultern, die ihn sich unter den Arm klemmte und (im Höchsttempo) zur Hintertür rannte.

Gleich darauf führte Elias, um die Wachsamkeit des Armeniers abzulenken, den Trick mit dem Orangenbaum vor. Er hatte ihn mir in allen Einzelheiten erklärt, weil er wußte, daß ich ihn nicht würde sehen können, und er war tatsächlich bewundernswert. Noch nie hatte er ihn dort aufgeführt. Während W. mit dem Umhang losrannte, den Elias fortgeschleudert hatte, tat der Zauberer, um Zeit zu gewinnen, so, als würde er sich an einer Orange gütlich tun (oder tat es wahrhaftig), die er in vier Bewegungen schälte. Er teilte die Frucht in Schnitze, die er sich zum Mund führte, und spuckte, so daß alle es sehen konnten, die Kerne in seinen Handteller. Er warf sogar den nächsten Tischen einige zu. Echte Kerne, einkeimblättrig, die er im Sand eines Blumentopfs vergrub, den ihm seine Assistentin – nun Leilah – reichte. Er begoß den Sand mit Blut, das er aus seinem Finger tropfen ließ, und aus dem mit Blut begossenen Sand begann vor den Augen des erstaunten Publikums ein Orangenbaum zu wachsen, der in wenigen Sekunden die Größe eines stattlichen Buschs erreicht hatte und noch weiter in die Höhe schoß: seine Äste trieben Blätter, ein winziger Vogel sang in seinem Wipfel, der Baum blühte und ließ Orangen wachsen, rund und gelb, die Elias abriß und ebenfalls in vier Bewegungen schälte, echte Orangen. Alle beklatschten das Wunder. Nur Tyrann ging zur Tür, und als er mich dort nicht sah, wandte er sich zum Raum hinter der Bühne. Leilah schrieb es später W. Auch sie staunte über den Trick, dessen Magie die Überraschung übertraf, W. nicht auf dem Stuhl zu sehen. Wie war es zu erklären, daß ein Baum in so kurzer Zeit wuchs, blühte und vor aller Augen Früchte trug? Auch W. war nicht Zeugin des Wunders gewesen, und ich hatte ihr in den fast vierundzwanzig Stunden, die wir anschließend zusammen waren, nichts davon erzählt. Es hätte keinen Sinn, es ihr jetzt zu schreiben, ihr zu erklären, daß es sich um einen alten persischen Trick handelte, bei dem ein Gummibaum zusammengefaltet in den Sand gesteckt und rasch aufgeblasen wird, wobei er seine Äste und Blätter entfaltet. Und der Vogel, den alle singen hörten? Und die Orangen, echt und eßbar? Das mit dem Vogel weiß ich nicht. Vom Vogel hatte mir Elias nichts gesagt. Die Orangen waren natürlich echt; er hatte nur so getan, als würde er sie von den Ästen reißen, wobei er die Attrappen mit der Geschicklichkeit eines Taschenspielers durch richtige ersetzte.

W. erreichte mich.

»Hat man dich auch nicht gesehen?«

Sie schaute mich sprachlos an, ohne ein Wort hervorzubringen, so außer Atem vom anstrengenden Lauf. Sie wirkte größer auf mich. Ich konnte ihr mühelos in die Augen blicken, auf gleicher Höhe wie die meinen. War sie zu meinen Augen emporgewachsen? Mir war aufgefallen, wie ungeschickt sie gelaufen war, ihre Absätze hatten kräftig auf den Gehsteig getrommelt, und sie hatte die Hacken zu sehr angehoben. Bevor wir losrannten – obwohl man uns noch nicht folgte und wir nicht wußten, daß man uns erbarmungslos bis zum Kai und von dort bis zum Handelsschiff verfolgen würde –, warf ich einen Blick auf ihre Füße, denn endlich hatte ich das Geheimnis ihrer Höhe erraten. Sie trug ein Paar dieser Damenschuhe, neuste Mode, so hoch wie griechische Kothurne für die Tragödie, deren Höhepunkt nicht auf sich warten lassen würde. Mit dem griechischen Titel: *Harpage* oder *Die Geraubte*.

»Bist du wahnsinnig! Die Schuhe!« schrie ich sie an, während ich schon loslief und mich auf der Straße nach beiden Seiten umschaute, verlangte jedoch nicht, daß sie sie in diesem Stadium noch auszog. Was konnte ich tun? Ein hoffnungsloser Fall. Ich hörte sie hinter meinem Rücken protestieren.

»Ich hätte sie so ungern dagelassen.«

Wir rannten. Ich zerrte sie die Straße hinauf in Richtung der Bosporus-Lichter, wohl wissend, daß Tyrann uns unverzüglich folgen würde. Wie sehr hätte ich ein Ende vorgezogen, wie – Mozart vertraut es seinem Vater im erwähnten Brief vom 26. September 1781 an – die *Entführung aus dem Serail* es bekommen sollte: *Der Janitscharen-Chor ist für einen Janitscharen-Chor alles, was man verlangen kann: kurz und lustig.*

5

Auf dem Bosporus

Ich kannte tausenderlei Arten, die Ware auf dem Boden meines Rucksacks zu verstecken. Ich zog die Schnüre fest, teilte ihn mit Gurten in Sektionen ein, zu denen man immer mühsamer vorstoßen konnte. Ich berechnete die Länge des Rucksacks, die Dinge, mit denen ich ihn anfüllen mußte, damit die Arme der Zollbeamten nicht bis auf den Grund gelangten. Sie fuhren bis zur Achsel hinein, ohne zu wissen, was sich im Innern befinden konnte, und tasteten blindlings, ohne je zum Kern der Schmuggelware vorzustoßen. Fast immer gaben sie auf und zogen den Arm langsam heraus, wie der Veterinär, der die Speiseröhre eines riesigen Säugetiers untersucht, und drückten außen am unteren Ende meines blauen Rucksacks herum: nicht ausreichend. Ich lächelte sie nicht offen an, gab mich nicht bereitwillig und kooperativ, im Gegenteil, ich zeigte Ärger und Eile, weiterzukommen; ein Freund wartete draußen auf mich, und nie, niemals würde ich etwas in ihr Land einschmuggeln. Wir mußten das Schiff über einen Gang verlassen. Die Zollbeamten befanden sich in Häuschen aus getöntem Glas verborgen auf der Lauer. Verriet dein Gesichtsausdruck nicht reine Alltäglichkeit – nicht etwa reine Unschuld, die immer verdächtig ist, sondern reine Alltäglichkeit –, dachten sie, daß du womöglich nur versuchtest, eine Stange Zigaretten zuviel, einen Liter Alkohol mehr als erlaubt, zu schmuggeln, wie alle Welt. Es lohnte die Mühe nicht, dich anzuhalten, dich abzufangen. Die Hauptsache war, dem Blick eines Zollbeamten nicht direkt zu begegnen, denn was hatte dich dazu gebracht, ihn gerade dann anzuschauen, als du an ihm vorbeigehen wolltest? Anabolika? Dann zeigte der behandschuhte Zeigefinger von oben auf dich herab, versperrte dir den Weg wie eine Schranke an einem Bahnübergang, und wortlos befahl man dir grimmig, den Rucksack auf dem Tisch zu entleeren. Sogar in solchen Fällen verfehlte die Taktik des gegürteten Rucksacks, der bis zum Reißen gespannten Schnüre, »damit man im Zug beim Schlafen nicht beklaut wird«, ihre Wirkung nicht, denn nicht alle hatten die Geduld, zu warten, bis du seelenruhig Stück für Stück das unerklärliche Inventar eines aus Rußland kommenden Reisenden hervorgezogen hattest, der jedoch allem Anschein nach kein Russe war: Schokoladenriegel, Salzkekse, einen Vorrat an Sandwichs, das Buch, das ich immer mitführte, aber nie Zeit hatte, zu lesen, Hemden, inzwischen ohne jede Spur des Bügeleisens, gut, ja, eine Stange Zigaretten, den vorschriftsmäßigen Liter Alkohol, wie alle Welt, wie ein ehrbarer Bürger, jemand aus Skandinavien, ein Fjordbewohner. Wie damals, als ich nach Norwegen eingereist war und ein Zollbeamter, ungeduldig, weil er seine Zeit mit mir verlor, seine Inspektion nicht beendet und sich auf einen anderen Passagier mit dem Gesicht eines Gesetzesbrechers gestürzt hatte: ein Junge aus Bangladesch, wenig vertrauenerweckend, von sehr dunkler Hautfarbe. Gehorsam wartete ich, bis er mit dem neuen Opfer, dem Jungen aus Dhaka zurückkam, mit dem ich in der Schiffsdiskothek gesprochen und der mich ängstlich nach der Zollkontrolle ausgefragt hatte. Als der Zollbeamte sah, daß ich dort noch immer den Tisch besetzte, den Platz, auf den er sein neues Opfer betten wollte, um ihm das dampfende Herz seiner Schmuggelware herauszureißen, schickte er mich ohne Umstände weiter: »Schon in Ordnung«, nickte er, als ich ein Glas mit eingelegten Tomaten heraushob, das ich aus den Tiefen des Rucksacks gefischt und damit auf seine Rückkehr gewartet hatte. Was soviel bedeuten sollte wie »eingelegte Tomaten, *good*?«. Kein ausdrückliches Verbot gegen eingelegte Tomaten? Ich konnte sie, wenn nötig, auch dalassen. Aber er achtete schon nicht mehr auf mich und stürzte sich wie ein Raubtier auf ein Glas mit einem weißen Pulver, das er aus dem Köfferchen des Jungen aus Bangladesch gezogen hatte. Ich blieb noch eine Weile bei ihnen, packte all die Habseligkeiten wieder ein, die ich durch den absurden

Eifer des Zollbeamten hatte auspacken müssen, in aller Seelenruhe. Schon jenseits der Schranke, bemerkte ich die steigende Panik des Jungen aus Bangladesch und an einem anderen Tisch den traurigen Blick eines betrunkenen Finnen mit mehreren Litern Alkohol zuviel intus. Ich schloß meinen Rucksack, zurrte alle Schnüre fest und trat auf die sonnige Straße, eine norwegische Straße, erhellt von der schüchternen Sonne Norwegens. Immer kam es mir wie ein Wunder vor. Ich atmete tief durch und setzte mich gleich dort auf eine Bank. Ich ruhte einige Minuten aus und wechselte langsam von der Zollinspektion zu den Gefahren, die mich in einem so sicher wirkenden, aber völlig überteuerten Land erwarteten: den Vorortzug nicht zu bezahlen, den Kontrolleuren in U-Bahn- und Vorortzügen auszuweichen und dergleichen Belanglosigkeiten, während ich die Fracht meiner Reise sicher auf dem Grund meines Rucksacks wußte.

Ich merkte, daß wir uns bewegten. Die Schiffsmaschinen arbeiteten noch nicht, aber wir begannen, uns langsam zu bewegen, von den Schleppdampfern gezogen. Wir hätten dort laut sprechen, sogar schreien können, aber in der drückenden Dunkelheit flüsterten wir, spürten die Schwere all der Kubikmeter Dunkelheit, die auf uns lastete. Wir waren auf unserem Weg hierhin so viele Niedergänge hinuntergestiegen, daß ich mir keinerlei Vorstellung von dem Ort machen konnte, an dem wir uns befanden. Immer, selbst vor dem Untergang der *Estonia*, habe ich es vorgezogen, über der Wasserlinie zu reisen. Nie war es mir gelungen, genau die Tiefe des ersten Decks, des untersten im Schiff, zu schätzen. Die Kajüten hatten auf dieser Höhe keine Bullaugen, und mehrmals versuchte ich, während ich im Aufzug an den Decks vorbei hinabfuhr, zwei davon mit Autos und riesigen Lastwagen, die Tiefe zu berechnen, einen Begriff davon zu bekommen, wie tief unten wir uns befanden. Wie sollte man bei einem Schiffbruch aus dieser Tiefe hinaufkommen und einen Platz in den Rettungsbooten ergattern? Ich war mir sicher, daß der Kapitän des russischen Handelsschiffs für unser Versteck einen Platz weit unten auswählen würde, so tief unten wie möglich. Aber wir stiegen nicht sehr tief hinunter. Als er seine Mütze über das Geld stülpte, versicherte er mir:

»Ich kenne dieses Schiff besser als der Reeder. Man findet euch nie im Leben, nicht mal, wenn es eine Zollinspektion gibt, zu der es nicht kommen wird, weil sie die Ladung schon untersucht haben, bevor sie an Bord verstaut wurde.«

So würden wir also das Schwarze Meer, sein schwarzes Wasser, nicht unterhalb der Wasserlinie überqueren, eine Erleichterung. Bevor Kolja, der Schiffsjunge, die Tür schloß und uns sagte, »bleibt hier, rührt euch nicht; wenn wir den Hafen verlassen haben, hole ich euch«, musterte ich den Ort, an dem wir uns befanden, eine Art hängender Gräting. Die Tür hatte auf eine Gräting hinausgeführt, die sich in großer Höhe über den Laderaum spannte, wie ich mir ausmalte, und im Leeren schwebte. Vielleicht war es die Plattform einer Treppe, über die die Arbeiter in den Laderaum hinunterstiegen, wenn es ans Entladen ging. Wir taten einen Schritt auf der Plattform, die schwankte, wie alles auf dem Schiff schwankte, und ich hatte keine Zeit, den Ort näher zu untersuchen, denn als ich mich zu Kolja umdrehte, um ihn zu fragen, wo wir uns befanden, schloß er die Tür hinter sich; ich hörte, wie er die Kurbel drehte und den Riegel vorschob, der mit aller Kraft die Gummidichtungen gegen den Rahmen preßte, ein Schott. Wir blieben in völliger Dunkelheit zurück.

Ich brauchte über eine Minute, um mir dessen bewußt zu werden. Ich wartete, bis sich meine Pupillen erweitert hatten, und fragte W. mehrmals »geht's dir gut?« und drückte ihren Arm. Nach diesem ersten Moment vertraute ich darauf, ihr Gesicht ausmachen, meine Augen auf eine niedrigere Beleuchtungsschwelle einstellen und ihre Umrisse erraten zu können, als würde das schwache Licht, das durch die Vorhänge dringt, der Schimmer von ein Uhr morgens, an den sich die Augen schließlich gewöhnen, die Möbel eines Zimmers erhellen.

Das gleiche Gefühl, das man in den Träumen hat, in denen man laufen möchte und die Beine wie festgenagelt sind, vor Ungläubigkeit. Ich hielt mir die Hände vor die Augen, drehte sie herum, führte sie ganz nah heran, ohne etwas zu erkennen. Irgendwo vor mir bekam ich W.'s Arm zu fassen und tastete nach ihrem Armband, den Perlen ihres Armbands. Ich spürte ihren Schrecken, die Anspannung, aber schließlich *mußtest du nicht Mann gegen Mann mit den beiden kämpfen. Ich schon.*

Ich rückte näher, um mit ihr zu reden, hielt ihr Gesicht vor dem meinen fest, um mit ihr sprechen zu können. Ich hatte begonnen, mich zu beklagen, bitter, kraftlos, zitternd, und wußte nicht, ob ich meiner Stimme die richtige Richtung gab, und wollte sie deshalb mit meinen Händen orten. Diese entsetzliche Anspannung! Himmel! Diese entsetzliche Dunkelheit! Der Lauf über diesen spärlich beleuchteten Kai.

»Ich mußte nach ihm stechen, W.!« sagte ich, als hätte sie es nicht mit eigenen Augen gesehen. Ich führte mir den Moment des Zusammenstoßes erneut vor Augen, als ich mich aus dem Hauseingang auf Tyrann stürzte. W. unterbrach mich nicht, um mir zu sagen: ›Aber ich habe doch alles gesehen! Mit eigenen Augen! Weshalb erzählst du mir das?‹ Mit einer Angst, die meiner glich, hörte sie zu, wie ich den Kampf noch einmal hastig durchging und ihr ein ums andere Mal das gleiche wiederholte, ohne mich bezähmen zu können.

Ich hatte in den Arm gestochen, der meine Kehle zudrückte. Halt, nein, zuerst bohrte ich mein *finka* in das Bein, und er stieß dieses entsetzliche Geheul aus. Ich hatte einen Stoß auf Höhe des Oberschenkels ausgeführt, ohne mit dem Körper mitzugehen, alle Kraft in diesem Vektor vereint. Die Spitze meines *finka* stieß auf etwas, auf Gewebe, Muskelgewebe, und versank, ich spürte, wie sie darin versank. Der Schatten ließ ein Geheul los und fuhr sich mit der Hand an die Wunde. Ich wollte ihn nicht töten, ich wollte nur den Weg freimachen, er sollte sich nicht zwischen uns in dem Versteck im Hauseingang und der Mole stellen, wo uns das vor Anker liegende Schiff erwartete.

Er stieß ein Geheul aus, in dem ich Worte im Keim erriet, Flüche im Keim, Phoneme aus einer uralaltaischen Sprache mit einer Unzahl von Rs und Glissandi. Er zischte wie eine Schlange oder wie ein Teekessel, den man vom Feuer nimmt, hielt eine Sekunde erschreckt inne, und sein Schatten – durch eine Straßenlaterne, die sein Komplize, größer als er, in seinem Lauf gestreift hatte – schwankte, als ob er unschlüssig wäre, schwang hin und her, auch wenn er selbst sich nicht rührte. Ich stellte mir vor, daß seine Wunde tief war, daß er vielleicht Mengen von Blut verlor. Ich packte W., und wir stürzten uns in die (wie ich nun weiß) falsche Bresche, die mir sein Schatten bot, als er nach einer Seite schwang. Aber Tyrann war sehr viel breiter und schon wieder entschlossen, die Furcht hinter sich zu lassen, er spürte oder mußte gespürt haben, daß die Muskeln seines verwundeten Schenkels sich normal zusammenzogen, sprang und packte mich im Flug. Mir war, als wäre ich gegen die Schranke an einem Bahnübergang geprallt. Tyrann zog den Arm ein, und ich flog an seine Brust. Dann verlagerte er die ganze Kraft seines Körpers auf seinen Arm (von wo aus sie auf meine Kehle überging). W. wurde von der Trägheitskraft fortkatapuliert, lief weiter, wich dem zweiten Verfolger aus, dem großen Mann. Ich konnte sie nicht sehen. ›Ich hab's gewußt!‹ sagte ich mir. ›Ich hab's gewußt!‹

Ein Umstand ist vielleicht der Erwähnung wert: W. schrie auf russisch, und als sie in Sicherheit war – denn mit der Schnelligkeit einer Eisläuferin lief sie bis zum Ende der Straße –, schrie sie erneut. In meiner Verzweiflung konnte ich nicht auf mein Stotterenglisch vertrauen, doppelt gestottert wegen der Kraft, mit der Tyrann meine Stimmritze in der Zange hielt. Und bei so wenig warmer Luft, um meine Stimmbänder in Schwingung zu versetzen, fluchte ich auf spanisch. Da schrie W. zum dritten Mal auf russisch, sie schrie mir auf russisch zu. Ich fluchte erneut auf spanisch, röhrte heiser etwas auf spanisch. Der große Mann lief herbei, um Tyrann zu helfen, wobei er auf türkisch schrie. Das war mir aufgefallen, daran erinnere ich mich haargenau.

»So ist es gewesen: Als wir fortgelaufen sind, habe ich ständig die Mündung des Gäßchens im Auge behalten, denn ich wußte, daß sie von da kommen würden. Kurz vor der Ecke habe ich mich umgedreht und sah sie anrücken, zuerst Tyrann und dann Ibrahim, seinen Komplizen. Wir sind in dieses Taxi gestiegen, das aus weiß Gott welchem Grund neben uns anhielt. Sahen wir so aus, als suchten wir ein Taxi? Was meinst du? Nein, nicht wahr? Mit dem Taxi haben wir einen guten Vorsprung herausgeholt, nur beim Zahlen haben wir Zeit verloren. Einen Zehner hätten wir da gut gebrauchen können. Aber wir waren ihnen um ein ganzes Stück voraus, sie hatten uns aus den Augen verloren. Als ich mich auf ihn gestürzt habe, hatte er nicht damit gerechnet, daß wir so nah waren und uns in dem Hauseingang versteckten. Ein Überraschungscoup. Unser einziges Glück. Wir hätten sie vorbei und ihrer Wege gehen lassen können. Es war ein Fehler! Ein Fehler!«

»Nein, J., sie hätten uns so oder so gefunden. Du hast sie doch gesehen, oder?«

Natürlich hatte ich sie gesehen. Genau vor uns bewegte Tyrann ungeduldig seine Beine, tänzelte auf der Stelle, als wartete er nur darauf, Fußtritte regnen zu lassen. Ich mußte, rechnete ich mir aus, diesen allzu flinken Beinen ihre Kraft nehmen, mit einem Stich die Luft herauslassen.

»O Gott, ohne mein *finka* hätten sie uns nach Herzenslust mit ihren Füßen bearbeitet! Ein Kauf in letzter Minute. Ich habe es dir erzählt. Und mit dir? Was sie erst mit dir gemacht hätten. Das gleiche wie mit Miloslava oder noch Schlimmeres. Und als wir dann beim Schiff eintrafen und der Kapitän und Kolja auf uns warteten? Denn die hätten gut und gern das Geld behalten und die Anker lichten können. Du verstehst schon: die Anker lichten, Leine ziehen. Aber schtt!, da kommt jemand. Ich höre Schritte. Still.«

Es kam jemand. Folgendes war geschehen: Tyrann hatte das Schiff erreicht, kurz nachdem die Ablegemanöver beendet waren und die Matrosen von der *Michail Swetlow* das letzte Tau lösten. Er hielt es auch nicht für notwendig, obwohl er wegen seiner Wunde hinkte wie ein Pirat oder gerade deswegen, sich ins Wasser zu werfen und an den Ankerketten hochzuklettern, ein Messer zwischen den Zähnen. Er schickte Ibrahim, seinen Komplizen, um die Hafenpolizei zu alarmieren, und der Kapitän der *Michail Swetlow* mußte die Schleppdampfer zurückrufen und sich, über die Reling gebeugt, nachdem sein Schiff wieder an seinen Platz zurückgekehrt war, mit mehreren uniformierten Männern auseinandersetzen. Es stand in ihrer Macht, die Abfahrt zu verhindern, und genau das taten sie. Als die Treppe wieder heruntergelassen wurde, stieg eine Gruppe von zehn Männern an Bord.

W. wollte schon schreien. Ihre Stimme kam immer mehr auf Touren, »Da sind sie, Himmel! Da sind sie!«, machte immer größere Ausschläge wie ein Pendel in Resonanz, außer Kontrolle. Ich tastete blindlings nach ihrem Hals, spürte zwischen meinen Fingern die Schreie, die ihre Kehle hochkamen, und bevor sie hinaustraten und es zu spät war, hielt ich ihr fest den Mund zu und zog sie automatisch nach unten. Ebenso automatisch zog W. die Knie an, als wollte sie ihren Bauch vor einem Schlag schützen, und tastete bei ihren Füßen nach dem Umhang, mit dem Elias sie auf der Bühne zugedeckt hatte. Sie behauptet, ganz unwillkürlich. Die Reflexbewegung einer Frau, die man nackt in einem Bett überrascht. Sie deckte sich mit dem Umhang zu und zog ihn noch weiter nach hinten, damit auch ich zugedeckt war. Wir knieten unter dem Umhang, ohne die Hitze zu spüren. Die Eisentür ging mit einem quietschenden Knarren auf, und wir sahen Kolja, gefolgt von zwei türkischen Polizeibeamten mit Taschenlampen.

Ich konnte sie einwandfrei durch das Umhanggewebe erkennen. Kolja sagte:

»Hier ist nichts weiter«, mit der größten Gelassenheit der Welt. Und die Beamten schwangen bedächtig einen Fuß über den unteren Rand der Tür, steckten ihre Köpfe hindurch, ohne den anderen Fuß nachzuziehen, streckten die Taschenlampen vor und fegten damit über die Plattform. Ich konnte sie mühelos erkennen. Ich rollte meine Augen von einem Ende der Augenhöhle zum anderen, ohne zu atmen, ohne einen Halsmuskel zu bewegen, ganz im Griff der Furcht.

»Was ist das da?«

»Säcke, bloß Säcke«, erwiderte Kolja. Die Beamten tasteten die Wand neben dem Türrahmen ab, als suchten sie nach einem Schalter, und als sie ihn nicht fanden, machten sie ihre Taschenlampen heller.

Ihre beschlagenen Stiefel stampften dröhnend über das Bodengitter. Der erste Polizist blieb bei der Tür und schaute über das Geländer nach unten, leuchtete in die Tiefen des Laderaums und auf die gestapelten Säcke. Der zweite kam immer näher, bis er vor uns stehenblieb. Der Strahl seiner Lampe durchdrang mühelos den Umhang und blendete mich, so daß ich deutlich den glühenden Wolframdraht im Inertgas der Glühlampe erkennen konnte.

»Ich habe doch gesagt, daß hier nichts ist«, meldete sich Kolja wieder zu Wort, und er behauptet, daß auch er nichts gesehen hat, er dachte, wir seien die Treppe hinuntergestiegen, um uns hinter den Säcken zu verstecken, als wir sie kommen hörten. Weder Kolja noch der erste und der zweite Polizist, die nach Beendigung ihrer Luftinspektion der Säcke mit ihrer Taschenlampe auch über die Stelle fegten, an der wir uns befanden, über das von einem Umhang bedeckte Bündel mit der Form von zwei knienden Menschen, die den Atem anhielten: keiner der drei bemerkte etwas. Der zweite Polizist stand so nah bei uns, daß ich den Glanz auf seinen Stiefeln sah, ihren bis zum Knie hochgeschnürten Schaft. Wie ist das möglich? Waren wir unter Elias' Umhang unsichtbar geworden? War es ein Tarnumhang, der den unsichtbar machte, den er zudeckte? Das werde ich niemals glauben. Ich habe einen schwerwiegenden Einwand dagegen: Ein unsichtbarer Körper läßt die Lichtstrahlen durch sich hindurchgehen, er bietet dem Licht keine Reflexionsfläche, so daß ein Beobachter – der erste und der zweite Polizist, Kolja, der Schiffsjunge – ihren Reflex nicht wahrnimmt und sie nicht sehen kann. Aber ebenso kann der unsichtbare Körper, der unsichtbare Mensch nichts sehen, denn das Licht durchquert auch ihn, und in seinen unsichtbaren Augen können sich keine Bilder widerspiegeln und formen sich auch nicht umgekehrt hinten auf seiner aus demselben Grund unsichtbaren Netzhaut, weil es durch sie hindurchgeht. Aber wir sahen die anderen sehr wohl, mehr noch – obwohl das für die Argumentation keine Rolle spielt, weil es sich um ein optisches Problem handelt –, wir hörten sie auch reden. Kolja wartete, bis die Polizisten wieder im Gang waren. Er schloß die Tür, ohne einen Blick zurückzuwerfen, ohne eine Geste der Sorge oder der Verwunderung. Wir blieben erneut in völliger Finsternis zurück, noch geblendet vom Wolframdraht, den wir jetzt als Zeichen in der Luft schweben sahen. Ich beugte mich zu diesem Zeichen vor und tauchte meine Nase in W.'s Nacken. Wir zogen den Umhang mit einem Ruck fort, in einer einzigen Bewegung, aber wir verspürten keine kühle Luft, sondern im Gegenteil noch mehr Hitze. Ich bettete W. auf meine angewinkelten Beine, zog ihr schnell die Bluse aus, wagte mich immer weiter vor in Richtung Wärme.

Ich schmiegte meine Hände an die Kronen ihrer Brüste und ging dazu über, an ihrem Nacken zu nagen, als hielte ich sie mit meinen vorderen Greiffüßen gefangen, als hätte ich sie mit einem Biß enthauptet und würde nun die grüne Lymphe saugen, die aus ihren offenen Gefäßen sprudelte. Ich wollte mir einreden, daß niemand sie seit Monaten so geküßt hatte, daß niemand sie mit solcher Macht oder Verzweiflung gedrückt hatte. Das Bodengitter preßte sich mir in die Knie, und ich vermutete, daß sie, die jünger und schlanker war, sich ans Gitter klammerte, ihre Finger um die feinen Gitterstäbe schloß. Gleich darauf zog sie eine Hand hervor, die ich nicht kommen sah, und ich fühlte, wie sie blindlings nach meinem weichen, runzligen Gefäß tastete, es ebenfalls drückte wie jemand, der einen Weinschlauch drückt. Durch das Gitter fielen Tropfen ins Leere des riesigen Laderaums, wir tropften nicht auf den Boden, denn unter uns befand sich kein Boden, das wird mir jetzt klar, sondern ins Leere. Sie und ich, unser beider vermischte Essenzen fielen in Kugelform auf jene Säcke mit Waren, die legal nach Odessa gelangen, die sich die Stauer auf den Rücken werfen würden, ohne sich die Sinne verwirren zu lassen, ohne sich über den Geruch der Tropfen zu beunruhigen, die hier und dort auf die Säcke gefallen waren, in der Luft an Kraft verloren, einen Teil ihres Geruchs der Luft im Laderaum mitteilten, wobei sie in der Hitze rasch eintrockneten. Wir schwitzten Bäche, die subkutanen Papillen befeuchteten uns wie nach einem langen Winter, in dem wir wegen der Kälte wenig schwitzen und bei der ersten Hitze erstaunt feststellen, daß wir ganz durchnäßt aufwachen, in Schweiß gebadet.

In der Ferne, irgendwo in der Dunkelheit, hörten wir, wie schließlich der Motor mit voller Kraft arbeitete. Die Kolben des Dieselmotors, die auf und ab gingen, Öl verspritzten, zwei Takte oben, zwei Takte unten, ganz gemächlich, wobei sie in den Zylinder glitten, der ihrer – das wollte ich mir so vorstellen – seit langem harrte, wobei sich jene Umarmung in einen *Motor* verwandelte oder in den Urgrund von etwas, von einer Geschichte, die an der Nordküste des Schwarzen Meers, in Liwadija beginnen würde. Vorwärts, an Geschwindigkeit gewinnend wie ein Drachenflieger, der hangabwärts Anlauf nimmt und sich mit geschlossenen Augen ein ums andere Mal bemüht, in die Höhe zu schwingen, ohne die Meßgeräte zu vernachlässigen, mit dem Fingernagel ans Glas des Höhenmessers klopft, an ihren Brüsten hantiert, sie küßt, mit dem Finger den Ölstand in den Kurbelstangen überprüft, sie erneut drückt und nach einer Sekunde Pause, als wollte er in einen anderen Gang schalten, wieder zum ersten Bild zurückkehrt, in der ich sie mit meinen Vorderfüßen drücke, bis wir schließlich das letzte Stücke des Hügels hinabliefen, abhoben und lange dahinglitten, wobei W. aus ihrer Kehle all die Schreie entweichen ließ, die sie unterdrückt hatte, aus Furcht, entdeckt zu werden.

Wir lagen nackt auf Elias' Umhang. Mich erschreckte dieser unsichtbare Körper, wie Körper, die uns in manchen Nächten besuchen, ebenfalls von schlanken, schönen Frauen, die wir umarmen, ohne auch nur eine Sekunde zu zögern, die wir küssen und uns küssen spüren, wobei sie sogar unablässig küssend an uns hinabgleiten und wir ihr Haar streicheln, ihren Kopf mit beiden Händen greifen und ihn nach unten drücken, voll Glück, und auf einmal weckt uns ein Hundegebell, der anspringende Kühlschrank, eine Angst von jenseits des Traums, und wir entdecken, daß wir allein sind, obwohl das Gefühl, sie gesehen zu haben, so übermächtig ist, daß wir liegenbleiben, die Dunkelheit erforschen und uns fragen: war es ein Traum? Ob ich das geträumt habe? Ich schloß instinktiv die Augen, als würde ich mich ohne Spiegel rasieren, und tastete nach den Umrissen ihrer Schenkel, ihrer Taille, ihres Nabels. Ich hatte Angst, aufzuwachen und nichts vorzufinden. Doch wenn ich sie sähe, sagte ich mir, könnte ich sie aus diesem taktilen Kontinuum reißen, dieser Grundwärme, die alle Frauen im Dunkeln darstellen.

Ich erinnerte mich an Tyranns Geringschätzung nach der Vorführung der *goggles* unter der Bühne, als ich keine Lust gehabt hatte, ihm zu sagen: »Nun, weder die 82. Airborne Division der USA noch die Spetsnaz des russischen Innenministeriums, noch die vom Mossad denken so wie du.« Auch ich hatte die *goggles* nicht angemessen nutzen, sie als wirkungsvolle Waffe bei Gefahren einsetzen können. Als wir die finstere Mole hinaufliefen, zwischen doppelt und dreifach gestapelten Containern, kam ich nicht darauf, sie zu gebrauchen, um unseren Verfolgern noch mehr vorauszuhaben als bloß unsere jüngeren Beine. Und als wir uns im Hauseingang versteckten und ich Tyrann unschlüssig tänzeln sah, war ich auch nicht auf die Idee gekommen, sie anzusetzen.

Ich griff hinter meinen Kopf, öffnete meinen Rucksack und tastete nach dem Plastikriemen der *goggles*. Schweigend setzte ich sie mir auf. W. hatte gemerkt, daß ich im Rucksack gewühlt hatte, mich aber nicht gefragt, was ich da tat. Ich setzte sie mir im Liegen auf, mußte nur den Kopf ein wenig heben und stellte die *goggles* mit ihrem eingebauten Infrarotlämpchen an. Oben sah ich die Schiffskabel, weit über uns, an der Decke. Dann drehte ich mich um, richtete mich auf dem Ellbogen auf und entdeckte ihre grünen Schenkel, ihren grünen Schamhügel *(ihre grünen Schenkel, ihren grünen Schamhügel).*

Sie konnte mich nicht sehen. Sie spürte mich nur über sich, wie ich mich zu ihrem Gesicht hinaufbewegte und begann, sie zu untersuchen. Vielleicht hatte sie es erraten: meine Bewegungen im Dunkeln, das Spiel meiner Muskeln, mein Atem, all das gehörte zu jemandem, der sah, der unerklärlicherweise etwas vor sich sah in jener Dunkelheit. Sie sagte nichts. Da die Stärke der Lampe sehr gering war – die Batterien hatten sich entladen –, mußte ich sie mir Segment für Segment ansehen. Zuerst schaute ich mir ihre Beine bis zum Knie an, dann einen Teil des Oberkörpers mit den Brüsten, dann faßte ich die Schultern ins Auge, den Hals, drehte sie um, studierte ihren Rücken, den Rückenkanal, die blassere, entspanntere Masse, weich anzufassen, am Ende ihres Rückens. Ich fügte die einzelnen Teile zusammen, so wie die Kartographen nach den Luftaufnahmen eines unbekannten (nur unbekannten, nicht unberührten) Gebiets alle Segmente, die im Tiefflug geschossenen Fotos, zu einer zusammenhängenden Flächenkarte aneinanderfügen müssen, oder (treffender, viel treffender!) wie ein Raubinsekt mit Facettenaugen, das ebenfalls die Bilder, die es empfängt, zusammensetzen und nicht an (sagen wir) Tausende Schmetterlinge denken muß, sondern an einen einzigen, oder auch – obwohl ich auf diesen Vergleich nicht schwören möchte – wie ich sie mir in Liwadija ausgehend von ihren Briefen als Bild zusammensetzen mußte, der gleiche Denkvorgang.

SIEBTER BRIEF

I

Liwadija

Niemand hielt uns auf, als wir in Odessa an Land gingen; das Chaos beim russischen Zoll hatte seinen Höhepunkt erreicht. Es war möglich, ohne Visa, ohne Paß einzureisen (und auszureisen). »Vorgestern«, konnte man einem verwirrten Zollbeamten erklären, »hat die Duma ein Gesetz verabschiedet, das Visa für Ausländer für obsolet erklärt«, und da die Ukasse aus Moskau nur so durch die Luft flogen wie die Energieflüsse beim Urknall, ununterbrochen, jedoch in Schüben, konnte man zwischen einem Ausstoß und dem nächsten geschickt eine Täuschung einschieben, ein Märchen, konnte sich darauf berufen, daß das Visum nichts als eine schmutzige stalinistische Praxis gewesen war, und sich durchmogeln. Nicht einmal das war nötig. Wir stiegen die Relingstreppe hinunter, ohne daß uns irgend jemand in den Weg trat. Ich dachte: das ist nur der Innenbereich, gleich kommen Zollkontrolle und Grenzwächter. Ich steckte ein paar Scheine in meine Hemdtasche. Ich würde sagen: »Ich habe gerade keine Hand frei, wären Sie so nett und ziehen meinen und ihren Paß aus der Tasche hier?« Meinen Paß würde er logischerweise finden, und ihren? »Ach!, den müssen wir verloren haben«, und der Wächter würde das Bündel Scheine in der Hand halten, bis er begriff. Nichts davon geschah. Ich konnte es nicht glauben. Am Ende des Kais, an die fünfhundert Meter vom Schiff entfernt, entdeckten wir das Häuschen mit einem Drehkreuz, das die Leute passierten und von dem aus die Schranke für die Autos und Lastwagen gehoben wurde. Hier, sagte ich mir. Wieder nichts. Wir passierten. Eine alte Frau aus Odessa kochte sich Tee in dem Häuschen und wandte dem Drehkreuz den Rücken zu, welches ungehindert in Richtung Rußland wirbelte. Wir veranstalteten soviel Lärm wie möglich (sie sah uns, sagte aber kein Wort), und wir passierten. Wir befanden uns in Rußland, am Beginn einer engen Straße, eines Gäßchens. Wir gingen an einer grauen Mauer entlang, kamen zu einer Allee. Ein Taxi fuhr vorüber, hielt noch vor der nächsten Ecke an und fuhr im Rückwärtsgang zu uns zurück. Noch ein Taxi, das wir nicht gerufen hatten und das vor uns anhielt. So einfach. Wir machten es uns auf dem Hintersitz bequem. Wir waren zu Hause, wenige Stunden von Jalta und Liwadija entfernt. Wir mußten nur noch das Dampfschiff am Passagierhafen von Odessa nehmen, W. Kleider kaufen.

Es regnete noch immer in Strömen, als ich in Jalta von Bord ging, heute vor drei Monaten. Es hatte während der Überfahrt zu regnen begonnen, gleich nachdem das Schiff Odessa hinter sich gelassen hatte, und da ich nicht vertraut mit diesem Klima war, dachte ich, es würde tagelang durchregnen. Ich malte mir ein Regiment ewiger Niederschläge im Sommer aus, wie in Sankt Petersburg: Regen, Schnee und Schneeregen.

Drei Tage lang wartete ich am Kai von Jalta auf sie, in der Hoffnung, sie von der Fähre kommen zu sehen. Ich erwartete sie, (fast) sicher, daß sie eintreffen würde. Am Kai stehend, sah ich reife Männer mit ihren vierzigjährigen, noch jungen Frauen eintreffen. In tiefster Traurigkeit versunken, malte ich mir das Schicksal eines Offiziers der Wrangel-Armee in Istanbul nach seiner Flucht in die Türkei auf Schiffen der englischen Flotte aus. Einer der Überlebenden eines Heers von hundertfünfundzwanzigtausend Mann. Der ebenfalls, wie ich mir vorstellte, mit einer jungen Frau geflohen und in der Hoffnung nach Istanbul gekommen war, in ein anderes Land weiterzureisen, nach Frankreich, um in Paris Taxichauffeur zu werden. Aber nach zwei Monaten sollte seine Frau ihn verlassen.

Während ich die reifen Männer mit ihren Frauen von Bord gehen sah – manche dick und gealtert, andere hingegen demonstrativ in Shorts, mit noch blassen Schenkeln, doch bereits mit dem Vorsatz, sie eifrig zu bräunen –, während ich jeden einzelnen Passagier musterte, die Art, wie er vorsichtig die Schiffstreppe herunterkam und bei jedem Schritt aufschaute, um seine Landung in Jalta ganz bewußt zu erleben, wobei er die Uferstraße musterte, die Sonnenschirme der Cafés, die blauen Berge, da kam mir in den Sinn, daß meine Geschichte mit W. die der weißen Offiziere wiederholte, die von ihren Frauen in Istanbul verlassen worden waren. Ich hatte eine Russin herausgeholt, eine junge Frau, die in Istanbul *der Prostitution nachgegangen war*, hatte ihr geholfen, nach Rußland zu fliehen, um dann von ihr verlassen zu werden. Im Spiegel – spekulierend – betrachtet, glich meine Geschichte der eines Offiziers der Wrangel-Armee, der mit seiner Frau nach Istanbul flieht, wo die schließlich in einem Hafenbordell anschaffen geht. Das mußte ich W. schreiben, mußte sie auf diese historische Parallele hinweisen, auf die Gemeinsamkeiten zwischen unseren Schicksalen.

In keinem Augenblick glaubte ich, W. vom Schiff aus Odessa steigen zu sehen; ich fuhr nicht auf bei der Ähnlichkeit einer der Frauen, die vom Schiff kamen, denn ich musterte sie aus nächster Nähe, aus der Gruppe der Umstehenden, die darauf warteten, zur Rückfahrt an Bord zu gehen. Drei Tage hintereinander ging ich hin, und all die drei Tage setzte genau dann, als das Schiff mit seinen Ankermanövern an der Reede begann, starker Regen ein.

Jener Offizier hätte bestimmt Briefe geschrieben, in einem Café in Istanbul, am Taksim-Platz, 1921. Er hatte zweierlei Dinge zu verarbeiten: den Verrat Englands, das sich darauf beschränkt hatte, nur einen Teil seiner Flotte dem von den Roten eingekesselten Heer zur Verfügung zu stellen – womit allerdings ein Blutbad verhindert wurde –, und den schmerzlicheren, unfaßlicheren Verrat von Natalia. Die jähe Verzweiflung, die ihn an einem Abend überfiel, als er sich eine Tasse zuckersüßen Tees an den Mund führte und an die letzte Miete dachte, woher war das Geld gekommen? Er würde eins und zwei zusammenzählen. Sie hatte keinen Schmuck besessen, den sie angeblich hätte verkaufen können. (Er kannte sie kaum, sie hatten vielleicht in

Jalta oder Sebastopol geheiratet, 1920, als die Front noch stabil schien.) *Ich habe einen gewaltigen psychologischen Irrtum begangen*, war der Satz, mit dem er seinen Brief begonnen haben muß. Damals in Sebastopol wirkte Natalia, seine liebe kleine Frau, so ... gut.

Der Offizier hatte sie womöglich eines Tages, sechs Monate später, in einem Bordell gesehen oder in einem Tingeltangel, wie sie die Beine in einem Cancan-Abklatsch in die Luft warf. Bei Oscar Wilde, auch einer, der *einen gewaltigen psychologischen Irrtum* begangen hatte, kam es zu einer Aussprache mit seinem Exgeliebten, als er aus dem Gefängnis entlassen wurde, in das er durch dessen Schuld gelangt war; eine ebenso lange, zitternde Wehklage. Wladimir Wladimirowitsch, der mich in einem ähnlichen Gemütszustand wähnte und bestimmt ein paar angestrichene Passagen in einigen der von mir zurückgeschickten Briefsammlungen entdeckt hatte (wie diese hier: *Es kommt mir vor, daß jeder Mann, der das Leder seiner Schuhe wert ist und vor so einer Frau gestanden hätte, dasselbe getan haben würde*, aus einem Brief von Van Gogh, als er seinem Bruder Theo von Sien erzählt, einer Prostituierten, die er schwanger in der Straße aufgelesen und der er »Stärkungsbäder« verabreicht hatte), Wladimir Wladimirowitsch hatte es, scharfsinnig wie er war, bis zum Ende vermieden, mir Wildes langen Brief zu schicken. Ich war jedoch auf ein nicht minder starkes Vorbild für eine Wehklage gestoßen, unter Briefen, die dem Anschein nach Liebesbriefe waren, die von Abaelard und Heloisa, und manche Abschnitte jagten mir einen Todesschrecken ein. Wie Abaelard bitter bekennt, so hatte auch ich eine Verführung geplant, einen Verführungsakt. Beide, ich und W., hatten das gleiche Spiel der Verführung gespielt (sie mit größerer Geschicklichkeit), und wenn Abaelard bedauert, der jungen Heloisa eine Falle gestellt zu haben, in die anscheinend sie gefallen war, die jedoch später auch dröhnend über ihm selbst zuschnappen würde, sah ich im klaren Lichtschein dieses Abschnitts, wie ich Opfer derselben Fehleinschätzung geworden war. Nun gut: was mich betrifft, so mußte ich nur drei Tage lang zum Kai gehen, drei schreckliche, entsetzliche Tage, doch als es am dritten zu regnen aufhörte, begriff ich, daß W. nicht kommen würde, daß sie nicht das Mädchen in der grünen Bluse war (W. besaß gar keine Bluse in dieser Farbe, sie gefiel ihr nicht), das gerade als letzte von Bord ging, mit einem kleinen Koffer in der Hand. Ich wußte, daß ich das Menschenmögliche getan hatte, um ihr zu glauben, ihr zu vertrauen, daß sie mich *hinterhältig* getäuscht hatte, daß sie in Wirklichkeit eine *bljad* war, eine *schljucha* und eine *suka*, ein Biest hoch drei. Abaelard konnte sich nicht damit trösten. Außerdem war die Strafe, die ihm auferlegt wurde und die er mit flackerndem Verstand (oder mit der Sicherheit festen Glaubens) schließlich für selbstverhängt hielt, als Sühne seiner früheren Frevel, unermeßlich, unendlich größer. Dem Brief, den er einem Freund schrieb – ein Schreiben, das er insgeheim für ein größeres Publikum bestimmte –, gab er den schaurigen Titel *Historia calamitatum*. Und das ist der zweifellos schaurigste Abschnitt: *Mein Diener ließ sich bestechen und führte sie eines Nachts, als ich ganz ruhig schlief, in meine Kammer. Und nun nahmen sie an mir eine Rache, so grausam und so beschämend, daß die Welt erstarrt: sie schnitten mir von meinem Leib die Organe ab, mit denen ich sie gekränkt hatte.*

Für die vorangegangene Erklärung vor dem zitierten Ausschnitt hatte ich mir von Abaelard Wendungen und Sätze geliehen, die mir dazu dienten, mein Handeln zu beklagen, daß ich schlecht von W. gedacht und dann später, hier in Liwadija, schlecht über W. geschrieben hatte, über ihre Mimikry, ihren heimtückischen Plan usw. Aber Abaelard schien mir zeitlich zu fern und – seltsamerweise, bedenkt man das Ausmaß der Schmach – allzu bereit, zu vergeben. Obwohl ich mir vorstelle, daß er ihnen die kalte Schulter zeigte – was für ein hübscher Ausdruck! –, als die Verräter es von seinen treuen Dienern mit gleicher Münze (oder Messer) heimgezahlt bekamen: *Auf der Flucht er-*

wischte man zwei der Gesellen; sie wurden geblendet und außerdem auch entmannt....

Ich brauchte ein anderes Vorbild, eine andere Quelle, auf die ich mich stützen konnte, um W. meine Beklemmung während jener Tage begreiflich zu machen, die mich auch in diesen drei Monaten immer wieder überfiel, der bittere Geschmack, der in den heitersten Augenblicken in mir aufstieg, die doch glückliche Nachmittage mit Alfia hatten sein sollen. Ein Vorbild, das es mir erlaubte, W. einen Großteil der Schuld zuzuschieben, die Rücksichtslosigkeit darzulegen, die sie ihrem Retter oder Erlöser gegenüber gezeigt hatte. Schließlich hielt Wladimir Wladimirowitsch es für angebracht, mir Wildes *Epistola: In carcere et vinculis (De Profundis)* zu schicken. De profundis! Nichts Geringeres als das! Darin fand ich die treffenden Worte für meine eigene Klage, die ebenfalls lang und zitternd sein sollte, das genaue Psychogramm des Verräters und seines Verrats. Im Fall von Wilde handelte es sich um einen jungen Mann – ein Umstand ohne Bedeutung, der nichts änderte –, um Lord Alfred Douglas, der viele (zu viele) Jahre lang Wildes Geliebter gewesen war.

Und wie merkwürdig, die Geschichte von Wildes Inhaftierung begann mit einem Brief, einem Billet, einer Anklage (keiner Verleumdung, als die es Wilde und sein Anwalt hinstellen wollten) wegen Päderastie. Na und? Das störte mich nicht im geringsten, es hätte mich nicht gestört, einer zu sein, ich bin keiner, Gott behüte! Es machte mir auch nichts aus, daß W. in einem Bordell arbeitete. Lag der Grund bei den hundert Jahren, die inzwischen vergangen waren? Als die Tragödie, wegen der Wilde ins Gefängnis oder hinter Gitter (um diese Wendung aufzugreifen) gekommen war, ihren Lauf genommen hatte, schrieb dieser einen langen Brief, in dem er seinem jungen Geliebten sein Verhalten vorwarf. Ich mußte anstelle des Namens von seinem Geliebten nur W. einsetzen. Hier ein Beispiel, urteilen Sie selbst: *Ich hatte einen gewaltigen psychologischen Irrtum begangen.* Ebenso ich; das gleiche Gefühl eines nicht wiedergutzumachenden Fehlers. Oder: *Du fordertest ohne Anmut und nahmst ohne Dank.* Entsetzlich! So hatte ich mich bei unserer Auseinandersetzung im chinesischen Restaurant gefühlt (Peking!, das war der Name, jetzt fällt es mir ein), und sie hatte sich auch nicht herabgelassen, mir zu danken, als ich schließlich eingewilligt hatte, sie mitzunehmen. Zwar war W. kein junger Mann, aber »honigsüß« war sie, wunderschön. Der junge Lord verfaßte ebenfalls Briefe, noch eine Gemeinsamkeit. Wilde schrieb ihm: *Du reistest nach dem Lunch schmollend ab, nicht ohne dem Butler einen Deiner kränkenden Briefe mit der Anweisung hinterlassen zu haben, ihn mir nach Deiner Abreise auszuhändigen.* Und sogar lange Briefe, Telegramme!: *Am nächsten Morgen traf in der Tite Street ein zehn oder elf Seiten langes Telegramm von Dir ein.*

(Das war zweifellos ein neuer Einfall, ich hatte nicht an Telegramme von diesem Ausmaß gedacht, so lang wie Briefe. Würde meine Antwort in ein solches passen? Wie viele Telegrammvordrucke würde ich brauchen, um sie ihr zu schicken?)

Wilde sollte ihn bei weitem übertreffen: er füllte zwanzig Briefbogen, ein jeder mit vier Seiten, der längste Brief, den die Geschichte kennt, wie uns der Übersetzer mitteilt, wird ihn auch meiner, der aus diesem langen Entwurf hervorgehen soll, vielleicht noch übertreffen. Das wird sich herausstellen.

Wilde verdanke ich den perfekten Tonfall für die Klage. Wie er zum Beispiel an seinem Zellentisch wie ein Buchhalter die Kosten aufführt: *die Ausgaben für eine Woche betrugen dementsprechend zwischen £ 80 und £ 130 … unsere drei Monate in Goring haben mich £ 1340 gekostet … Ich ließ Dir aus London die erlesensten Trauben kommen, denn die Trauben, die es im Hotel gab, mochtest Du nicht.* Eine stolze Summe, ohne Zweifel. Ich könnte zum Beispiel berechnen, was ich in W. investiert, was ich ausgegeben hatte, um den Kapitän der *Michail Swetlow* zu bestechen, die vielen Dollar, die ich dem Mann hatte zahlen müssen, gar nicht zu reden von einer Flasche edlen Cognacs, und dergleichen mehr. Obwohl ich es für eine Frau (nicht für einen Mann) ausgegeben hatte, die noch dazu eine Schönheit war. Es war schmerzlich für mich, natürlich – und ist es noch immer –, daß ich in Odessa von ihr verlassen worden war, obwohl ich zugeben muß, nicht kastriert wie Abaelard oder im Gefängnis wie Wilde. Was wollte ich mehr? Einfach, daß sie nicht verschwunden wäre und ich sie eines Tages von einem Schiff steigen, ankommen sehen würde.

An dem Tag, an dem es zu regnen aufhörte, meinem dritten auf der Krim, schaute ich auf halbem Weg nach Liwadija, ohne rechte Lust, in mein Pensionszimmer zurückzukehren, lange zu, wie die Wellen sich an den Klippen brachen (wie Ovidius Naso in Tomis). Ich kehrte nach Jalta zurück und ging ins Kino. In dem Augenblick hätte ich mir nicht träumen lassen, daß W. mir schreiben, daß ich keine Filme mehr sehen und monatelang nichts mehr lesen würde, was nicht mit Briefen zu tun hatte. Der Titel des Films schien mir besonders verlockend: *When You Kiss a Stranger.* Ein wunderschöner, anregender Titel, da werden Sie mit mir einer Meinung sein.

2

Liwadija

Als ich ihren siebten Brief las, spürte ich, daß eine Weiche umsprang, daß sie sich immer weiter entfernen würde wie ein Zug, der ein langes Stück Weg parallel zu unserem fährt, aber dann, wenn seine Räder über eine Weiche rollen, immer deutlicher fortdriftet, bis wir ihn aus den Augen verlieren, er ins Land vordringt, in ein Territorium, das sich uns von unserem Abteilfenster aus als bewohnbar darstellt: grün gestrichene Häuser, rot gestrichene Dächer, Ulmen am Rand eines Weizenfelds (als Schutz vor den Winden, die das Korn aus den Ähren dreschen), eine bewohnbare Landschaft, ohne Zweifel, die ich jedoch niemals besuchen würde. Die Geheimlehre zum Beispiel.

In ihrem Brief hatte sie sich folgende Erklärung für das Wunder im Laderaum der *Michail Swetlow* zurechtgelegt: Elias' Umhang war der Schleier der Isis. Die Göttin hatte uns mittels Elias gerettet, mit ihrem Schleier bedeckt und von der wirklichen, dem Anschein nach wirklichen Dimension abgeschottet, von den Stiefeln der Polizeibeamten, die begierig waren, sich in unsere Rippen zu bohren, von ihrer Lust, uns mit Kolbenstößen die Schiffstreppe der *Michail Swetlow* hinabzujagen, den Kopf gesenkt und in Handschellen, uns in den Polizeiwagen zu schieben und auf der Stelle, noch bevor wir den Kai verlassen hätten, im taumelnden Wagen mit der Tracht Prügel zu beginnen. Mich würden sie in der Nähe des Hafens aus dem fahrenden Wagen werfen; ich wäre der Länge nach hinausgeschossen und hätte mir Hände und Knie aufgeschlagen, den Geruch des Masut in der Nase, denn es schwamm trotz der strikten Vorschriften am Bosporus Masut auf dem Hafenwasser, ein dünner Masut-Film bedeckte das Wasser, tanzte im selben Rhythmus wie das Wasser, ohne je zu reißen. Während die Polizisten, mindestens zehn an der Zahl, sich zwei Stunden mit ihr Zeit lassen würden. Vor diesem Schrecken hatte uns Isis bewahrt.

Verblüfft notierte ich auf einer Serviette (nachher würde ich es ins Reine schreiben) die Hauptpunkte meiner Widerlegung. Vielleicht war es noch nicht zu spät, sie auf das Hauptgleis zurückzuführen, die Geschwindigkeit zu drosseln, die sie auf ihr Leben übertrug, um den Schleier von Isis zu durchstoßen, der sich über die Gleise spannte wie ein Zielband. Sie baute darauf, es bald zu erreichen, indem sie von morgens bis abends Madame Blavatsky las. Und war sie erst auf der anderen Seite und schwamm im Immateriellen, würde sie auf die in Istanbul in der Sünde verbrachten Monate zurückschauen oder sogar noch weiter zurück, als sie der Hochmut, ihre Überzeugung, kein beliebiges Mädchen zu sein, ihr Glück hatte versuchen lassen und sie den unseligen Brief schrieb, der den Beginn ihrer Reise und ihre Gefangenschaft in der Türkei besiegelte. Auf der anderen Seite, ebenfalls im Nebel, verschwommen hinter dem Schleier, würde ich zurückbleiben, derjenige, der – das leugnete sie nicht – sie gerettet hatte, der ihr jedoch – auch das war allzu wahr – eine eigennützige Hilfe geboten hatte, in dem Café vor dem *Saray* auf sie zugegangen war, mit dem Plan, sie sich ins Bett zu holen, im Zuge eines »energetischen Vampirismus«, einer absoluten Herrschaft über sie, damit sie ihm zuhörte, während er ungeduldig über die Veranda lief und unablässig redete. (Sie schrieb das, als hätte sie es selbst gesehen, als wäre sie bei den endlosen Monologen dabeigewesen, die ich Alfia hielt, die mir, versteht sich, schweigend zuhörte.)

Es war ein Glücksfall, die Tatarin als Zuhörerin zu haben und nicht W., eine Frau mit so viel eigenen Ideen, daß sie gegen alles Einspruch erheben würde und ich mit ihr diskutieren, versuchen mußte, sie vom Gegenteil zu überzeugen, egal, wovon wir sprachen, immer vom Gegenteil. Diese Kombination – Alfia, die mir schweigend zuhörte und sozusagen die schweigende Mehrheit Rußlands repräsentierte, und W., die ihr aus der Ferne ihre Worte lieh, der ich nur schriftlich antworten konnte – erwies sich als ideal, das gebe ich zu. Ich und meine endlosen Reden, wir gehörten der Welt des Scheins an, waren nicht wirklich. Wir glänzten zwar, aber auf der falschen Seite des Schleiers, der W. jetzt nicht mehr traute. Darauf ritt sie herum: unser Bewußtsein im Wachzustand, das Bewußtsein, das wir rational nennen, war nur eine der Bewußtseinsformen; darüber hinaus, von einer durchsichtigen Leinwand (dem Schleier) getrennt, existierten potentielle Bewußtseinsformen, ein schärferer Blick. Ich begann meine Widerlegung, indem ich gerade diesen Punkt attackierte.

Alles ist Schein, wollte ich ihr sagen, sogar die dem Anschein nach allerwirklichsten Dinge. Mit dieser Anklage konnte sie in meinen Augen zweifellos rein gar nichts vom Tisch wischen. Zwar war sie nicht mit dem Auftrag zum kaspischen Meer gereist, Schmetterlinge zu fangen, doch bestimmt hatte sie schon oft das Muster oder die Ornamente der Schmetterlinge bewundert, das Schillern ihrer Flügel, ihre Regenbogenreflexe beim Fliegen, die lebhaften Farben, echt und voll (*physische Farben* würde Johann Wolfgang Goethe sie nennen, ein deutscher Optiker). Nun gut, all das ist nichts als Fiktion, das Ergebnis einer Überlagerung von Wellen.

Ich mußte es ihr auf die einfachste Weise beschreiben, damit sie es verstand. Keine einfache Aufgabe. Mir fiel das entmutigende Beispiel einer langen wissenschaftlichen Erklärung in den *Biologischen Briefen an eine Dame* ein, geschrieben von einem ohne Zweifel äußerst geduldigen Herrn: Jacob von Uexküll. Folgenden Ausschnitt würde ich ihr nicht schicken, denn er würde sie verletzen, aber ich wußte, daß ich vereinfachen mußte, was ich ihr erklären wollte, es greifbarer machen. Sonst konnte ich gut und gern eine ebenso naive wie deprimierende Antwort erhalten, wie die, welche von Uexküll zu hören bekam: *Als ich Dich einmal fragte: was Newton eigentlich Neues bemerkt habe, als er den Apfel vom Baum fallen sah, da doch jedermann weiß, daß ein Apfel schwer sei, da antwortetest Du mir: »Er sah unsichtbare Gummifäden, die den Apfel zu Boden zogen.«* Unsichtbare Gummifäden, gütiger Gott!

Ebensowenig Sinn hätte es, überlegte ich mir, die Teilchen- und die Wellentheorie zu erwähnen; weder Newton noch sein Experiment der Zerlegung des weißen Lichts. Ein fataler Anfang, zu weit ausgeholt. Besser mit den Fresnel-Zonen beginnen. Die sind einem näher, Optik I, letztes Schuljahr. Ein hervorragender Ausgangspunkt: zwei Lichtstrahlen von gleicher Wellenlänge, aber gegeneinander verschoben, so daß Sinus und Kosinus nicht übereinanderliegen, bilden, wenn man sie auf einer Projektionsfläche überlagert, konzentrische Kreise, Zonen von Licht und Schatten, je nachdem, ob die Phasen summiert oder subtrahiert werden. Im ersten Fall kommt es zu höherer Intensität (die Lichtzonen); im zweiten zu verminderter (die Schattenzonen).

Die Flügel der Schuppenflügler sind voll feiner Schuppen, die mit dünnen Fädchen an der Flügelfläche befestigt sind. Ein Teil des weißen Lichts, das auf den Schuppenfilm fällt – nennen wir ihn Strahl A –, wird von ihm reflektiert; ein anderer Teil – nennen wir ihn Strahl B – durchfährt ihn, wird teilweise auf dem Flügelkörper reflektiert und kommt parallel zu Strahl A heraus. Beide Strahlen, A und B, verstärken sich oder werden schwächer, wenn sie sich überlagern, je nachdem, ob die Phasen sich summieren oder subtrahieren. Letzteres hängt von der Wellenlänge des Lichts ab, von der Dicke und dem Reflexionskoeffizienten der Schuppen, auf griechisch *lepis*, ebenso wie von dem Winkel, in dem das Licht vom Flügel oder *pteron*, ebenfalls griechisch, reflektiert wird.

Ergo: Wir müssen in dem Bewußtsein leben, daß auf beiden Seiten von Isis' Schleier alles Schein ist, sogar der Glanz der Lepidopteren.

Ich hatte ein noch schmerzlicheres Argument in petto, die Geschichte eines Betrugs. Ich empfand das quälende Bedürfnis, immer, wenn ich in Besitz einer Quelle war, sie davon zu unterrichten, sie ins Bild zu setzen. Am dritten Tag in Istanbul hatte W. sich angeboten, mir aus der Hand zu lesen, und sprach von Elias in einer Art, in der man für gewöhnlich nicht von einem Magier, einem Varieté-Künstler spricht. Sie hatte ein übermächtiges Interesse dafür entwickelt, wie er Kaninchen erscheinen und Tücher verschwinden ließ. Er tat unerklärliche Dinge, sagte sie mir, die nicht als simple Zaubertricks abgetan werden konnten. Und jetzt sprach sie in ihrem Brief mit großer Begeisterung von Madame Blavatsky.

Im Fall Blavatsky hatte sich ein offizieller Ausschuß gebildet, der die Fakten untersuchen sollte, solche Ausmaße hatte der Skandal erreicht. Ein Umstand, der mit Briefen zu tun hatte, hatte sich mir eingeprägt. Wie Marfa Brown, Dostojewskis Freundin, war Madame Blavatsky zwanzig Jahre lang durch Europa und Ägypten gereist und behauptete sogar, in Tibet gelebt zu haben. Im indischen Madras richtete Blavatsky den Sitz ihrer Theosophischen Gesellschaft ein, wo ihr magischer »Schrein« stand: zerbrochene Gegenstände wurden wieder heil, und was noch kurioser ist, die Briefe, die man darin mit Fragen an den *Mahatma* hinterlegte, erhielten umfangreiche, ausführliche Antworten.

Der *Mahatma* oder die Große Seele hatte im Handumdrehen die Antwort parat, ersann im Nu ellenlange Briefe. Das beeindruckte die Gläubigen sehr – alle Welt weiß, wie schwer es ist, einen Brief zu schreiben –, und die Lehre gewann viele Anhänger dank dem Wunder dieser Blitzbriefe. Blavatsky lebte mit einem Ehepaar zusammen, den Coulombs, die sie dabei beobachtet haben mußten, wie sie die Nächte durchwachte und selbst die Antworten des *Mahatma* schrieb, und als sie sich zerstritten – niemand weiß, aus welchem Grund –, zeigten sie sie an und sagten gegen sie aus. Sie erklärten, sie beide seien, gemeinsam mit zwei Fakiren!, ihre Gehilfen gewesen, und der »Schrein« besitze eine falsche Wand, in der sie die Antworten des *Mahatma* hinterlegen mußten. Das funktionierte so: Wenn ein Besucher seine Fragen über das Immaterielle, über die

Durchführbarkeit einer Astralreise und über die Jamblichus-Bilokation stellte, gab ihnen Madame Blavatsky Papier und Bleistift und schlug vor: Warum schreiben Sie es nicht einfach dem *Mahatma*? Der Wahrheitssucher kaute auf dem Bleistift herum, schaute ab und an zur Decke, umschiffte ein so heikles Thema mit all seinen dogmatischen Klippen schriftlich in Briefen, die einer der Fakire in den Schrank steckte, als würde er sie in einen Briefkasten für Luftpost werfen. Und da ich gerade die Decke erwähnt und das Wort *Luft* verwendet habe, will ich noch hinzufügen, daß in jenem Haus wie durch Magie auch Briefe von der Decke regneten.

Genau das argwöhnte die Londoner *Society for Psychical Research*: daß es durch Magie geschah, durch weiße allerdings, und sie schickte ihren Experten nach Indien, einen Herrn mit Namen Hodgson. Der stellte schnell fest, daß der »Schrein« einfach ein Schrank war, der wie die Truhe eines Zauberers funktionierte: die hintere Wand wurde beiseite geschoben, so daß man vom Nachbarzimmer aus hineintreten konnte. Und das Wichtigste war, daß eine graphologische Analyse in den Briefen des Mahatma die Handschrift der Russin Blavatsky erkannte. Eine absolut wahre Geschichte! Nur eine Frau konnte so viel Vertrauen in die Sendschreiben haben, in ihre Überzeugungs-, ihre großartige Sammlungskraft. (Obwohl, da ist noch Paulus von Tarsus mit seinen Apostelreisen.) Aber um wieder auf die Briefe zurückzukommen, die von der Decke regneten: Bei den Versammlungen, auf denen mit den neuen Jüngern über die Lehre diskutiert wurde, fielen Schreiben mit Antworten und Erklärungen zu den fraglichen Themen von der Decke. Genial!

Ihr Interesse für diese Schwindellehre schmerzte mich tief, obwohl das nicht das einzig Bedauerliche an ihrem Brief war. Am Ende erzählte sie mir, sie habe einem Strafgefangenen geschrieben, habe eine Korrespondenz mit einem jungen Mann begonnen, der wegen Diebstahls fünf Jahre im Gefängnis saß. Sie schrieb mir seinen Namen. Ich erwähne ihn hier, auch wenn er Ihnen sicher nichts sagt, so wie er auch mir nichts sagte. Er hieß Artiom. Mehr will ich darüber nicht schreiben: Artiom. Alles war dahin.

3

Liwadija

Mir fiel ein junger, gut angezogener Mann auf, der sich offensichtlich in einer Hafenstadt am Schwarzen Meer eingekleidet hatte, vielleicht in der Türkei, in den Boutiquen von Istanbul, zu deren Besuch mir keine Zeit geblieben war. Ich hatte mir fast all meine Kleidung in Wien besorgt, obwohl mein Sakko von einem Ausverkauf in Stockholm stammte. Daran erinnere ich mich haargenau, wie sollte man dergleichen vergessen? Der junge Mann schaute vom Tisch auf – er las in einem Buch, mir war, als könnte ich den Titel erraten: *Briefe aus Paris* von Annenskij – und sah mich ebenfalls an, wobei er sich vielleicht die gleiche Frage stellte: Wo würde er ein Leinenhemd wie meines bekommen? Er beugte sich kurz seitlich über seinen Stuhl und hob eine Tasche mit einem Laptop auf den Tisch.

Ich glaubte, mich verhört zu haben, »ich schaue meine Post durch«, waren die ersten Worte, die er an mich richtete, als wollte er sich entschuldigen. (Ich hatte beschlossen, im griechischen Restaurant eine Pause einzulegen und ein Bier zu trinken, bevor ich zur Post ging.)

Das konnte durchaus wahr sein, sagte ich mir. Während meines Aufenthalts hier in Liwadija hatten sie womöglich eine neue Methode erfunden, um Briefe zu verschicken, so phantastisch, so unvorstellbar wie die Nachtsichtgeräte. Ich müßte warten, bis ich wieder in Petersburg war, um diese Information zu überprüfen. Ich konnte ihr noch nicht ganz trauen. Eine elektronische Post? Wie das? Womit gemeint war: wozu? Was würde aus all meiner Mühe werden? Aus den Kreisen, die ich auf das Papier malte, um meine Schrift kalligraphisch zu verbessern, sie lesbar zu machen? Aus dem weichen Papier, das ich nach langer Suche endlich in einem alten Laden in Jalta gefunden hatte?

Ich hatte ein Paket mit den Briefwechseln bei mir, die ich

Wladimir Wladimirowitsch zurückschicken wollte und von denen ich manche nicht einmal aufgeschlagen hatte (die Briefe von Katharina II. an Voltaire zum Beispiel). Ich mußte Alfia auf Wiedersehen sagen oder mich vielleicht einfach auf französisch verabschieden, eine Notiz hinterlassen, die ihr Kusmowna zwei, drei Tage nach meiner Abreise übergeben würde, wenn Alfia, verwundert von meinem Ausbleiben, an meine Tür klopfte, in Erwartung, mich wie so oft während meiner Arbeit an dem Entwurf rufen zu hören: »Komm rein, es ist offen.«

Diese Erfindung, die elektronische Post, stellte eine Gefahr da, die Vorherrschaft des Telegramms. Ich sah, daß der junge Mann schneller fünf Briefe verfaßte als ich brauchte, um einen Abschnitt aus den Hieronymus-Briefen abzuschreiben.

»Ich habe ein paar Freunden geantwortet«, erklärte er mir.

Ich begriff ihn sofort, erahnte all die Verwicklungen und fatalen Folgen jener Erfindung und auch die Gefahr dieser trügerischen Leichtigkeit, so korrespondieren zu können: Briefe in den Orbit zu schießen, die in der Ionosphäre um die Welt reisen konnten wie päpstliche Enzykliken; die grenzenlose Werbung, die man in so einem jungen Land wie etwa den Vereinigten Staaten dafür machen würde, wo mehr als einer mein Vorhaben abtäte: Wozu brauchte man heutzutage noch ein Vademekum fürs Briefeschreiben? Nicht im Traum würde ich mich auf eine Diskussion darüber einlassen, wie altmodisch der herkömmliche Brief war, oder Argumente bemühen wie »man nehme nur das Telefon...« oder »man nehme nur das Fernsehen, das brachte auch nicht das Ende des Kinos...« Sobald seine Briefe in den Äther gegangen waren, hatte ich deutlich die Auswirkungen jener Erfindung vor Augen und sorgte mich nicht länger. Ich hatte zu viel geschrieben, zu viele Seiten bekritzelt, um mir nicht des Vorteils des Manuellen (der Einmaligkeit des kalligraphischen Kunstwerks gegenüber der technischen Reproduzierbarkeit des gespeicherten Textes) bewußt zu werden.

»Wie heißt du?« fragte ich ihn. Er nannte mir einen russischen Namen, sagen wir Iwan oder dergleichen. »Warte eine Sekunde«, bat ich ihn. »Ich habe etwas, das dich bestimmt interessiert.«

Ich eilte im Flug zur Pension und holte die *goggles*. Ich hatte sie seit der Nacht auf dem Schiff nicht mehr gebraucht. Der Lithiumakku, der drei Stunden Sicht am Stück garantierte, war vielleicht leer, aber das spielte keine Rolle. Ich würde auch nicht viel verlangen. Die gleiche Summe, die ich hier in Rußland bezahlt hatte. Ich besaß nicht einmal mehr das Etui oder die technischen Angaben, das dicke Büchlein, das ausführlich erklärte, nach welchem Prinzip sie funktionierten, die Lebensdauer des LCD-Displays. Ich hatte im Nu die Erfindung der elektronischen Post begriffen und mir ausgerechnet, was für Folgen sie haben würde. Ebenso würde auch er die Vorteile begreifen, ein Nachtsichtgerät zu besitzen. Wir probierten es noch im Restaurant aus. Die Restaurantlichter waren schon angegangen, aber unten am Strand herrschte tiefe Finsternis. Wir traten an die Balustrade, und Iwan untersuchte die Felsen, das Wasser, einen im Meer schwimmenden Mann.

»Übrigens«, fragte er mich anschließend, »hast du schon mal Bacardi probiert?«

»Nein«, sagte ich, »noch nie.«

»Aber das ist doch Rum, oder?«

»Ja, ich glaube schon.«

»Trinkt man den nicht in deinem Land?«

»In welchem Land?«

»Na ja, ich dachte, du kämst aus einem dieser Länder, wo man so was trinkt.«

Ich hatte nur davon gehört oder hatte vielleicht einmal eine Flasche gesehen, aber der Name wurde nicht auf dem a, sondern auf dem i betont. Nicht Ba-cár-di, sondern Bacar-dí (Barbara betonte man im Russischen dagegen auf der zweiten Silbe: War-wá-ra), soviel wußte ich. Ich wollte ihn schon berichtigen, besann mich aber eines Besseren. Ich stützte mich auf das Geländer.

»Ich lasse sie dir für dreihundert Dollar«, sagte ich und bereute es sofort.

»Zweihundertfünfzig.«

»Dreihundert.«

»Wo kommst du noch mal her? Verflixt, du feilschst wie ein Armenier.«

Diese Sache mit meinem Land konnte Verwirrung stiften. Ich wollte ihm schon sagen, »ich bin aus Andorra«, aber dort war ich noch nie gewesen und meine Täuschung würde keinerlei Anflug von Wirklichkeit haben. Ich schlug ihm auch nicht vor, die *goggles* gegen den Computer zu tauschen. Ich hatte zu viele Mühen auf mich genommen, um mit eigener Hand zu schreiben, hatte mir Schreibfedern gekauft, die korrekte Schreibhaltung studiert: gerader Rücken, die Füße mit ganzer Sohle auf dem Boden. Seine Fragen gefielen mir ganz und gar nicht. Ich stammte aus dem Ausland, was für eine Rolle spielte es, woher?

Ich warf einen flüchtigen Blick auf seine Ohren. Er hatte zu wenig Haare über den Ohren, ein militärischer Schnitt, der mir Mißtrauen einflößte.

4

Liwadija

Ich hatte Wladimir Wladimirowitsch ein letztes Telegramm geschickt und die Briefe von Madame Blavatsky bei ihm bestellt. Alfia holte selbst das Paket hervor und legte es auf das Förderband. Das voluminöse Bündel taumelte mir entgegen. Während ich den Empfangsschein unterschrieb, warf ich einen Blick auf die Anschrift auf dem Zettel, erkannte jedoch nicht Wladimir Wladimirowitschs Handschrift wieder. Mechanisch registrierte ich den Unterschied, und er reiste weiter zu den Gedächtniszellen, die auch die Anzahl der Telegrafenstangen am Wegrand, die Sommersprossen eines Gesichts im Frühling, die Windungen einer Spiralkerze zu Beginn eines Diners für zwei speichern.

Die Wiederholung, das Vorhersagbare prägen die Seele, den leicht erforschlichen Geist einer Ortschaft. Man läßt seinen Blick auf dem roten Gesicht des Zeitungsverkäufers ruhen, auf dem niemals weißen Kittel der Frau, die den *kwas* verkauft, auf dem assyrischen Schuhputzer, wie auf Marksteinen, die dort stehen, damit wir uns nicht im Weg irren und rasch nach Hause gleiten. Sie stehen für die Bequemlichkeit einer überschaubaren Zahl von fünftausend Einwohnern, mit eingerechnet die Polizisten, die kleine Besatzung von Soldaten und die Hafenarbeiter; alle leicht zu erkennen, die Soldaten in grünen Uniformen, die Arbeiter in orangefarbenen, und ihnen entgegen kommt der junge Marokkaner oder Spanier, der Ausländer, der ein Zimmer in Kusmownas Pension gemietet hat. *Dobryi den! Kak poshiwajete?* Mit einem Gruß für alle, das dicke Paket im Arm, im Ohr das anschwellende Ticktack eines Kiesels im Schuh, in der frischen Erde ein Pfostenloch im Wegabschnitt, den ich gerade hinter mir habe. Das war nicht Wladimir Wladimirowitschs Handschrift, das heißt, in einer kleinen Ortschaft, ohne den Schutz der Großstadtanonymität, war ich jedem Anschlag, jedem Aufflammen von Fremdenhaß hilflos ausgeliefert. Dieser Ausländer da, der junge Mann ohne feste Beschäftigung, der jeden Tag zur Post geht, was bezweckt er damit? Wer schreibt ihm? Wer schickt ihm die verschnürten Pakete, die immer an seinem Ringfinger baumeln, es sei denn, sie sind so schwer und sperrig wie das von heute?

Denn wenn sie groß und schwer sind, drückt er sie gegen die Brust. Ich versuchte, es weiter weg von meinem Körper zu halten, aber auch so würden meine Arme zerfetzt werden, denn die Bombe darin würde explodieren, sobald ich versuchte, es in meinem Zimmer zu öffnen. Unter all den Flüchen, die binnen einer Sekunde meinen Mund mit Kröten und Schlangen überschwemmt hatten, verwünschte ich an erster Stelle, an allererster Stelle die Meinungsfreiheit, einen dieser widerlich bürgerlichen Werte, die in Rußland noch nie dagewesene Möglichkeit, ganzseitige Reportagen zu veröffentlichen wie die, welche in der Sonntagsbeilage der *Tschernomorskie Westi* über den Unabomber erschienen war, »der Tod per Post«, der Mann, der Briefbomben verschickte. Ich würde mich beim Herausgeber mit etwa folgenden Worten beschweren: »Sehr geehrter Herr, bei allem Respekt, aber ich, ein Leser, beschuldige die Presse, wie durch mesmerische Übertragung aus dem Nichts das organisierte Verbrechen geschaffen zu haben, die Prostitution und den Drogenmißbrauch, um nur die schlimmsten Beispiele zu nennen; Nachrichten in die Welt hinauszuposaunen, die in Wirklichkeit... Und womöglich wird noch ein lokaler Nacheiferer des Unabombers nach Lektüre der Reportage, die Ihre Zeitung gedruckt hat, mit dem Ziel, einen Feind zu vernichten, einen Ausländer... Und schlimmer noch, Ihr Journalist hat sogar geschrieben, der Unabomber sei nicht gefaßt worden und die Möglichkeiten, ihn aufzuspüren, seien verschwindend gering.« Na ja, in dieser Richtung, später würde ich noch an der Formulierung feilen. Von Hysterie übermannt und die Zeitung verwünschend, stellte ich das Paket mit größter Vorsicht auf den Tisch und schaute es wie hypnotisiert an, eine halbe Stunde lang. Im Geist ließ ich den Film Revue passieren, in dem Watson und Holmes ein Päckchen mit einem Dolch bekommen und Holmes, scharfsinnig wie er ist, den Dekkel mit der Spitze seines Stockes anhebt und der Dolch herausschnellt und sich in die Decke bohrt. So ein Kinderspiel, mein Gott! Ein Dolch! Ich weinte fast vor Wut. Und die zerfetzten Finger des irischen Herrn, der einen Brief von der IRA erhalten hatte? Und der Angestellte aus Kuala Lumpur, dem bei einer routinemäßigen Zollinspektion ein Arm weggerissen worden war, trotz all der Kokospalmen und Bananenbäume in den Gärten, deren Riesenblätter das Gras streiften? Und schließlich der Unabomber. Berücksichtigte man die Maße des Pakets und das zeitliche Zusammenfallen mit dem Artikel, war das mein Fall. Unabomber – »der Tod per Post«, wie ihn das FBI getauft hatte – hatte zum ersten Mal 1972 zugeschlagen. Fünfzehn Explosionen in sechzehn Jahren. Eine Million Dollar für seine Ergreifung. Und schließlich fanden sie in einer Bombe, die nicht explodiert war, eine Notiz und darauf den Abdruck einer anderen Notiz auf dem vorherigen Blatt desselben Blocks, die sich durchgepaust hatte, »call Nathan R.«, und das FBI nahm sich alle Nathan R.'s der Vereinigten Staaten vor, ohne jeden Erfolg. Woraus sich leicht schließen läßt: schreibt man nicht mit Federhalter, ist der Abdruck auf dem Papier sehr deutlich …

Auf der Stelle würde ich mit den Füßen stampfen, wenn ich einen Sitz im Parlament innehätte, um einem Gesetz zuzustimmen, das die Verletzung des Briefgeheimnisses um der nationalen Sicherheit willen erlaubte. Ich würde einen ordentlichen Batzen des Budgets dazu bestimmen, alle Postämter mit Scannern auszustatten, oder ich würde mich, da ich ein ausländischer Mitbürger war und mich um keinen Senatorenposten bewerben konnte, den Demonstranten anschließen, die die gesetzgebenden Versammlungen belagerten, mit einem handgemalten Transparent, das die Wiedereinführung der *schwarzen Kabinette* forderte:

»Rußland braucht wieder sein *schwarzes Kabinett*«. Rußland hatte seit Asefs Zeiten und sogar schon vorher *schwarze Kabinette* gehabt. Eine Abteilung der Polizei, ein ganzes Gebäude mit vollbeschäftigten Prüfern der Privatkorrespondenz. Wie die, welche Louis XIV. in Frankreich eingerichtet hatte. Mit zweiundzwanzig Beamten, die Briefe aussortierten, Siegelabdrucke machten und, nachdem der Brief geöffnet, gelesen und kommentiert worden war, ihn wieder mit den Kopien verschlossen. Die Franzosen hatten die Kunst perfektioniert, einen Brief zu öffnen, ohne Spuren zu hinterlassen. Die über zwanzig Beamten (stellen wir sie uns alle im Gehrock vor) kosteten die Staatskasse fünfzigtausend Goldfranken im Monat, eine Summe, die übertrieben scheinen mag, aber überreichlichen Gewinn brachte, in Gestalt von vereitelten Verschwörungen, enttarnten Spionen usw. Die Auszüge aus den Briefen wurden dem König, dem Polizeigouverneur und dem Außenminister geschickt. War das nicht eine hervorragende Idee? Ein *cabinet noir* brauchten wir in Liwadija und in ganz Rußland. Natürlich hatte es sie gegeben, und bessere noch, raffiniertere mit Scannern, aber 1991 hatten sie die Arbeit eingestellt. Ein Jammer.

Ich malte mir in einem Aufblitzen von Furcht aus, daß der junge Mann, dem ich die *goggles* verkauft hatte, in Wirklichkeit ein Untersuchungsrichter war. Ich war einmal mit einem jungen Mann in einem Bus von einer sibirischen Stadt zur nächsten gereist, und er hatte sich als Untersuchungsrichter erwiesen. Er zeigte reges Interesse, als er mich an dem Ort entdeckt hatte, lud mich ein, meine Route zu ändern und mit ihm nach Minusinsk zu fahren. (W. weiß genau, wie weit weg das ist.) Er schlug mir das vor, sobald wir einander vorgestellt hatten, ohne weitere Erläuterungen. Ich antwortete auf seine Frage »woher stammst du?«, und als er meine Antwort hörte, sagte er: »Willst du nicht mit mir nach Minusinsk fahren?« Denn er folgerte, so weit weg von meinem Land würde mir ein kleiner Umweg, kilometermäßig vergleichsweise gering, und die gemeinsame

Fahrt in jene Stadt nichts ausmachen. Ich sagte nein, ich würde zur Zeit mit einem festen Ziel reisen – Mammutzähne zu kaufen –, in eine ganz bestimmte Richtung. Dann ging er dazu über, mir von seiner Arbeit zu erzählen. Er sei Untersuchungsrichter, frisch von der Universität, und er führte als witzige Anekdote an, daß man während der Verhöre die Verhafteten mit dem Strafgesetzbuch schlage, ein Foliant, der mindestens fünf Kilo wiege. Er tat dann immer so, als wäre er nicht da, drehte sich weg, gab vor, einen Anruf zu beantworten, und sein Assistent, ein Feldwebel, hob das Gesetzbuch und ließ es mit voller Wucht auf den Kopf des Verhafteten niedersausen, damit durch die Beschleunigung der Geist des Gesetzes in sein Gehirn gehämmert wurde, die winzigen Buchstaben von Artikel Nummer fünfundvierzig, in dem es heißt: »Die Verhafteten während der Untersuchung zu schlagen wird mit einer Freiheitsstrafe von fünf bis zehn Jahren bestraft.« Und dieser schlagende Widerspruch zwischen dem Buchstaben des Gesetzes und dem barbarischen Vorgehen – der Marquis de Custine hat übrigens etwas Ähnliches erlebt und in seinen Briefen davon berichtet – überzeugte den Verhafteten, einen Obstdieb, davon, zu gestehen und vielleicht zurückliegende Verbrechen auf sich zu nehmen, die er nicht begangen hatte, die jedoch den Dreimonatsbericht, die Statistiken der ungelösten Fälle trübten. Der Untersuchungsrichter, ich habe seinen Namen vergessen, lud mich noch einmal ein: »Fahren wir doch nach Minusinsk. Ich habe ein wunderschönes Dampfbad ...« Und mir schoß durch den Kopf, daß der junge Mann, dem ich die *goggles* verkauft und der mir von der elektronischen Post erzählt hatte, womöglich auch einer gewesen war, denn der Haarschnitt über den Ohren war genau der gleiche gewesen ... Man hatte in Moskau gewiß schon eine *lettre de cachet* ausgegeben, eine Depesche mit offiziellem Siegel, die den Befehl zu meiner Ausweisung oder Verhaftung enthielt, und er hatte mich beobachten wollen und mir, warum auch nicht, die *goggles* zum Schnäppchenpreis abgekauft, eine zu schöne Gelegenheit. Oder es konnte auch der tollkühne Mörder sein, der lokale Nacheiferer des Unabombers, der Tage zuvor in einem Café, mit seiner Tollkühnheit protzend, Kontakt zum nächsten Adressaten seiner Briefbombe sucht.

Ich öffnete das Paket direkt vor der Brust, ohne Körperabstand und die Arme nicht lächerlich ausgestreckt, um so fern wie möglich von der Explosion zu sein, sondern ich bot der Druckwelle offen die Brust. Ich schnitt die Schnur durch. Es war mir einerlei, ob ich starb, wie ein Rasender wickelte ich es aus, raschelte laut mit dem Packpapier. Ich fand ein schwarzes Lederköfferchen. Ein schwarzes Lederköfferchen? Ich öffnete den Reißverschluß, fuhr mit der Hand hinein, die bestimmt gleich von der Explosion in Stücke gerissen wurde, so gewaltig, daß sie vielleicht den Beginn einer neuen Existenz darstellte. Sollte sie mich doch zerfetzen, aber all dem endlich ein Ende bereiten... Vielleicht war es angebracht, unmittelbar vor der Explosion innezuhalten und W. eine kleine Notiz zum Abschied zu schreiben, ihr in einem kurzen, lakonischen Brief nicht etwa zu erklären, wie sehr ich sie geliebt hatte, sondern wie gerne ich sie geliebt hätte.

Sobald ich das Köfferchen aufgerissen hatte, entdeckte ich einen gelben Blusenärmel, die leichte, durchscheinende Gaze einer Bluse, und ich begriff, was das Paket enthielt und wer es mir geschickt hatte. Ich hatte auf der *Wasa* W.'s Koffer mit den Kleidern vergessen, die sie sich gekauft, die sie so gewissenhaft unter all dem türkischem *dermo* ausgewählt hatte, und Stockis hatte ihn mir – ebenfalls *poste restante* – geschickt, damit ich ihn an seine Eigentümerin weiterleitete. Es war Stockis' Schrift auf dem Paket. Durch die kanariengelbe Bluse fanden alle Teile des Rätsels wie durch Zauberhand zu ihrem angestammten Platz, schwebten lautlos, sanft herab, gaben ihm Gestalt, bildeten den handlichen Körper eines Vergessens. Ich hatte auf der *Wasa* den kleinen Koffer vergessen, den W. mir ins chinesische Restaurant gebracht und den ich beim ersten Aufschauen für ein Schoßhündchen gehalten hatte. Und in dem Moment entdeckte ich dank der gelben Bluse und auch dank dem Roman von Chase, den ich kürzlich wiedergelesen hatte, das geheime Einverständnis zwischen ihr und Stockis, das ich in Istanbul nicht hatte erkennen können.

Ich selbst hatte den Fehler begangen, Kreta zu erwähnen, und als W. das hörte, arbeitete es rasch in ihr, sie rief eine Krisensitzung des Oberkommandos ein, saß nach dem Aufwachen auf dem Bettrand, biß an ihren Nagelhäutchen und beschloß, auch diesen möglichen Fluchtweg zu erforschen. Und als ich sie mir wie Catherine Deneuve Arm in Arm mit dem Sumoringer, dem beleibten Japaner, vorstellte, war sie in Wirklichkeit mit einem nicht weniger beleibten Mann gegangen, mit einem Wikinger wie aus den Kinderfilmen, die die Begegnung zwischen einem Samurai und einem Wikinger zeigen, das Schwert von Osaka gegen den nordischen Morgenstern. Stockis hatte die Ware prüfen, mit seinen dicken Fingern ihre Falten befummeln, sich der Qualität der Lieferung vergewissern wollen ...

Nicht mein Ungestüm, die Entfaltung meiner Beredsamkeit im türkischen Bad, sondern ein Paar einfacher, geradliniger, rationaler und eleganter Argumente – W.'s Beine – hatten Stockis überzeugt, mir das Geld zu leihen. Der zufällige Umstand, daß Stockis mir nun das Köfferchen schickte, erlaubte es mir, hinter das Geheimnis, hinter die unbegreifliche Großzügigkeit des Schweden zu kommen.

Stockis wußte, daß sich W. in Odessa, dem Licht ausgesetzt, in Luft auflösen würde. Es hätte ihn bestimmt nicht überrascht. Bestimmt hatte sie es sich an seiner breiten Brust bequem gemacht (diese Vorstellung schmerzt mich nicht, sie hatte es sich an vielen Brüsten bequem gemacht, was macht das schon aus) und ihm ein Versprechen entlockt: mir einen Teil des Geldes für eine zukünftige Schmetterlingslieferung vorzuschießen, soviel wie nötig, um den russischen Kapitän zu bestechen und die Flucht in die Wege zu leiten. Und Stockis hatte sich als guter Spieler das mit der Wette auf der Pferderennbahn ausgedacht. Niemals hätte er das Geld einer Frau wie W. geliehen. Mir schon, wenn auch nicht direkt. Wenn ich gewann, sollte ich das Geld haben, um sie zu befreien. W. muß das gewußt haben. Ihre Hüpfer auf der Tribüne der Pferderennbahn sprechen dafür.

Mir kam ein Brief in den Sinn, den George Sand am 15. April 1834 von Venedig aus an Musset schickt, wo sie ihn mit einem obskuren Arzt betrügt, und in dem sie keine Bedenken hat, ihm folgendes aufzutragen: *Ich bitte dich, sende mir zwölf Paar Handschuhe; sechs Paar gelbe und sechs bunte.*

Die bunten Handschuhe, das möchte ich betonen, hatten Vorrang. Und ebenso hatte W. Blusen, Röcke und Kleider in wunderschönen Farben und feinsten Stoffen gewählt, für den Sommer, als hätte sie vorgehabt, mehrere Monate in Istanbul zu bleiben, als plante sie einen längeren Aufenthalt. Wohin hätte sie in diesen leichten Kleidern in ihrem Dorf in Sibirien mitten im September gehen können? Es waren zu dünne Stoffe für den Norden.

Und sie hatte sie zurückgelassen wie eine Schmetterlingslarve, die ihren Kokon verläßt und rasch ihre Flügel in der Sonne ausbreitet. In diese Kleider gehüllt, hatte sie mehrere Entwicklungsstufen erlebt, mehrere Phasen ihres früheren Lebens durchlaufen, hatte sich in ihnen verwandelt. Ohne daß es mir je in den Sinn gekommen wäre, dies mit den Phasen der menschlichen Entwicklung zu vergleichen, hatte ich bei der Lektüre von Sirin und Stuart gelernt, daß die Schmetterlinge vier Entwicklungsphasen kennen: Ei, Larve bzw. Raupe, Puppe bzw. Chrysalide und Schmetterling. Und Dante Alighieri behauptet sinngemäß, die Menschen seien Larven der Engel, vielleicht in einem Brief, ich weiß es nicht genau. Diese Feststellung hatte mich sehr verwundert, denn ich hatte beim heiligen Thomas von Aquin und beim Pseudo-Dionysius gelesen, daß die Engel eine Zwischenstufe zwischen Gottheit und Mensch einnehmen. Dante sah ein geflügeltes Wesen aus der plumpen stofflichen Hülle eines menschlichen Körpers schlüpfen, aber dann wären die

Engel der Höhepunkt einer Entwicklung, keine Zwischenstufe gewesen. Thomas dagegen behauptet, die Engel würden sich in die Form des menschlichen Leibes stürzen, seien ein Urbild der Seele, die im Leib der Menschen gefangen ist bis zum Augenblick ihres Todes.

Und als ich glaubte, es mit einem Schmetterling zu tun zu haben – einem Nachtfalter, nach Stockis' übereilter und ungenauer Klassifizierung –, hatte ich es in Wirklichkeit mit einer Raupe zu tun. Wie in unserer Kindheit, wenn wir mehr auf Bodenhöhe leben und einer Raupe ein Zweiglein in den Weg legen, welche sich auf ihre Hinterbeinchen stellt, sich aufbäumt und hin und her reckt und ihren Weg blindlings fortsetzt, mit beneidenswertem Starrsinn. Eine vielfüßige Raupe, die sich in hundert verschiedene Richtungen wendet. Genau: W. hatte, um mich zu täuschen, jene Windetaktik gewählt, die perfekte Sinuslinie, die in Lehrfilmen die sich fortbewegenden Raupenfüße beschreiben.

Und sie umhüllte sich mit jenen Kleidern, jenen Stoffen, wie die Raupe, die ein Loch im Stamm findet und beginnt, sich einzuspinnen. Nur der Ort zum Nisten hatte ihr nicht behagt: die Frequenzen, das Infraschallrauschen aus dem *Saray*, das sie von ihren nackten Fußsohlen aufsteigen spürte, wenn sie auf der Bühne tanzte, zeigten ihr an, daß das ein schlechter Ort für die Verpuppung war, der sie unweigerlich verunstalten würde, und sie entschied sich für das Fell eines Wandertiers, überquerte mit ihm eine Wasserfläche – den Pontus Euxinus – und verließ in Odessa seinen haarigen Bauch. Sie mußte noch weiterziehen, zu ihrem Ursprungsort wandern, in ihr sibirisches Dorf, ins Bett mit den Daunendecken, die ihre Mutter nie abgezogen hatte, in der Hoffnung, daß sie eines Tages zurückkäme.

Ich sah sie nur als Schmetterling wegen dieses simplen Vergleichs, auf den Stockis mich gebracht hatte. Es war ein verständlicher Fehler gewesen. Was meine Rolle anging, so hatte ich nie den so oft bemühten Vergleich der Gottesanbeterin erwogen. Ich in Bethaltung, lauernd auf den unglücklichen Schmetterling. Wie geschmacklos! Wie geschmacklos! Ich bewegte mich vielmehr fieberhaft, entfaltete eine Mobilität, die mich vom (byzantinischen) Goldhintergrund des *Saray* und der umliegenden Straßen abhob, ich war an so entfernten Orten gesehen worden wie dem Kai, der Pferderennbahn, den Bädern, der Hagia Sophia. Auch war sie nicht anmutig wie ein unschuldiger Schmetterling um mich herumgeflattert, im Gegenteil, sie hatte sich hin und her gewunden, hatte Aufmerksamkeit erwecken wollen, sich bewußt und eingehend in den Hüften gewiegt, um mich einzuwickeln, wie an dem Tag, an dem sie mir mit ihrem Hinterteil das Gesicht gefächelt und nachher gesagt hatte: »Ich konnte nicht anders, das war meine Arbeit.«

Und sie erwachte – entpuppte sich – im Schuppen ihres Hauses in Sibirien, als sie die Wildenten in makelloser Formation über den Himmel ziehen sah, und sie schrieb mir in einem Zug ihren ersten Brief, wofür sie eben jenes Material benutzte, in das sie sich eingesponnen hatte, knisternd und trocken wie Papier; über den Tisch gebeugt, die Schulterblätter rührend, die gelben, zarten, durchscheinenden Flügel, die ihr auf dem Rücken wuchsen, während sie ihr Muster auf ihre Briefe übertrug, die Submarginallinien, die winzigen, scheinbar unsichtbaren Schuppen. Sie hatte eine andere Entwicklungsstufe erreicht. Offen gestanden weiß ich nicht, ob ich sie gerne in einen Schmetterling verwandelt gesehen hätte. Ich hatte sie in Raupengestalt kennengelernt, etwas gekrümmt und voll mit Flaumhaaren, weich, wenn auch ungewohnt anzufassen. Doch was ist der Zweck der Raupe? Diese Zwischenstufe, ist sie nicht immer auf ein Ziel gerichtet? Und tatsächlich bestätigt uns das Stuart, ein wirklich erstaunlicher Zufall, und als ich davon erfuhr, hatte dies auf mich die Wirkung einer Offenbarung, denn ich hatte vor langer Zeit über die Bedeutung gelesen, eine Stufe zu erreichen, in der man zu einem Spiegel seiner selbst wird … Stuart sagt: *Imago. In der Entomologie das letzte, vollendete Entwicklungsstadium eines Insekts, für gewöhnlich jenes, in dem es Flügel erhält.*

Es bestand eine genaue Entsprechung zwischen dem letzten vollendeten Stadium – ihrer *Imago* – und ihren Briefen, sie waren ein genaues Abbild ihres imaginierten Ichs. W. war gewachsen, hatte die Flügel ausgebreitet, bis sie schließlich alle Winkel und Vorsprünge des imaginierten Bildes ausfüllte, das sie von sich selbst hatte, indem sie ihm durch Willensstärke Leben einhauchte. Ebenso hat, wie ich in einem Brief von Pawel Florenski lese, die Raupe ein absolutes Bewußtsein ihrer *Imago*: *Der Schmetterling, der aus der Puppe schlüpft, um vielleicht nur ein paar Tage zu leben, ist die Entelechie jenes Wesens, das monatelang in Raupengestalt lebte. Zwischen Schmetterling und Raupe besteht nicht die geringste Ähnlichkeit, und der noch so aufmerksame Blick eines vergleichenden Anatomen oder eines Histologen läßt nichts von jener oberflächlichen Ähnlichkeit übrig, die sich zwischen der Raupe und dem länglichen Rumpf des Schmetterlings feststellen ließe. Beim Schmetterling ist alles neu, jedes Organ, jedes Gewebe. Und doch ist der Schmetterling das wahre Bild, die Verkörperung der Seele, die Entelechie der Raupe, und im Schmetterling gleicht die Raupe sich selbst viel mehr als in ihrem eigenen wurmförmigen Zustand.* (Pawel Florenski an Wassili Rosanow, 15. September 1916, Sankt Petersburg).

Von dieser Entdeckung sollte ich ihr nichts erzählen: das Wesen, das seine *Imago* erreicht hat und in voller Übereinstimmung mit dieser letzten vollendeten Stufe lebt, einer geflügelten Stufe; es wird sie auch gar nicht interessieren, und ich bin sicher, sie verabscheut diese Art von Reflexionen. Sie beschränkt sich aufs Fliegen. Für einen Mann, der dazu verdammt ist, nach Dante – nun schon ein wenig mehr mit ihm einverstanden –, die Raupe eines Engels zu sein, ist es tröstlich, das zu wissen, es ist eine Belohnung. Für einen Engel – und W. war ein Engel, ein Engel der Güte, das will ich hier festhalten, ohne Angst, es zu bereuen – ist es kein Wunder, sondern nur eine Konsequenz seines engelhaften Daseins.

5

Liwadija

Bis zum letzten Tag beobachtete ich Schmetterlinge. Auf dem Rückweg von Massandra, mit zwei Flaschen Wein im Einkaufsnetz, auf dem Asphalt stapfend oder quer durch die Bäume abkürzend, blickte ich auf und schaute mir, nachdem ich wochenlang das Schmetterlingsnetz nicht angerührt hatte, in aller Ruhe die durchscheinenden Flügel eines *Hippolyte euxina* an, eines schillernden Augenfalters. Nie würde ich die nötige Geduld aufbringen, um Schmetterlinge zu fangen. Nabokov hatte seine Schmetterlingssammlung dem Museum in Lausanne gestiftet, in kleine Umschläge gebettet – wie der Artikelschreiber vermerkt –, aus feinstem Papier und kalligraphisch beschriftet. Auch der Ausdruck *Nymphchen*, den er für Lolita benutzt, entstammt der Entomologie. Ebenso Stockis, obschon vulgärer, mit seinem *papillon de nuit*. Wir müssen Humbert Humbert – würde ich eines Tages jemandem schreiben, ich weiß nicht, wem, W. jedenfalls nicht – als einen Jäger sehen, der ein Exemplar aus der Familie der *Nymphalidae* verfolgt, ganz im Bann des Duftes, den es über die Bauchdrüsen absondert.

Ich hatte W. noch vielerlei zu erzählen. Mag dieser Entwurf auch eine erschöpfende Schilderung scheinen, ist er doch weit davon entfernt. In der Pension gab es zum Beispiel kein warmes Wasser. Beim Aufdrehen der Dusche am Morgen mußte ich mir den Prall des kalten Wassers auf dem Rücken erst vorstellen, bevor ich ihn wirklich spüren konnte. Das hatte, nach Kusmownas Worten, eine belebende Wirkung. »Außerdem sind wir hier im Süden; in einem warmen Klima.« Die Nächte wurden jedoch allmählich kühl und die Tage sichtlich kürzer. Die Blätter an den Bäumen …

Aber über diese Blätter an den Bäumen muß ich noch mehr schreiben. Auf der Stelle.

Über die Blätter an den Bäumen. Sie hatten eine rötliche Färbung bekommen, bei jedem Windstoß segelten sie sanft schwebend in das Gras im Garten. Die Büsche wechselten von grün zu rot, mit tiefer gefärbtem Blattgerippe. W. würde jetzt nicht mehr kommen, denn die Saison war fast zu Ende. Sie würde mir auch keinen Brief mehr schicken, obwohl sie mir nicht alles erzählt hatte, und ich ihr auch nicht, das mit dem warmen Wasser zum Beispiel.

Über den »Jasius«. Ich hatte es mir angewöhnt, auf jedwedes mechanische Objekt zu achten, das fliegen konnte, wie Plastikhubschrauber, Tauben, die fünf Meter in gerader Linie zurücklegen, bis sie dumpf flatternd im Kies liegenbleiben, wenn die Feder abgelaufen ist. An dem Nachmittag, als ich aus Massandra zurückkehrte, glaubte ich ganz plötzlich mit entsetzlicher Gewißheit, den *Jasius* zu sehen. Zuerst hielt ich es für eine geistige Projektion seiner Submarginallinien auf die weißlichen Flügel eines simplen *colias*, als wäre er ein gefälschtes Missing link, die Kinnlade eines Primaten an den Schädel eines Neandertalers gekittet. Das Muster des *Jasius*, das in mir schlummerte, hatte sich bestimmt zwischen einen einfachen Schmetterling und die Lichtquelle meiner Augen geschoben und dorthin das Bild jenes nicht existierenden Insekts projiziert, das zum letztenmal 1914 gefangen worden war, unmittelbar vor dem Krieg. Ohne von der Bank aufzustehen, ohne mein Schmetterlingsnetz zu vermissen, überzeugt, ihn notfalls mit meinem Panamahut fangen zu können, studierte ich aufmerksam das Exemplar, das auf Grund seiner Einzigartigkeit in einem Plastikhubschrauber ein paarungswilliges Weibchen gefunden zu haben glaubte. Ich stürzte mich nicht auf ihn. Ich nahm mir einige Sekunden Bedenkzeit. Seit langem hatte ich schon nicht mehr an den *Jasius* gedacht – mein Entwurf hier bezeugt es –, und ich mußte erst die drei Kessel mit siedendem Wasser, Öl und Pech (und die kupfernen Trompeten) überwinden, Istanbul, das *Saray* hinter mir lassen, nach Liwadija zurückkehren, mich friedlich auf jener Bank sitzend wiederfinden, mit zwei Flaschen vom besten

Wein aus Massandra, einem Dorf gleich links von Jalta, mußte mich an Schweden erinnern, jenes ferne Land, und an Stockis, seinen bösen Engel.

Die gleiche Art von mentalem Sprung, bevor das kalte Wasser kommt, oder als setzten wir uns auf der Hälfte eines langen Wegs zur Rast hin und sagten uns dann, wenn es dunkel wird: ›Nun, was soll's, wenn ich rechtzeitig ankommen will, muß ich mich jetzt aufmachen. Um neun bringen sie die fünfte Folge. Die will ich nicht verpassen.‹ Und bevor wir aufstehen, sehen wir uns bereits, wie wir aufstehen und losgehen, das Ende des Parks erreichen, den Baum dort (da wären wir schon näher), und dann stehen wir wirklich auf.

Der *Jasius* – oder der Schmetterling, den ich für den *Jasius* hielt, ihm so erstaunlich ähnlich – war noch immer dort in der Luft, tanzte um den Hubschrauber eines Kindes herum. Ich konnte mich dabei sehen, wie ich angestrengt voranhastete, ihn mit angehaltenem Atem verfolgte, mit einem Sprung ein steiniges Bachbett überquerte; das Gelb seiner Flügel für einen Augenblick – dem meines Fluges – auf der Wasserdecke aufscheinend. Nun gut, sagte ich mir wieder, was soll's, und ich lehnte die Flaschen gegen die Banklehne, stützte meine Hände beidseitig auf die Schenkel und stand in aller Ruhe auf, denn ich wußte, was für ein rasender Lauf mich erwartete, fürchtete ihn. Ich schnellte los wie ein Pfeil. Es war der *Jasius*, kein Zweifel. Er hatte geschlafen, hatte seit dem Jahr 1914 in seinem Kokon gelebt, und meine Gehirnwellen, meine geistige Energie hatten ihm die nötige Wärme gegeben, um heranzureifen, den Kokon zu durchbrechen, emporzufliegen. War es zulässig, den *Jasius* als ein Symbol für die Freiheit Rußlands zu sehen, das erst jetzt usw. usf.? Natürlich nicht, keinesfalls. Da war er: ein Insekt, das vielleicht Tausende von Dollar wert war, nach einer noch nicht überprüften Information eines schwedischen Sammlers, und das ich fangen mußte.

Erst da begriff ich, daß jeder beliebige Schmetterling der *Jasius* sein konnte; die Beschreibungen von ihm wichen voneinander ab. Stuart erwähnt ihn nicht. Das von Sirin beschriebene Exemplar unterschied sich sehr – das hatte ich Stockis nicht gesagt – von der Beschreibung, die er mir gegeben hatte. Diesem Gedanken folgte ein kleiner Pausentakt. Nichts hinderte mich daran, Stockis zu beschwindeln, ihm dieses oder irgendein anderes Exemplar als den *Jasius* unterzujubeln, denn würde er den Betrug entdecken, würde der Brief, der aus diesem Entwurf hervorgehen sollte, hervorragend dazu dienen, das Märchen zu untermauern. Ich dachte daran, ihn entkommen zu lassen. Ein Windstoß ließ ihn jäh in Richtung Wald schwenken, mit der Entschlossenheit eines Schwarms Möwen, die landeinwärts fliegen, einem dringenden Ruf gehorchend. Ich sah, wie er über den Streifen Wiese flog, augenscheinlich kleiner wurde, und ich erwog, ihn entkommen zu lassen. Stockis war vielleicht von einem Russen hinters Licht geführt worden, von einem Insektenschmuggler, und der *Jasius* bevölkerte zuhauf das Jagdrevier von Kaschira, in der kaspischen Senke, dort flogen sie zu Tausenden, obwohl ich keinen einzigen gesehen hatte oder nicht in der Lage gewesen war, ihn zu sehen, da er angeblich ausgestorben war. Kein Zweifel, ein Russe hatte Stockis hinters Licht geführt, hatte ihm ein Märchen vorgeflunkert und war eine Zeitlang untergetaucht. (Inzwischen wußte ich, wenn jemand den Schmetterling gefangen haben konnte, dann nicht Zar Nikolaus II., sondern Großherzog Nikolaus Michailowitsch, der eigentliche Schmetterlingsforscher in der Zarenfamilie.) In Stockholm hatte der Schwede daraufhin vor Ungeduld auf seinen Fingernägeln herumgekaut (nicht um des Geldes willen, wie ich, sondern aus Verlangen, seiner Sammlung ein so seltenes Exemplar einzuverleiben und sich ebenfalls als Zar zu fühlen) und war auf die Idee gekommen, mich, den Verkäufer der Nachtsichtgeräte, auf die Jagd zu schikken. Der Russe hatte sicher erwartet, daß ich die Jagd erfolglos aufgeben würde, damit er dann mit einem beliebigen Exemplar auftauchen konnte, das er zum *Jasius* erklären und Stockis zu einem hohen Preis verkaufen wollte.

All das mutmaßte ich in weniger als zehn Metern, während der Schmetterling gerade im Begriff war, zwischen die Bäume zu fliegen. Wie konnte ich mir sicher sein, daß diese letzte Version die wirkliche war? Nur indem ich ihn fing, den Schmetterling, der der *Jasius* zu sein schien. Zutiefst verwirrt. Ich rannte zutiefst verwirrt übers Gras. Ich fürchtete um meine Flaschen. Ich drehte mich nach ihnen um: sie schienen an der Banklehne auf mich zu warten. Ich wollte zu ihnen zurück, um sie hinter einem Baum zu verstecken, am Waldsaum. Aber Himmel, da flogen mindestens zehntausend (oder noch mehr) Dollar in Richtung der Bäume. Ich nahm den Lauf wieder auf, ohne ihn eine Sekunde aus den Augen zu verlieren.

Versuche jemand einmal, einen Schmetterling mit den Augen zu verfolgen, die Linie, das Muster seines Flugs. Es ist so ermüdend, als folgte man mit dem Finger in der Partitur einer Fuge all ihren Achtel- und Sechzehntelnoten. Ich lief im Zickzack einen jähen Hang hinunter, den Oberkörper nach vorn gebeugt, die Ellbogen mit der Schnelligkeit von Kolben hin und her schwingend. Die dicken Baumstämme breiteten sich monoton vor mir aus wie ein Generalbaß, strömten mir feierlich und unerschütterlich entgegen. Es war spät geworden, gleich würde es unter den Bäumen dunkel werden, auch wenn oben über den Wipfeln weiterhin die Sonne schien. Ich sah, wie er sich ins Farn setzte und rhythmisch mit den Flügeln schlug, im Takt eines mechanischen Flugobjekts. Während einer Pause von einer halben Note – ein ganzer Takt – näherte ich mich und spürte in meinen Schläfen das Schlagen seiner Flügel, ich nahm den Panamahut ab und wollte ihn fangen, aber sofort stürzte er sich hangabwärts eine chromatische Tonleiter hinab, prallte gegen die doppelte Schranke einer Luftwand und flog wieder hangaufwärts. Das Gelände stieg jäh an, ich lief, immer weiter nach vorn gebeugt, atemlos. Gekrümmt hielt ich an, atmete schwer, den Blick starr auf ein Stück Rinde auf dem Nadelboden gerichtet, im klaren Bewußtsein meiner Milz an der Seite, während das Blut in meinen Ohren rauschte und mich die Orgel-Arpeggi nicht hören ließ, wie einmal im Dom von Riga, in der Nacht, als ich unter der Wirkung einer halben Flasche Wodka ganze drei Sätze eines Konzerts durchschlief. Ich wachte, daran erinnere ich mich vage, in der Pause auf. Ich ging hinunter zu den Toiletten, übergab mich, kehrte zu meinem Platz zurück und schnarchte, nach Aussagen meines Begleiters, bis zum letzten Akkord... Im Dunstlicht der Anhöhe erkannte ich den Schmetterling, sein gelbes Flimmern, denn die Töne haben Farben. Das war, nach Skrjabin, ein »gelbes« D der vierten Oktave, hauchdünn, das langsam näherkam, mir Zeit zum Luftholen ließ, während er ebenfalls ruhiger atmete, wie eine Hirtenflöte. Er flog zu einer Lichtung. Ich hinterher. Ich überquerte sie im schnellen Lauf in Richtung eines Sees und ließ zu meiner Linken eine Blockhütte hinter mir.

Die Bäume zogen sich noch über einen Streifen von weiteren fünfzig Metern, dahinter leuchtete grün der See. Ich verlor den Schmetterling aus den Augen. Das war nicht das »offene, sonnige und unruhige Gelände«, das Sirin als seinen gewohnten Lebensraum angegeben hatte. Ich trat hinaus zu dem kreisrunden See in Ringform, mit einer Insel in der Mitte, auf der ein paar Tannen wuchsen. (Am Ufer füllten sich meine Fußstapfen rasch mit Wasser.) Da sah ich ihn wieder (genauso war es, er erschien und verschwand wie durch ein Wunder, wie »vom Himmel gefallen«), er flog in die entgegengesetzte Richtung, zur Blockhütte, an der ich gerade vorbeigestürmt war. Ich mußte den kleinen See zwei-, vielleicht dreimal umrundet haben. Als ich in meinem Lauf einen halben Kreis hinter mir hatte, sah ich erneut die Blockhütte, die ich doch in meinem Rücken gewähnt hatte. (Jetzt, da ich das schreibe, wird mir klar, daß es zwei identische Hütten gab, auf derselben Sekante, die den See schnitt, und ich hielt – zum Glück und ohne es zu ahnen – wieder vor der ersten inne, der, die ich auf dem Hinweg entdeckt hatte.)

Ich ließ den Blick über den Horizont schweifen, streifte

die Baumwipfel, ohne das Meer zu sehen. Daraus folgerte ich, daß sich die Lichtung in einer Niederung befand; daß ich hinuntergestiegen sein mußte, ohne es zu merken. Mit jedem Augenblick wurde es dunkler. Ein feiner, herbstlicher Sprühregen setzte ein, der den See in die Ferne rückte, verborgen hinter einem Wasservorhang. Ich hatte mich verirrt. In einem Moment hatte ich, gebeugt von der Erschöpfung, die Partitur nicht mehr weiterverfolgt und fand nun nicht mehr den richtigen Part, wußte nicht, welche Richtung ich einschlagen sollte. Ich mußte wohl schon auf dem gegenüberliegenden Hang sein; der See, den ich vorher nie gesehen hatte, war dann vor der Meeresbrise geschützt, den kalten Winden vom Kaukasus ausgesetzt. Ich visierte das gegenüberliegende Ufer an: dort mußte Norden sein. Keinerlei Strom schien den See zu speisen, das Wasser kam sicher aus einer unterirdischen Quelle. Ich beschloß, zur Hütte hinunterzugehen, Richtung Süden.

Wo halten sich Schmetterlinge bei Regen auf? Ich suchte Zuflucht auf der kleinen Veranda der Hütte. Ich dachte, daß ich auf den rohen Dachbalken vielleicht den *Jasius* entdecken würde, aber ich entdeckte nur einen Stahlhaken, um eine Lampe aufzuhängen. Ein Wasserfaden lief die Dachtraufe entlang zu einer Ecke, schwoll unterwegs an, als wäre die Ampel an einer Kreuzung rot geworden und sogleich hätte sich ein Wagen nach dem anderen gestaut, bis es wieder grün wird und der ganze Konvoi in Richtung Traufenkante losschießt. Schnell fielen die Tropfen, wurden ab und an zu einem kleinen Strahl von einem schwereren, glänzenderen Wasser als der graue Dunststaub, der den Wald bedeckte. Es würde, schätzte ich, eine Stunde oder länger weiterregnen. Ich versuchte, das Schloß der Tür aufzubrechen, ohne jeden Erfolg; ich trat zum Verandarand am Nordflügel, sprang auf den gewaschenen Kies neben der Hütte und schaute ins Innere: ein aufgebocktes Brett, ein Eisenofen mit aufgestapeltem Brennholz, zusammengerollte Matratzen an der Wand, um die Nacht zu verbringen. Nichts, was mich dazu einlud, das Schloß aufzubrechen; ich hatte nicht vor, die Nacht hier zu verbringen. Wieder auf der Veranda, streifte ich mein Hemd ab und wrang es kräftig aus, zitternd vor Kälte. Auf der Kiefer neben dem Verandageländer wuchs rundherum Moos, nicht nur auf der Nordseite. Ich streckte den Kopf vor, um sie zu untersuchen, wobei die Tropfenschläge mir in dem kurzen Moment den Schädel durchlöchern wollten. In Ordnung, sagte ich mir, ich würde mich nicht in dem Wald da verirren – die Wölfe würden mich nicht fressen. Ich setzte mich, um das Ende des Regens abzuwarten. *Wo verstecken sich Schmetterlinge bei Regen?* Davon stand weder bei Stuart noch bei Fabre, noch bei Sirin etwas. Ich bohrte den Blick in die Regenwand und ruhte eine halbe Stunde aus. Mehr oder weniger. Ich hatte keine Uhr dabei. Ich benutzte sie nicht mehr seit dem Morgen, an dem ich auf sie geschaut und gesehen hatte, daß sie sieben Uhr zeigte. Morgens? Ja, bestimmt morgens, obwohl es draußen sehr hell war. Ich mußte mich anstrengen, mußte den Sekundenzeiger lokalisieren, um zu begreifen, daß meine Uhr stehengeblieben war. Vielen wird das passiert sein. Es gab einen kritischen Augenblick, eine Sekunde, während deren ich nicht wußte, welchem Umstand ich diese Uhrzeit oder mein widersinniges Ablesen zuzuschreiben hatte. Die Batterie war leer, lautete die Antwort. Jetzt ging es mir ebenso, denn als ich daran dachte, wieviel Zeit ich bei der Hütte verbracht hatte, wußte ich, daß ich von Liwadija fortspringen mußte, so schnell und behende, wie bei den Quarzuhren der Sekundenzeiger von einer Sekunde zur nächsten springt. Er schleppt sich nicht dahin wie bei den alten Aufziehuhren, sondern fegt unmerklich in einem Sprung über die Sekunden. In der einen Sekunde ist er auf siebenundfünfzig und dann, ganz plötzlich, auf achtundfünfzig. Hatte jemand einmal über die Fragmentierung nachgedacht, die diese neue Art der Zeitmessung mit sich brachte? Jetzt konnten wir die Zeit vergehen, *pulsieren* sehen, sie war zu einer spürbaren, wahrnehmbaren Größe geworden. Das bedeutete zweifellos eine große Veränderung, verkündete eine neue Denkweise. Wir mußten uns nicht länger dahinschleppen, durften fröhlich hüpfen, ohne auf die schwarze Leere unter uns zu achten, ohne Furcht vor der entsetzlichen Infinitesimalreihe zwischen einer Sekunde und der nächsten. Ich würde mir, wenn es so etwas gäbe, eine Uhr kaufen, die von Stunde zu Stunde sprang. Ich würde einen Brief an Mister Swatch von der Firma Swatch schreiben, falls sie solche Uhren noch nicht auf dem Markt hatten. Es war eine hervorragende Idee, vielleicht würden sie mich dafür bezahlen. (Damals wollte ich mir damit zu verstehen geben, daß es Geld in der Welt gibt wie Wasserdampf in der Atmosphäre, das Wichtige war, deine – menschliche – Wärme abzusenken, die nötige Temperatur zu erreichen, damit es auf dir in Goldtropfen kondensiert, die in stetem Strahl in deine Schatzkammern fließen und sie füllen.) Ich konnte die bescheidene Summe von zwanzigtausend Dollar verlangen. Ein Schnäppchen, bedachte man die sagenhaften Verkaufszahlen, die jene neue Uhr erreichen würde, die Erleichterung, die es bedeutete, die Zeit komprimieren zu können, die Art, in der ihre Zeiger unerträgliche Stunden des Wartens, ganze Tage fortfegten.

Ich hatte einen Plan, sagte ich mir, und keinen schlechten: das Projekt mit der Uhr ohne Minutenzeiger, mit einem Stundenzeiger, der sprungweise vorrückte, aber sofort begriff ich, daß ich ihn nicht in die Tat umsetzen würde. Ich hatte mich zu sehr verändert nach der Lektüre so vieler Briefe. Der heilige Augustinus, eine vollkommen wahre Geschichte, hatte sich bekehrt, als er in dem Garten in Mailand den ersten Römerbrief des Apostels Paulus gelesen hatte. Der Abschnitt, in dem es heißt: *Lasset uns ehrbarlich wandeln als am Tage, nicht in Fressen und Saufen, nicht in Kammern und Unzucht, nicht in Hader und Neid; sondern ziehet an den Herrn Jesum Christum und wartet des Leibes, doch also, daß er nicht geil werde.* Oder kürzer gesagt: »Nein zum Schmuggel.« Und ich hatte nicht nur die Briefe des heiligen Paulus gelesen, sondern die endlos vieler Männer und Frauen, in erster Linie und insbesondere die von Frauen. Ich fühlte mich erschöpft und innerlich verwandelt wie nach einer Ohrenbeichte, die Jahrhunderte gedauert hatte.

Dort oben, an den Hängen des Ai Petri – auch ein heiliger Berg – überkam mich dieses Gefühl mit der Schwere einer Last, beraubte mich der Kraft für den Brief, den ich Herrn Swatch schreiben mußte, für meinen neuen Plan, mich zu bereichern. Sobald es zu regnen aufgehört hatte, wandte ich mich wie auf Befehl den Hang hinab, ohne zu zögern oder mich nur einmal umzuwenden. Vollkommen sicher, daß das die richtige Richtung war. Während ich weit ausschritt, wie die neue Uhr, die Swatch nun ohne mich auf den Markt bringen würde, ein Riesenerfolg, stimmte ich einen Marsch an:

> *Po sibirskim cholmam i dolinam*
> *Partisanski otrjad prochodil.*
> (Über Sibiriens Hügel und Steppen
> schritt voran die Partisanenschar.)

Froh, daß ich den Schmetterling hatte entkommen lassen. Ich schaute auf und entdeckte den Stahl des Meeres. Ich sah die Lichter von Jaltas Hafen und die Leuchtgirlanden der Schiffe, die sich darin wiegten. Von hier aus konnte ich mich mit einem Flugdrachen, diesen Drachen, mit denen man durch die Luft gleiten kann, nach einem kurzen Anlauf aufschwingen und im Garten der Pension landen. Ohne die Augen zu öffnen und ohne einen Muskel zu rühren, begann ich in Gedanken den Abstieg in schnellem Gleitflug, flog hinweg über die Eiswälder Lapplands, über die goldenen Kuppeln der Petersburger Kirchen, über das Dunkelblau der Nadelhölzer, über die Blumen der Wiesen im Süden, die reifen Weizenfelder, die beschneiten Gipfel des Kaukasus, über das kleine Dorf Liwadija am Meeresufer und neben ihm, oben auf der Steilküste, das kleine griechische Restaurant, umzäunt von seiner pseudodorischen Balustrade. Jäh an Höhe verlierend, näherte ich mich dem dunklen Fleck der Pension, ihren erleuchteten Fenstern, meinem Fenster, das ungewöhnlich stark unter dem dunkelblauen Himmel strahlte. Ich glitt die letzte Strecke unmittelbar über dem Gras dahin, bevor ich mich an der Steilküste nach unten fallen ließ, die Arme ausgebreitet, sicher, wie jemand, der endlich die richtige Melodie – den aufsteigenden Luftstrom – gefunden hat und sich tragen läßt, über die endlose Stahlfläche des Pontus gleitend.

Bevor ich zu weit aufs Meer hinaus geriet, wandte ich mich landeinwärts und setzte still wie ein Vogel oder ein Engel unter dem Fenster meines Zimmers auf.

6

Liwadija

Die Lichter in meinem Zimmer waren an. Das wunderte mich, denn ich war früh nach Massandra aufgebrochen, um den Wein zu holen. Ich blieb regungslos im Schein des Lichts stehen, das durch die zugezogenen Stores drang. Jemand hatte mein Zimmer betreten.

Das Licht drang unten durch die Tür, fächerte sich über den ganzen Gang. Ich näherte mich langsam, zog meine Flügel ungeschickt hinter mir her, spürte, wie sie hinter meinem Rücken über den Holzboden schleiften, bis sie immer kleiner wurden und mit ihnen mein Gefühl von Größe und Euphorie, immer ferner die Luft, die ich während meines Fluges tief in meine Lungen gepumpt hatte, als ich an den Paaren vorbeikam, die sich auf dem Sand liebten, ohne daß sie mich sehen konnten, während ich sie einwandfrei sah und die aaahs der Frauen hörte. Wie ein Engel oder ein großer Nachtvogel, der Meer und Strand überflog.

Und als ich unter dem Fenster aufsetzte, holte ich vor Überraschung tief Luft, ganz wie ein Baby, das vor dem Losweinen den Mund aufreißt und mimisch den Schrei vollführt, der eine Ewigkeit braucht, um hervorzukommen, diese vollkommene Atemlosigkeit. Es war W.! Nach dem Augenblick der Freude, des tiefen Luftholens, lief ich los, denn diesmal war ich mir sicher. Sie war es. Sieben Briefe. Diese schöne Ziffer, die esoterische Bedeutung der Zahl. Es waren keine drei Kessel mit siedendem Wasser, Öl und Pech (und die kupfernen Trompeten), wie ich geglaubt hatte, sondern dies, sieben Briefe, die ich hatte lesen müssen, um mich zu bekehren, die Weihen zu empfangen. Ihre verblüffende Intelligenz (mit einem Sprung nahm ich die Treppen) hatte es verstanden, den Prozeß der Versuchung umzukehren, mich in dem Netz ihrer Briefe zu fangen. Sie hatte es mit Geduld gestrickt, wie Lars seine Socken, und ich hatte mir meinen Weg durch den engen Schlauch bahnen müssen wie ein Forscher in der großen Pyramide, der sich durch einen Gang voll kalligraphischer Zeichen arbeitet, der zur Hauptkammer führt, direkt ins Herz der Pyramide. Bestimmt hatte sie ein Bad genommen, während sie auf mich wartete. Also würde ich sagen, »Glückwunsch zum Bad«, wie in Rußland üblich, oder »ich beglückwünsche dich zum Bad«. Wer kommt nur auf so was! Oder? Und als ich auf den Gang trat, sah ich dieses weiße, allzu weiße Licht.

Was mich zwang, meinen Flug zu bremsen. Hatte W. meine Karbidlampe angeschaltet? Wozu? Sie würde es mir schon erklären. Ich flog vorbei an allen Türen im Gang, und als ich endlich zu meiner gelangte, stieß ich sie auf, wobei ich mich wirkungsvoll im Rahmen abzeichnen wollte, mein Rücken im schwächeren Licht vom Gang, ein Effekt wie bei Georges de La Tour (auch an ihn hatte ich in den Nächten in der kaspischen Senke gedacht, in denen ich Nachtfalter gejagt hatte, und ebenso in Nächten hier, auf den Waldlichtungen: meine Hände und mein Gesicht hell erleuchtet von der Karbidlampe, die Lichtabstufungen, der Schimmer der Gefäße auf dem Boden, die Schatten der Bäume, das Schattenspiel auf der Rückseite der Blätter, der gedämpfte Sternenglanz vom Himmel). Ich hatte noch Zeit, an all das zu denken, jenen Gedanken über Georges de La Tour einzuschieben. Aber etwas Entsetzliches geschah, ich weiß nicht, wie ich es niederschreiben soll, die Hand zittert mir. Ich habe es für den Schluß aufgehoben.

Ich sah – wie es erklären? –, sah jemanden, der nicht W. war. Einen breiten, muskulösen Rücken (keinen Frauenrücken, der zur Taille hin schmaler wird, leicht und angenehm zu umfassen, sondern einen Männerrücken), den Kopf von jemandem, der aufmerksam in den Papieren meines Entwurfs las! So versunken, daß er mich nicht eintreten hörte. Getaucht in jenes durch und durch weiße Licht, das jedoch nicht blendete, gleichmäßig, ohne jähe Übergänge. Nicht wie bei einer Sitzung beim Fotografen, nein. Eine andere Art Licht ... himmlisch? Himmlisch! Ich empfinde Furcht und Scham. Dieses Wort habe ich nicht ein einziges Mal in meinem Entwurf verwendet, aber genau das ist es.

Meine Hand ruhte noch immer an der Tür, hielt sie sanft auf. Ich blieb auf der Schwelle stehen und schaute den Mann an, den Unbekannten, der den Entwurf zu meiner Antwort las, und ich dachte in dem Augenblick, er würde mir sagen: ›Kommen Sie herein. Wir haben Sie erwartet.‹ Wie ein Untersuchungsrichter, der deinen Fall bereits abgeschlossen hat, mit so viel erdrückendem Beweismaterial (über meine Wilderei, wie ich im Rotbuch Rußlands gewütet hatte, über die Schmuggelei), daß er keinerlei Eile oder Leidenschaft mehr zeigt, nur Langeweile und Müdigkeit in seiner Stimme.

Aber noch immer bemerkte er nicht meine Gegenwart. Das Licht vom Gang war so schwach, daß sich beim Öffnen der Tür die Lichtverhältnisse im Zimmer in keiner Weise geändert hatten. Noch langsamer ging ich weiter, in einer Geschwindigkeit, die es mir erlaubte, im Geist die Dinge im Zimmer in Augenschein zu nehmen, den geschlossenen Schrank, alles in offenbarer Ordnung – während ich bereits wie Espenlaub (jawohl, wie Espenlaub) zitterte – zwei, drei Packen oder Entwürfe wie dieser hier, drei ebenso lange Briefe oder Nacherzählungen; so unermeßlich war die mentale Zeit, über die ich verfügte, während ich mich dem Rücken des Mannes näherte, der gerade ein Blatt zur Seite legte und sich mit höchster Aufmerksamkeit an die Lektüre des nächsten machte. Beim Nähertreten hatte ich auch Zeit, aus dem Fenster zu sehen und über seinem Kopf (seltsam bekannt, das stimmt) in die Dunkelheit der Nacht, die ich durchflogen hatte, und festzustellen, daß das Licht, jener himmlische Glanz, kontinuierlich floß, daß er wie Milch aus einem Bottich (der Milchstraße) strömte, genau von ihm, diesem Mann, ausstrahlte, daß er ungehindert den Stoff seines Hemdes durchdrang und die Poren seiner Haut und unter seinen Haaren hervorquoll, wenn auch nicht unheilverkündend, sondern mit endloser Güte.

Ich beginne einen neuen Absatz, damit Sie sich eine genaue Vorstellung von der Bedeutung dieses Augenblicks machen können. Ich wollte oben nach »endloser Güte« erst weiterschreiben, aber nein, ich habe beschlossen, einen Einschnitt zu machen, um meine erste Sondierung von folgendem zu trennen: Ich trat zu ihm und wollte ihn gerade an der Schulter berühren, doch da entdeckte er wohl mein Bild auf der Fensterscheibe und hob den Kopf, schaute auf, und wir tauschten einen Blick – den man wegen seiner Kürze so treffend »flüchtig« nennt –, und ich erkannte ihn. Ich wollte schreien *(Das war ich, W.! Begreifst du? Ich selbst!)*, ich wollte schreien, holte tief Luft und fiel besinnungslos zu Boden.

Sehr spät in der Nacht kam ich wieder zu mir. Die Laute der frühen Morgenstunde glitten von einem Ende der Pension zum anderen; zitternd, in Abständen aufflackernd, sehr schwach, fast unhörbar, die Wellen vom Schwarzen Meer, die unermüdlich die Kieselsteine am Strand wuschen, ein ums andere Mal, im ewigen Kreislauf des Spülens.

Da begriff ich, was geschehen war, in welcher Gefahr ich geschwebt hatte. Denn je näher ich ihm gekommen war, desto heller war das Licht geworden, und vor dem sicheren Tod hatte mich nur gerettet, daß er aufgeschaut und mich entdeckt hatte, daß wir uns im Spiegel der Fensterscheibe gesehen hatten. Hätte ich ihn berührt, wäre ich in Kontakt mit ihm getreten, hätte ein Vernichtungsprozeß eingesetzt. Paul Dirac erklärt es in einem Brief, den ich verloren habe; er beschreibt, was geschehen würde, wenn Materie und Antimaterie aufeinandertreffen. In unserem Fall waren wir beide, mein Doppel und ich, zwar Materie, jedoch in unterschiedlichen Phasen. Wir waren Wellenpakete, einwandfrei funktionell, dem Wesen nach das gleiche Signal, jedoch phasenverschoben: als ich in Istanbul eintraf, bestieg er gerade in Helsinki die Fähre, und als ich auf einer Insel der kaspischen Senke von Bord ging, kam er erst nach Schweden und so weiter. Die Vereinigung oder Fusion beider Wellenpakete muß unter höchster Vorsicht vonstatten gehen, wobei man Zahn für Zahn, Puls für Puls, Herzschlag für Herzschlag ineinanderfügen muß, was bei einem so komplexen Wesen wie dem Menschen (einem Schmetterlingsfänger, Schmuggler noch dazu) eine ganz besonders heikle Aufgabe darstellt. Und als ich mich ihm genähert hatte, noch ohne ihn zu erkennen – ich bekomme eine Gänsehaut –, war das Licht stärker geworden, wie es der Fall ist, wenn sich zwei Halbkugeln mit Uran 235 bei einem atomaren Sprengsatz nähern. Einige Meter unter der Erde, in Alamogordo oder in Semipalatinsk, bewegen sich in der Stunde Null zwei Halbkugeln sanft auf Schienen, vereinen sich, erreichen die kritische Masse, die für die Kettenreaktion nötig ist, und explodieren. Und sind sie bereits sehr nah aneinander, wenn auch noch nicht vereint, senden sie einen gewaltigen Fluß von Elektronen aus, ein weißes Licht, *ein vollkommen unbeschreibliches*, ein tödliches Licht. Der einzige Mann, der es aus der Nähe sah, ein Physiker, der irrtümlich den Mechanismus in Gang gesetzt hatte und ihn rechtzeitig anhielt, indem er einen Schraubenzieher(!) zwischen die Halbkugeln klemmte – genau im Epizentrum der nuklearen Explosion! –, mußte es mit dem Tod bezahlen. Ich war die gleiche Gefahr gelaufen.

Und ich hatte einen Traum, einen schönen Traum, während ich ohnmächtig am Boden lag. Und als ich aufwachte, wußte ich, daß ich kein flatternder Schmetterling war, der mich auf den Dielen liegen sah und verwirrt näherkam, mein Ich, in den winzigen Körper eines Schmetterlings gesperrt. Ich träumte nicht, ich sei ein Schmetterling, was nur logisch gewesen wäre nach all den Monaten, in denen ich versucht hatte, einen zu fangen; wie bei der Parabel von dem Mann, der träumt, er sei ein Schmetterling, und beim Aufwachen nicht weiß, ob er der Mann ist, der sich als Schmetterling träumt, oder der Schmetterling, der nun träumt, ein Mann zu sein. Auch ein Fall von Bilokation oder Spaltung, in dem Fall zwischen Mensch und Insekt.

Franz Kafka, zum Beispiel, träumte ebenfalls in Prag – ich hatte diese Stadt besucht, das habe ich schon geschrieben –, er sei ein Insekt. Auf dem Boden ausgestreckt, träumte ich, daß in meinen Körper wie in einem Disneyfilm sein ätherisches Doppel drang und ich mich aufrichtete, zum Tisch ging und mich hinsetzte, um einen langen Brief zu schreiben, *currente calamo*, mit fliegender Feder, und von meinem Tisch segelte ein Blatt nach dem anderen, die ganze Nacht lang. Ich fühlte mich als der glücklichste Mensch der Welt: ich hatte endlich den Weg gefunden. Ich träumte, daß ich einen vollkommenen Brief schrieb, sprudelnd von Einfällen. Ich sah ihn deutlich vor mir im Traum. Und ich schrieb, darauf möchte ich hinweisen, nicht mit einem Kugelschreiber, sondern mit einem herrlichen Füllfederhalter mit Goldfeder, die bei ihrem Dahingleiten wunderschöne Züge hinterließ, ganze Sätze, mit einem angenehmen Geräusch oder Federkratzen.

Als ich aufwachte, erinnerte ich mich an kein einziges Wort aus dem Brief, aber noch am Boden fühlte ich mich vollkommen glücklich, überzeugt, daß ich im Wachen jenen hypnotischen Zustand erneut erreichen würde, daß die Suche nun vorüber war …

7

Liwadija

Die zurückliegende Suche, die möglichen Varianten – die Einschübe –, das Schwanken, das mühsame Wegbahnen, das war die Methode gewesen, zu der ich gegriffen hatte, um diesen langen Entwurf zu schreiben, die einzige, die mir möglich erschienen war: redundant zu sein, eine Idee von tausend Gesichtspunkten aus anzugehen, sie einzukreisen, die Zeichnung vorzulegen, durch die, wie durch ein zartes Gerüst dünner Stäbe, die Geschichte hindurchscheinen sollte. Eine Art von Phantasiemonokel oder -lorgnette, die zeitweise die Form von W. annahm oder von einer *Dilipa fenestra* (also die oberen und unteren Flügel von gleicher Größe und Form) und den Raum ausschnitt wie eine Stanze. Durch diese glühende Stanze, durch die unvermeidlichen weiten Kreise in jedwedem Brief, flammend wie der Reifen, durch den ein Tiger in der Zirkusarena springt (genau, an dieses Beispiel halte ich mich: stellen wir uns den Dompteur vor, der den brennenden Reifen hochhält, durch den wir, noch bevor der Tiger gesprungen ist, bevor er seinen Paradesprung vollbracht hat, nicht das Publikum in den Rängen sehen, lachend und unbekümmert, sondern die schreckliche Szene eines heimtückischen Verbrechens, den Vermummten, der sich an ein schlafendes Mädchen heranschleicht) und auf seinen weichen Tatzen landet, ohne sich das gestreifte Fell zu versengen (das hatten wir nicht befürchtet), aber durch jenen Sprung seinen Mut bewiesen hat oder vielleicht sein trauriges Dasein eines gezähmten Tigers. Ich weiß nicht. Redundanz garantiert die Eindeutigkeit der Botschaft.

Schließlich fand ich wie aus Zufall in der letzten Sendung von Wladimir Wladimirowitsch, die ich nur oberflächlich durchgesehen hatte, weil nichts von Madame Blavatsky dabei war, einen Brief, den ich vollständig abschrieb, einen Brief, den ich sogar auswendig lernte und rezitieren konnte wie ein Gedicht. Dieser Brief war ein Beweis, die Bestätigung dafür, daß die Frauen die intelligenteren Briefschreiber sind. Es ist kein langer Brief, aber dieser erinnerte mich mehr als jeder andere an die von W., und sobald ich ihn gelesen hatte, nahm ich ihn als Modell für meinen, als Anregung, als Beispiel, wie ich meinen Entwurf ins reine schreiben mußte, indem ich ihn von allen Umschweifen und belanglosen Details befreite und zum Kern vorstieß, genau zum Kern.

Bevor ich ihn wiedergebe, will ich die Umstände schildern, in denen er geschrieben wurde, um seinen Wert in den Augen des Lesers zu erhöhen, obwohl ich ihn ebenso ohne dies anführen könnte und es auch genug wäre, allerdings zweifellos auf Kosten eines besseren Verständnisses.

Die Geschichte und der Brief gehen auf das Jahr 1811 zurück (also bei weitem nicht die älteste Quelle, die ich konsultiert habe). Im November 1811 schickt Heinrich von Kleist, der »berühmte Dichter«, einen Brief an seine Kusine und Verlobte Marie von Kleist, in dem er ihr gesteht: *Ich habe Dich während Deiner Anwesenheit in Berlin gegen eine andere Freundin vertauscht; aber wenn Dich das trösten kann, nicht gegen eine, die mit mir leben, sondern mit mir sterben will.* Eine Nachricht, die nichts Ungewöhnliches an sich hat, sieht man vom letzten Satz ab.

Henriette, seine Geliebte, hinterließ auch einen Brief an ihren Mann (denn sie war verheiratet, was die heraufziehende Tragödie noch erhabener macht), in dem sie ihn darum bittet, daß ihre Körper, die von ihr und Kleist, nach dem Tod nicht getrennt werden sollten (der gleiche Wunsch wie bei Heloisa, wir mir jetzt auffällt). Kleist, ihr Gefährte im Leben, würde sie umbringen und sich dann selbst den Tod geben. *In crescendo.*

Im Gasthaus, auf halbem Weg zwischen Berlin und Potsdam, in dem sie Unterkunft nahmen, um ihr Vorhaben in die Tat umzusetzen, schrieb Henriette einem Freund, von den zehn Talern, die er in einem Lederbeutel finden werde, solle er eine Porzellantasse mit ihrem Namenszug anfertigen lassen und sie nach ihrem Tod ihrem Mann schicken. In seinem Brief bittet Kleist, der vergessen hatte, den Barbier zu bezahlen, denselben Freund (einen Herrn mit Namen Peguilhen), seine Schuld mit einem Teil derselben Summe zu begleichen. Der Gastwirt erklärte, sie hätten die Nacht ohne Schlaf verbracht und um einen Vorrat von Kerzen gebeten, in deren Licht sie sich, wohlgemerkt, hinsetzten, um in der letzten Nacht ihres Lebens Briefe zu schreiben.

Die Frau des Gastwirts erklärt, das Paar habe einen Spaziergang zu einem nahen See unternommen und sich mal Du, mal Sie gesagt und beständig froh und guter Laune geschienen. Bis Kleist Henriette ins Herz schoß, die Pistole neu lud und sich das Gehirn wegpustete.

Ein beklagenswerter Fall, kein Zweifel, ein doppelter Selbstmord. Aber Henriettes Brief ist mit großem Abstand der innigste, vollkommenste und intelligenteste von all denen, die ich in Liwadija gelesen hatte. Ich würde mich an ihn halten, um meinen zu schreiben (nicht etwa, weil ich einen Abschiedsbrief schreiben wollte, den eines Selbstmörders, da sei Gott vor!, sondern wegen der Herzlichkeit, der Kraft, des Tons). Ich gebe ihn hier in voller Länge wieder:

Brief von Henriette Vogel an Heinrich von Kleist

Berlin, November 1811

Mein Heinrich,

mein Süßtönender, mein Hyazinthbeet, mein Wonnemeer, mein Morgen- und Abendrot, meine Äolsharfe, mein Tau, mein Friedensbogen, mein Schoßkindchen, mein liebstes Herz, meine Freude, im Leid, meine Wiedergeburt, meine Freiheit, meine Fessel, mein Sabbath, mein Goldkelch, meine Luft, meine Wärme, mein Gedanke, mein teurer Sünder, mein Gewünschtes hier und jenseits, mein Augentrost, meine süßeste Sorge, meine schönste Tugend, mein

Stolz, mein Beschützer, mein Gewissen, mein Wald, meine Herrlichkeit, mein Schwert und Helm, meine Großmut, meine rechte Hand, mein Paradies, meine Träne, meine Himmelsleiter, mein Johannes, mein Tasso, mein Ritter, mein Graf Wetter, mein zarter Page, mein Erzdichter, mein Kristall, mein Lebensquell, meine Rast, meine Trauerweide, mein Herr, Schutz und Schirm, mein Hoffen und Harren, meine Träume, mein liebstes Sternbild, mein Schmeichelkätzchen, meine sichre Burg, mein Glück, mein Tod, mein Herzensnärrchen, meine Einsamkeit, mein Schiff, mein schönes Tal, meine Belohnung, mein Werthester!, meine Lethe, meine Wiege, mein Weihrauch und Myrrhe, meine Stimme, mein Richter, mein Heiliger, mein lieblicher Träumer, meine Sehnsucht, meine Seele, meine Nerven, mein goldener Spiegel, mein Rubin, meine Syringsflöte, meine Dornenkrone, meine tausend Wunderwerke, mein Lehrer und mein Schüler, wie über alles Gedachte und zu Erdenkende lieb ich Dich.

Meine Seele sollst Du haben.
Henriette

P.S.: Mein Schatten am Mittag, mein Quell in der Wüste, meine geliebte Mutter, meine Religion, meine innre Musik, mein armer kranker Heinrich, mein zartes weißes Lämmchen, meine Himmelspforte.

H.

W. würde niemals kommen.

Ich trat hinaus in die Kälte des frühen Morgens. Ich wanderte tief in den Garten hinein, und im Dunkeln, unter einer Doppelreihe von Buchen, sammelte ich trockene Zweige und Laub. Eine Schachtel Streichhölzer beulte meine hintere Hosentasche aus. Ich schob sie hervor, indem ich mit dem Zeigefinger wühlte und den Oberkörper nach vorn beugte. In der hohlen Hand schützte ich die Flamme gegen den Wind, kniete nieder und setzte den kleinen Scheiterhaufen in Brand, den ich aus Zweigen, Laub und alten Zeitungen aufgeschichtet hatte. Ich hatte den Entwurf und W.'s Briefe bei mir. Ich las sie noch einmal, einen nach dem anderen, im Licht des Feuers. Ihren ersten Brief, den ich zwei Wochen nach meiner Ankunft in Liwadija erhalten hatte, der so schön war; den zweiten, den ich im Aussichtsrestaurant zu Ende gelesen hatte und in dem sie mir den Bericht ihrer langen Reise schickte, die sie von ihrem Dorf in Sibirien bis Cherson und von dort nach Istanbul unternommen hatte; ihren dritten Brief mit der detaillierten Schilderung unseres Spaziergangs und des Besuchs der Hagia Sophia, den ich ebenfalls während eines Spaziergangs erhalten hatte, aus Alfias Händen; den vierten, den mir Petrowitsch gestohlen und den ich dann zurückerobert hatte; den fünften, weinerlich und falsch (»von einer verwirrten Frau«, »ich hatte einen Fehler begangen«), den mir die Briefträgerin auf mein Zimmer brachte, in der Absicht, mich um ausländische Briefmarken für ihren neunjährigen Sohn zu bitten, der sie sammelte; den sechsten, dessen Eintreffen mich gewundert hatte (ich hatte mit fünf gerechnet), als ich gerade damit begonnen hatte, auf losen Blättern, auf jedem Stück Papier, das mir in die Hände fiel, aufzuschreiben, weshalb ich mich entschieden hatte, sie zu retten, sowie die Einzelheiten dieser Rettung; und den siebten, in dem sie sich so sehr darüber verbreitete, wie gut dieser Junge war, Artiom, ein Sträfling, und wie böse und berechnend dagegen ich – eine Beschuldigung, die mich so empörte, daß auch ich sie in dem Entwurf der höchsten Tücke, der Undankbarkeit und des Verrats beschuldigte –, und in dem sie ebenso von unserer wundersamen Rettung sprach, eine großartige Anlage zur mystischen Erfahrung bewies, zu einem Mystizismus, den ich ihr vor noch wenigen Stunden hatte widerlegen wollen, bis ich selbst Zeuge eines übernatürlichen Ereignisses geworden war. Ich spürte, daß mein Gesicht glühte, aber nicht von der Hitze des Feuers, sondern von der Scham, daß ich ihr »die Wahrheit über Madame Blavatsky« hatte schreiben wollen. Wie konnte ich mir eingestehen, daß ich hier in Liwadija, so weit weg von Tibet, ein Erlebnis gehabt hatte, das nicht wissenschaftlich erklärt werden konnte, sosehr ich meine Phantasie auch anstrengte? Und nachdem ich sie gelesen hatte, warf ich sie alle ins Feuer. Ebenso las ich vom Anfang bis zum Ende diesen Entwurf, alle meine Aufzeichnungen, die Fragmente fremder Briefe, die nacheinander alle ins Feuer wanderten. Manche stoben in die Höhe, im Auftrieb der heißen Luft, während die Flammen an ihren Rändern leckten, rot wie Schmetterlinge. Warum nicht dieses Bild? Sie stiegen weit hinauf, fielen dann nieder und verschwanden in einer Sekunde, vom Feuer verzehrt. Zuletzt dachte ich an Alfia und daß sie weinen würde, wenn sie meine Notiz entdeckte (eine Notiz, »ein paar Zeilen« benötigten keinerlei Vorbereitung). Ich ließ den Koffer mit W.'s Kleidern auf dem Tisch in meinem Zimmer mit einem Zettel für Kusmowna, in dem ich ihr mitteilte, daß die Kleider für Alfia waren (W. und Alfia hatten beide die gleiche Figur, in der Dunkelheit, ohne hinzusehen). Ich trat hinaus auf die Landstraße, zu der Zeit ohne ein Auto, und ging in Richtung Jalta, wobei ich den zitternden Leitungen des Obusses folgte.

Während ich lief, von düsteren Bäumen eskortiert, rezitierte ich die ersten Worte jenes erstaunlichen Briefs: *mein Süßtönender, mein Hyazinthbeet, mein Wonnemeer, mein Morgen- und Abendrot, meine Äolsharfe, mein Tau, mein Friedensbogen, mein Schoßkindchen, mein liebstes Herz, meine Freude, im Leid, meine Wiedergeburt, meine Freiheit, meine Fessel, mein Sabbath, mein Goldkelch, meine Luft...*

Eben so, innig und offen, ohne einen Schatten des Zweifels, würde ich meinen Brief an W. beginnen: *Liebe Warja*

Adolfo Bioy Casares
Morels Erfindung
Roman
Aus dem Spanischen von Gisbert Haefs
Mit einem Nachwort von René Strien
144 Seiten. Gebunden

Etwas Merkwürdiges liegt über dieser Insel. Der Mann, der hier Zuflucht vor der Justiz gefunden hat, glaubt sich zunächst allein in dieser von Überschwemmungen heimgesuchten Einöde. Plötzlich aber ist seine Insel voller Menschen. Wie sind sie unbemerkt hierhergekommen? Sind es seine Verfolger, die ihm auf der Spur sind? Er versteckt sich vor ihnen, auch vor der ein wenig zigeunerhaft schönen Frau, die Abend für Abend bei den Klippen auf das Meer schaut.

Die Neuankömmlinge interessieren sich jedoch nicht für ihn, auch nicht ihr Anführer, ein Mann mit Namen Morel. Erst ganz allmählich dämmert dem Flüchtling das Geheimnis der Insel und ihrer seltsam ungerührten Bewohner. Diese Erkenntnis ist von Grund auf unheimlich: Morels Erfindung hat den Unterschied von gelebter Wirklichkeit und bloßer Gegenwart in der Virtualität zum Verschwinden gebracht.

Ein Meisterstück der modernen phantastischen Literatur, das an dem vertrauten Boden der Realität rüttelt und das kein Geringerer als Borges mit einem schlichten und mächtigen Adjektiv definiert hat: perfekt.

Der Klassiker von 1940, in der Neuübersetzung von Gisbert Haefs.

Es sind peinigende existenzielle Fragen, die Bioy Casares' Roman auf knappem Raum aufwirft: über das Verhältnis von Leben und Tod, Zeit und Ewigkeit, von Sinnlichkeit und Seele, Schönheit und Vergänglichkeit... Borges hat Bioy Casares' Buch wider den psychologischen Roman als eine Literatur der »rationalen Imagination« gelobt, und in der Tat: Die Genauigkeit der phantastischen Erfindung ist unübertrefflich.

Andreas Breitenstein, Neue Zürcher Zeitung

Milton Hatoum
Zwei Brüder
Roman
Aus dem brasilianischen Portugiesisch von
Karin von Schweder-Schreiner
252 Seiten. Gebunden

Sie sind Zwillinge, und sie sind entzweit, noch bevor sie halb erwachsen sind. Was sie auseinanderbringt, ist Eifersucht um ein Mädchen – eigentlich eine Bagatelle unter Brüdern. Aber sie spüren, wie unterschiedlich die Liebe der Mutter auf ihnen liegt, und das schneidet tiefer, als sie selbst ahnen können.

Ein Haus im alten Hafenviertel von Manaus, nahe der tropischen Wasserwelt. Darin leben, eingesponnen in ihre Liebe, Halim und Zana, libanesische Einwanderer der zweiten Generation. Als die Zwillinge Yaqub und Omar geboren werden, ist Halim ohnmächtig gegenüber der besitzergreifenden und parteiischen Liebe seiner Frau zu den Söhnen. Er läßt es zu, daß nach einer Szene fast noch kindlicher Gewalt Yaqub, das Opfer, für fünf Jahre in ein Dorf im fernen Libanon geschickt wird. Was die zwischen den Brüdern aufgeflammte Rivalität dämpfen soll, stachelt sie erst recht an.

Nach Yaqubs Rückkehr wird nichts in diesem Haus ohne das Gift des Mißtrauens und der Rachsucht sein. Wie blind zerstören die Brüder im Versuch, das je Eigene gegeneinander zu behaupten, alle Intimität, jede Hoffnung der Mutter auf Versöhnung.

Hatoums Roman ist von insistierender Genauigkeit gerade in den elementaren Dingen des Gefühls, geschrieben mit der Nuanciertheit und Ambivalenz eines großen Prosaisten.

Was Hatoums Roman auszeichnet, ist vor allem ein dezidiertes Stilbewusstsein im Umgang mit der Sprache […] Gerade der unprätentiöse mündliche Tonfall, der allen großen Erzählern eigen ist, verleiht seiner Prosa die eindringliche Genauigkeit und Farbigkeit.

Thomas Sträter, Neue Zürcher Zeitung

Juan Rulfo
Wind in den Bergen
Liebesbriefe an Clara
Aus dem Spanischen übersetzt und
mit einem Nachwort versehen von Susanne Lange
324 Seiten. Gebunden. Mit 18 Fotografien

»Wind in den Bergen«, so nennt der junge Schriftsteller Juan Rulfo das 16jährige Mädchen, in das er sich mit der Hoffnung und Heftigkeit des einsamen Wanderers verliebt, der endlich sein Ziel gefunden hat. Doch ein Stück Weg muß er noch gehen: drei Jahre Wartezeit verlangt sie von ihm. Eine harte Probe der Geduld, die uns eindringliche Liebesbriefe von großer Vielfalt schenkt.

Der zurückhaltende Rulfo, der für seine knappe, prägnante Prosa bekannt werden soll, wirbt um sie mit Worten, in denen er seinen Gefühlen freien Lauf läßt, entfesselt sich in virtuosen Briefen, verbirgt ihr neben seiner Hingabe auch nicht die Abgründe seiner Verlorenheit und Einsamkeit. Gerade mit dieser Mischung aus Ernst, Humor und überwältigender Zärtlichkeit gewinnt er die junge Clara. Seine Briefe aus den Jahren 1944 bis 1950 sind zugleich die lebendigste Biographie dieses scheuen Autors.

Die Briefe eines plaudernden, scherzenden, spielerischen Rulfo stellen eine wertvolle Quelle über einen Jahrhundertschriftsteller dar. […] Ein verletzlicher, liebevoller Mensch spricht aus diesen Zeilen […] unüberhörbar mit literarischem Klang. […] Gäbe es diese Briefe nicht, müßten wir glauben, die Einsamkeit, das Fundament seiner Literatur, hätte auch Juan Rulfos Leben immer im Griff gehalten.

Paul Ingendaay, Frankfurter Allgemeine Zeitung

Ángeles Saura
Der Zweifel
Roman
Aus dem Spanischen von Jürgen Dormagen
120 Seiten. Gebunden

Don César Rinconeda ist aufgewühlt: sein Lebenswerk steht auf dem Spiel. Das grandiose Stilleben *seines* Barockmalers, das er entdeckt hat – und wer wüßte mehr über ihn? –, soll in Wahrheit von einer fast unbekannten italienischen Malerin stammen?

Unmöglich, was die junge Forscherin Brunhild Cornelius Björnstrom behauptet! All sein Temperament und seine Alterslist nimmt er zusammen, um den bösen Spuk zu beenden. Wäre da nur nicht der Zweifel, den sie gesät hat.

Das Stilleben – eine in sich ruhende Idylle? Von wegen, wie dieser giftig funkelnde Roman aus Spanien zeigt.

... ein Nachtstück voll rabenschwarzer Bosheit, ein fantastisch-mörderisches Capriccio von jener träumerischen Konsequenz, die einem den Schlaf nicht raubt, sondern die Wachheit schenkt, weil man mit dem Lesen nicht aufhören kann und will, bis man beim Schein eines zerstörenden, vernichtenden Feuers am finstersten Punkt der Geschichte angekommen ist.

Lothar Müller, Süddeutsche Zeitung